梁晓声文集·长篇小说

18

返城年代（上）

青岛出版社

没有人可以选择时代，正如没有种子可以选择土地和季节。

然而，青年之所以谓青年，乃因终究拥有年龄的资本——即使它是唯一的资本；于是便也本能地拥抱希望。

这一点使大多数青年反而并不破罐子破摔。哪怕人生又将从零开始，他们也还是会拥抱住希望不放。

故，这样一句话是不必怀疑的——一个国家的好希望，归根结底，也在青年的希望之中，也在青年们身上……

梁晓声

二〇一三年四月于北京

所谓年代是由冬季串联起来的。

"今年年头,去年年尾,年年年头接年尾。"

世事乖张也罢,浮华也罢,荒唐疯狂也罢,都不可持续。

寒来暑往,唯有冬季,一脚去年,一脚今年,劈叉而至。万亿年来,亘古如兹。闰余成岁,律吕调阳,永未改变。

而在北方,年代是由冰雪串联起来的。

第一章

一九七九年底,哈尔滨一个大雪纷飞的夜晚,防洪纪念碑在雪中巍然耸立,冰封的松花江如铺白毡。

一条条街道两旁的街树缀满新雪,巨大得像银珊瑚一般。此时已是后半夜,每一条街道都寂静悄悄,无人,无车。

一家服装店的橱窗内贴着红纸黑字的告示:为了迎接崭新的一九八〇年,不惜血本大甩卖!新时代万岁!

三孔桥一带的路有段陡坡,两个人影肩并着肩,小心翼翼地从陡坡上走下来,是林超然与妻子何凝之。何凝之棉袄外穿着兵团大衣,腹部微隆,看上去是怀孕了。尽管怀孕了,却还是拎着一塑料桶豆油,背着两张卷成一卷的狍皮;林超然则肩扛满满一袋面粉,左手拎旅行包,看上去也不轻。

两人都累了,走得呼哧带喘的。

何凝之:"没想到,都快一九八○年了,还满列车的知青,还晚点七八个小时。"

林超然:"兵团、农场、农村,哈尔滨的,北京、上海、天津的,还有好几万知青在陆续返城嘛……你可千万小心点儿啊,我摔一跤没事儿,你摔一跤问题大了……"

林超然话音刚落,不料自己滑倒,旅行包、面口袋掉在地上,人也滑出去挺远。

何凝之:"超然!"

林超然滑到了一根电线杆那儿,喊:"别管我!慢点儿下坡,雪下有冰!"

他扶着电线杆欲站起来,但脚腕疼得他直咧嘴,又一屁股坐下。

何凝之走到了他跟前,问:"没事儿吧?"

林超然皱眉道:"脚脖子扭了。"

何凝之:"先别动。"

她放下装豆油的塑料桶,转身去将旅行包和面口袋拖了过来。面口袋摔裂一道口子,撒出不少面粉。她掏出手绢,从里边垫住裂缝,并将地上的面粉往口袋里捧……

林超然喊:"算了,损失点损失点儿吧!"

何凝之也大声地:"不捧起来损失不少呢,这可是精粉!"

她将面粉口袋拖近林超然,大口大口喘气,又说:"唉,女人一怀孕,行动起来就像七老八十了。"

她咬下双手的手套,搓手。

林超然:"坐我对面歇会儿,我替你搓搓手。"

何凝之:"别了,我现在这样,坐下费事儿,起来更费事儿。"

她将手套又戴上了。

林超然:"那,扶我起来。"

何凝之将他扶了起来。

林超然:"看来真走不了啦。"无奈地靠着电线杆。

何凝之的眼光有所发现:"你头上方贴着一张小广告,署的好像是我小妹的名字!"

林超然:"这会儿我可没心思关心她了。"贴着电线杆又坐下去。

何凝之擦去眼睫毛上的霜,从书包里掏出手电筒照着细看,但见小广告上秀丽的楷字写的是——"本人女,二十六周岁,黑龙江生产建设兵团返城知青,容貌良好,品行端正,欲寻三十五岁以下品貌般配且有住房之男士为夫,住房十平方米即可,大则甚喜……"署名何静之。

何凝之大叫:"果然是我小妹!"

林超然:"别激动,同名同姓的人多了!"

何凝之:"绝对是她!她写给我的信中说她在练小楷,这么征婚,还'大则甚喜',气死我了!"

林超然双手抱着大头鞋一边活动那只崴了的脚一边问:"什么'大则甚喜'?"

何凝之:"欲寻三十五岁以下品貌般配且有住房之男士为夫,住房十平方米即可,大则甚喜……"

她试图将小广告撕下来,却早已冻在电线杆上了,哪里撕得下来!

林超然:"老婆,先看看几点了行不行?"

何凝之愣了一下,看手表,小声地:"快一点了。"她不那么生气了,平静了。

林超然仰视着她说:"咱们现在可该怎么办呢?我不同意带这么多东西,你偏不听我的!"

何凝之:"眼看要过新年了,接着就过春节,空手回家像话吗?你爸你妈都有腰腿疼的老毛病,给他们各带一张狍皮也是应该的吧?"

林超然不耐烦地:"别说那么多了!我问的是,咱们现在可该怎么办?"

何凝之怔了怔,看看地上的东西,吃力地弯下腰,翻一只旅行包,翻出一把带鞘的匕首揣入大衣兜。

林超然:"你把它揣兜里干什么?"

何凝之:"只能这样……你坐这儿守着东西等我,我自己先回家去,叫上我爸和我两个妹妹,一块儿来接你。"

她觉得委屈,流泪了,擦了一下脸,转身就走。

林超然看在眼里,明白她觉得委屈了,料到她流泪了,柔声地:"老婆……"

何凝之站住。

林超然:"就不怕把我给丢了?"

何凝之不转身,不回头。

林超然:"唉哟!"

何凝之一下子转过了身,不安地:"怎么了?"

林超然:"逗你呢!别急,我有耐心在这儿等。慢慢走,千万别像我似的滑倒了,啊。"

何凝之点头。

林超然:"别生气,刚才我不该埋怨你。爱你。你知道我有多么爱你。"

何凝之高兴了,笑了,也柔声说:"别心烦,这才多大点儿事儿啊!我家有自行车,我让我爸骑上自行车先来!"

她走了。

林超然直望到她的身影消失,从兜里掏出烟,往电线杆上一靠,吸着烟,陷入回忆……

　　兵团军马场场部里,林超然正与现役军人的教导员饮酒话别。桌上除了土豆、拌木耳,还有一大碗蘑菇炖肉。

　　教导员:"这是鄂伦春猎人送的狍子肉,为什么一口不吃?嫌我炖的不好吃?"

　　林超然:"不是……教导员,我舍不得离开军马场,也舍不得和你分开。咱们这一别,以后什么时候才能再相见,那就难说了……"

　　他说得动容,双手捂面,直摇头。

　　教导员:"我理解。何况,你弟埋在咱们这儿。可军马场撤销了,军马都被赶到别的地方去了,知青也都返城了,只剩咱俩了,咱们再舍不得离开,那也得离开啊!"

　　林超然:"我弟的事儿,我还一直瞒着家人呢……"

　　他流泪了。

　　教导员:"超然,别这样,你弟肯定不希望咱俩悲伤地话别。他是个乐天派,我认为他希望咱俩今夜一醉方休……"

　　林超然抹把泪,夹了一筷子肉放入嘴里,含泪嚼。

　　教导员:"我这名现役军人,能与你这名知青营长共事三年,三年里咱俩能将南北知青团结得像亲兄弟一般,并且使军马一年比一年多,超然,这是咱俩的一段缘分啊,咱们都要好好把它保存在记忆中!来,再干一次!"

　　两人举碗相碰,各自豪饮而尽。

　　外边,北风呼啸。

　　教导员从头上摘下羊剪绒军帽,取下红星,双手捧送:"超然,这顶军帽我送给你,作为纪念吧!……"

　　桌子一角放只书包,林超然从书包里取出两大厚本日记,也双手捧送:"教导员,这是我从来到军马场那一天起记的全部日记,也送给你作为纪念。"

两人互相交换了纪念物,相视而笑。

教导员:"再干一次?"

林超然:"干!"他往两只碗里倒酒。

两人碰碗,又豪饮而尽。

教导员:"好静啊!只有风声……咱们马场独立营的传统那可是从不喝闷酒的,我先来段节目?"

林超然鼓掌。

教导员站起来,他看上去已有七分醉了,敞开喉咙,大声朗诵完了苏轼的《水调歌头·明月几时有》。那真是朗诵得豪情满怀!而且像在舞台上演戏一样,一边朗诵,一边这走那走,手势频频。

林超然大声喝彩:"好!"

教导员趔趄一下,一掌撑住桌角:"该你了!"

林超然:"我来什么?"

教导员一指墙:"当然是你拿手的!"

林超然起身从墙上摘下二胡,重新坐定,酝酿了一下情绪,拉起一首节奏快速热烈的二胡曲。

他也有几分醉了,动作大开大合,也拉得完全投入……

雪停了,夜空出月亮了,林超然身上已落了一层雪,如雪人。

他抬头仰望月亮,耳边仿佛犹有二胡声和教导员的朗诵声交织着……

他不由得在心里说:"雪刚一停,就出月亮了,真是少见的情形啊!月亮,难道你是由于体恤我妻子她怀孕了,好心地为她照亮回家的路吗?"

坡顶突然传来一个青年的吼唱:

"穿林海跨雪原气冲霄汉……"

林超然循声望去,但见一辆三人共骑的自行车顺坡而下……那辆自行车也滑倒了,三个人和自行车摔在了林超然旁边;三人摔得唉哟不止,自行车轮子在林超然跟前转……

林超然:"下这么大雪,还前后带人,不是找着挨摔嘛!"

三人爬起,都是二十来岁的小青年,穿同一式样的扎趟的棉工作服,其上印着"哈铁"二字。

他们看着林超然觉得奇怪。

青年甲恼火地:"怎么哥们儿? 说风凉话儿是不是?"

林超然:"别误会,是想跟你们套近乎。我脚崴了,走不了路了,也饿极了。哪位身上如有吃的,能不能给点儿啊?"

青年乙:"要吃的? 有,有……"

他从兜里掏出一把瓜子,朝林超然一递,嬉皮笑脸地:"公鸡公鸡真漂亮,大红冠子绿尾巴,你到窗口瞧一瞧,请你吃把香瓜子!"

林超然看出了他是成心在拿自己开涮,并不恼火,笑道:"瓜子我旅行包里有不少,你留着自己嗑吧!"

青年丙:"怎么,还不稀罕要?"与青年甲和青年乙交换了一下眼色,趁林超然不备,将一只旅行包拖了过去,伸入一只手,边摸边说:"不但有瓜子,还有榛子、木耳、蘑菇……这啥?"

他掏出一个拳头大小的东西,凑到路灯光下细看,惊喜地:"猴头!还有猴头哎!"

青年甲和青年乙,也几乎同时将面粉口袋和一塑料桶豆油拖开了。

"面! 有四五十斤!"

"这肯定是一桶豆油!"

三个青年眉开眼笑。

林超然愤怒了:"你们干什么? 打算抢吗?"

青年甲:"大哥,别说得那么难听好不好? 你以为老天爷会白让我们哥仨摔倒吗? 快过年了,这明明是老天他在好意给我们哥仨分点儿年货嘛! 老天爷好意,那我们也不能不领情啊,是不是?"

青年乙:"别跟他废话了,拿上趁早走人!"

青年丙:"对对,说走就走,再来个人撞上了不带劲!⋯⋯"他起来扶自行车。

林超然已站起,隔着自行车,一把揪住对方衣领,声色俱厉地:"都给我乖乖放下,否则我对你们不客气!"

对方也犯起了浑:"不客气你能把我们咋的?"

他试图扳开林超然的手;林超然哪里容他得逞,猝不及防地伸出了另一只手,把住对方腰那儿,一用巧劲儿,居然将对方隔着自行车举起,转眼扔到了人行道上!

对方躺在地上唉哟不止⋯⋯

青年甲:"嘿,太张狂了!脚崴了不识相点儿还敢动手!上!"

于是他与青年乙扑向了林超然;林超然一拳击倒一个,却被另一个猫腰拱倒⋯⋯两人在雪地上翻滚不止,最终还是林超然占了上风;对方在翻滚中掉了帽子,林超然抓住他头发,欲往马路沿上撞对方的头⋯⋯

"住手!"

林超然抬头一看,跟前又站着一个穿"哈铁"工作服的人,年龄和他不相上下。他松了手,站起来,指点着三个小青年,气得不知说什么好。

三个小青年也都站了起来,其中一个扶起自行车;都想溜。

后来出现那个人厉喝:"都给我站那儿别动!"他是三个小青年的班长,叫王志,也是兵团返城知青。

王志问林超然:"兵团的?"

林超然:"对。"

王志:"几团的?"

林超然:"马场独立营的。"

王志:"你们教导员姓什么?"

林超然:"姓袁。袁儒敏。参加过抗美援朝,从六师调到马场独立营的。"

王志:"一句没说错,他也当过我的教导员。认识一下,我叫王志。"伸出了一只手。

"林超然。"林超然与他握了一下手。

王志:"探家?"

林超然:"返城了。"

王志:"这都眼看着一九八〇年了,你可够晚的。他们三个想抢你这些东西是不是?"

林超然:"可不!列车晚点了,我和妻子走到这儿,我滑了一跤,脚崴了。我妻子怀孕了,只得让我在这儿守着东西,她先自己回家去找人接我……"

王志回头瞪着三个小青年问:"听明白了?"

三个小青年或点头,或讷讷地说:"听明白了。"

王志:"都张大嘴,冲我呼气!"

三个小青年乖乖地张大嘴冲他呼气。

王志依次从他们头上扯下帽子,抽他们,训他们:"不许你们下班喝酒,偏凑一块儿偷偷喝!你们挣那点儿工资里有酒钱吗?你哥不是返城知青吗?你姐不是返城知青吗?还有你哥不也是吗?居然打劫一个和你们哥哥姐姐有同样经历的人!这事儿要是让返城知青们知道了,没你们几个好果子吃!你们哥你们姐也不会替你们说情!"

三个小青年抱着头,都说:"班长,下次不敢了。"

"算啦算啦,既然他们是返城知青的弟弟,那就饶他们一次吧。"林超然替三个小青年说情。

王志也是骑自行车经过这里,那么现在有两辆自行车了。

他扶着自己的自行车把吩咐:"你,扶这位知青大哥坐我车后架上;你,把油放我自行车后座上;两个旅行包,你俩一人一个,是拎是扛我不管;也有你的事儿,骑上你的自行车,往前追你们的知青大姐,向她通报一下情况,让她早点儿放心!"

那名小青年骑上自行车蹬走了。

林超然大声地:"一直往前骑准能追上她!她叫何凝之!"

何凝之正走着,那骑自行车的小青年从后边超过她,下了自行车,一脚着地,横着自行车拦住她。

何凝之左手摘下右手的手套,右手伸入了大衣兜里,握住匕首防范地:"你想干什么?"

小青年:"大姐别误会,我不是坏人,我是你弟……"

何凝之:"我根本不认识你,闪开!"

小青年:"我姐也是兵团知青。大姐姓何,叫凝之对不对?"

何凝之:"你怎么知道我的名字?"

小青年:"我们几个碰上了大哥,一致决定得送你们二位回家。我们有两辆自行车呢,那不轻省多了?您别往前走了,您怀着孕,看累着……"

林超然和何凝之各坐在一辆自行车上,王志和一个小青年推着他俩;另外两个小青年,一个拎着旅行包,一个扛着面口袋,一行人走在偏僻的街区。

一个小伙子怪声怪气地学刚才那小伙子的话:"大姐,我是你弟……酸不酸啊?你当你也有一个在郊区插过几天队的姐,就真成了人家的弟啦?"

一阵笑声。

一行人走在另一同样偏僻的街区。

王志:"大返城刚开始那一年我就回来了,在家里待了半年多找不到工作,我爸一急,干脆提前退休了,让我能接他班。他是机车维修工,咱没那技术,只得先在装卸队当班长,咱干活那不含糊,所以全队老的少的都挺给咱面子,服管……"

林超然:"现在工作是不是好找点儿了?"

王志:"更难找了,返城的越来越多了嘛!哪儿有那么多岗位留给咱们啊!唉,终于盼到能返城了,却等于一下子打回了待业的原形,跟谁讲理去?"

林超然低下头,一时郁闷起来。

何凝之:"超然,面包会有的,牛奶会有的,不要急,工作也会有的。"

林超然苦笑:"我一点儿没急啊!"

一行人走到某中学校门外,对开的铁栅栏大门被铁链和大锁锁着,门旁的小传达室没窗,另一侧是一排砖房的后山墙。院子里一片漆黑。

一个小青年将铁门晃出一阵响声,院子里静悄悄的毫无反应。

何凝之手里拿着一页信纸,林超然用手电筒照着,两人在看。

何凝之:"我小妹的信上明明写着,我们全家暂时都住在学校里啊!"

林超然:"这还写着,屋子可大啦!"

王志商量地:"我看,要不来喊的吧!"

林超然:"喊什么?"

王志对三个小青年说:"你们三个一齐喊,就喊……何校长,你女儿回来了,还有你女婿!"

那么长的句子,三个小青年干张了几下嘴,没喊出来。

何凝之:"喊'何校长开门'就行。"

林超然:"深更半夜的,喊你爸的名字不好,喊小妹的名字吧。"

何凝之:"那就喊……'何静之,开门'!"

王志对三个小青年说:"快喊吧!"

于是三个小青年大喊:"何静之,开门!何静之,开门!何静之,开门!"

院里,一排砖房的两个窗子亮了。

砖房里。一张特大的"床"上睡着何家二女儿慧之，三女儿静之以及她们的父母；睡着四个人，中间还余好大地方。

四人都已被喊声惊醒，而喊声还在继续。

何母："静之，你怎么把些小流氓招惹了？"

何静之清白无辜地："没有啊！我怎么会招惹他们呢？"

何父："问你自己！没有才怪了！"

何静之："没有就是没有！干吗非把我想得那么低？你们怎么就不问我二姐？"

何慧之："问我什么呀？明明喊你的名字！"

何母："就是！你二姐人家已是护校的学生了，才不会招惹些小流氓！"

何静之抗议地："妈！"

何父穿好衣服下了地，生气地："你住嘴！"

何父走到了外边，身后跟着何静之，手拎铁锹。

何父："你跟着干什么？回去！"

何静之外穿一件棉大衣，也没扣扣；里边是一套紧身内衣，天黑，看不出颜色。

何静之："既然知道是些小流氓，你空着手对付他们安全吗？我保护你！"

何父："用不着你保护！快回去，小心感冒！隔着铁门，小流氓又能把我怎么样？"

何静之央求地："爸！"

门一开，慧之与何母也出来了。

铁门外，王志制止地："别喊了，来人了。"

何父："深更半夜的，你们跑这儿喊什么？再喊报警了啊！"

何静之："报警是客气的，再喊用铁锹拍你们！这院里没有什么何静之,都滚!"

何凝之:"爸,小妹,是我回来了,凝之!"

何静之扔了锹,扑到铁门跟前伸出双手,握住了姐的双手,激动地:"大姐,想死你了!"

何凝之:"你姐夫也回来了!"

何静之:"姐夫,快握下手,也想你!"

林超然笑而无语地与静之握了下手。

何父、何母、慧之也走到了铁门前;何母、慧之也隔着铁门与林超然夫妻握手。

何父却只顾望着林超然夫妻笑了。

何母:"凝之,这次多少天探亲假?"

何凝之:"妈,我们这次回来就不走了,我们也返城了!"

何母激动万分,连连用上海话说些表示高兴的话。她原本是上海人,一激动就会说起上海话来。

林超然:"爸爸,要是身上带着钥匙,先把门开了呗!"

何父:"我光顾高兴了,没想到是你们,也没带钥匙出来啊,我这就回家取!"

慧之:"爸,我去。"一转身跑了。

林超然转身想对王志他们说些什么,这才发现他们一个驮着一个,已骑自行车离远了。

何凝之:"幸亏碰上了他们。要不,我挺着个大肚子,既不能跳门,也喊不了那么大声,那可怎么办?"

何家。何母忙着从箱子往外取棉被,一边说:"怎么也不预先来封信? 幸亏家里多两床被褥,还打算元旦前给你们寄去呢!"

凝之:"归心似箭啊! 一办完返城手续,我俩当天就动身了。妈,屋里怎么不砌火炕火墙? 这多冷啊!"

何母:"临时调到这儿住了,没顾上找人砌。"

静之、慧之在忙着重铺被褥。

静之:"大姐,连这床都是三张乒乓球案子拼的,太窄,靠墙那头搭的板。这纯粹是瞎凑合的一个家!"

何父在为林超然正脚腕子……

何父:"骨头没事儿,扭筋了。忍着点儿,保你一下就好。"

慧之:"姐夫放心。我爸被劳改那十来年里,学会了劁猪,学会了配中草药,学会了对关节,扳脖子、正脚踝……"

何父猝然一用力,林超然"唉哟"一声。

何父:"下地走走。"

林超然站到地上,走了走,笑了:"还真不疼了。"

静之:"记着,欠老丈人一个情啊!"大家都笑了。

天亮了。中学的操场上,一个班的中学生正在上体育课。

教体育的蔡老师喊口令:"立正,向右看齐!"

第一排全体男同学却都扭头看左边——但见从女厕所跑出一个裹着棉大衣的女子,脚穿一双大头鞋;在大头鞋和大衣下摆之间,是一截通红的线裤。

蔡老师:"耳朵都有毛病了?我喊向右看齐,都看左边干什么?"

一名男生:"老师,那你就改口令嘛。右边没看头,左边才有看头!"

静之左脚踩了右脚的鞋带,绊倒了。

同学们笑起来。

蔡老师也看到静之扑倒了,却说:"笑什么?都严肃点儿!"

静之站起,也说:"就是,没见过大姑娘摔跟头啊!"

一名男生喊:"没这么多人列队见过!"

静之:"少跟你阿姨贫!"将大衣往后一撩,呈现上下一身艳红的线衣,双手往腰间一叉,声音清脆地喊:"听我口令,全体,向右转,跑步走！"

学生们竟然特别听话，齐刷刷地跑开了。

静之对蔡老师行了一个屈膝礼，温文尔雅地："您请继续！"

蔡老师："你是静之吧？我是你蔡叔叔，你小时候可不这么的……有意思……"

静之："女大十八变。蔡叔叔再见！"

她跑向了红砖房。

何母正在红砖房那儿抱劈柴，对静之教诲地："你看你刚才哪儿有个大姑娘样儿！你蔡叔叔那儿正上体育课，你捣的什么乱？"

静之："我也没给他捣乱呀！妈，我才返城一年多，你怎么就处处看我不顺眼了呢？再这样我可回北大荒了啊！"

何母："敢！"

静之："谅你也舍不得！"替母亲端着撮子进了屋。

慧之在作为厨房的外间切面。

静之嗞嗞哈哈地凑炉前烤火，并说："二姐，切细点儿啊，要不你等于糟蹋了姐夫扛回来的精粉！"

慧之："在家吃闲饭的人没资格要求别人。"

静之："找不到工作嘛，吃闲饭也不是我愿意的。"

随后进了屋的何母说："静之我还是得说你！你怎么可以随便替你蔡叔叔对学生下口令呢？"

慧之："妈，这你倒应该理解她一下了，在兵团当战士，老听别人对我们下口令啦，逮找个机会，干吗不也对别人下达下达口令？连我都时常有那么一种冲动呢！"

静之："二姐这话我爱听！多谢对我的理解。可我还困呢，得去补会儿觉，吃饭叫我啊！"

她起身进里屋去了。

何母叹道:"慧之,你说静之是怎么了,没返城时,还有点儿淑女的样子,可一返城了,倒贫了呢?"

慧之:"以前父母管着,兵团管着,她又喜欢听夸奖话,可不就得装唄。现在嘛,她要人性大解放了!"

何母:"我看是要原形大暴露了。"

里屋窗帘没拉开,仍黑着。

静之已钻入被窝,在被窝里接连打了几个喷嚏;一掀被子,钻入了旁边的被窝,并说:"大姐我受风了,快搂着暖暖我!"

那被窝里传出的却是林超然的声音:"错了。别轻举妄动,请转移到下一个被窝。"

"哎呀妈呀!"静之一骨碌滚出了那被窝,赶紧又回到自己被窝,用被子蒙上了头。

何母推开门关心地问:"怎么了静之?"

静之在被窝里回答:"虫子咬我了!"

"看你那点胆儿,一惊一乍的!"何母嘟哝着将门关上了。

静之这才从被子底下探出头,责怪地:"姐夫,你换的什么被窝呀!"

林超然:"怎么,得先请示你呀?"

静之:"这要是天还没亮,又都睡得死沉死沉的,那得闹出多大笑话来?"

林超然:"我带回两张狍皮,今晚铺好就和你姐移过去。以后记住,作什么决定之前,先要充分掌握情况。"

静之:"这算个什么家呀! 冰窖似的! 早知道这样,我不返城了。"

凝之:"小妹,别那么多话了! 大姐困死了,体恤体恤我。"

作为厨房的外间,林超然和静之面对面坐小凳上吃面条;静之剥了两瓣蒜放姐夫碗里。

林超然:"爸妈呢?"

静之:"早上班去了。"

林超然:"慧之呢?"

静之:"今天星期一,回护校去了。"

林超然:"看样你放下碗也要出门了?"

静之:"我在参加补习班,准备考大学。"

林超然:"这我坚决支持。"

静之:"替我保密啊,想给我爸妈和大姐二姐一个意外,好让他们对我刮目相看。"

林超然:"问你个事儿,你要老老实实回答。"

静之一本正经地:"只管问,我回答姐夫的话一向老老实实。"

林超然:"你往电线杆子上贴小广告,为自己征婚了?"

静之:"你怎么知道?"

林超然:"昨晚也碰巧了,你大姐看到了。"

静之:"我那是试探性的,摸摸敌情。"

林超然:"你大姐很不赞成你的做法,你要有点儿心理准备。"

静之:"你呢?"

林超然:"我既不反对,也不支持。那究竟是不是一种征婚的好方式,要靠效果来证明。我是一个目的和效果统一论者。"

静之:"不愧是当过营长的,面对矛盾真会和稀泥。"放下碗,站起身又说:"我也得走了,刷碗收拾屋子之类的活,有劳姐夫了。噢,还有一件事。"

林超然:"说。"

静之走到他跟前,小声地:"一年多没人给发工资,不好意思再向爸妈开口了……"

林超然:"要多少?"

静之:"十元二十元都行。"

林超然探手于内衣兜,掏出一卷拾元的钱,点了三张递给静之。

静之:"谢谢姐夫,以后挣了一定还你!"

她高兴地出门了……

林超然扎上围裙,洗刷碗筷,擦案板、捅炉子、加煤、扫地……转眼收拾得干干净净。他摘下围裙,轻轻推开门,悄悄走入里屋,站在那"大床"前俯视妻子……凝之其实已醒了,只不过闭着眼睛在静静地想心事。外边毕竟天大亮了,布窗帘不能完全遮挡住阳光,屋里不那么黑了。

林超然俯身轻吻妻子额头;何凝之睁开眼睛幸福地笑了,并上举双臂,反搂住了丈夫的脖子。

林超然:"别这样,看冻着。"说着,将妻子的双臂放入被窝,坐在"床"边,打量屋子,何家临时的住房,除了外边那间"厨房",再就只有一间大屋了,其实原本是一间教室。那一长排砖房都是教室,何家住的是最把头的一间,墙角还堆着十几双破滑冰鞋和几个破篮球、足球、排球。而挨着"床"那面墙上,不知为什么贴了半壁白纸。

林超然:"我昨晚都想咱们兵团的火炕了。三十多岁的大女婿还挤着住在岳父母家,真羞愧。"

凝之:"不是我家屋子大,你家屋子小嘛,自尊心别太强行不行?"

林超然苦笑:"接受批评。"

凝之:"给我一只手。"

林超然伸出了一只手,何凝之将他的手捺到了被窝里。

凝之:"摸摸这儿,他在动,你希望是个男孩儿还是个女孩儿?"

林超然忧郁地:"男孩儿女孩儿我都喜欢,只不过他来的时间不太好……"

凝之:"我认为时间很好。我们的孩子将出生在八十年代,他多幸运啊!八十年代,我对以后的中国充满了憧憬。"

忽然隔壁传来一阵响声。是许多学生双脚跺地,桌子腿顿地的声音。

隔壁教室门口,一位五十几岁的女教师仰头流泪,她的短发已半黑半白。

林超然认出了她:"夏老师!"

夏老师打量他,忽然双手捂脸,转身哭了。

林超然:"夏老师,我是林超然啊,认出我了?"

夏老师点头。

林超然:"怎么回事?"

夏老师:"这个班的学生罢我的课,说还没宣布我平反,那我就还是现行反革命……"

林超然:"您等这儿,千万别走开。"

他推门走入了教室。

教室里。教室中央还有一只大铁炉子,林超然径直走到了讲课桌边,下边的同学们安静了。

林超然:"别以为你们一闹,立刻就换了一位老师。我不是老师,我是来向你们提出抗议的。因为我妻子正在隔壁睡着,你们弄出那么大动静,我不得不过来一下……"

学生们互相交换眼色。

林超然:"既然过来了,那就和你们多说几句……你们都知道三中是一所什么样的学校吧?"

一名男生:"全省重点中学中的重点,那谁不知道!"

林超然:"我曾是三中的学生,也曾是夏老师的学生,'文革'前,夏老师是三中最优秀的数学老师。而'文革'中,她眼见'四人帮'全面倒行逆施,极'左'思潮谬论泛滥,从一名真正的共产党员对国家和民族的责任出发,利用大字报为武器,对'四人帮'祸国殃民的行径展开了无情的批判。"

肃静中,一个乒乓球掉在地上,滚到了讲课桌那儿,却没人看,都望着林超然。

林超然:"据我所知,夏老师她受尽了种种迫害,是个判过死刑的人,可她绝不屈服。有关方面既然已经批准她到这一所中学来上课了,那就证明很快就会为她平反了。你们能听她上的数学课,是你们的幸运!都烧的什么包?一会儿,我也要重温学生时代,陪着你们来听夏老师的课。确实不想听的,现在就请出去。不出去却偏捣蛋的,我丑话说在前边,那我就要修理他。反正我不是学校的老师,修理了那也是出于义愤,舆论也许会站在我这一边……"

没有学生离开教室。

林超然推开了教室门,满怀敬意地:"夏老师,您请进来上课吧!"

夏老师进入,林超然捡起乒乓球,坐到了最后一排的一个空座,肘支在桌上,双手捧脸,享受般地倾听……

夏老师:"同学们,这堂课我们讲三元二次方程……"

在林超然看来,黑板前的夏老师恢复成"文革"前的夏老师了,看上去那么年轻、生动、神采奕奕,充满朝气,充满了一位数学老师的讲学魅力……那是在明媚的夏季,教室里充满了阳光。

下课了。教室里只剩夏老师和林超然了,师生二人互相笑微微地望着。

夏老师:"超然,谢谢你。"

林超然:"老师,您讲的还像当年那么好。"

夏老师:"又能当老师了,对于我来说,没有比这更幸福的了。"

一名男生走出,瞪着夏老师。

林超然:"你凶巴巴地瞪着老师干什么?"

男生突然地:"无产阶级文化大革命万岁!打倒现行反革命夏纯!"喊完想跑。

林超然一把拽住他:"再喊我教训你!"

男生高唱:"无产阶级'文化大革命'就是好!就是好来就是好就

是好！"

林超然扇了他一耳光。

夏老师："林超然！你这就不对了……"

那男生与林超然撕巴在了一起，难解难分。

几名男生起哄：

"大人欺负学生喽！"

"你有理讲理，凭什么动手打人？"

"打人犯法你不知道啊！"

教学楼里，校长办公室，五十几岁形象斯文的何校长在打电话："老同学，这事儿你别推，千万替我想想办法。我有四个班的学生不得不在平房里上课，大冬天的，暖气接不过去，行行好，千万拨给我们学校几吨好煤！"

门突然开了。林超然被何母推入，接着何母拉进被打的那名男生。

何父放下了电话："怎么回事？"

何母："超然打了我班这名学生，你当校长的说，该怎么办吧？"

何父责怪地："那你也别……我正打电话走后门，想给学校搞几吨好煤……"

何母："我是他班主任，我的事和你的事同样需要解决！"

何父："好好好，解决，解决。"问林超然："超然，为什么打他？"

林超然："他扰乱课堂纪律，夏老师都没法上课了。我警告他，他下了课继续冲夏老师乱喊乱叫！"

何父的目光望向了那名男生，男生桀骜不驯地把头一扭。

林超然："他凶巴巴地瞪着夏老师，还喊'文化大革命'万岁！"

何母："但他毕竟是一名中学生！"

何父将林超然扯到了一边，小声地："给我个面子，道歉。"

林超然走到了男生跟前，不情愿地："算我不对，行了吧？"

男生:"不行!"

林超然:"那你说,怎么才行?"

男生猝然扇了他一个大嘴巴子:"这样才行!"摔门而去。

林超然摸一下脸,嘟哝:"小崽子,下手真狠。"

何父瞪着何母说:"你看你,这点儿事儿自己都处理不了。"

何母:"我刚才让超然道歉,他不听我的嘛!"

何父:"他们小两口昨天刚回来,今天你就使超然挨了一记耳光,你也向超然道歉!"

何母:"超然,对不起啦,我想不到那学生来这一手……"

林超然苦笑:"我认了。我不是先打的他嘛。可据说,知青刚返城那年,城里许多人都说'狼孩儿'回来了。我看,他们没造过反下过乡的,身上也有几分狼性。"

何母:"是个别现象。那学生他父亲是'文革'中的造反派头头,牵扯到'文革'中的人命,被抓起来了……"

何父叹道:"全校有好几名这样的学生。"对何母说:"替我写通知出去,星期六放学后开会,专门讨论怎样对待那几名学生的问题。据我了解,在有的班级,老师和同学都歧视那样的学生,这肯定是不对的。'文革'那一套,绝不许在我当校长的这所中学重新上演!"

何母:"你是代校长。"

何父:"那也是校长!"

林超然:"爸,妈,我先走了啊!"

林超然走后,何父又抓起电话,拨号后大声地:"老同学,还是我,求求你了!要烟要酒?直说!一吨够干什么的?怎么也得四吨!好好好,两吨就两吨吧,可得快啊!……"

何母悄悄退出。

何父放下电话,沉思。

蔡老师进入,请示地:"黑龙江大学毕业的一名工农兵学员前来自荐,请求接见他一下。他还提到了凝之,说和凝之曾是一个连的……"

何校长:"那层关系在我这儿完全不考虑,学什么的?"

蔡老师:"历史。我陪他聊了会儿,觉得他能讲得不错。"

何校长:"好极,好极。我正愁到哪儿去物色一位有水平的历史老师呢,快请进来!"

蔡老师出去,何校长往茶杯里放茶,倒水。

一名二十七八岁文质彬彬的,围围巾、戴眼镜,穿中式棉袄的青年进入。

何校长头也不抬地:"欢迎,诚挚欢迎。先请坐。我们这所学校,那也曾是区重点,以后我们要争取成为市重点……"

青年:"不用沏茶。"

何校长:"大冷的天,哪儿能连杯茶都不喝呢!"

青年:"谢谢了。"取下眼镜,用围巾擦;而何校长将椅子放到了他跟前,坐于他对面。

何校长:"你怎么称呼?"

青年:"我姓何,何春晖。"戴上了眼镜。

何校长:"那咱俩是一家子。先喝口茶,安徽老家寄来的好茶。自从我归队了,就又能喝上家乡的茶了。"

何春晖端起杯呷了一小口茶。热气在他眼镜上形成一层雾,他放下茶杯,又取下眼镜用围巾擦。

何校长看看他,回忆地:"我对你好像有点印象……"

何春晖戴上眼镜,也望着何校长……

"文革"期间。戴着"红卫兵"袖标的学生在操场上批斗校领导和老师,被批斗者中有何校长夫妇。当年的何春晖手握对折的皮带,用皮带指点着何母,大喊大叫,并抓住何母头发,按她的头……

何校长怒斥他。

何春晖恼羞成怒,向他头上抽了一皮带,何校长额角流下血来……

何春晖也从何校长额角明显的伤疤认出了他,发呆。

何校长:"你原名不叫何春晖,而叫何风雷,对不对?"

何春晖不由得站了起来。

何校长也站了起来,冷冷地:"真想不到。你认为我们还有必要谈吗?"

何春晖无地自容,转身就走。

何校长:"帽子……"

何春晖返身抓起帽子,匆匆而去。

何校长手摸伤疤,陷入沉思。

他抓起电话,拨号,说:"李校长吗? 我是老何。有件事,也可以说是有个人,我得跟你打声招呼,别让他混入新时期的教师队伍……"

凝之陪林超然回家。与何家冰窖似的临时住房相比,林家小而温馨,是从前老旧的砖房,只一屋一厨;但住屋有吊铺,各处都干干净净,一尘不染。住屋墙上挂着成排的相框,镶的都是林父的奖状。

林母正在床上缝小褥子,听到敲门声,问:"谁呀?"

外边,林超然扒窗往屋里看,大声地:"妈,是我,超然!"

门开了,林母惊喜地:"是你俩呀! 我耳朵有点儿背了,敲好几次了吧?"

何凝之:"妈,他敲的轻。"

说话间,三人进了屋。

屋里只有一张桌子两把椅子,林母一直拉着凝之的手不放,让她看小褥子:"看,我正给我孙子絮小褥子,用的是新棉花新布。"

凝之："妈,也许是个孙女呢,那您不会太失望吧?"

林母："我梦里总是梦见得了个大孙子,八九不离十那就是个孙子了! 不过,要偏偏来个孙女,那我也能高高兴兴地面对现实。"

林超然："妈,是真心话吗?"

林母："一边去! 我和凝之说话,没你插嘴的份,把椅子挪床前来!"

林超然："我要不插话,你眼里好像就只有媳妇,没有儿子了!" 说着将一把椅子放在了床前。

林母："凝之,坐下。"

凝之坐下了。

林母细细端详地："我媳妇气色挺好。"

林超然："妈,你好歹也看我一眼嘛! 你这不等于把我干一边儿了嘛!"

凝之笑道："你也坐妈旁边呀!"

于是林超然坐在床沿上。

林母："你俩的东西呢?"

林超然："妈,我俩咋天出火车站都半夜了,就直接去凝之家住下了。"

林母："半夜三更的惊扰你岳父母家,那做得不对吧? 自己又不是没家……"

林超然："咱家不是……"

凝之抢着说道："咱家的路不是远点儿吗? 妈,是我的主意,埋怨他就太冤枉他了。"

林母："那,这次探家能住多久?"

林超然与凝之互相看看。

凝之："跟妈说实话吧。"

林超然："妈,我俩也都返城了。"

林母看看儿子,看看媳妇,嘴唇抖抖地说不出话。

老人家忽然双手捂脸抽泣了……

第二章

林母哭得令儿子和儿媳大为不安。

凝之:"妈,你怎么伤心起来了? 怕我们返城了给家里添麻烦?"

林母连连摇头:"不,不是,妈是高兴得哭了呀! 我这辈子,就没敢梦想着能过上几天和你们一起生活的日子! 以后好了,岂不是天天都能看见你们了?"

老人家噙泪笑了。

林超然和凝之也笑了。凝之掏出手绢替婆婆擦泪,林母接过手绢自己擦。看得出,婆媳两人,感情甚笃。

林母:"超然,你返城的事儿,暂时不要跟你爸说……"

林超然:"我知道。我收到了一封我爸让我妹代他写的信,他嘱咐我要留在兵团好好干。既然已经是营长了,那就要争取当上团长、师长,家里也跟着好光荣。"

林母:"你爸他多次也是跟我这么说的。这不表明他对你没感情。其实他可想你了,有时做梦都叫出你的名字来。他是一心指望你更有出息,他也跟着长脸。他倒是盼着你弟返城,你弟为什么还不返城?"

林超然:"妈,我以前不是说了嘛,我弟在那儿处上对象了,那姑娘是

28

当地老职工的女儿,既漂亮又贤惠,两人感情很深。"

林母:"那,要是一结婚,他不就返不了城了?"

林超然:"肯定是那样。"

林母:"他春节前也不回来探家了?"

林超然:"这……他说要在姑娘家过春节……"

林母又哭了:"他这不就是有了媳妇忘了娘吗?我已经三年多没见着他了,甚至连信也写得少了。老大,妈想他可比想你还厉害啊!他毕竟是个小的,也不像你那么方方面面都行……"

林超然不知说什么好。

凝之:"妈,超越不是您说的那样,初次谈恋爱的小伙子都有那么一个阶段。他还采了不少木耳和蘑菇让我俩捎回来了呢,过两天我就给家里送来……"

林母:"别往这边送了,留着你们那边吃吧。"

凝之:"他采得多,怎么也得送过来些。"

突然,厨房传进母鸡下蛋的叫声。

林超然有意岔开话题:"妈,还在厨房养鸡了?"

林母:"就养了一只,不是图的不用买鸡蛋了嘛,再说冬天也不容易买到。你俩等着,我给你俩一人冲碗蛋花儿!"

林母起身到厨房去了。

林超然和妻子都如释重负地长出了一口气。林超然紧握了一下妻子的手,耳语地:"谢谢。"

凝之也反过来紧握了林超然的手一下。

林超然:"妈,我不吃,给凝之冲一碗就行。"

凝之:"妈,我现在也不想吃。"

林母的声音:"凝之,超然不吃可以,你得吃。你现在正是需要增加营养的时候,为了孩子那也得吃!"

林超然和妻子相视苦笑,凝之将头靠在超然肩上。

林母端碗进来,放桌上,说:"先凉会儿。凝之,超然不吃,两个我都打在一碗里了。你可得听话,一会儿都喝了,啊?"

凝之顺从地:"妈,我听您的。"

林超然:"妈,我爸在什么地方上班? 我想去看看。"

林母:"在江北。具体什么地方我也不太清楚,那得问你妹。你何必急着去看,到晚上父子俩不就见着了?"

林超然:"我是想知道他干活的环境,干的又是什么活儿。"

林超然刚离家门几步,听到背后凝之在叫他,转身一看,见凝之也跟出了家门。

他又走回到妻子跟前。

凝之:"别忘了,先要把罗一民的工资给他。"

林超然一拍书包:"忘不了,带着呢。"

凝之:"超然,我喝不下那碗蛋花儿。我从没对老人家说过谎,可今天,帮你圆了个弥天大谎,这谎要骗到哪一天为止呢?"

她流泪了。

林超然将双手搭在她肩上,安慰地:"我也不知道,能骗多久骗多久吧! 哪天实在骗不下去,真相暴露了,咱俩也就解脱了。"抬手替她抹去眼泪,又说:"要尽量装得高兴,千万别让我妈看出来你流过泪,啊?"

凝之点头。

某街角小商店里,林超然的妹妹林岚在用提子一下下往一个大瓶子里灌酱油,柜台前站着一个小女孩儿。

门一开,林超然进入。

林岚惊喜地:"哥哥!"

林超然:"先给人家装完酱油。"

林岚给那女孩装完酱油,用抹布擦了擦瓶子,递给那女孩抱着,嘱咐:"路滑,走好啊。"

林超然替女孩开了门,女孩出去后,妹妹也绕出了柜台,抱住了他的腰。

另外一名女售货员笑望他俩。

林超然:"别这样,让别人笑话。"

林岚:"不管!亲亲我!"

林超然无奈,应付地在妹妹脸上亲了一下,妹妹这才放开他。

林岚:"哥,啥时候回来的?"

林超然:"昨天半夜。"

林岚:"和我嫂子一块儿回来的?"

林超然:"当然。"

林岚:"你俩也是返城了吧?"

林超然摇头。

林岚失望地噘起了嘴。

林超然:"不过这次探亲假很长。"

林岚又笑了。

林超然摸了她头一下:"到咱爸干活那地方怎么走?给我画张图,我要去看看。"

林岚:"徐姐,给我找张纸。"

那被叫作徐姐的售货员从意见册上撕下一页纸递给林岚,两眼却直勾勾地甚至可以说色迷迷地盯着林超然,盯得林超然很不自在。

林岚从衣兜上取下圆珠笔,在纸上画着,标着;林超然问:"你罗一民哥哥的铁匠铺子还开在原地方吧?"

林岚:"嗯,没挪窝。"

林超然刚一离去,那叫徐姐的售货员迫不及待地问:"哎,林岚,你哥和你嫂子会不会离婚?"

林岚不悦地:"你乱说些什么呀!人家两人好着呢!"

徐姐沮丧地:"唉,那没我什么戏了!以往十年里,咱哈尔滨的好小伙子都下乡了,可苦了我们少数留城的姑娘了,找个称心如意的对象难死啦!"

林岚:"也不能那么说吧?我觉得我的对象就称心如意。"

徐姐:"那是你们小不拉子之间互相找,我指的是我们那一拨儿!你哥真英俊,看着就让我想入非非!哎,如果他有离婚那一天,而我还是没嫁出去,你可得第一个替你哥考虑我啊,我希望捡个漏儿!"

林岚:"你越说越不正经了,不理你啦!"

某一条小街的街角,一棵枯树上,挂着一串亮晶晶的铁皮做成的葫芦,简陋的牌匾上写的是"罗记铁匠铺"。屋内传出敲砸铁皮的声音。

一辆上海牌小汽车缓缓开到了这条街上,停在铁匠铺对面。车上踏下一位戴水獭帽子,穿呢大衣的七十多岁的老者,围着长围巾,气质不凡,一看就是长期生活在国外的人。

他望了望牌匾,跨过小街,走到门前,敲门窗。

屋里,罗一民正在做铁撮子;他旁边蹲着一个学龄前男孩,叫小刚,一双小手捧着脸,目不转睛地看着,眼神儿里充满崇拜。

罗一民:"聋啦?开门去!"

小刚起身去开了门,礼貌地:"爷爷请进。"

老者进入,打量屋子。架子上,做好的铁皮成品摆放有序,一切井井有条,看来罗一民是一个讲究环境秩序的人。

罗一民站了起来:"老先生,要做什么?"

老者:"桶。你能做吗?"

罗一民笑了:"小菜一碟儿。"

老者:"什么意思?"他的中国话说得不怎么流利。

小刚:"叔叔的意思是,那特容易,各式各样的桶他都能做。"

罗一民摸摸小刚后脑勺,点了点头。

老者："我要做十只。最大的直径三十厘米，一个比一个小，最小的直径三厘米，能吗？"

罗一民奇怪地："用来干什么的？"

老者："那你别管。"

罗一民犹豫。

老者："如果你答应下了，工钱好说。你开个价，我不还价。"

罗一民鼓了鼓勇气："十个……那，怎么也得一百五十元……"

老者微微一笑："没问题。"

小刚："爷爷，得先交一半订金。我罗叔叔给别人做活都这样。"

老者："不但完全同意，而且我要一次性交全款。"

罗一民："老先生，那倒不必，先交订金就行。"

老者掏出了钱包，一边点钱一边说："我相信你的手艺。不一定是我亲自来取，付完全款对我来说反而省心了。"

罗一民："那就随您便了。"

老者："这是二百元。其中五十元给这孩子。因为他是个既机灵又有礼貌的孩子，我喜欢他。"

罗一民："这……"

小刚："多谢爷爷。"

老者也摸了小刚的头一下，问罗一民："什么时候能取？"

罗一民："活多，两个月以后行不？不行我往前赶。"边说边点钱。

老者："行，不急用。"

罗一民："多了张一百美元的。"随即还给老者。

老者："我点马虎了。"接过，揣起后说："告辞了。"

罗一民替老者开了门，并送出门外。

老者发现他一瘸一拐的，问："你的腿……"

罗一民："当知青时，在一次事故中被车轮轧断过。"

老者:"请止步吧,我那儿有车。"说着,匆匆跨过小街,坐入了车里。

罗一民目送小汽车远去,一转身,见林超然站在面前。

罗一民惊喜地:"营长!"

两人情不自禁地拥抱。

林超然:"我这个营长也返城了。"

罗一民:"那就对了! 都走了,就剩你一个光杆司令,兵团也变回农场了,你若不走对当地反而是个麻烦!"

屋里,两人坐在小凳上,守着小铁炉子吸烟。

蹲在一边的小刚说:"叔叔,你今天发了!"

林超然:"是吗? 怎么发了?"

罗一民:"听他乱说! 不过刚才来了位老先生,要做一批活,还交了全款。"

小刚:"一百五十元!"

林超然:"曜,一笔大数! 真可以说是发了!"

小刚:"叔叔,我那五十元你怎么还不给我呀?"

罗一民:"五十元怎么能随便给你? 等于大人一个多月的工资,我得当面给你妈! 没见我陪这位叔叔说话吗? 别泡在我这儿了,回家吧!"

小刚低下头,一副不情愿的表情。

罗一民:"不听话我可生气了,五十元也不给你妈了!"

"叔叔们再见!"小刚一下子跑出去了。

林超然抚摸罗一民的左膝,友爱地问:"还疼不疼了?"

罗一民:"有时还疼。冬天不太敢出门,怕受风寒。一旦受了风寒,那是非疼不可的。"

林超然:"一民,你也是我的救命恩人。"

罗一民笑了:"说什么呢? 都啥关系了,还说那种话!"

林超然也笑了……

北大荒的冬季,一辆车厢里载着十几名男女知青的卡车行驶在山路上……

卡车上坡时,车轮一打滑,车厢斜向了路边,并继续滑……而路的另一边是峡谷……

车厢里的知青们惊恐万状,有的不由得抱在了一起,有的跳下了车……

跳下了车的林超然站在车头前,冲司机挥舞手臂大喊大叫:另两名跳下车的知青一个双手在推车厢后挡板,一个在用后背顶。

继续后滑的车轮。

两名知青滑动的大头鞋。

车厢已很接近峡谷了,车上的知青不往下跳处境危险,往下跳也很冒险。

但还是有一名男知青冒险跳下了车厢……是罗一民。

罗一民看着车轮,迅速脱下棉袄卷成一团;他往地下一坐,将卷成一团的棉袄放在左腿上,同时将左腿伸到了车轮底下。

罗一民仰天大叫,昏倒。

卡车轮压在他腿上,停止了后滑。

团部某办公室。林超然在与一位中年干部说话,他站着,后者坐着。

中年干部:"一大清早,你从马场独立营跑到团部来,非指名道姓地向我要罗一民,你可知道罗一民的问题属于什么性质?"

林超然:"我不管什么性质,反正我们马场独立营要定他了!您不同意,我今天不走了。"

他也坐下了。

中年干部:"小林,林营长,你可不兴这样啊!"凑向林超然,压低声音又说:"罗一民的问题是严重的,是现行反革命的性质,师部定的。"

林超然："我了解过了。他不过就是过年时喝醉了,说了几句不该说的话吗。"

中年干部："不该说的话? 他说……他来到这个世界上,本是一向按一个好人的标准来要求自己的,可'文化大革命'几乎使他变成了一个邪恶的人! 他有罪,'文革'也有罪! 这样的言论,难道还够不上反动吗? 那还得多反动? 小林,别忘了你刚刚当上营长,你不能凭着一时的冲动做事情,你要懂政治!"

林超然："股长,有烟吗?"

中年干部从兜里掏出烟盒,递给他一支,自己也叼上一支,并首先替他点着烟。

林超然吸着烟,沉思着。

中年干部看着他,问:"想通了?"

林超然："那我也还是要他。"

中年干部："这……你看你,你怎么……"

门一开,进来一位现役军人,是团长。

两人立刻按灭烟,站起,立正。

团长："我听人说,你个林超然,一大早就跑到军务股来吵架,有这么回事吗?"

林超然："报告团长,绝对没有那么回事,是某些不负责任的人向您瞎汇报!"

中年干部："报告团长,他一大早就来磨我,非要求我将一名知青调到他们马场独立营去!"

团长："按编制,他们马场独立营确实还缺人。铁打的营盘流水的兵,他只要一名知青,你也别太官僚主义,调给他就是了嘛!"

林超然又一立正,啪地敬了一个礼:"多谢团长批准!"

中年干部："可他要的是罗一民!"

团长："嗯? 罗一民的情况你了解吗?"

中年干部:"我已经对他说了。"

团长:"那你也坚持要?"

林超然坚决地:"对。"

团长坐下了:"说说理由。"

林超然:"前几天他救了不少知青的命,我也是其中之一……"

团长:"那我听说了,很英勇。如果不是因为他头上戴着政治罪名,本应该树他为全团、全师,甚至全兵团的英雄人物……怎么,你是出于报答?"

林超然:"有那一种原因,但不完全是。我们营部缺少一名勤杂人员,他的腿落下残疾了,只能算半个知青劳动力了,我把他调过去当营部的勤杂人员,体现着一种对劳动力使用的节省思维。马克思的《资本论》认为……"

团长:"打住。别跟我瞎扯,这件事儿犯不着搬出马克思和他的《资本论》。那个罗一民,哪都可以调他,就是不能到你们营!"

林超然:"团长,为什么?"

团长:"因为你是全团唯一的知青营长!团里有责任特别爱护你!"

林超然:"团长,我还是不明白。"

中年干部:"如果罗一民成了你的部下以后,哪天又弄出件反动不反动的事儿,连你也会有政治责任的。团长是为你好!"

团长:"明白了?"

林超然:"团长,我替他保证……"

团长一拍桌子:"思想在他脑子里,脑袋长在他脖子上,你替他保证得了吗?!"

林超然一愣,张张嘴,没说出话。

团长站了起来:"反动不反动的,在我看那还是小事!一个二十几岁的知青,头脑里能生出什么真反动的东西?我是怕他哪一天想不开,做了什么伤害别人的事情!那你林超然责任就大了!"

中年干部："林营长,我再说一次,团长是为你好。"

林超然激动了："可是谁为了罗一民好?"

团长和中年干部都愣住了,互相看。

林超然："他一条腿已经落残了,可他在他那个连还得和大家干一样的活,不受半点儿照顾,这对他公平吗? 人道吗?!"

中年干部也激动了："还不是因为他……"

团长："别打断他,让他说。"掏出烟斗吸起烟来。

林超然也掏出了烟盒……

中年干部："小林!"使眼色不让林超然吸烟。

团长："让他吸!既然都学会了,想吸了,干吗非不许他吸? 我这儿都吸上了,那对他不是又不公平,又不人道了?"

林超然生着气吸烟。

团长："教训我啊,我洗耳恭听呢!"

林超然："给我纸和笔!"

中年干部："干什么?"

林超然："我立下字据! 如果罗一民到了我们营,他再惹出任何事情,我负一切的责任! 大不了当不成营长了! 我又没想当上了营长再当团长……"

团长："嗯?!"

林超然："对不起,是气话。"

团长对中年干部说："你看他,咱们是为他好,他反而来气了。"又一拍桌子："你来气我还来气呢! 我还是刚才那句话,哪都可以调他,就你们营不可以!"

林超然："那我这个营长不当了,我要求调到他那个连去行不行?"

团长："来真的?"

林超然："当然来真的!"

团长："你你你你这不是故意气我嘛!"

林超然:"团长,我也是一名知青呀!我更理解一名知青处在他那种境况之下,内心里会有些什么想法!"

团长:"说给我听。"

林超然:"他绝不会再说什么反动的话了,更不会伤害任何人!但……说不定哪天他就会把自己给了断了!我这个被他救过的,当上了知青营长的人,总得在那种事发生之前做点儿什么吧?"

团长和中年干部又互相看着。

团长:"你怎么知道的?"

林超然:"我到他们连去看过他了。"

团长站了起来,走到窗前望窗外,片刻转过身对中年干部命令地:"我批准了。"

林超然笑了。

团长走到他跟前,将一只手按在他肩上:"那,罗一民可就交给你了——明白我这句话的分量吗?"

林超然点头。

一辆马车悠悠而行。林超然赶车,车上坐着罗一民,旁边放着行李、网兜……

罗一民:"为什么非要把我调到你们马场独立营?"

林超然:"因为你在我们那儿情绪会好点儿。"

罗一民:"为什么亲自来接我?"

林超然:"我喜欢赶马车。尤其喜欢赶长途马车。"

罗一民:"为什么不事先征求一下我的意见?"

林超然:"没那必要。"

罗一民:"为什么你认为没那必要?"

林超然:"谁都不愿整天看到某些打自己政治小报告的人,尤其在他们的目的达到了的情况下。"

罗一民:"为什么你要同情我?"

林超然:"你哪儿那么多'为什么'啊?如果我问你……为什么要豁出一条腿甚至可能是生命救大家,你能回答上来吗?"

罗一民:"如果我并不感激你呢?"

林超然:"你当时那么做救了大家,难道是为了日后获得感激吗?"

罗一民被反问得一怔。

林超然一挥鞭:"驾!"

马车在雪野上奔驰起来。

马场独立营的一间宿舍里,火炕上腾出了能够铺下褥子的位置。林超然与罗一民走了进来。

林超然:"你睡这儿。你这边是我弟弟林超越,希望你俩成为好朋友。"

罗一民将东西放在炕上,淡淡地:"要是成不了呢?"

林超然:"那我也没办法啊!边防部队刚刚从咱们马场接走了几百匹马,目前只剩几匹种马了。咱们营现在的任务是配合工程连修路,而你,每天烧烧炕就行了……"

罗一民:"你就不怕有人攻击你包庇一名思想反动的知青?"

林超然:"马场独立营现在还没出现那种小人。在这儿,你和大家没区别。"

罗一民:"有。"

林超然一愣。

罗一民:"别人都去修路,我只烧烧炕,这明摆着是照顾。"

林超然:"这点儿照顾,你当之无愧。"

他拥抱了一下罗一民,罗一民反应淡漠。

林超然走后,罗一民坐炕边,呆呆打量新环境。

天黑了,知青们都在睡觉。

罗一民起床,外出。

林超越也起床,跟出。

罗一民:"我上厕所,你跟着我干什么?"

林超越:"我也上厕所。"

罗一民:"撒谎!"

林超越:"真的。"

罗一民:"你哥让你这么保护我的?"

林超越:"我没接受他的什么特殊任务。"

罗一民:"你这话是此地无银三百两!"

林超越:"冷死了,别在这儿审我了呀!"搂着罗一民往厕所跑……

静静的冬夜,厕所里传出罗一民和林超越的对话:

"你小子怎么就这么听你哥的话啊? 我蹲坑,你也装模作样地陪我蹲坑! 告诉你哥,让他把心放肚子里,冲他非把我调来不可,我罗一民不生一死了之的念头了!"

林超越:"你多心了,我跟来可不是为了监视你!"

罗一民:"还撒谎! 你连屁股也没擦就往起站! 有你这么蹲坑的吗?!"

林超越:"我……我这几天大便干燥……"

罗一民:"我看你是大脑干燥! 从明天起,把你哥交代给你的任务给我忘了!"

两人的身影缩头缩脑地往宿舍跑……

两人进了宿舍,见炕上乱作一团——有人的褥子烤着了,在大口往褥子上喷水……

褥子的主人："罗一民,你他妈的把炕烧这么热干什么?"

罗一民："对不起,没烧过炕,把握不好火候,以后一定改正。"

褥子的主人："火你妈个候啊!你把我们当成贴饼子啊!"

罗一民："你嘴里再不干净的,我可对你不客气啊!"

褥子的主人："你他妈的毁了我的褥子,我还想对你不客气呢!"那人光脚跳下地,挥拳朝罗一民便打……

林超越擒住了对方腕子："他道过歉了,你嘴里还不干净,这可就是你的不对了!"

对方："放开我,我非揍扁他不可!"

罗一民："超越,你放开他,我倒要领教领教,看他怎么就能把我揍扁了!"

门一开,林超然进入。

林超然："超越,放开他。"

林超越放开了对方的腕子,刚要说什么,被林超然制止。

林超然："我在门外听多时了。超越,把你的褥子铺他那儿。"

林超越照办。

林超然："你睡一民的被窝。"

林超越点头。

林超然卷卷罗一民的被子,夹腋下,搂着罗一民说："你跟我睡营部去。"

罗一民不情愿地跟着他走。

林超然在门口转身,对褥子的主人冷冷地说："为了以后说话干净点儿,你应该每天多刷几遍牙,多漱几次口!"

营部炕上,林超然仰躺着,罗一民背对他侧躺着。

林超然："你刚才表现不错,总的来说,还算有克制力。这是我没想到的,我更对你刮目相看了……"

罗一民发出了鼾声。

林超然:"白表扬了!"说罢一翻身也睡了。

已是夏天,罗一民在擦营部的窗子……

篮球场上,知青们在打球,看球。

林超然骑马驰来,在营部门前下了马,将马拴在拴马柱上之后,兴冲冲地进了屋,从桶里舀一瓷缸水,一饮而尽。

他放下缸子,看着罗一民说:"自从你来了,许多人居然能喝上凉开水了,火墙烧起来也不倒烟了,宿舍干净了,事实证明我硬把你调来是正确的。"

罗一民脸上的表情毫无变化,也不接话,仿佛根本没听到,仍擦窗不已。

林超然:"一民,你下来。小心点儿,别摔着。"

罗一民从窗台上下来了。

林超然:"把窗关上。"

罗一民关窗,林超然关另一扇窗,两扇窗都关上了,屋里安静了。

林超然走到罗一民跟前,从书包里掏出一个大信封,交给罗一民,郑重地:"认真填一下,尽快给我。"

罗一民:"什么表?"

林超然:"兵团总部对残疾知青返城条例作出了新规定,比以前宽松多了。我到团里去给你要了一份,将你作为咱们独立营唯一的申请人报上去,估计有希望……"

罗一民却不接信封。

林超然:"怕回去找不到工作陷于困境?我了解过了,不会的。哈尔滨缺人的单位很多,营里再给你写一份好鉴定,不会成什么问题的。"

罗一民:"工作倒不难解决。我还不愿成为单位人呢,我父亲被允许开了家铁匠铺子，他老了，视力不济了，快干不了啦。我回去接替他，每月挣几十元不在话下。"

林超然："那快接着呀！"

罗一民："可为什么不跟我商量，自作主张地就把我调来了。又不跟我商量，自作主张地就去团里为我弄了这么一份表？你太不尊重我了，关于我的事，总得跟我事先商量商量吧？"

林超然将一只手放在了罗一民肩上，真挚地："一民啊，如果你的话意味着是一种抗议，其实我两次那么决定之前都考虑过了。但为什么还自作主张地那么做呢？因为有的事，我根本就没把握一定能办到。明明自己不太有把握，再事先征求你的意见，万一你抱很大希望了，而我使你大失所望了呢？所以我宁肯先自作主张地去做，宁肯办成了反而面对你的不领情。我确信，我努力去办的事，对改变你的人生处境是有益无害的，并且我是在为一个本质良好的人去办的……"

最后一句话，竟使罗一民一抖。

罗一民："营长，你最后那句话，未必是对的。"

林超然："那也未必是错的。好人在别人说自己是好人的时候才羞愧。到目前为止，你这个人身上只有一点是我不喜欢的……"

罗一民："哪一点？"

林超然的第二只手也放在他肩上了："你的自尊心。"

罗一民："人不应该有自尊心吗？"

林超然："但你的自尊心是病态的，也是脆弱的。好人才不会不近情理地拒绝别人的善意和帮助。因为好人明白，那也等于是给予别人做好人的机会。"

罗一民："就算我接受你的批评了，那我也不会填表。"

林超然："我不强迫你，但请给我个明白。"

罗一民："兵团不给我平反，我是绝不会离开北大荒的！"

林超然的双手都从他肩上放下了："你好糊涂！你父亲已经是晚期

胃癌了,你当我不知道吗?他就你这么一个儿子,你母亲那么早就去世
了,他又当爸又当妈把你抚养大容易吗?早一点儿返城,早一点儿在他
身边尽尽孝心,在我看来更重要!否则你会后悔一辈子的!人一辈子都
在后悔那种滋味不好受!平反的事你返城了我也会替你挂在心上的,我
相信早晚能有那么一天……"

罗一民流泪了:"营长,那我听你的。"

林超然:"听我的就对了!"

罗一民从桌上将大信封拿了起来……

林超然欣慰地笑了。

两人还坐在小炉旁。

林超然:"刚才那是谁家孩子?"

罗一民:"街坊家的。他妈是小知青,在郊区插过队,结过婚,离过婚,
后来带着他返城了。孩子真是个好孩子,我喜欢他,他也亲近我……"

林超然:"别只说孩子,他妈对你有那种意思了吧?"

罗一民:"实话实说,有。一得空儿就到我这儿来!不是帮我做这做
那,就是对我没完没了地倾诉,翻过来调过去就是她插队受的种种苦,烦
死我了!"

林超然:"别烦啊!谈恋爱本来就是件需要耐心的事儿嘛!"

罗一民:"我?和一个寡妇谈恋爱?还拖着个小油瓶!那我甘愿打
光棍!"

林超然笑了:"刚才你还承认自己喜欢那孩子!得了,不说你那事儿
了。现在我已不是你营长了,也是返城知青了,不为你的个人问题操那
份心了……我来是给你送钱的。"

罗一民:"钱?"

林超然:"你还记得你离开老连队时,连里差你三个半月工资吗?"

罗一民:"当然记得。说我那三个半月是被劳改,所以不能补给我。

什么时候想起来都生气……"

林超然从书包里取出一个厚信封,抓起罗一民一只手,拍在他手心上:"我替你要到了,点点。"

罗一民将钱从信封里抽出一半,看看不禁地眉开眼笑:"我今天真是财运亨通啊!别鄙视我见钱眼开啊,我想不笑都不能了!"

他更加笑得合不拢嘴,站起,一瘸一拐地拿着钱走入里屋去了。

林超然看这看那……

罗一民出来了,仍满面喜色,豪爽地:"今天我觉得我忽然成了有钱人了。什么时候你缺钱了就打个招呼,别见外。"

林超然:"会的。坐下,还有事儿。"

罗一民坐下了:"别接着是件不好的事啊!"

林超然:"谈不上多好,但也没什么不好。"又从书包里取出了一个信封递向罗一民:"我说过我会把你平反的事儿挂在心上的。里边是团里师里出的平反证明。"

罗一民接过,看看说:"其实我返城以后,没任何人把我当现行反革命看。我的档案由街道掌握着,粉碎'四人帮'以后,有一个时期街道上还视我为反'四人帮'的英雄人物呢!这没什么意义了是吧?"

林超然:"是啊,没什么意义了。当纪念性的东西保留着吧。"

罗一民:"好,听你的。"

林超然站起来。

罗一民急说:"不许走!我也不干活了,我请客,找地方喝个痛快。"

林超然:"不行,我还要到江北去看我父亲。看看我六十多岁退了休的老父亲,为了生活,在什么情况下,还在干着什么活儿。"

罗一民理解地:"那我不勉强了。江北挺远的呢,我这有辆小破三轮车,你骑着去。"

他从钥匙链上取下一把钥匙给了林超然。

林超然骑着小破三轮车的身影行驶在一条街道上,他将车停在一处存自行车的地方。

他匆匆在江畔走着。雪后的江畔风光美好,观景照相的人不少,他却目不旁视,只管大步腾腾往前走。

他走在江桥上。

他来到了江北,来到了父亲干临时工的工地,那是郊区的一片荒野,堆着一堆堆水泥预制板,停着两辆卡车。

他进入破败的工棚,见大铁炉子周围,有些小青年吃饭、下棋、打扑克;什么地方有收录机,播放着迪斯科音乐……

他大声问一名小青年:"请问林师傅是不是在这儿干活?"

小青年:"什么?这儿没有驴师傅!"

他用目光四处寻找,发现了收录机,大步走过去将它关了,工棚里顿时安静下来。每个人的头都转向他,每个人的目光都瞪向他……

林超然:"请问林德祥林师傅是不是在这儿干活?"

一名青年:"老东西从不在工棚里休息!"

林超然皱眉又问:"那他在哪儿休息?"

青年:"外边!"

林超然:"外边?为什么?"

另一名青年:"我们怎么知道为什么?自己找去!"说完又打开了收录机。

工棚里又听不到说话声了……

林超然只得退出了工棚,举目四望,却见一道覆盖着积雪的土坡后边升着青烟……

林超然翻过土坡,见到的是这么一种情形……有处地方被铲出了凹窝,垫了一张草帘子,其上蜷缩一人,穿一身又脏又破的棉袄裤,脚上的棉胶鞋打了好几处补丁,头戴旧棉帽,显然已很不保暖,肩上还戴着垫肩,磨得锃亮。林超然走近,蹲下细看,认出正是父亲。父亲的右手拿着咬剩半块烤黑了的馒头。旁边,是一小堆树枝燃起的火,已快灭了……

林超然不久前曾收到一封父亲写给他的信,信中有这样一段话:"超然我儿,我瞒着你妈,让你妹给你写这封信。我的意思是,虽然可以返城了,但你千万不要随大流儿!你已经是营长了啊,你有这么一天不容易的。哈市工作很难找,家里房子又小,你媳妇又怀孕了,如果长期找不到工作,家里又帮不上你,那不惨了吗?所以啊儿子,千万听爸的话,也别惦念父母怎样,一心扑实地继续当好营长吧……"

眼前的父亲淌下清鼻涕来,就要淌过上唇了。林超然掏出手绢,轻轻替父亲擦鼻涕,结果将父亲弄醒了……

父亲:"超然?"往起站,林超然赶紧扶父亲站起。

父亲:"你!你怎么不听我的话,到底还是返城了?"

林超然:"爸,我不是返城……我是探家……"

父亲:"那你也不该到这儿来找我!有什么急事儿?"

林超然:"没什么急事儿……我……我不是太想您了嘛!"

不远处传来哨声、喊声:"干活啦!都抄家伙,继续装车!"

父亲踏火堆,林超然帮着踏。

林超然:"爸,人家休息的时候都待在工棚里,你干吗一个人待这儿?"

父亲:"老了,中午不眯一会儿,下午就拿不成个了。拿不成个了,就干不了活了。干不了活了,就对不起人家开的那份工钱!"

林超然:"听我妈说,不是请您当技术指导吗?"

父亲:"这儿干的活没有什么了不起的技术,冲我曾经是六级水泥工,让我质量上把把关罢了。现在是冬季,不能浇铸,所以我也不能白拿工资……"

林超然望望成堆的预制板,不禁又问:"爸,你也抬?"

父亲:"我不抬,充大爷啊?"

又传来喊声:"老林头! 老林头你死哪儿去了? 快滚出来干活!"

林超然愤怒了:"这么没大没小,我要教训教训他!"

父亲:"你给我站住! 一些个小青年,骂骂咧咧的惯了,犯不着和他们一般见识! 你快走吧,等我下班回家咱爷俩再聊。"

林超然犹豫。

父亲急了:"走啊! 你不走我走!"

父亲说走真走,蹬上土坡,消失在土坡后……

林超然站在原地发呆。

土坡后传来号子声,夹杂着骂人的脏话。

林超然也登上了土坡,见父亲显然已不堪重负,腰已不能像小青年那么挺直了……

他擦了一下脸,因为脸上不知何时淌下泪来。

他望见父亲一条腿一弯,接着被抬杠压得跪倒了。

林超然跑了过去……

一伙小青年皆瞪着父亲,其中一个训斥:"老林头,到底行不行? 不行干脆声明!"

父亲:"我不是脚底滑了一下嘛!"

另一青年:"别找借口! 数你拿的钱多,干起活来却他妈熊了! 叫我们声大爷接着抬,不叫都不跟你一块儿抬了!"

父亲:"你小子别跟我犯浑啊!"

那青年:"嘿老家伙,今天来脾气了? 我偏跟你犯浑,你能把我咋样?"

其他青年都袖着手笑,看热闹。

林超然赶到,怒不可遏,揪住对方衣领,扔口袋似的,将对方扔出老远,一屁股坐在地上……

那小青年:"哥儿们,揍他!谁上今晚我请谁!"

另外几个小青年围住了林超然。他从地上抓起杠子,怒吼:"谁敢上?谁上我一杠子打死他!"

小青年们被镇住了。

林超然:"我警告你们,以后谁再对我老父亲口出脏字,我饶不了他!"

他们的目光不禁都望向林父……

羞辱林父那小青年欲扑向林超然,被另一小青年拉住,劝道:"算啦算啦,人家不是父子嘛!也怪你,谁叫你一说话总骂骂咧咧的!"

父亲:"都给我闪开!"

小青年们散开。父亲走到了林超然跟前,瞪着他,突然扇了他一耳光,将他帽子都扇掉了——他被扇懵了。

父亲对那小青年说:"这公平了吧?"从林超然手中夺下杠子,喝道:"走!用不着你在这儿显张长!"又对小青年们说:"还都愣着干什么?弯腰挂钩,我起号子!"

在父亲喊出的音调苍老嘶哑的号子声中,林超然呆呆望着他们将预制板抬走了……

天黑了。林超然的背影仁立江畔,江桥台阶旁停着那辆小三轮车。

有人下江桥了。林超然转身走到台阶口,下桥的正是林父……

林超然:"爸……"

父亲:"你怎么在这儿?"

林超然:"我在等着接您。您看,我骑来的。这您不就省得走回家了吗?"

父亲:"谁的?"

林超然："罗一民的。我去看他，他借给我的。罗一民您记得吧？"

父亲："小罗子啊，当年你那个营的嘛，熟得很，逢年过节常到咱家来，每次都不空手。冬天有时我走累了，就绕他那儿去歇歇，暖和暖和。"

林超然将说着话的父亲扶上了三轮车。

林超然蹬着三轮车行驶在江畔。

父亲："超然，我当着他们扇了你一撇子，你别生气。"

林超然："爸我不生气。如果生气还能等着接您吗？"

父亲："他们那是些受过劳教的青年！父母都管不了他们，劳教也没把他们劳教好，但那社会也得给他们份工作，使他们成为自食其力的人。要不一个个非滑歪道上去不可，对不对？"

林超然："对。"

父亲："所以呢，我一名退休老工人，能忍就忍忍，不和他们一般见识，慢慢感化他们，不能因为一句半句话耽误了干活，是吧？"

林超然："是。"

父亲："你和他们不一样。你是当营长的人，兵团的营长那也是营长。你一旦跟他们争凶斗狠地打起来，伤了你我心疼；伤了他们，说不定派出所会拘你。那要传到你们那儿，你这营长的面子往哪儿搁？我当时不给你一撇子，活不是就没法干下去了吗？明白？"

林超然："爸批评得对，我明白了。"

车驶近防洪纪念碑。

父亲："停一下。"

林超然将车刹住了。

父亲望着防洪纪念碑说："多少次总想摸摸它，靠着它坐一会儿，总也没了愿。"

林超然："爸，下次吧。"

父亲："这不到近前了嘛，扶我下车。"

林超然只得将父亲扶下车。

父亲甩开他的手,走向纪念碑,林超然只得跟着……

父亲踏上台阶,摸碑基,绕着碑基走,最后弯下腰抚摸竣工石,喃喃着:"这碑,这一部分江堤,当年主要是我那个班组修建的。五七年那场大水真吓人,我们先抗洪,紧接着又施工。班组里累倒了好几个,我这个班长硬挺着,提前半个月完成了任务。原以为竣工石上会刻下哪个班组完成的,却没有。没有就没有吧,没有也光荣……"

父亲竟靠着碑基坐下了。

林超然:"爸,别坐这儿呀,走吧。这凉……"

父亲:"坐一会儿不怕,你也陪爸坐一会儿。"

林超然只得坐在了父亲身旁。

父亲探手怀中,掏出了一个铁皮酒壶,扭开盖喝了一口,朝林超然一递:"你也喝口。"

林超然略一犹豫,接过,也喝了一口,还给父亲,问:"哪来这么个东西?"

父亲:"小罗子给做的。他手艺不错……猜我每月还能挣多少钱?"

林超然:"猜不着,多少?"

父亲又喝了一口酒,知足地:"整整五十!加上我退休工资,一个月小一百元。所以我信上说,家里的事儿你不用操心,有我呢!"

林超然:"我以后不操心了。"

父亲:"以前家里一点儿底也没有,趁我现在还能挣,得赶紧攒点儿。你妹你弟结婚,我这当爸的怎么也得添置一两件大件,对不?"

林超然:"对。"

父亲:"你弟今年又不回来探家了?"

父亲说话之间,不停地喝酒。

林超然也往碑基一靠,眼望夜空,下了决心又鼓起勇气,语调缓慢而凝重地说:"爸,您在我心目中,始终是一位坚强的父亲。所以我认为,某些对于咱们家不好的事,可以长时期地瞒着我妈、我妹,我却不应该长时期地瞒着您。那,就让我这会儿对您说实话吧。老不说,我的心理压力太大了。说了,您作为父亲,那也能替我分担分担。今天晚上,我就再陪您哭一次……"

夏季。林超然在和战友们打马草。

一名知青跑来,惊慌地:"营长,不好了! 林超越在给军马打疫苗时,被那匹发情的种马踢了!"

林超然:"伤得重不重?"

对方诚实地:"很严重,双蹄正踢在胸口!"

林超然弃了钐刀就跑。

卫生所门外聚着许多知青。

林超然跑来,众人闪开……

林超然进入卫生所,见弟弟仰躺床上,而颈挂听诊器的女卫生员束手无策的样子……

林超然将她扯到一边,小声地:"情况怎么样?"

女卫生员:"很不好。我已经让人套马车去了,得赶紧往团部医院送,但可能……来不及了……"

女卫生员哭了。

林超然扑到床前,轻唤:"超越……弟弟,弟弟……"

弟弟的上衣呈现两个清清楚楚的蹄印,他睁开了双眼,吃力地:"哥,我喘不上气……像有双手……把我气管拽断了……"

林超然:"别说话,别怕,马上就送你去团里……"

弟弟:"哥……如果我死了,别对家里说我是这么死的……这种死法,太不……壮烈了……你要,编种死法……壮烈的那种……那,对爸妈和小妹,也算是慰藉……"

弟弟突然口中喷血,头一歪,死去。

"弟弟!……"

林超然扑在弟弟身上痛哭。

马嘶声,夹杂着脆响的鞭打声。

傍晚,马棚外;罗一民在猛抽一匹拴在马栓上的马。

有人擒住他腕子,是林超然。

罗一民:"营长,咱们让它偿命,打报告申请枪毙它,吃它的肉!团里如果不批我偷偷干掉它!"

林超然:"它不是人,是匹马啊!大家都在跟我弟告别,你也去看他最后一眼吧!"

他夺下鞭子,将罗一民推走。

他瞪着马,马也瞪着他,一双马眼很无辜。

他扔了鞭子,抱住马头无声地哭……

林超然:"爸……"

父亲悄无声息。

林超然扭头一看,父亲手拿酒壶,已不知何时醉睡过去了。

寂静无人的马路,清冽的路灯光下,林超然蹬着三轮车,父亲仍歪头睡在车上……

第三章

　　何家。只何凝之一人在家,她双膝平伸,靠着侧墙坐在"床"上织毛线,身下铺一张狍皮,腿上盖着被子,还披着大衣,另一张狍皮铺在旁边。

　　她不时抽一下鼻子,显然要感冒。

　　外门响,她扭头朝里屋门口看,进来的是林超然。

　　凝之:"你怎么才回来?"

　　林超然:"罗一民借了我一辆小三轮车,我等到我爸下班,蹬那小车把他送回家的。半路一边的轮胎还没气了,可爸又睡在车上了,我只得推着车走。"

　　他摘下帽子挂墙上,发现了挂在墙上的二胡,问:"咦,我嫌麻烦不让带,你怎么把它带回来的?"说罢坐在了"床"边。

　　何凝之:"你一转身我就卷狍皮里了。"她笑道。

　　林超然:"你还真有主意。"

　　凝之:"我爱人喜爱的东西嘛,多不好带那也得带回来。吃了没有?"

　　林超然:"车快到家门口爸醒了。妈和小妹等不及,吃过了,我陪爸吃的。"

　　何凝之:"你看,我把窗缝都糊上了。没找到白纸,却找到了几张大红纸。觉得暖和点儿了？"

窗子一经用红纸条糊过，显得屋里挺有喜气的。

林超然却淡淡地："没觉得暖和。"

凝之："起码不觉得有风了吧？"

她又抽了下鼻子，掏出手绢擤鼻涕。

林超然坐到了她旁边，商量地："凝之，你看这样行不行？让我小妹住你家来，咱俩还是住我家去。你和我妈睡火炕，我和我爸睡吊铺。"

凝之："别折腾了吧，让你爸每天上上下下的，那我怎么忍心？"

林超然将针线从她手中拿去，放"床"上，焐着她双手说："在屋里手都冻得这么凉！冬天过去还早呢！你能克服，那也得为孩子着想！"

凝之："行，听你的。"

林超然："怎么就剩你自己？"

凝之："静之不知从哪儿搞了三张话剧票，市话剧团演的《于无声处》，说是最后一场了，完成文艺使命了，以后就不演了。我爸妈也没看过，就都去看了。你手更凉，狍皮可热乎了，放被里暖和暖和……"

林超然将一把椅子搬到"床"前，坐下，双手伸被子底下，头侧枕在被上。

凝之又拿起毛线织，并说："给你父亲织个脖套，争取年前织成。"

林超然："我以为是为小家伙织的什么呢。"

凝之："暂时还顾不上他。我觉得你心情又不好了。"

林超然语调悠长地："是啊，简直还可以说糟透了。为我唱支歌吧，唱那首你跟鄂伦春人学的情歌。"

凝之："好久没唱那首歌了。当年因为不但学了，还传唱，严严肃肃地开过我的批判会。"

她一边织毛线，一边轻轻唱了起来：

> 咸参拉哥哥，我有点儿小米，给你做小米饭吧，那依呀！

　　韦丽艳姐姐,我来不是为吃小米饭,而是来找你的好意,那哈依呀!

　　威参拉哥哥,我有点儿树鸡肉,给你炖鸡肉吃吧,那依呀!

　　韦丽艳姐姐,我来不是为吃你的树鸡肉,是向你求婚来的,那哈依呀!

　　威参拉哥哥,我有点儿飞龙肉,用它为你下酒吧,那依呀!

　　韦丽艳姐姐,我来不是为了喝酒的,而是要和你过好生活,那哈依呀!

　　你如果真有这个心思,咱们就骑上烈马,双双往大兴安岭奔驰吧,那依呀!

　　咱们赶快备上马鞍,跨上烈马,唤上忠实的猎狗,向大兴安岭奔驰呀!

　　那依呀,那依呀,那哈依呀!……

　　凝之的歌声刚一停,但听有人在门口那儿鼓掌……

　　凝之转头,超然转身,见慧之不知何时回到了家里,身上的书包还没取下。

　　林超然:"你怎么无声无息地进了门?"

　　慧之:"在门外就听到我大姐唱了,怕打断嘛!没想到还有一个忠实又亲爱的听众,那么无比幸福地听着!"

　　凝之默笑不已。

　　慧之真挚地:"太温馨了,太浪漫了,太令我感动了,但愿我以后也会有这么幸福的爱情……"

　　她情不自禁地朗诵起诗来:

　　我必须是你近旁的一株木棉,
　　作为树的形象和你站在一起。

根,紧握在地下,

叶,相触在云里。

每一阵风过,

我们都互相致意,

但没有人,

听懂我们的言语……

突然,灯灭了。

慧之:"真讨厌,又停电。"

林超然:"那是哪国诗人的诗?"

慧之:"哪国的? 中国的! 难道中国就不该有好的当代诗人了?"

凝之:"女诗人舒婷的《致橡树》,她都成了舒婷迷了。"

慧之:"大姐,为了我未来的小外甥,我借了一个暖水袋。"

凝之:"哎呀,老鼠钻我这儿了!"

林超然搂抱住了她:"镇静、镇静,别惊着咱们宝宝!"

第二天早晨,阳光照透窗帘,可见"床"上并躺着三姐妹。凝之居中,林超然睡在"床"的一边。

窗外有人喊:"家里有人吗? 何静之在家吗?"

静之醒了,从枕下摸出手表一看,坐起大叫:"都起来! 快! 快! 今天家里要大施工,我怎么把这茬儿给忘了!"

何家门外,聚着罗一民、杨一凡等四名返城知青,三辆自行车一辆平板车上,托着放着水泥袋、沙袋、白灰袋、烟筒、瓦工工具什么的……

静之出了家门,一边梳头一边说:"对不起,对不起,没想到你们来得这么早。"

罗一民:"静之,其他的我们都带来了,可砖呢? 没砖怎么砌火墙?"

静之:"砖有的是!"朝罗一民背后一指,"那不!"

罗一民等转身看,校园某处码着将近一卡车新砖。

罗一民:"那不是学校的吗?"

静之:"大冬天的,学校暂时又不用,我认为我家可以先用一些,以后还上就是了!都听我的,搬!"

林超然也出来了,一眼看见杨一凡,高兴地:"一凡!正想着哪天去看看你,你居然也来了!"

杨一凡那么地与众不同,他戴的是一顶短帽耳朵的毡帽,还背着画夹子。

杨一凡矜持地:"一民给我下达命令了,我不敢不来。"

林超然与杨一凡拥抱了一下,之后向罗一民:"他俩我不认识,介绍介绍。"

罗一民指着说:"他俩和静之一个连,我们也头一次见。"

静之已扎着围裙抱来了几块砖,放下后指着说:"大徐、黑兔子,名不重要,这么叫他俩就成。"

那两名男知青笑了。

林超然将静之扯到一旁,小声地:"用学校的砖,你父亲同意了吗?"

静之:"如果事先请示他,那他当然不同意!"

林超然:"他要是生气了怎么办?"

静之:"不是有你和大姐扛着吗?"说罢走开了。大徐和黑兔子紧随其后。

罗一民:"摊上这么个小姨子,有时候有苦说不出吧?"

林超然苦笑。

罗一民:"你岳父母不在家?"

林超然:"我岳父为学校搞煤去了,岳母家访去了。昨天咱俩见面时,你怎么没提今天要来我家?"

罗一民也笑了:"昨天我一下子成了富人,高兴得忘了。"

静之他们三个又搬过砖来了。

静之："姐夫,别光站这儿说话,你也得搬,就罗大哥可以不搬。"

林超然指着杨一凡说："他也可以不搬。"

静之这才打量杨一凡："你背个画夹子来干什么?"

林超然："他是画家。"

静之困惑地向罗一民："你怎么替我请个画画的?"

罗一民："他一听说是帮营长家干活,非来不可。"

杨一凡："我来了自然会发挥能力的,到时候你就知道了。"

静之一转身走了,嘟哝："莫名其妙!"

林超然反穿一件脏兮兮的上衣,也在搬砖。他等静之走到身旁,小声说："他叫杨一凡,将来肯定能成一位优秀的画家! 在兵团时,神经受过刺激,住过精神病院,你跟他说话要有分寸。"

静之大为意外,不由得扭头看,见杨一凡在仰头望天,空中飞过一群鸽子,鸽哨悠悠……

慧之在喊："静之,又来一个找你的!"

静之走过去,见对方戴滑冰帽,穿得单薄,是那种要风度不要温度的主儿,明明很冷,强忍着做派。

静之："你怎么什么也不带就来了?"

对方："第一次见面就得带东西啊?"

静之："就你这身,冷不说,也没法干活呀。"

对方："还得干活呀?"

静之："不干活你来干什么?"

对方："你征婚广告上,那也没写着第一次见面就得经受劳动考验啊!"

静之一听,急说："得了得了!"一摆下巴,示意对方走向旁边。

静之："你多大了?"

对方："去年高三毕业了,还在家待业。我叫你姐行吧?"

静之点头。

对方："姐，我不嫌你年龄比我大。现在我就可以肯定……我爱上你了。我一见钟情了，深深地，深深地爱上你了。"

静之："弟，听我说啊，你现在的情况，第一是找工作，或者争取考上大学。恋爱的事儿别急，先往后放放。"

对方："姐，我认为对于人生，爱情是第一位的，其他的事反而都很次要。"

静之："可姐不这么认为。再说，你不嫌我年龄大，我还嫌你年龄小呢！"

对方："姐，那你太'左'了，'左'的时代已经过去了。"

静之："这和'左'不'左'没什么关系。快回家去！要不你会冻坏的！"

对方："不。你起码得给我一种希望……"

静之："不给！"转身喊，"大徐！"

大徐应声而至。

静之将大徐扯到一旁，悄语。

大徐："你别管了。"

大徐走到"滑冰帽"跟前，拍拍身上灰土，搂着"滑冰帽"的肩，一边往校门外走，一边小声说："她挺好看是不是？"

对方连连点头。

大徐："凡事得讲究个先来后到对不对？"

对方又点了一下头。

大徐不搂着他了，抚了他头一下，瞪着他说："好孩子！实话告诉你，你来晚了一步。死心吧，她属于别人了！"

对方帽子被他捋歪了，正了正帽子，边掏兜边说："我不信！不可能！"

大徐："怎么不可能？"

对方："我有证据！她不久前才征婚的！……"

对方掏出了征婚启事给他看。

大徐不屑一顾地："嗤,不久前在我这就是很久以前了!她前天起已经是我老婆了!"用手指着干活的人又说："看见了嘛,都在帮我修新房!"

对方急了："更不可能!你配不上她!"

大徐："混账!再也不许你出现在她面前!听话你以后还真有可能认个姐,不听话我修理你!"

传来静之的喊声："给他点儿钱,让他一定乘车回家!"

大徐掏出钱塞对方兜里。对方掏出钱扔地上,悲愤地："我不要钱,我要爱!"

大徐威胁地："不识抬举,滚!"

对方向校门那儿退行,目光望着静之的身影。

大徐回到静之身边："任务完成了。"

静之："你跟他说了些什么?"

大徐："我说你是我老婆了,他来晚了!"

静之笑着打了他一下。

传来"滑冰帽"的喊声："何静之,我爱你!"

干活的人皆循声望去。

静之："你就这么完成任务的啊?"

大徐："这小兔崽子!"他捡石头要投,被林超然拦住了。

林超然："都装没听到。"

于是大家又干活。

慧之对静之说："闹心吧。"

静之苦笑地："唉,人要该出名了,一不小心那就出了名了,一点思想准备都没有。"

"滑冰帽"还在退行着,脸上居然流下了泪。

校门外开来两辆装煤的大卡车,脸上尽是煤灰的何校长跳下车,开大门。

"滑冰帽"喊:"何静之!我爱你!坚决地爱你!"

他撞在何校长身上。

何校长一把抓住他腕子:"你刚才喊什么?"

"滑冰帽"哭唧唧地:"我爱她。"

何校长上下打量他,吼:"我禁止你爱她!"

"滑冰帽":"我爱她任何人都阻挡不了,历史的车轮也阻挡不了!"

何校长还想说什么,"滑冰帽"挣脱手跑了。

两辆装煤的卡车开入校园。何校长大喊:"哎!你们哪儿的?谁允许你们搬动那些砖的?"

林超然和大徐、黑兔子都搬着砖呆住了,一时不知如何是好。

静之对林超然小声说:"姐夫说好的啊,兵来将挡,水来土掩!"不理那茬儿,低下头,仍搬着砖快快地往家门口走。

何校长大步腾腾奔将过去,厉声地:"放下放下!"

三人将砖放下了。

何校长:"超然,你这是带头干什么?为什么往咱家搬学校的砖?"

林超然:"爸,不是我带的头儿。是静之……她想在里屋砌火墙……"

何校长:"她?……没我允许,她怎么敢!我看就是你的主意,你找来的人!哼!"

他一转身又大步腾腾奔向家里。

何家里屋,罗一民已砌起了两层砖,慧之在和泥,凝之端着托盘从外屋进入,其上是几只沏了茶的水杯和一盘子炸馒头片儿;杨一凡也不知何时进了屋,正坐在"床"边脱鞋……

静之神色不安地进入。

凝之没看出来,对她说:"招呼你们连那两个进来喝口茶,吃点儿馒头片儿,不够我再炸。"

静之:"有点儿不妙,爸回来了。"

她话音刚落,何父气冲冲闯入,喝道:"停止!"后边跟着蔡老师,同样一脸黑。

屋里的人,除了杨一凡,都呆呆看他。

何父指着静之、慧之,生气地:"你们两个没脑子啊?怎么那么听你姐夫的!"

慧之:"爸,不是我姐夫的主意!"

何父:"你别包庇他!"

静之:"爸,不管谁发动的事儿,只不过是借用一些学校的砖,你何必急赤白脸的。"

何父:"借用?经谁同意了?我不只是这个家里的父亲,还是这所中学的校长!你们谁问过我一句?"

慧之:"爸,如果事先问你,那你会是什么态度?"

何父被问得一怔。

慧之:"诚实点儿回答。"

何父:"岂有此理!慧之你怎么也变得这么没大没小?我的态度那是另一个问题!"

静之:"爸,我姐夫想得很周到,你看,总共搬了多少砖,这张纸上都清清楚楚地记着呢,开春一块不少地还给学校就是了。"

何父:"你!何静之!先回答我另一个问题,刚才有个戴滑冰帽的,你跟他怎么回事?"

静之:"戴滑冰帽的?我没看见戴滑冰帽的呀!"

何父:"也没听到他喊?!"

静之:"我什么也没听到呀!"看大家:"你们听到了吗?"

一个个都摇头。

何父猛一转身："慧之！你！听到了？还是没听到？"

慧之："我似乎听到了一耳朵,有人喊'车行之,我爱你……'"

杨一凡已经脱了鞋,站到"床"上了,他背对着大家一动不动地："我也听到了。"

大徐搂着何父的肩走到一旁,小声地："我父亲年纪比您大,我叫您'叔'行吧？"

何父点头。

大徐："叔,它是这么回事——我姓车,敝名行顺,静之的兵团战友。我妹妹叫车行之,她不幸病故了,她小对象一看见我就跟着我,还喊慧之说的那句话。爱得太深,精神有点受刺激了。"

杨一凡的背影一动不动地："爱有时是会使人疯掉的。"

何父扭头看杨一凡背影,小声向大徐："他,那是想干什么？"

大徐："在构思。"

何父："构思？"

林超然："他是画家,我那个营的。"

杨一凡的背影："一张白纸,可画最好最美的图画,但是也可以……"

林超然向何父指了指自己太阳穴,手指还绕了几圈。

何父皱眉,心烦地挥了下手,对林超然数落："砖是建材,紧缺物资,说还就能还上了？咱们哪儿买去？"

黑兔子："不就一百多块砖嘛！我小舅是砖厂副厂长,到时候包我身上了。"

始终没说话的凝之此时开口了："爸,我支持在里屋砌火墙。"

何父："那你还莫如说你支持咱家人挪用公物！立刻拆了,把砖搬回去！"

凝之："比起砖,人更重要。你是学校的人,我们姐妹三个是国家的人,在不影响集体利益的前提之下,为了人不冻病,我认为挪用一下闲置着的公物是可以的,何况以后还会如数归还。"

林超然赞同地点头。

何父:"超然你还点头! 集体的东西应该秋毫无犯!"

凝之:"没有人就没有什么集体,人在一切物资之上!"

何父:"别反过来教训我! 拆、快拆!"

凝之:"爸,如果挨冻的不是咱家人,是学校里的别人家,你这位校长也这么小题大做?"

何父:"你! ……"

蔡老师:"老何,算啦算啦,这页纸我揣着,校务会上你解释一下,我作个证不就行了吗? 我也不认为是什么原则问题。走,走,我身上带着澡票呢,咱俩找地方洗澡去!"

他将何校长推走了。

静之亲了凝之一下:"大姐,有你的!"

凝之:"你呀,惹爸生气的事儿又往你姐夫身上推!"

静之:"那他也不能白当姐夫呀!"

林超然:"当姐夫的就得心甘情愿当替罪羊吗?"

静之:"怎么我觉得你这姐夫挺心甘情愿的呢?"

众人都笑了。

静之端起托盘请大徐和黑兔子吃馒头片儿。

大徐:"哎哎哎静之,我替你遮了那么大的谎,怎么也该有点表示吧?"

静之亲了他一下。

大徐乐了:"值!"

大家都乐了。

慧之:"就没我的功劳啦?"

静之深鞠一躬:"亲爱的二姐,小妹多谢了!"

罗一民又砌起砖来。

慧之却看着杨一凡困惑,因为他已开始用铅笔在白纸上画格子,也不用尺子,一笔笔画得很直,一看就是受过专业训练的。

慧之小声问林超然:"他想干什么?"

不待林超然回答,静之凑她耳说:"想干什么都随他便,别管。"

慧之:"可这是咱们的家。"

凝之:"咱家人都要做尊敬艺术家的榜样。"

慧之眨眨眼,不知说什么好了。

林超然:"听你大姐的吧。"他从慧之手中拿过铁锹,和起泥来。

火墙在人徐和黑兔子的帮助下快砌成了,而"床上",毯子褥子都已掀开,杨一凡和慧之都站在"床"上了,杨一凡手持大毛笔,慧之双手捧一大碗墨。

林超然、凝之、静之、罗一民、大徐和黑兔子都目不转睛地看着。

杨一凡的笔饱蘸墨汁,拉开架式,刷刷刷,纸壁上出现了龙飞凤舞的草书——苏东坡的《赤壁赋》。

罗一民等三人齐声地:"好!"

静之:"大江东去,浪淘尽,千古风流人物……"

捧着墨的慧之,看一眼白纸,看一眼杨一凡,看人看字都看呆了,看得无限崇拜。

火墙快砌好了,《赤壁赋》也一气呵成了。

慧之端着托盘对杨一凡说:"请用茶。"

杨一凡端起一杯茶,只喝一口就放下了,既不看慧之一眼,也不看自己的书法一眼,却盯着窗上的霜花看,并说:"霜花真美。"

慧之:"也请吃几片馒头吧。"

杨一凡拿起一片馒头,一边吃,一边走到窗前去细看霜花。

而慧之的目光几乎不离开他,她有点儿被他迷住了。

外屋,林超然夫妻俩和静之在烙馅饼。揉面的揉面,包的包,看锅的看锅。

林超然："凝之,爸回来后,不论他说什么,千万不要再和他争辩了,要照顾他的自尊心。再说,今天的事,也有咱们做得不对之处。"

凝之："爸不会生我的气的。我主动向他赔个礼,他就又高兴了。"

静之："姐夫,多谢你掩护了我啊!"

里屋,火墙已大功告成。杨一凡在指点着让罗一民进行细加工,而大徐和黑兔子在各自搅拌一盆兑成粉色和米黄色的粉浆。

杨一凡："这几条缝还要勾一勾,看这儿,砖缺角儿了,抹平。还有这里,也要抹平。应该像对待作品一样对待自己所干的活儿。"

罗一民："听你这口气,还真把我们哥仁当小工了!"

杨一凡："什么小工不小工的。这会儿拿自己当小工,是对我的严重侮辱。"

大徐："怎么反倒是对你的侮辱?"

杨一凡："因为此时此刻,你们都是一位艺术家的助手,这是你们的荣幸。"

黑兔子对大徐小声地："咱俩跟他不熟,你别随便插话,叫怎么干怎么干就是了。"

杨一凡转而看两只盆,指示："这只盆里加一碗水,这只盆里加一勺颜料。"

黑兔子："是,是,立刻照办。"

慧之则倒背双手靠墙站着,目不转睛地看着杨一凡,聚精会神听他说的每一句话。她穿着医院里那种白褂子,戴护士帽,俨然一位白衣天使。

杨一凡终于坐在椅子上了,看着慧之说："我渴了。"

他看她那种目光极为单纯,像幼儿园的孩子看着阿姨。

慧之将一杯水端给了他："这是你那只杯,我刚为你加了水。"

他显然也没听她在说什么,心思只在水,接过杯也只喝了一口就还给她了,若有所思地说:"我也饿了。"

慧之放下杯,把盛馒头片儿的盘子端给了他。他不再看她,拿起一片,若有所思地吃。

慧之又退回原处背手而立,仍目不转睛地看他。

杨一凡吃完馒头片儿,站了起来,自说自话地:"我要开始工作了。"

慧之又走到了他跟前,表现出了一名真正的艺术家助手的谦卑:"需要我做什么?"

杨一凡:"大号排刷。"

慧之从打开的画夹里拿起一只排刷递给他。

杨一凡走到了火墙那儿,慧之跟过去。

杨一凡:"米黄色那盆灰浆。"

黑兔子:"得令。"

杨一凡看着火墙仍若有所思,连头也不转一下:"你可以歇一会儿,由她端过来。"

黑兔子只得退后,慧之默默将盆端到了他跟前。

杨一凡也不看她一眼,只看盆,刷子在盆里反复蘸了蘸,往火墙上刷了第一下……

杨一凡终于休息一会儿了,黑兔子遵照他的"命令",万分荣幸地接过排刷,刷边边角角没什么艺术要求的部分。

他也学杨一凡的艺术家范儿,命令大徐:"红色……"

大徐赶紧将颜料盆双手捧他眼前。

黑兔子:"饿……"

大徐赶紧放下盆,往他口中塞馒头片儿。

黑兔子刚刷了两刷子,又张大了嘴,直啊啊。

大徐:"你小子什么意思?"

黑兔子:"渴……"

大徐:"你还想让我往你嘴里倒水呀!"

慧之看着笑得咯咯的。

罗一民暗自着急,只能忍住不发作,头撞桌子。

杨一凡却完全不关注黑兔子和大徐两个,看着慧之忽然说:"你穿白大褂真好看,像白衣天使。"

大家一阵肃静,皆愣愣地望着他……

天黑了。校园里,何校长在学校的砖那儿点数,并将砖垛码齐。

何校长走到了家门口,轻轻推门而入。里屋传出何母快乐的笑声。

静之的声音:"我爸当时那种严肃的样子具有很高的可笑性……"

何校长在外屋干咳一声,屋里安静了。

何校长推门进了里屋,屋里的情形使他呆愣在门口。他所面对的纸壁上的《赤壁赋》使他呆愣,每扇窗的红色窗缝纸使他呆愣,火墙炉子尤其使他呆愣,那简直是工艺品,涂出了阿拉伯风格的丰富绚丽的图案,一节节烟囱是新的。而何母及三个女儿和女婿,围坐一张旧课桌四周嗑瓜子、花生、榛子,都穿得很少,显然屋里是非常暖和的。

何母:"老何,看咱们的家快变成阿拉伯的贵族之家了!"

何父仿佛没听到,走近看《赤壁赋》,赞道:"好书法!"

慧之:"是杨一凡写的,火墙也是他画成那样的。"

何父转身问:"杨一凡是谁?"

林超然:"当年我那个营的一名知青。"

凝之:"爸,我向你认错,不该当着那么多外人和你辩论。"

何母:"过来坐下。"

何父乖乖走过去坐在何母身旁的一把空椅上,何母:"特意留给你的座位。"

何父:"怎么,要开我的思想批判会?辩论我不怕,真理越辩越明嘛,只要不是'文革'时期那种不许一方说话的辩论就行。"

静之:"在咱们家,只有您禁止别人说话的权利,安有别人不许您说话的时候?"

何父:"你呀静之,干吗跟我说话总带刺儿?"

何母:"老何,也跟我摆摆你的思想立场,当时究竟怎么想的,态度那么凶?"

何父:"呵,已经把你们妈妈给统战过去了……我不是一位刚归队的校长嘛,我希望自己归队以后,从大事到小事,都不给任何人指责的任何一点儿理由,尤其是在公私方面。"

林超然:"爸这种想法我能理解。"

静之:"但也没必要像爱惜羽毛的小白鸽,生怕羽毛上溅了一个小小的黑点儿似的!"

慧之:"静之,你的意思我明白,但我反对你的比喻……还不如说人别活得像契诃夫笔下的套中人。人活成那样可太没意思了。"

何父:"还是我二女儿善于说服人。静之,你学着点儿。"

静之:"既然我大姐都主动认错了,那我也作一下自我批评吧。爸,主意确实不是我姐夫出的,是我一个人自作主张。但我认为,功大于过。"

何母:"老何,看你的表现喽。"

何父:"你怎么不但被统战了,简直还成了后台似的?"

何母推了他一下,用上海话说:"侬说这样话语不来赛的!阿拉完全是为侬好。侬的面皮损失掉了,在家庭中的威望垮塌了,阿拉心情好勿到啥子地方去!所以侬也要作作自我批评才是正确的……"

何父:"好久没听你说上海话了!别停止,说下去,多说些!听你说上海话,对我这安徽人那可是一种享受,想当年爱上你,在一定程度上也是被你们上海女子的吴侬软语所蛊惑了。"

何母:"我打你!没正形!"

女儿女婿们都笑了。

何父:"受你们妈妈的感召,那我也检讨检讨,你们都是大人了,我对你们的态度太强势,那确实也是不对的。"

由于屋子里暖了,他们的心情也分明都愉快了,嗑着瓜子,说说笑笑,其乐融融……

罗一民走到了他的铺子也是他的家门前,掏钥匙开门。

"一民……"

他听到女人温柔地叫他,一转身,见李玖站在一旁,还用块包袱皮儿包着些东西。

罗一民奇怪地:"你在这儿干什么?"

李玖声音更温柔了:"等你呗。"

罗一民:"有事儿?"

李玖:"等你能没事儿吗?快开门,我都冻手冻脚的了!"

罗一民喝过了酒,有几分醉,钥匙半天插不进锁眼。

李玖:"哎呀笨死了,你拎着!"让罗一民拎着东西,夺去钥匙,一下将锁打开了。她仿佛成了主人,拉开门,礼貌地先将罗一民让入。罗一民倒好像成了客人,进屋后,拎着东西站在门口。

李玖:"别傻站着,东西放那儿。"

罗一民将东西放下。

李玖哗哗拉上两扇窗的窗帘,接着捅炉子,加木柴,添煤块,转眼使炉火熊熊燃烧起来;再接着,将一张吃饭的小桌摆到炉旁,并将两只小凳摆在桌子两侧。想了想,又摆在一侧了。她洗抹布,擦这儿那儿的灰;打开包袱皮儿,取出几个大小不一的饭盒放在炉盖上。

她那一通忙活,动作利落,快手快脚。

罗一民呆呆看着,为使自己头脑清醒几分,晃了晃头。

李玖笑盈盈地,倍加温柔地:"过来,坐这儿。"像母亲叫一个宝贝儿子。

罗一民听话地走过去,乖乖坐在一只小凳上,孩子似的问:"什么事儿？"

李玖用抹布垫着手，将饭盒一一摆桌上，都打开了盖。

李玖："就这事儿。"

罗一民看着饭盒里几样吃的，又问："这是啥事儿？" 他倒也不是明知故问，而是因为醉了。

李玖："别来这套！猪头肉、肉皮冻儿、红烧带鱼、醋熘土豆丝、熘肥肠……都是你爱吃的！"

罗一民："特意为我做的？"

李玖也坐下了，诚实地："那倒也不是。今天我爸生日，但我可是特意为你留出了些。肥肠可难洗干净了，一遍一遍地用凉水洗，把我手都冻肿了，你得替我焐焐手！" 说着将双手伸向了罗一民。

罗一民看着她双手，困惑地："为什么？"

李玖："废话！我手怎么肿的？"

罗一民："因为你爸过生日，洗肥肠洗的啊！"

李玖一指饭盒："那这是什么？"

罗一民："熘肥肠。你也给我送来了点儿，我沾了你爸的光了……"

李玖："所以你得替我焐焐手！"

罗一民："可你手也没肿啊！"

的确，李玖的双手非但没肿，反而细皮嫩肉，白白胖胖的。罗一民意识到了那双手对自己具有不小的诱惑性，不看那双手了，仰起脸看屋顶了。

李玖："下午肿消了！"

罗一民："那就不用我焐了啊。"

李玖："刚才拎着东西等你时又受冻了！"

罗一民转身："凑炉子边儿，自己搓搓。"

李玖有些生气了，拧他耳朵："别看房顶，看着我！"

罗一民："哎哎哎，别虐待我呀！" 只得脸对脸地看着李玖。

李玖吸了吸鼻子:"在哪儿喝酒了对吧?"

罗一民:"和几个当年的兵团战友为我们营长家砌火墙,过后一块儿喝了点儿,不过我没醉。"

李玖放开了他耳朵:"真没醉?"

罗一民:"按我的酒量,那才哪儿到哪儿!"

李玖:"还能喝点儿?"

罗一民豪迈地:"岂止喝点儿! 不过也得看什么酒,什么菜。"

李玖夹了一筷子肥肠硬塞他嘴里。他嚼得很勉强,不过几嚼之后嚼出了滋味。

李玖:"怎么样?"

罗一民:"嗯,熘得好,香!"

李玖:"我的厨艺,这几样菜都是我的厨艺。茅台酒听说过吗?"

罗一民:"听说过,没喝过。"

李玖:"要是连你都喝过,那还叫茅台吗? 招待外宾时,总理设国宴才上茅台!"

罗一民:"别人也这么说。"

李玖:"不少中国人,连一口茅台都没喝过,就死了。"

罗一民:"不是不少,是千千万万。"

李玖:"你想喝不想喝?"

罗一民:"别逗啦!"

李玖又从包袱皮里拿出了一瓶酒,神气地往桌子当中一放——竟是一瓶茅台!

罗一民拿起左看右看,拧开盖闻闻,吃惊地:"真的?"

李玖:"当然是真的! 我爸替一位副市长的儿子打了一个大立柜,人家送了他一瓶。我刚才说了,今天我爸生日,他打开喝了二三两,剩下的我连瓶带来了。你刚才说你还能喝……"

罗一民:"能能,太能了!"

李玖："这几样菜也行？"

罗一民："行行,没菜都行！"

李玖："这么说,我等你等对了？"

罗一民："当然！当然！"

李玖："情愿我陪你喝两盅？"

罗一民："不是情愿不情愿的问题,是强烈要求,强烈希望！"

李玖大获全胜地笑了："那我把酒温上！"

罗一民："别别,可不能！一加温,精华随着酒气蒸发了,那不白瞎好酒了嘛！屋里已经够暖和的了,就这么喝才是正确的喝法！我找两只杯来……"

他也没醉意了,起身找杯去了。

李玖趁机将门插上,并拉上了门窗的短帘。

罗一民拿着两只杯回到小桌边,李玖装出一副淑女模样,稳稳重重地坐着。

罗一民一边往下坐一边说："干净的。这是我珍藏的一套杯子,喝好酒那一定得用好杯。"

他往两只杯里倒入了酒,绅士地："请。"

两人先后举起了酒。

李玖："干一下？"

罗一民："为你爸的生日,干！"

李玖："谢谢。"

两人各饮一大口。

罗一民："好酒哇好酒,即使明天就死了,那也算少数幸运的中国人之一了！"

李玖："别说不吉利的话,划几拳？"

罗一民："你会什么拳？"

李玖："插队四年,酒量也练出来了,各种酒令差不多也全会了。"

罗一民:"当年我们兵团管得严,平时有纪律约束着,不许喝酒,更不许划拳……只会螃蟹令。"

李玖:"那就来螃蟹令!"

于是两人划拳,各有输赢。但相比起来,还是罗一民输拳的次数多。也看得出来,李玖酒量更是了得,越喝越机敏,渐入佳境。而罗一民,终于醉倒于地了。

李玖扶起罗一民,架着他一条胳膊将他架入里屋去了。

里屋的花布门帘被放下了。

传出罗一民的声音:"可是,可是,你没说也为这事儿等我……"

李玖:"我都上了你的床了,你就别可是啦!"

罗一民:"我可有……有言,在先……"

李玖:"得啦得啦,省两句吧,男子汉大丈夫的,哪儿有这种时候还发表声明的……"

天亮了,铺子里的窗帘都拉开了,充满阳光。炉盖子上坐着水壶,壶嘴冒着热气。哪儿哪儿都收拾得干干净净,小饭桌也归回了原位。桌上放着一杯茶水,压着半页纸……

门帘一挑,罗一民扶着脑门儿,穿着背心短裤出来了,晃晃悠悠的,踉跄了几步才站稳。他四处看看铺子里的情形,似乎忘了昨晚之事,看到了那杯茶,拿起喝下了大半杯;接着发现了那半页纸,拿起来认真看,纸上写着:亲爱的一民,昨晚就相当于咱们的新婚之夜啦!我内心又燃起了幸福的小火苗,对生活的感觉好极了!但愿你也是!

罗一民:"我不是!"

他一屁股坐在小桌上,后悔不迭地:"完了,完了,生米做成夹生饭了……"

李玖家。李玖在对着镜子梳头、描眉,还舔湿红纸团抿红嘴唇,同时哼唱《月亮代表我的心》……

李母在扫地,看一眼钟,催促:"玖呀,快上班去吧,再不走该迟到啦!"

李玖:"没事儿,我走得快着呢!"

李母:"捡钱了?怎么这么高兴?"

李玖一边穿外衣一边说:"中国人工资这么低,捡钱又能捡多少?就算捡一个鼓鼓的大钱包,那最多也就一二百元钱。也许还全是零钱,那就才几十元!"

李母:"一二百还少哇?你一个月不才挣三十七八元?你爸吭哧吭哧打一个大立柜,那不才挣五六十元吗?"

李玖:"所以说对于咱们中国人,最好别把捡到钱才当成高兴的事儿。除了钱,人另外还有不少高兴的事儿。"

她要往外走,李母拦在了门口。

李母:"跟妈说实话,昨晚是不是到罗一民那儿去了?"

李玖:"我俩都是返城知青,有共同语言,到他那儿聊聊天儿怎么了?"

李母:"孤男寡女的,总去什么影响!再说你昨天也回来得太晚了!我可告诉你,你要是跟他好上了,妈可坚决不同意!没女婿妈都想开了,女婿是个瘸子妈心里别扭!"

李玖不爱听,抢白道:"我可没你那么想得开!妈别拦着我,再不走真迟到了!"她将母亲往旁边一推,迈出了家门。

李家门外搭了个木工案子,李父在刨一块木板。木板长,他刨得很用力,口中呼出一团团哈气。

李玖:"爸我上班去了啊!"

李父:"等等,有话跟你说。"将女儿扯到一旁,郑重地,"你和小罗的事儿,有什么突破没有?"

李玖不好意思,装乖女孩样:"爸妈没下指示,不敢轻举妄动。"

李父:"那我现在就给你下指示,该突破就突破,关系要产生飞跃!如果他能成我女婿,我不在乎他那点儿残疾。他有手艺! 有手艺的男人,女人靠得住。爸就是个证明,这不退休了,还能凭手艺为家里挣钱!"

李玖:"可我妈特在乎。"

李父:"别听她的! 听爸的,爸为你做主! 关键是要有突破! 要抓紧飞跃他一家伙!"

李玖:"那,我坚决落实爸的指示!"

李玖心花怒放地走在路上,哼唱着……

"妈!"她一回头,见儿子小刚滑着滑板跟着……

小刚:"妈,我想跟你到街道小工厂去玩儿。"

李玖:"不许! 那里有什么好玩的?"

小刚:"就去嘛。那里的阿姨都喜欢我,偷偷给我商标纸。我分给小朋友们,小朋友们也喜欢我了。"

李玖蹲下,搂抱着儿子说:"要做好孩子,听妈话,到你罗叔叔那儿去玩儿。他不是很喜欢你吗?"

小刚点头。

李玖:"你喜欢他吗?"

小刚:"喜欢。"

李玖:"为什么?"

小刚:"他有时候叫我'哥们儿'。"

李玖:"你可不许也反过来叫他'哥们儿'啊! 那他就不喜欢你了!"

小刚点头。

李玖机密地:"妈也喜欢他行吗?"

小刚:"行。我早看出来了。"

李玖摸他头:"我儿子真了不得,眼里揉不进沙子了——那,你要更聪明点儿,在他面前更会来事点儿,帮妈一把,让他也喜欢妈。"

小刚:"没问题!"

李玖亲了儿子一下:"去吧,妈下班回来给你捎糖葫芦!"

罗一民的铺子里,罗一民在做一只桶。

门一开,小刚进入。罗一民看他一眼,冷着脸继续敲桶。而小刚,照例往他跟前一蹲,双手捂着脸蛋看。

罗一民没好气地:"有什么可看的!"

小刚:"叔叔,等我长大点儿,你收我当徒弟吧!"

罗一民:"我怎么那么喜欢你!"

小刚:"你又不喜欢我了?你不喜欢我,那我也还是喜欢你。我要学成你的手艺,挣老多老多的钱,给我妈花,也给我爷爷奶奶花!"

罗一民:"别跟我提你妈!你妈不是什么好东西!"

不料小刚啪地扇了他一个嘴巴子!

两人虎视眈眈起来。

小刚:"谁叫你骂我妈的!咱俩再好,那也不许你骂我妈!"

罗一民:"你敢打我!谁跟你好了?"拧着小刚的耳朵将小刚扯了起来,一直扯到门口。

小刚咬他另一只手。

罗一民:"唉呀唉呀,你还敢咬我!我一脚把你踹出去!"

小刚:"大人欺负小孩可耻!"

罗一民:"滚出去!"

小刚:"那给钱!"

罗一民:"给钱?我欠你啊?!"

小刚:"那老爷爷给我的五十元钱!你为什么到现在还不给我?也不给我妈?"

罗一民:"你!好好,给你就给你!……"

小刚愣了愣,忽然搂抱住他后腰,哭道:"叔叔,我错了,我不要那五十元钱了,我还要是你哥们儿! 你如果不跟我好了,我妈该打我了!"

罗一民:"放开我!"

小刚松开了手,趁机往脸上抹唾沫……

罗一民转身瞪他问:"那为什么?"

小刚:"我妈说……说……"

罗一民:"快说!"

小刚:"她说,她比我更喜欢你! 说你不喜欢她了,那一定因为你不喜欢我了!"

放声伴哭。

罗一民蹲下,搂抱住他:"别哭别哭,我受不了你这个。咱哥们儿言归于好行了吧?"

小刚哭道:"不行。"

罗一民:"那还得怎么样?"

小刚:"你也得喜欢我妈!"哭得让人心疼。

罗一民发呆——他的心声:罗一民你完了,彻底完了……

在一条街路上,并肩走着林超然和慧之。

林超然:"喜欢护士这一种职业吗?"

慧之:"喜欢。"

林超然:"说说,为什么喜欢?"

慧之:"起初是喜欢护士的工作服。我觉得我们女人穿上白大褂,戴上白色的护士帽,形象特美。而且我认为,不论哪一年龄段的女性,从少女到老婆婆,也不论高矮胖瘦,一穿上护士的工作服都会显得美好起来。而其他颜色不能这样。一位穿红大褂戴红帽子的老婆婆会给人以古怪的印象。"

林超然:"同意。"

慧之:"所以,当连队推荐我上护校,我兴奋得几个晚上睡不着。上了护校以后,才真正开始对护士这一职业充满敬意了。我们老师给我们讲了一件真事,有一名法国护士,她在巡视病房时,一位戴氧气罩的老人忽然伸出手紧紧抓住了她的一只手。那生命垂危的老人,以为是自己远方的儿子搭飞机赶到了。别人想要把那老人的手分开,而那护士小姐摇头制止。她在病床边坐下,用自己的双手合握着老人的那只手。当时是半夜,等第二天早晨老人的儿子赶到时,见护士仍坐在床边,并且在为他的父亲祈祷。而他父亲那只手,已经冰凉僵硬了。"

林超然:"在中国是没有这样当护士的。"

慧之站住了:"为什么不能? 我以后就要做那样的护士!"

林超然:"你误会了。我的意思是,中国人口太多,一名护士要照顾的病人也太多。但我承认,那一名法国护士,她对病人的爱心是值得你学习的。"

慧之这才又开始往前走,并继续说:"我的不少同学起初都想成为那样的护士,可最近情况不同了。"

林超然:"怎么了?"

慧之:"因为有些同学的父母平反了,又成了干部甚至高干。她们可以不当护士了,可以有更多更好的人生选择了,为什么不呢?"

林超然:"明白。"

慧之:"不说和我有关的事儿了。姐夫,杨一凡为什么会住过精神病院呢? 因为恋爱?"

林超然:"不是。他还没恋爱过。他给我的印象是,似乎整天在和绘画谈恋爱。中央美术学院招生,我们一致推荐他参加考试。招生老师看了他的画,对他也很赏识。可连里另一名知青偷了他几张画,在考试现场四处散发。那几张画,画的都是裸女。结果,考场成了批判现场。而偷他画那名知青,是他最好的朋友。"

慧之又站住了:"你那个营还有那么卑鄙的知青吗?"

　　林超然："卑鄙小人哪儿都有啊，'文革'恰恰给了形形色色的卑鄙小人太多的机会。杨一凡他是北京知青，父母在'文革'中先后被迫害致死。咱们省有几位画家是他父亲的学生和朋友，为了他好，返城时就将他安排在一个区的文化馆了。据我所知，他对新环境挺适应，他的同事们也挺喜欢他。"

　　在一个路口，林超然与慧之分手。

　　铁路某仓库，王志正带领一些人在卸车，其中有我们见过那三个小青年。

　　王志发现林超然走来，迎上去。

　　王志："你怎么来了？"

　　林超然："昨天，有几名兵团战友到我岳父家去，帮着砌火墙。其中一个告诉我，你们这儿缺人。"

　　王志："是缺人。可你看，干的什么活儿？"

　　林超然望了一眼，问："每月多少钱？"

　　王志："钱倒不少，四十五元。但这是绝对工资，此外再什么钱也没有了。连洗澡票都要自己花钱买。就这样，不托关系走后门还来不了呢。"

　　林超然："我干！能托上你这个关系不？"

　　王志："一句话的事儿。决定了？"

　　林超然："毫不动摇！最好今天就能成为你的手下。"

　　王志："你等这儿，我现在就去问。"

　　王志一转身，匆匆走入一间办公室。

　　搬运工们休息了，那三名小青年笑嘻嘻地走到了林超然跟前……

　　其中一名小青年："姐夫，带烟没？"

　　林超然掏出烟分给他们……

　　林超然："想成为你们中的一员，欢迎不？"

　　另一名小青年："当然欢迎！"

另一名小青年："快分给其他人。要一块儿干活了,第一印象很重要！"

于是林超然向每一个人分烟。

王志沮丧地走了出来。林超然迎上去,急切地："怎么样？"

王志："开始都说没问题。也怪我多说了一句……"

林超然："多说了句什么？"

王志后悔莫及地："表都递到我手里了,我一高兴,说了一句你是当过营长的人,结果那男的又把表从我手里夺去撕了！本该顺顺利利的事儿让我给搞砸了,我干吗多说那么一句呢！"

林超然一转身,也大步朝那间办公室走去。

王志："哎你……"

办公室里,一个中年男人在对一个中年女人说："这王志,怎么能介绍一个当过营长的人来？当过营长的能干得了这儿的活吗？"

女人："就是,脑子有问题。"

门一下子开了。林超然闯入。

第四章

林超然一把抓住那男人手腕,拽着对方往外便走,那个女人惊呆了。

林超然拽着那男人走出办公室,王志等工人也赶到了办公室门口。

王志:"超然,你这是何必呢,这多不好!"

林超然这才放开了对方手腕。

对方揉着手腕,对王志生气地:"就是他? 冲他这德行,谁的人情都没用,门都没有!"

林超然也不听对方的,也不理对方了,大步走到货堆前,指着一个麻袋对三个小青年说:"帮我上肩!"

他们看看王志和那男人,往后闪。

林超然又对王志说:"你帮我!"

王志走到他跟前,小声地:"你再怎么也没用了,人家都把话说绝了,拉倒吧。"

办公室里那女人也走出来了,她站在门口,看到林超然将王志推开,弯下腰,抱住麻袋一用力,自己将麻袋扛上了肩……

林超然一手叉腰,一手扶麻袋,绕着卸货站台小跑一圈,站在那男人和那女人跟前,说:"我要使你们明白,在黑龙江生产建设兵团,绝大部分知青干部不是靠耍嘴皮子当上的,首先是靠干活干出来的!"说罢,又绕起圈来,众人看呆了。

王志对那男人和女人说:"我刚才忘告诉你们了,他当了营长后还进山伐过木,抬过大木呢,他什么累活都干过!"

林超然又绕了一圈,站在那男人和那女人跟前,请求地:"我妻子怀孕了,我们以后的三口之家得靠我养活,我老父亲六十多了,还在江北干重活,我得让我老父亲歇下来吧?我岳父家三个女儿,都是返城知青,目前还没有一个工作的,我希望能替我岳父母分担一点儿负担⋯⋯我⋯⋯既然你们这儿缺人,我需要这份儿活!"

那女人:"快放下快放下,有话别这么说啊!"

三个小青年赶紧上前,从林超然肩上接下了麻袋。

而那男人,却一转身朝办公室走回去。

王志:"你看这,超然你这不是自找受累嘛!还白受累!那位爷的性格我太清楚了,在他的权力范围以内从来说一不二。"

那女人:"王志你话也不能这么说,我这个副主任也不是可有可无的!你这位战友,我看行!"

那男人却在办公室门口站住了,喊:"王志,来!"

王志赶紧跑过去。

一间临时教室里坐着些返城知青,都是准备来年考大学进行补习的,有点儿像早期的"新东方"的意思。其中也有静之,她坐在一个位置上安安静静地看课本。

陆陆续续还有人进入,一个穿工作服的小伙子在她旁边坐下了。

小伙子:"你来得挺早。"

静之:"我哪次来得也不晚啊。"

小伙子:"什么书?"

静之合上书让他看书皮儿,竟是一册非常旧的《英语单词练习》。

小伙子:"还会考英语吗?今年没考,明年肯定也不会吧?真考的话,我看教育部又该砸烂了,全中国有几个人会英语啊!"

静之:"别紧张,今年肯定不考英语,也不会考任何一门外语,我是自己产生了兴趣。中国宣布向世界敞开窗口,我想将来英语会在中国逐渐热起来的。跑好几家图书馆才终于借到这么一本,还是建国初期的版本,笨鸟先飞嘛!"

小伙子:"你可不笨。连老师都多次表扬你学得快,领会能力强。你刚才的话,更加证明你不笨。"

静之笑了:"爱听。哎你姓什么来?"

小伙子:"好伤心。我以为自己已经给你留下了深刻的印象。韩,韩信的韩,记住了。"

静之:"哪个工厂的来?"

小韩指指工作服,右上方印着"哈酱"两个字。

静之:"'哈酱'什么意思?你是……做大酱的?"

小韩苦笑摇头。

静之:"豆瓣酱?甜面酱?辣椒酱?……"

她问一次,他摇一次头。

静之:"那猜不着了。"

小韩:"你猜得我更加伤心了。我在酱油厂上班。做酱油的,论起来比做大酱的高等一点儿是吧?"

静之:"这么一会儿使你伤两次心了,对不起啊!"

小韩:"我们厂的青年工人都不爱穿这件工作服,即使穿也是外边再套一件衣服,或者干脆用块胶布把'哈酱'两个字贴上。我是不在乎了,反正以后要上大学了。"

静之:"这么有自信?"

小韩:"去年都考过一次了,摸点儿门了,现在信心满满。目标确定了,自信很重要。"

后排有人说:"看,老师来了。"

两人抬头望去,见老师进入,也用目光在同学中寻找谁——那老师不是别人,是何春晖,还穿见何校长时那一身。

何春晖的目光落在静之身上,彬彬有礼地:"何静之,请出来一下。"说罢,自己先出去了。静之在大家诧异目光的注视之下也走了出去。

何春晖:"你父亲是师院附中的校长?"

静之点头。

何春晖:"你有个姐,叫何凝之?"

静之:"我有两个姐,她是大姐。"

何春晖:"我在兵团时,你大姐曾是我那个连的副指导员。我给她写了一封信,请你交给她。"

他从书包里掏出一封信递给静之,静之接过,两面看看,见封了口。

她疑惑重重地望着何春晖。

何春晖:"不是你想的那种内容。但这封信对我很重要,你必须亲自交给你大姐。"

静之值得信任地点点头。

教室里,何春晖已在上课。

他语调平缓自信,很有风度地:"中国正处在四九年以后一个特别重要的时期。我认为,中国之当代史将从此呈现不同于以往任何时期的拐点。几乎每一个人都难以预见这拐点将中国引向何处,但有一点也许是注定的,即中国不太可能重新回到老路上去了,因为最广大的人民厌倦了。上一堂课我们讲了马恩列斯毛对历史形成的某些思想,这一节课,我想介绍一下区别于政治家们的,某些人类著名的文化知识分子的历史观,诸如柏拉图、亚里士多德的,卢梭、伏尔泰、孟德斯鸠的,以及鲁迅、胡适、陈独秀、林语堂们的,为的是能够使大家对所谓历史有多角度的认识。大家交学费,我当尽自己所能,使大家多获得一些关于历史的知识……"

门突然开了,闯入几名警察,顿时一片骚乱。

一名警察:"都不要紧张,坐着别动。没大家什么事。"

另一名警察走到何春晖跟前,板着脸说:"请您跟我们走。"

何春晖:"我犯法了吗?"

对方:"会有人替我回答的。"

众目睽睽之下,何春晖被带走了。在门口,他转身朝静之望了一眼。

听课的人们议论纷纷。

"怎么回事?"

"大概因为他讲了不该讲的吧?"

"不至于呀,我也没听他讲过激的话呀!"

"那是在咱们这儿,谁知他在别处都讲了什么呢?"

"他刚才不是正要讲胡适、陈独秀、林语堂们吗?"

"那又怎么样? 他们也都是和鲁迅一样著名的近代人物,又不是汉奸卖国贼!"

"谁说的谁说的?"

"我! 不但不是汉奸卖国贼,还都是大大的爱国主义者!"

"反动! 中国还没替他们平反呢!"

"你说谁反动? 你说谁反动? 你他妈才反动呢!"

"你他妈的!"

于是有两个男的动起手来。于是有劝架的,帮腔的,乱成了一团。

天又黑了。静之和小韩走在路上,小韩推着自行车。

静之:"天挺冷的,你先骑上自行车走吧。"

小韩:"情愿陪你一段儿。哎,老师在门口为什么看你一眼?"

静之装糊涂："他看我了吗？我没注意。你认为他为什么被带走了？"

小韩："其实别人说的都不对。基本上和他讲的内容没什么关系。他讲的够谨慎的了，我在别处听别人讲过政治、文学，某些人比他讲的犯禁多了。"

静之："那为什么？"

小韩："想考大学的人多了，需要补习的人也多了，那么这种补习班就多起来了。可绝大多数，既没经工商部门允许，也不向工商部门交税。站在工商部门的立场来看，毫无疑问是非法的。"

静之："这倒也是……可你怎么知道的？"

小韩："我父母都在工商部门工作嘛。本来我想提醒他一下的，可又觉得太唐突。几次话到嘴边儿又咽回去了。再一想这地方挺偏，估计工商的人不会摸来。"

静之："可把他带走的不是工商是公安。"

小韩："工商不是无权抓人嘛，所以类似的行动，都是出动工商的车，由公安的人配合。要不是觉得他知识面儿挺广，讲得认真，我是不会到这么远的地方来补习的。"

突然，有人拦住了他俩去路，是那个戴滑冰帽的小青年。

滑冰帽："何静之，你必须给我个说法！"

静之："又是你！我那天不是给你说法了吗？"

小韩识趣地推自行车走到了一旁。

滑冰帽："你那天给我的说法我不满意！"

他从兜里掏出了纸条朝静之一递："你写的，你贴的，我怀着极其认真的态度对待，你不以同样认真的态度来对待，那是绝对不行的！是可忍，孰不可忍！"

静之接过纸条一看，见是她的征婚小广告。她有点儿不知如何是好了，呆看一会，有主意了，笑了。

静之："小家伙，你看！"

滑冰帽:"我不是什么小家伙,满二十了!"但还是凑过去也看起纸片来。

静之:"看清楚,下边的时间是六月三日,对吧?现在都十二月份了,再过几天一九八〇年了。半年多日子里,我的情况会发生巨大的变化。你呢,晚了,明白?"

滑冰帽:"只要你没结婚,那我就不晚。"

静之:"我结婚那也没必要向你打报告哇!小韩,过来一下。"

小韩推自行车过来了。

静之对滑冰帽温柔地说:"小老弟,向你介绍一下,他是我丈夫。"

小韩一愣,静之向他暗使眼色,他会意了,点点头,礼貌的微笑。接着,一只手臂搂住了静之的肩。

滑冰帽看看静之,看看小韩,自言自语:"骗我,半月前在你家门口那儿,一个搂着我的大哥说,你是他老婆呢……"

静之:"这……这不又过了半个月了嘛!"

滑冰帽:"姐,你也不能太……"

静之:"姐是个没长性的人。"

小韩:"对。她水性杨花。"

静之:"是啊是啊,我是有点儿水性杨花。天生的,没法子。再说,半月前那位也配不上我啊。我俩还比较般配,是吧?"

滑冰帽看看他俩,一转身跑了。

静之长出一口气,抹抹额头:"我都快出汗了!"

小韩:"怎么回事?"

静之:"主要是我不对。六月份那阵子,我一时找不到人生方向,迷茫、失落、怨天尤人,于是呢,写了几张自嘲式的征婚小广告贴在了几个地方。半年多没人理我那茬,前天他突然出现在我面前,一心一意要跟我谈恋爱。当时别人帮我把他打发走了,不曾想他不甘罢休,盯上我了……"

小韩："那就谈呗！"

静之："可他还不到二十岁！高三毕业没找到工作，在家闲待着呢！"

小韩："我看，你还想通过那小广告，开社会一次小小的玩笑吧？"

静之："有那么点儿意思。时代开了我们许多玩笑，就不许我们也开开它的玩笑了？只不过不承想，最后还成了开自己的玩笑！"

她将手中小广告揉成一团，一挥胳膊扔得远远的。

小韩："这叫胳膊拧不过大腿。"

静之："别幸灾乐祸，求你帮个忙。"

小韩："只管吩咐。都假装过你丈夫了，还有什么忙不能帮啊！"

静之："我想再去几个地方看看，如果还有我的征婚启事贴在那儿，得撕下来。"

小韩："愿意效劳！"

小韩用车驮着静之来到一处贴启事的地方。他俩寻找着，终于发现了，两人齐动手往下撕。很不好撕，只能一点点撕。

两人又来到一处地方，分头看两根电线杆子，走到一起，相互摇头。

冬日的夕阳也很红很大。有人从江桥台阶上走下，慧之也从江桥台阶上走下，她发现栏杆上挂着些有框的大大小小的油画，有风景画，有静物或动物画。有的画被卖画人捧着；有的画摆着，不知卖画人在何处。

而不远处，有下棋的，有围观的。

慧之被吸引着，观赏起那些画来。

一个男孩捧着一小幅的油画。慧之站住了，看得出她喜欢。

慧之："多少钱？"

男孩："十元。真想买，可以便宜点儿。"

慧之："想买。"

男孩:"那你等会儿,千万别走开!"男孩说完捧着画跑了。

杨一凡在江边画铅笔素描。男孩跑来,高兴地:"有买卖!"

慧之在望着江面——那一段江面很美。她听到咳嗽声,一转身,见跟前站的是杨一凡,肩挎画夹,画已由他捧着了。

慧之一愣,有点窘地:"没想到是你……"

杨一凡倒很大方:"我也没想到,但认识你也不能白给你。"

慧之:"我没打算白要……怎么,那些画没人守着?"

男孩:"都由我守着呢。"一指下棋那伙人:"他们都在那儿。如果巡警来了,没理由抓他们,也不会抓我,只会把画都没收了。"

杨一凡:"抓进去得办学习班,被教育过了,还得单位派人去领。谁也不愿被抓进去啊,而画嘛,可以重画。"

男孩:"你俩别扯闲话啦,快谈价吧,万一转眼巡警就来了呢?"

杨一凡:"真想买?"

慧之:"挺喜欢。"

杨一凡:"挺喜欢那就算了,我的画只卖给很喜欢的人。"

慧之:"很喜欢。"

杨一凡:"很喜欢那可以考虑,你想便宜多少?"

慧之:"我看我有多少钱。"掏出钱包看看,沮丧地:"对不起,不买了——我钱包里总共才三元五角钱。"

男孩不满地:"你倒是先看看钱包啊!"

慧之:"我发誓,改天一定来买下。"

男孩:"发誓有什么用啊!也许天黑之前被别人买走了,那你多遗憾?说不定还可能被没收了呢!家离这儿远不远?不远回家取钱去,我保证在这儿等!"

杨一凡:"钱。"伸出了一只手。

慧之:"可,我不能……我这不是等于……"

杨一凡:"快。"

男孩:"我反对！熟人也不能这么便宜！那你才能给我多点儿提成啊！"

杨一凡:"闭嘴。亏不了你！"

慧之将三元五角钱全给了杨一凡。

杨一凡:"这五角钱你留着乘车。"还给了慧之五角钱,将三元钱都给了男孩。

男孩接过钱,高兴地:"这还差不多,我从中午站到这会儿才挣到第一份提成,我容易吗我?！"

杨一凡朝慧之递画:"归你了。"

慧之怔愣着。

杨一凡:"反悔了？"

慧之:"不是不是……"

她接过了画。

杨一凡:"你俩都满意了？"

慧之点头。

男孩:"忒满意了！"

杨一凡:"早点儿回家吧,啊？"

男孩点头。

杨一凡又对慧之说:"再见。"说完,一转身扬长而去。

慧之默默望着他背影。

杨一凡在前边走,慧之捧着画在后边跟着。

慧之:"哎！"

杨一凡没反应。

慧之:"杨一凡！"

杨一凡这才站住,转身,奇怪地:"真后悔了?"

慧之:"我明明占了大便宜还反悔呀?想跟你一块儿走一段路……"

杨一凡:"为什么?"

慧之:"聊聊。"

杨一凡:"为什么?"

慧之:"了解了解你。"

杨一凡:"为……"

慧之:"你那么多'为什么'啊!"

杨一凡不好意思地笑了:"行。我允许你了解我。"

两人并肩走着。

慧之:"你是北京知青,落户在我们哈尔滨,情愿吗?"

杨一凡:"落户在哪一座城市对我并不重要,重要的是在哪一座城市绘画能成为我的工作。"

慧之:"绘画对你那么重要?"

杨一凡:"绘画是我永远的初恋。"

慧之:"你的话说得太……"

杨一凡站住:"太不正常了?"

慧之连连摇头:"你误会了。我是想说,你的话太感人了!"

杨一凡:"太感人了?我自己怎么不觉得?不论贫穷,还是富裕;不论强大,还是弱小;我的祖国啊,我永远,是你的一个儿子……这样的诗句才感人。"他一说完,又独自前行,慧之又呆望着他背影,片刻赶上……

天黑了,两人走到了某区文化馆前。

杨一凡:"冻手吧?"

慧之:"那你不替我捧一会儿?"

杨一凡:"你也没请求啊!"

慧之:"这还用请求啊!"

杨一凡："我不是与正常人不一样嘛。现在我请求你吧——到我的画室去暖和暖和怎么样？"

慧之犹豫。

杨一凡："我的画室像春天。"

慧之犹豫。

杨一凡："暖和一会儿之后，我送你回家。"

慧之终于点了一下头。

何家。何凝之独自在家里包饺子。屋子里暖和了，她也不用穿棉袄了。

门一响，林超然随声进入里屋。他上下都套着脏外衣，很疲劳但却很愉快的样子。

凝之："你又哪儿去了？"

林超然："我不是说找王志去吗？"

凝之："那怎么这会儿才回来？"

林超然："以后就得天天这会儿才回来了。"一边说，一边脱下外衣外裤扔在墙角。

凝之："帮谁干活了？穿回那么一套脏衣服？"

林超然："王志借给我的。"接着摘下帽子，脱下棉袄挂起来；再接着走到凝之背后，从后边搂抱着她，与她脸颊贴着脸颊，高兴地说："亲爱的，我找到工作了。"

凝之也高兴地："什么工作？王志帮你找的？"

林超然："就在王志手下，每月四十五元，今天下午，我已经挣了七角五了。"

凝之有点儿失望地："超然，毕竟我爸我妈都有稳定的工作，他们归队后还各自补了一年多的工资，咱们还不至于到揭不开锅的地步……所以，没有满意的工作，咱不必非急着挣那份儿工资不可……"

林超然:"住在岳父母家里就难免羞愧了,如果再到了花岳父母的钱的地步,那岂不无地自容了?"

凝之:"咱俩不是还带回了些钱吗?"

林超然:"给了我妈三十,给了静之二十,慧之二十;新年春节再买点儿东西,看看我那个营里,你那个连里几位亲密战友的父母,估计剩不下几元了……"

凝之:"可……我不心疼你那也不可能啊……"

林超然:"别。好身板的男人,一半是靠干累活干出来的。王志能干的活,我当然也能干。否则,连他手下那三个小青年都不如了。"

凝之无言地吻了他一下。

林超然放开她,转身走到火墙那儿,拎起水壶:"有这么多热水,太好了。趁他们都没回来,我得舒舒服服泡泡脚……今天没思想准备,觉得挺累。那只扭了的脚,也还有点儿疼……"

凝之:"我就是为你提前烧开了一壶水。"

林超然的双脚已泡入盆里了,并且,还一手持弓,一手持胡琴。

林超然:"想听一段不?"

凝之:"你还有情绪拉呀?"

林超然:"那是。困难是客观的,情绪是主观的,什么时候都不能让客观把主观给压趴下了。给你拉段《二泉映月》吧。"

于是他运弓拉了起来。

在二胡声中,凝之包的饺子更多了。

二胡声不成调了,停了。

凝之扭头一看,见丈夫垂着头,持弓的手也垂着,就那么睡着了。她看着怜惜地叹气。

静之回来了。

凝之:"你看你姐夫,就这么睡着了。替我弄醒他,要不一会儿爸妈回来,他肯定不好意思了。"

静之从姐姐头上揪头发。

凝之:"别闹,拔我头发干什么?"

静之:"弄醒你丈夫,当然得拔你的头发,拔我的头发我不是亏了吗?"

凝之:"你就整天贫吧你!我可告诉你,贫惯了,再想做回淑女往往是不可能的。"

静之:"我才不想再做回淑女呢!让淑女见鬼去吧!"

她用头发在林超然脸上乱拨一气,林超然醒了:"我怎么这么样就睡着了,惭愧,惭愧。"

静之将擦脚布抛给他,接着端起了洗脚水。

林超然:"别别别,我自己倒,岂敢劳驾您三小姐!"

静之:"甭客气。一家人不说两家话。"

静之倒水回来,凝之吩咐:"把这两盖帘饺子也端出去冻上。"

静之:"得,一发扬风格,就被当丫环对待了。"端起一盖帘饺子出去。

凝之一边洗手一边问:"你没觉得静之变贫了吗?"

林超然:"那我也不'友邦惊诧'。"

凝之:"为什么?"

林超然:"她不像你和慧之那么幸运。你俩被分在了好连队,连干部爱护知青。她那个连的连干部,一个比一个'左'。她因为你父亲曾经是'右'派,在连队一直被划在另册,不得不压抑自己的个性。现在的她,正处在一种从内心里释放压抑感的过程,我反倒替她高兴。"

"还是姐夫更理解我!"静之应声而入。

静之端起另一盖帘饺子又出去了。

凝之:"你看她偷听来着。"

林超然笑了:"幸亏没说什么伤她自尊心的话。"

静之再次回到屋里时,林超然和凝之已坐在桌旁嗑瓜子了。静之便也脱了棉袄,坐在大姐旁边,姐夫对面。

凝之:"老实交代,整天早出晚归的,真上补习班了还是假上补习班了?"

静之:"林超然同志,管管你老婆,别让她总对别人说三道四的!"

凝之:"严肃点儿,我没跟你开玩笑。"

静之:"撒谎是小狗。那位补习历史的老师叫何春晖,黑大毕业的工农兵学员,大家都认为他讲得不错,起码敢讲点儿新观点。"

凝之:"戴眼镜对不对?"

静之:"对。他说他认识你。"

凝之:"我们连推荐到黑大的,我亲自给他写的鉴定,他在连里表现不错。"

静之:"可今天他在讲课的时候,被公安带走了。"

凝之吃惊:"为什么?"

静之:"有人说是因为他讲了犯禁的内容,也有人说类似的收费补习班手续不全,工商部门认为是非法牟利,应予打击。"

林超然始终没插话,因为他一手撑腮,闭着眼还在犯迷糊。

凝之:"超然,躺下睡一会儿吧。"

林超然:"爸妈回来多不好。"

凝之:"有什么不好的,别那么多事儿!"

静之却一惊一乍地:"听,听到外边响声了吗?"

凝之和林超然都摇头。

静之:"都没听到是因为你俩光顾说话了!估计是野猫把饺子弄翻了。姐夫你出去看看吧。吹一下风,你会清醒的。"

林超然笑笑,起身出去了。从他那笑可以看出,他明知静之是在成心支他。

静之迅速起身,从书包里取出何春晖那封信交给大姐,机密地:"姐,他让我捎给你这封信。"

凝之看看,撕开。

静之:"别这会儿看呀,一会儿我姐夫就进来了!"

凝之没理她。

外边。两盖帘饺子好好地摆着。林超然用双手沾了沾雪,接着搓脸。林超然转身进屋。

林超然在灶间咳嗽。

凝之的声音:"别装咳嗽,进来吧。"

林超然进入,还是坐在姐俩对面。

静之料到了自己的西洋景根本就蒙不了姐夫,不好意思地:"饺子没问题?"

林超然:"没问题。但我出去一下还是必要的。"

凝之将信递给了林超然,他接过看。

凝之:"静之,如果我因为什么事和父亲争论起来了,甚至争吵起来了,你是愿意站在正确的思想一边呢,还是不管三七二十一,坚决捍卫父亲的权威?"

静之:"听你这话,你自认为代表某种正确的思想喽?"

凝之:"并不特别自信,一会儿要听听你姐夫的看法。"

静之:"如果像砌火墙的事儿那么对错分明,那我当然像大姐支持我一样支持大姐。"

林超然:"砌火墙的事儿你也不全对,你爸也不全错。"将信还给了凝之。

凝之:"你怎么看?"

林超然:"你父亲的做法我能够理解。但大多数人,尤其大多数青年是不断变化的个体,他忽视了这一点。"

凝之:"那么,同意我和他认真谈谈?"

林超然点头。

凝之:"我不想拖。"

林超然:"何春晖目前的处境很需要帮助,下决心要谈了,当然越早越好。"

静之不安地:"听你俩的话,我怎么觉得咱家里即将拉开战幕了呢?"

她的话音一落,何父回到了家里,三人于是一齐望着何父。

何父:"都瞪着我干什么?"

于是三人又一齐互望。

凝之悄悄地:"谈吗?"

林超然点头。

静之一跃而起,飞快地扑到父亲跟前:"爸,我替你挂!"从父亲手中接过帽子、围巾、上衣,一一挂起。

何父:"我小女儿今天表现真好!"走到火墙那儿去烤火,又说:"有了这火墙,太幸福了!"

静之:"爸,饿不饿?要是饿,我先给你煮几个饺子?"

何父:"爸不饿,等你妈回来一块儿吃吧。"

静之:"先吃几个吧,快。"

凝之:"静之,要躲你就趁早出去,别在那儿没话找话!"

静之真的躲出去了。

何父惊讶地望着凝之和林超然:"凝之,你在生谁的气?"

凝之:"爸,请您坐这儿,趁我妈没回来,我有事跟您谈。"

于是何父坐到了女婿身旁,大女儿对面。

凝之:"爸,先请您看看这封信。"

何父从凝之手中接过信,看。

林超然起身为岳父沏了一杯茶放在桌上,之后重新坐在岳父旁边。

何父喝了一口茶，接着看信。

凝之："爸，不必逐字逐句地看了吧，明白个大概意思就行了。"

何父不看信了，将信纸放桌上，朝凝之跟前一推，接着往椅背上一靠，板着脸说："我就猜到了，也许会求你出面说情，果然如此！凝之我实话告诉你，你蔡叔叔替我接待他时，他就提了和你的特殊关系。"

凝之："我和他没什么特殊关系。他曾是一名普通知青，我曾是他的副指导员。如此而已，仅此而已！"

林超然："凝之，跟爸说话，别那种语气。"

何父："那么咱俩的关系特殊不？"

凝之被问得一愣，随之将头一扭。

何父："求职就是求职，面谈就是面谈，之前提跟我女儿是哪种关系干什么？我讨厌搞关系学的人！"

凝之："但你拒绝他，不是因为关系学不关系学！"

何父："不错。你说得对。在中国，我对关系学有客观的认识。将来你找工作，超然找工作，也许都得靠我的关系、你妈的关系助一臂之力！"

凝之："我们找工作不必你们操心。我们自己的知青战友关系足够用。"

何父："那也还是靠关系！"

凝之："所以就算他有关系学的意思，那也不是什么大错。"

何父："所以我承认拒绝他另有原因，他……"

凝之："他扇过你一耳光……"

何父："对！还抽过我一皮带……"

林超然："他信上替自己辩护，说那一皮带不是他抽的……"

何父重新拿起信看。

凝之："在第二页。"

何父看了片刻，又如前一样，将信推给凝之，态度坚决地："那伙红卫兵是他率领的,他是头儿!"

凝之刚要说什么,何父立刻制止:"先别说! 我是父亲,我应该享有发言优先权! 凝之我问你,今年哪一年?"

凝之:"爸你什么意思?"

林超然替她回答:"一九七九年的最后几天。"

何父:"'文革'哪一年结束的? 一九七六年十月对吧? '文革'都结束两年多了,当年那么多红卫兵凌辱过、殴打过、摧残过那么多人! 从领袖、开国元勋到各级干部再到知识分子包括自己的校长、老师,甚至还有人骂过打过自己的父母! 我就奇了怪了,怎么两年多里,我没听说过一个忏悔了的一个道歉了的?"

何凝之:"爸,何春晖他忏悔过。"

何父:"何时何地?"

凝之:"在连队,有一次跟我谈心时,他说,一想到'文革'中对您有过野蛮的行为,后悔得直想用头撞墙。爸,那时'文革'可还在如火如荼地进行。只不过他当时没具体说,我也是看了他的信才知道,原来他打过的是您……"

何父:"那你还替他说情?"

林超然:"爸,你也应该理解一下凝之。虽说,在我们兵团,那几年托关系走后门依靠父母特权为了曲线返城而上了大学的人不少,但多数是经过公平推荐,一个正字一个正字比票数才上了大学的。何春晖也是那么上了大学的。何况他的毕业鉴定挺好,讲课也讲得不错,那么凝之作为他当年的副指导员,知道了自己连队当年送到大学里的一名知青,毕业了却哪哪儿都不要,心里当然着急。又知道他的处境是您造成的,凝之当然希望……"

何父:"凝之,父女俩更应该开诚布公,你究竟希望什么?"

凝之:"爸,希望你给何春晖一次机会。起码,让他先代一个学期的课,看看他讲课的实际情况再说。"

何父依然坚决地："不、可、能。"

凝之："他从小失去父母，是哥哥嫂子抚养大的。他想早点报答哥哥嫂子的抚养之恩，这种愿望，应该被从正面看待。爸，求求您了。"

何父："我被从教育界清除出队的时候，你爷爷奶奶都在农村病着，我要求把我和你妈发配到老家去，也好对你爷爷奶奶尽尽孝心，怎么没人从正面看待我的愿望？"

凝之："爸，您和我妈受的苦，咱们家那几年的遭遇，不应该全算在一个何春晖头上，那对他不太公平。"

何父问林超然："你认为呢？"

林超然："我和凝之的想法一致。"

何父："我知道，你们兵团知青之间，很讲感情、讲义气。我尊重你们这一点。你们之间讲那种感情，是小感情。我是从大感情出发决定该怎么对待何春晖的！也可以说是一种大情怀……"

灶间，静之一直在耳贴屋门倾听；外门一开，何母回来了。

静之阻止何母进屋，小声地："妈先别进屋，我爸和我姐正思想交锋，唇枪舌剑。"

何母虽困惑，便也只得陪着静之倾听。

屋里传来何父的声音："我要替'文革'中千千万万的受害者讨一个民间公道。民间有种说法，'种瓜得瓜，种豆得豆'。每一个人都要对自己在民间曾播种什么承担后果，所以然是大情怀。何春晖必须受这一民间法则的教育！"

紧接着又传来林超然的声音："爸，您作为一校之长，拒绝他的求职那也就算了。可为什么还要给和您要好的几位中学校长打电话，凭您在他们中的威望，也影响他们将何春晖阻挡在中学校门之外呢？而他们又影响了更多的校长，这么一来，何春晖想要当一名中学老师的愿望，岂不是完全破灭了吗？"

里屋。何校长喝一口茶,放杯后,心安理得地:"这正是我所希望的。我们中学校长是什么人?对于每一所中学,我们不但是大管家,同时又是守门人!如果让某些严重伤害过教师、校长的人摇身一变,居然也成了教师,那么教育的树人理念何在?教育的诗性原则何在?"

林超然:"爸,我认为,如果您给何春晖一次机会,也许更能体现教育的树人理念,更能体现教育的诗性原则。记得'文革'前,《教育的诗篇》一直是您的案头书。您也曾经说过,年轻人做了错事,连上帝都会予以原谅。"

何校长:"那也要看什么性质的错事!有些事不仅仅是错事,而是邪恶之事!上帝原谅的是错事,不是邪恶之事。你不要偷换概念,也不要搬出马卡连柯来压我!在全校面临断粮的严峻情况之下,派一个流氓习气成性的学生带着公款去购粮,这是对集体的不负责任!如果说我以前曾感动于书中的这一情节,那么我现在开始怀疑其真实性了!说不定那是马卡连柯杜撰的情节,既骗了高尔基,也骗了许许多多曾像我这么书生气十足的校长!现在的我,倒宁肯相信鲁迅晚年的反省,他说,看来青年未必皆是应该友善对待的!"

林超然看凝之一眼,低下头不说话了。

凝之:"我认为您……"欲言又止。

何父:"凝之,把你想说的话说出来!"

凝之:"我认为,您现在的思想,变得很……"

何父:"怎么样?"

凝之:"爸,我不想说。"

何父一拍桌子,厉声地:"说!必须说!"

凝之:"很庸俗。"

何父:"再说一遍!"

凝之:"有的话,不管对谁,我只说一遍。"

林超然："爸,凝之说的是气话。其实她是希望,您在何春晖的这件事上,处理得宽容一些,大度一些,使'文革'中那些野蛮的红卫兵,受到某种感召……您千万别太往心里去……"

何父又一拍桌子："我往心里去!"猛地站起,手臂发抖,指着凝之："你!你……"

他拿起茶杯,使劲摔在地上。

何母推门进屋了,身后跟着静之。

何母："都不许再吵!争论的什么事儿,我在门外听明白了。凝之,谁更有道理暂且不论,你那么说你爸肯定不对,连我都不依!快向你爸认错!……"

凝之也站起,默默穿大衣。

何父："凝之,你不要以为你下了几年乡,当了几年副指导员,就有资格做你父亲的思想导师了!我告诉你,在我面前,你永远是女儿!你的思想也只不过是女儿等级的思想!"

凝之回头瞪视了父亲一眼,转过身接着穿大衣。

林超然走到了何父跟前,劝道："爸,消消气。凝之的本意,无非是……"

何父："别说了!你既然是站在她一边的,那咱俩也没什么话可说了!"

而何母亦在用上海话小声劝凝之："侬那样子跟侬父亲争论是不来赛的。侬父女俩搞到了这样子僵法,那成了啥子事体?阿拉不是偏袒侬的父亲,侬父亲的做法,勿是毫无道理的,侬快向侬阿爸承认个错误……"

凝之已穿好大衣,围上围巾了。此时的她平静了,竭力若无其事地对林超然说："超然,送我到你家去。"说罢,径自往外便走……

林超然犹豫一下,跟着走了出去。

何母："老何,你也不该拍桌子,摔杯子……"

何校长："她先说我思想庸俗的!"瞪着静之问："你偷听来是不是?"

静之:"我……"

何校长:"不许说谎!"

静之只得诚实地点了点头。

何父:"那你什么看法?"

静之:"你要是还在气头上,我就不敢说出我的看法。"

何母:"老何,坐下。"

何父看她一眼,乖乖坐下。

何母扫起了地上的碎杯片。

何父看着静之说:"我这儿等着听你的看法呢。"

静之:"爸,你和我姐谁对谁错,我需要消化消化你们的话,认真思考思考才能表态。但有一点我现在就可以很负责任地说……我准备考大学文科,所以常参加各类补习班,听过何春晖的课,他的课讲得还是挺好的。"

何父何母不禁对视。

何母:"你想考大学的想法,可从没跟我和你爸说过。"

静之:"自己还没把握,所以想等到有把握了再说。"

何父:"你准备考大学我支持。没考上来年再考,我还支持。"

静之:"谢谢爸。我煮饺子去!"说罢跑出了里屋。

何父:"小滑头。"

何母:"我怎么不记得你们说的何春晖了!"

何父:"忘了也好。没必要非想起他来。"

杨一凡的画室里,慧之背靠暖气,双手捧一杯热水,边喝边打量。那是宿舍与画室合为一体的房间,一切井井有条。杨一凡是个喜欢整洁的青年。

杨一凡在找什么。

慧之:"你找什么?"

杨一凡找到了一把钢精勺子,举给她看了一下,一转身出去了。

慧之观看书架,放下杯子,抽出一册画册翻看——几乎每一页都是裸体女人……

传来杨一凡往回走的脚步声。

慧之赶紧将画册放回。

杨一凡进入,取下糖罐,挖了一勺糖举到慧之嘴边:"吃一勺。"

慧之:"谢谢,放杯里吧。"

杨一凡:"不。在你家里,你还把馒头掰成小块给我吃过呢,我要回报。"

慧之犹豫。

杨一凡:"我没传染病,刚才这把小勺也在热水炉那儿烫过了。"

慧之犹豫。

杨一凡:"精神病只遗传,不传染。"

慧之终于张口吃下了那勺糖,接着喝水,再接着放下杯说:"我暖和了,该走了,不用你送。"

杨一凡:"我忽然产生了一种冲动……"

慧之一愣,朝门瞥一眼,看样子随时准备夺门而出。

杨一凡:"很强烈的冲动……我想为你画张速写!"

慧之暗松一口气:"这……改天吧。"

杨一凡:"半个小时就能画完,请答应我的第二个请求!"

慧之不情愿答应,却又不忍拒绝。

杨一凡:"你答应了我的请求,你就不会觉得仿佛白得到我一张画了。"

慧之:"那……好吧。君子协定,半小时后我非走不可。"

杨一凡:"我开始画时,你看着手表。"

慧之终于又点头。

杨一凡看看她问:"你棉袄里边穿的什么?"

慧之:"毛衣。"

杨一凡:"高领矮领？"

慧之:"高领。"

杨一凡:"什么颜色？"

慧之:"红色。"

杨一凡:"我喜欢红色,把棉袄脱了。"

慧之犹犹豫豫地摘下围巾,解袄扣。杨一凡却已将落地灯移到床边。

慧之只穿着毛衣了。

杨一凡:"过来。"

慧之犹豫又防范地走过去。

杨一凡:"坐下。"

慧之坐下了。

杨一凡蹲下,解她鞋带……

慧之:"你干什么?!"双手放他肩上,随时准备推开他。

杨一凡:"只有一把椅子,一会儿我得坐。不能让你一动不动站着,坐床上会舒服点儿,也自然。"

他已经在解她第二只鞋的鞋带。

慧之的手从杨一凡肩上缩回去。

她的心剧烈地跳动。

杨一凡直起身:"坐到床上。"

慧之将双腿放到了床上。

杨一凡:"你最好看看什么。"转身从书架上取下画册,恰是慧之看过那一册。

慧之:"我不看那画册！"

杨一凡:"听你的,它太沉了。"抽下了一本书递给慧之。

慧之接过一看,是《美的历程》。

慧之:"这书行。"

杨一凡:“靠着被子,怎么舒服怎么坐。”

慧之依言而坐。

杨一凡抱臂看她:“向左边侧一点儿,双臂自然下垂……对,这样就呈现出你胸部的曲线了,那曲线很美。我又改主意了,要画油画速写。”

慧之叫了起来:“不许!讲好的半小时!”

杨一凡:“别叫。别动。当然还是半小时,一分钟也不多延长。”他坐到了画夹前,又说:“别看我。看书。忘记我的存在,不仅要用眼睛看书,还要用心看。那本书值得你用心看。”

他边说边调颜色。

读书的慧之。

杨一凡:“不要两只脚都蜷到后边,一只脚呈现在我眼里。你穿的花袜子很好看,使色彩丰富了不少……知道在我看来,怎样的女性最美吗?”

慧之:“不听!”

杨一凡:“为什么?”

慧之:“狗嘴里吐不出象牙来!”

杨一凡:“那当然!但我也不是狗啊。阅读的少女,在我看来特美。哺乳着的少妇,在我看来也特美。满脸皱纹,白发苍苍,面容慈祥的老婆婆,坐在老房子的门边小凳上,沐浴着明媚的阳光,在我看来同样美……”

看书的慧之。

杨一凡:“而小姑娘低头欣赏手里的一朵野花,或者举着一枝结籽的蒲公英,仰着脸,欲吹还没吹,美得像诗一样对吧?男人应该感激女人,因为女人呈现在男人眼里的美,一直是这世界上的最美……”

画布上完成了一幅肖像油画。

慧之已穿上了鞋,与杨一凡并肩站在画前。

杨一凡:“还行吗。”

慧之发自内心地:"我喜欢。"

杨一凡:"挺喜欢?"

慧之大声地:"很喜欢!"

杨一凡看手表:"延长了十分钟。"

慧之:"我要它!"

杨一凡:"不给。我更喜欢。"

慧之:"求求你!"

杨一凡:"求也没用。君子不夺人之爱。穿棉袄吧,我送你回家。"说着,很绅士地替她展开棉袄,帮她穿上。

两人的身影走在寂静的路上,杨一凡双手捧着画。

慧之:"我自己捧会儿吧。"

杨一凡:"不。"

慧之:"你没戴手套。"

杨一凡:"今天晚上不太冷。"

慧之:"不太冷也是冷!"

杨一凡:"没冷到我非得戴女孩子手套的地步。"

慧之:"我不是女孩子!"

杨一凡站住,眯眼看她:"对。你不是女孩子。你看上去比女孩子大不点儿。"

他一说完继续往前走。

慧之望着他背影,又来气又无奈。

何父、何母和静之在吃饺子。

何父对静之说:"记住,最近如果有时间的话,给我借一本《教育的诗篇》回来。"

静之点头。

杨一凡送慧之走到了家门口,默默将油画交给慧之。

慧之:"进我家坐会儿吧。"

杨一凡摇头。

慧之:"那,再见了。"伸出了一只手。

杨一凡:"如果我营长也在你家。替我问好。"也不握慧之的手,转身便走。

慧之呆望他的身影一拐不见了。

屋里。何父振振有词地:"你们三姐妹喜欢读书,那是受我的影响!"

何母:"就没我的影响了?"

静之:"多谢了!"用筷子边敲着碗边唱:"多谢了,多谢众位好乡亲,我今没有好茶饭,只有山歌送亲人!"

何父:"别贫!"

何母:"就是!怎么一返城贫成了这样?"

门一开,慧之捧画进入。

静之:"二姐,哪来的?"

慧之:"一过江桥,看到有卖的,买了。"

静之眼尖,发现了画角的签名,看着慧之问:"不对吧?"

慧之将一根手指压在她嘴上。

何父、何母也走过来看。

何父:"这画很见水平,比杨一凡画的强多了!"还指着家里说:"那个杨一凡,他也就够得上一般画匠的水平。看把咱家搞的,阿拉伯古代壁画遗址似的。"

静之笑道:"他哪画得出来啊!是吧二姐?"

慧之边洗手边淡淡地说:"完全同意。"

何母:"多少钱买的?"

慧之:"三元。"坐下吃饺子。

何母:"那么贵？能买五六十斤一等大白菜啦！慧之,刚参加工作,以后别乱花钱啊！要学会攒,为将来结婚早做准备！"

慧之咬着半个饺子愣愣地看母亲。

何父:"俗！哎夫人,你那番话未免俗了！三元钱还贵？它够得上是艺术作品了,静之,好好包上,这画值得保存！"

何母:"不当家不知柴米贵！"

一只在转动的"走马灯",内中人物是两个骑马的武将。"走马灯"挂在何家门口。

何家屋里。何母在补一个大红灯笼,静之在用抹布擦另一个。

静之:"妈,我爸从哪儿搞到了这么两个又脏又破的灯笼？"

何母:"可别当着你爸的面儿说又脏又破啊！"

静之:"本来就又脏又破嘛。"

何母:"学校教育经费紧,你爸又好面子,舍不得花学校的钱,是花了他自己的二十元向外单位买的。"

静之:"挂不起新的,不挂又怎么样？"

何母:"整个七十年代被'文革'占去了七年,一九八〇年是一个崭新时代的开始,全中国的人都对新时代的第一年充满种种希望,你爸他更是如此。但凡算得上是个单位的都挂灯笼,一所有一千五六百名学生的中学能不挂？"

静之:"妈,我爸在一九八〇年的希望是什么？"

何母:"还用问？努力使这所中学成为区重点呗。"

静之:"那,您的呢？"

何母:"希望你和你二姐的个人问题都有眉目。希望你大姐顺利地当了妈妈,我和你爸顺利地当了姥姥姥爷。希望你大姐和你姐夫都能找到比较理想的工作。还希望他们能租到一处又便宜又朝阳的一居室……是不是太多了？"

静之："是太多了点儿，但都不算过分。"

何母："也说说你的希望吧。"

静之："第一个希望当然是能考上大学喽！第二个希望嘛……希望学校为咱家解决的正式住房，能离厕所近一点儿。别像住在这儿这样，解次手得走过半个操场。厕所离得远，冬天太不方便了。"停止擦灯笼，憧憬地，"如果有一天能住在那样的家里，出门十步以内就是厕所，而且夏天开窗还闻不到臭味儿，厕所封闭严，不招苍蝇，那可真是一种幸福啊！"

屋里的灯忽然灭了。

校门那儿，何校长和蔡老师踏在梯子上接电线。

何母与静之拎着大灯笼走来。

何校长："擦干净，补好了？"

何母："我们当成政治任务来完成的。"

何校长："哪只是补过的？"

何母："我这只。"

何校长："用什么补的？"

何母："翻出了一个女儿小时候用的红纱巾……"

何校长接过灯笼，看，并说："如果补得不好，我可要你返工。"

静之："爸，怪冷的，别那么多事儿了，快点儿挂吧！"

何校长用杆子挑起一只灯笼递送给蔡老师。

两只大红灯笼亮了起来，虽说是旧的，补过，但看去毕竟挺喜庆。

何校长："看，有它们和没它们，那就是不一样，对不对？"

蔡老师："那是！"他唱了起来，还边唱边舞，"红灯那个挂在大门口，单等那个五哥哥来上供……"

何校长、何母和静之都笑了。

蔡老师："老何，没我事儿我走了。"

何校长："没你事儿了，快回家吧。"

蔡老师高呼一句："一九八〇年万岁！"走了。

何母："蔡老师这人真好。"

何校长："是啊。十来年没见，还像当年那么有一说一有二说二的性格，还是一位爱校如家的老师。"

静之喊："蔡叔叔！"

蔡老师站住，转身。

静之："您一九八〇年的最大希望是什么？"

蔡老师："公审'四人帮'！"说罢，转身像小伙子似的跑跳而去，并且跳着高伸长手臂够树枝。

静之询问地看着父亲："蔡叔叔的希望为什么是那样的？"

何校长："他父亲是位文学翻译家，在'文革'中被迫害致死。他受父亲的牵连，也吃了不少苦。"

何母："他还自杀过一次呢，要不是被及时发现，命都没了。"

静之不禁向蔡老师的身影望去。

何家屋里。林超然、林父、林母及妹妹林岚都来了，慧之也回来了，大家互相亲热着，气氛欢乐。

慧之在与林岚说悄悄话儿，并给了林岚两本什么书。林岚如获至宝地揣入书包里。

何母陪林母站在火墙前，林母赞叹地："真好看。我敢说全哈尔滨市，找不出第二家有这么漂亮的火墙，像屏风。"

何母："是超然那个营的返城知青给画的。等你家搬了大房子，砌了新火墙，也让他给你家画。"

林母："这辈子哪儿还有福气再搬次家啊！超然和凝之住你们这儿，

我和他爸心里很过意不去。住我们那儿吧,屋子小,又太不方便。"

何母:"这几天给你们添麻烦了。"

林母:"可别这么说。你这么一说,我心里更不安了。儿子媳妇,本来就该住在公婆家的嘛,哪儿有住在岳父母家的道理呢?"

何母:"可你们晚上怎么睡得开呢?"

林母:"林岚晚上到邻居家去借宿,我和凝之睡火炕,超然和他爸睡吊铺。"

何母:"林岚。"

林岚应声走过去。

何母:"别到邻居家借宿了,从今晚起,睡我们这儿。"

林岚看林母。

林母:"那就听你何阿姨的吧。"

厨房里,林超然与静之,一个在拌凉菜,一个在煮饺子。

静之:"姐夫,我大姐还和我爸赌气呀?"

林超然:"她没跟来,是因为有点儿感冒。"

静之:"唉,怎么两家的人都团圆了,别扭反而也一起接一起了呢?"

林超然:"有距离才有思念,没距离必生矛盾嘛。"

林父在独自看杨一凡的书法,何父走到他身旁。

林父:"写上一片黑乎乎的字,我倒觉得不如起先一码儿白纸看着顺眼了。火墙画得花花绿绿的我看着也眼乱。"

何父:"孩子们喜欢那么搞,我也没办法。亲家,来,我让你看样高级的东西!"将林父拉到桌前;桌上,一块绣着花儿,有金黄穗子的红绸布盖着什么东西。

何父:"猜猜盖着的是什么?"

林父:"盖得这么严,这我哪儿猜得到。"

何父炫耀地:"全哈尔滨有这东西的人家,估计不到万分之一,亲家母、林岚,都过来猜猜!"

林母和林岚都走过来,好奇地看。

林母:"我猜啊,是个漂亮的茶盒。你现在又能喝上安徽的茶了,不是多次说缺个好茶盒吗?"

何父摇头。

林父:"是从杂货市场上买的卷烟机对不对?我在杂货市场上见着过,就这么厚薄,这么大小。我还动过心想买一个呢,可卖主要六七元钱,那我怎么舍得钱买!"

何父摇头。

慧之:"林岚,你猜。和说话有关……"

林岚:"半导体!肯定是!"

慧之指着同在桌上的老旧收音机说:"有那个了,还会浪费钱买半导体?"

林岚:"那就猜不着了。"

何父:"谅你们谁也猜不着。"魔术师似的,将罩布猛然一揭。

第五章

罩布揭去,一台老式电话机呈现,林父、林母及林岚看呆了。

林父:"亲家,你可别是靠特权弄到家里的吧? 那可是不光彩的事儿,一旦行为暴露,孩子们都没脸见人了!"

何母:"超然他爸,你一百个放心好了,我们老何才不是那种人。再说他归队归的晚,一门心思全扑在学校的工作上了,想要立下一套好规矩硬规矩要求别人,自己对自己的要求那就更严了。"

慧之:"是学校党支部开会研究之后,一致决定给我们家安一部电话的,为的是有什么紧急事别人通知我爸快一些方便一些。"

林父:"听凝之说你还兼着党支部书记,别人不是因为看出了你有这么一种心思,都为了讨好你才一致决定的吧?"

何父庄重地:"亲家,绝对不是你以为的那样。我们支部有些事是要投票表决的,这事儿只我一个人投了反对票,没法子,少数服从多数了。再说也确实有这个必要。有天夜里,我们一位老师住院了,家里联系不上学校的人,只得骑自行车赶到我家,又敲窗又敲门又喊我的名字。胃出血,医院没血浆,我又赶紧骑上自行车,挨家挨户叫上几个人去输血。好险。幸而有一位老师血型对上了。那时要是家里有电话,会及时得多。

依支部的意思，非要给我买部新电话，也是我自己一再反对，就把仓库里的一部坏了的电话修修给我安装上了。我坚持只要学校报销一半的电话费。"

林岚："何叔叔，我听说安装一部电话要四五千元呢！"

林父又认真地："是吗？"

林母咂舌道："难怪只能大干部的人家才允许安。一般人就是安装得起，那电信部门也不批准。"

慧之："都别多心。你们林家的人谁也别多心。这部电话基本没花钱，我爸走了个后门，学校让电工把办公室的电话线拉过来，这电话就跟办公室的电话连上了。我爸绝不会做可能使咱们两家人蒙羞的事。"

林家三口这才释然了。看得出，在没彻底解释清楚之前，他们内心里都生怕那部电话是以权谋私才会出现在何家的。

林父："我这辈子，活到这个岁数了，只看到过别人接电话，打电话，自己还从没亲手摸过一下电话呢！今天我可有机会亲自打次电话了。"

他双手在衣服上抹了抹，伸手就要抓电话。

何父赶紧阻止："哎哎哎亲家，使不得使不得。兴许你这儿一拿起来，另一边就像电表走字儿似的，给咱记下一笔电话费了！"

何母："没你说得这么严重啊！不管哪一边先拨的，只要双方没通上话，电话局那里就不会记上电话费。亏你还是位中学校长，连这么点儿常识都不知道！"

林岚："爸，你就是拿起来了，不拨号，那也还是打不成电话呀！可你要是拨号又往哪儿拨呢？如果只想摸一下，别往起拿听筒，就这么摸摸算了！"

林父索然地："那我不摸了。"

何父："自安上，还没响过。如果一会儿居然响了，我同意让你这位老亲家先接。"

"都别聊啦，开饭啦开饭啦！"静之嚷嚷着，与林超然各端饺子与菜盘进屋了。

桌上摆着七盘八碗了。在二十世纪八十年代，一般人家的饭桌上，鸡鸭鱼肉还是不多的，无非是些家常菜而已。所以，当静之又端上一盘红烧鱼时，林母大为惊讶。

林母："亲家母，何必这么破费呢，买这么大一条鱼得花三四元钱吧？"

何母朝何父翘翘下巴："问他，是他买的。"

静之："我爸和蔡老师一块儿到江北去买的，要不哪儿能买到呢？"

慧之："听我爸说，是花五元多钱买的。"

林父："亲家，这我可要批评你啦，过元旦，又不是过春节，饭桌上没鱼，不照样能热热闹闹地把元旦过了？"

何父："那不一样。那可太不一样了。咱们两家的人，都十来年没见过松花江里的大鲤鱼了。一块儿解解馋，花五元多值得。"

他从小柜里取出一瓶酒摆在桌上，是瓶东北老白干。

林超然又端了一盘菜进屋，放下时说："爸妈，这是凝之她姨从上海寄来的米糕，我岳母教我按上海做法做的。"

何父已打开了酒，边倒酒边说："超然，今晚你要陪你爸和我放量喝几盅。"

林超然："没问题。"

何母："咱们其他人，爱喝啤酒的喝啤酒，爱喝茶的喝茶。"

何父："来来来，不管杯里是什么，都举起来！为了咱们两家人的幸福，以及在一九八〇年的各种希望，干！"

于是杯杯相碰，大家互相谦让着，亲亲热热地你给我夹菜，我给你夹菜，吃着、喝着。

电话突然响了。

大家都安静了，目光一齐望向电话。

何父第一个站起来，刚刚离开桌子，想想不对，转身看着林父说：

"快、快,我刚才说了要让你先接的。"

林父:"你还认真了。"犹犹豫豫地站起。

林岚:"爸别磨蹭呀,要不一会儿响声停了,你就接不到了。"

何父再次揭去罩布,闪向一旁,做了一个请的手势。

林父有点儿不知所措地回头看林岚。

林岚:"爸你可急死人了!拿起话筒,大声说……喂,这里是何校长家,您哪位?"

林父拿起了话筒。

林父:"喂……"

他刚说了那么一个字,电话里传出了一个女子的声音:"这里是电话局,现郑重提示您……您的话费,应于下个月的前三天内,到就近的电话局进行交纳,逾期您的电话将会自动消线。再提醒一遍,您的话费,应在下个月的前三天内,到就近的电话局进行交纳,逾期您的电话将会自动消线……"

之后话筒里传出嘟嘟的响声。

林父:"她……她怎么只管自己说起来没完,一句都不让我说呢?哪有这样式儿通话的!"

其他人都忍不住笑了。

饭已吃罢。林母、何母、静之、慧之、林岚坐在"床"上玩扑克。林父、何父和林超然仍坐在桌旁饮酒。

林父:"行,咱们到此为止。再喝我可就喝高了。"

何父:"亲家,我不勉强你了。"

他已经七分醉了,搂着林父的肩又说:"亲家,凝之、超然也返城了,咱们两家的人终于团圆在一起了。所以目前的困难实在不算什么,咱们当父亲的,要带头往前看。我已经看到好日子在向咱们招手了。"

林超然一听岳父说漏了嘴了,装作收拾桌子的样子,赶紧端起盘子往外走。

林父:"超然,你站住。"

林超然只得站住了。

林父:"亲家,你刚才怎么说?"

林超然:"你们聊点儿别的。聊点儿别的。"

何父:"超然,你……别管我们……聊什么! 我……刚才说,凝之和超然,他们终于也返城了。"

林父:"超然,真的?"

林超然只得放下了盘子,点点头。

林父一拍桌子:"别点头! 我要听到话!"

林超然:"爸,是我岳父说的那样。"

"床"上,两位母亲和三个姑娘,都吃惊地望着父子俩。

何父:"亲家,别对超然那么凶嘛,看吓着我女婿!"

林父站了起来,指着林超然问:"你没收到你妹代我给你写的信?"

林超然:"爸,我收到了。"

林父:"可你还是返城了,而且还骗我!"

林超然:"爸,我骗您不对,可您听我解释……"

林母:"他爸,别在亲家这儿吼吼怒怒的行不? 有些话跟儿子回自己家说去!"

林父:"你别插嘴!"瞪着林超然又大声说:"我不听你解释! 你还解释什么你? 返城待业的滋味就那么好受吗?"

林超然:"爸,我已经找到工作了,都上班几天了,在铁路上当搬运工。"

林父:"你! ……难道当搬运工比当营长更有出息吗?"

林超然:"爸,话不能这么说。有些情况您不了解,不是现在一句话半句话就能解释得清楚的……"

啪……林父扇了儿子一耳光。

何母："他爸，你木头人啊，怎么不拉着呀！"

何校长有点儿晃悠地站起来，边往后拉林父，边说："亲家，你……这是干什么呢！打人是犯法的……"

林父一抡胳膊，何父被抡得坐在地上了。

林父："我打的是我儿子！法律也不能禁止我打儿子！更用不着你管！"

何父坐在地上也大声地："可他不仅是你儿子！还是我女婿！你在我家里，当着我的面打我女婿，你也太不尊重我了！"

林父："我也是在替你教训你女婿！"

林母："他爸！你喝了点儿酒，半醉没醉的耍的什么酒疯啊！"

何母："慧之、静之，你俩还傻看着干什么呀？快下地去拉开他们父子俩呀！"

慧之和静之赶紧往"床"边坐去，慌慌张张地各自穿鞋。

林父："你这个不争气的儿子！一心指望你有点儿出息，你却偏让我的指望破灭了！"

他又一巴掌向儿子扇去。

林超然擒住了老父亲的腕子，他对老父亲小声说："爸，你不可以再当着何家人的面训我、打我。我自己也快当爸了，求求你，多少照顾一下我的自尊心。"

慧之和静之已将她俩的父亲扶了起来。

林母、何母以及林岚也站到地上了。

两家人呆呆地看着林超然父子。

林父又用另一只手扇儿子，但另一只手的腕子也被儿子擒住了。

父子俩暗暗较起手臂之力来。

林父终究年纪大了，哪里较量得过儿子的手力臂力？他的双手渐渐被儿子的双手钳制到他自己的胸前了。

他瞪视着儿子的目光垂下了，接着他的头也扭向一边了，脸由于用力而涨红了,脖子的青筋凸起了。

他倍感屈辱地吼出一句话来:"放开我!"

林超然松手了,后退了一步。

林父交替揉着手腕。

林岚:"爸,老林家的脸被你丢尽了!"

她拿起衣服、围巾冲出去了。

林父一转身,拿起桌上的酒瓶,咕嘟咕嘟喝了几口,何父从他手中将酒瓶夺下,递给了何母,何母将酒瓶放入了柜里。

林母已在默默流泪了。

林父:"回家!"说罢,也不戴帽子,径自走了出去。

林母看看儿子,看看何父何母,想说句什么,却分明的不知该说什么好……便也往外走。

林超然:"妈……"

林母在门口站住,却没转身,没回头。

林超然:"我是为了能尽孝心才返城的啊!"

林母就那么背对儿子点了点头,无言而去……

何母:"静之、慧之,送送啊!"

于是两姐妹这里那里拿起林家三人的帽子、围巾、书包追出门去。

慧之扶着林母走在前边,静之扶着林父走在后边。东一声西一声传来鞭炮声,夜空上还零星地出现礼花。

静之:"伯父,小心别滑倒。"

林父:"我没醉。我一个人把那一瓶都喝光也醉不到哪儿去。你们姐俩不必送我们,我们能回得了家。"

静之:"我爸妈让我俩送的,我俩得完成任务。伯父,您为什么对我姐夫返城生那么大气?"

林父不回答,仿佛没听到,只管平视前方大步走。

老人家的脸上挂着泪水。

夏季。林家的窗户敞开着。林父在用小钉固定一个相框,少年林超然从旁看着。

林父将相框挂在墙上。相框内镶的是中学奖给林超然的"三好学生"奖状。而墙上已有两排奖状,上边一排没镶框,是林父获得的奖状。下边一排皆镶框,是林超然从小学到中学获的奖状。

父子俩看着两排奖状。

林父:"挺气派吧?"

林超然:"不太好。"

林父:"不太好?你认为怎么样才好?"

林超然:"爸爸的奖状才应该镶在框子里,而不是我的。"

林父不由得抚摸了儿子的头一下,语调极为和蔼地:"奖状已经不能使爸觉得多么自豪了。"

林超然:"那什么能?"

林父:"你。儿子,你要明白,爸爸看着你获得的奖状,比看着自己获得的奖状还高兴。所以,你的奖状才更应该镶在框子里。转过身去。"

林超然转过了身。

林父从兜里掏出一串钥匙,打开一个桌子抽屉,取出一样什么东西,又说:"转过身来。"

林超然转过了身,见父亲手拿一支自来水笔递向他。

林父:"爸昨天开工资了,给你买了一支笔。"

林超然接笔的手的指尖是蓝色的,那是长期使用蘸水笔被墨水染的。

他拧开笔帽,惊喜地:"依金的!"

林父:"高兴吧?"

林超然:"高兴。爸你干吗买这么贵的呀,买支钢尖的我就很高兴了!"

林父:"其实,爸很想给你买一支金尖的。但那要五六元钱,爸没下成那决心。一定要好好学习。咱家祖祖辈辈没出过大学生,你要实现爸爸的愿望,啊?"

林超然很庄重地点了点头。

还是夏季,傍晚时分,林父走向林家所住那条小街的街口,有几个女孩在跳格子。

"爸……"

林父一抬头,见林超然站在树下。此时的林超然已是高三学生,胸前佩戴三中校徽。

林父:"你在这儿干什么?"

林超然:"爸,我在等您。"

林父:"有事儿?"

林超然:"爸,今天学校正式通知我,等我高三毕业了,要我别考大学了……"

林父一愕:"咱家出身也没什么问题啊,你犯什么错误了?"

林超然:"不是,学校将直接送我去法国留学……"

林父:"法国?那不是资本主义国家吗?"

林超然:"也是第一个和中国建交的欧洲国家。"

林父:"超然,这……可别学校犯错误,你也跟着错了……"

林超然:"那不会的,这也不是学校做得了主的事,是北京教育部的决定,起码得经过周总理批准。有几个名额分到了咱们哈尔滨……爸,我还没跟我妈说,您同意吗?您如果不同意,我不跟我妈说了……"

林父:"同意!我同意!爸高兴!"

他一转身往相反的方向匆匆而去。

林超然:"爸,您干什么去!"

林父："爸去买几两酒,今晚值得我喝两盅。"

林超然拦住了父亲："爸,打散酒那得带酒瓶啊!"

林父："可也是。"

林超然："还是先回家吧。晚饭前,我保证替您把酒打回家。"

林父："爸今天干活干得太猛了,有点儿累,挽着我……"

于是林超然挽着父亲的手臂往家去。

显然的,林超然告诉父亲的事,使父亲内心里产生了莫大的自豪。那自豪简直是他难以掩饰和承受的。他脸上浮现着喜悦的微笑,他脸上充满阳光!

男女街坊亲热地与他打招呼,他嘴上回应着,举起另一只手,像元首检阅一样向街坊招手致意。

一位男街坊问一位女街坊："林师傅今天那是怎么了?"

女街坊："不知道,是有点儿怪。"

林家。一张世界地图摊开在炕上,林父戴着花镜仔细看,一根手指在地图上划着。

坐在椅子上的林母说："斗大的字认识不了一笸箩,装模作样地看什么呀!"

林父："但是'法国'两个字,那我还是认识的嘛!"

林超然的弟弟林超越进入,手拿放大镜。

林超越："爸给,放大镜我也借来了……让我替您找到法国!"

林父接过放大镜,一边说："不用不用,我自己找到的感觉才好!"手指一点,又说："在这儿!法国,不大的一个国家嘛!"

林超越："爸,法国很了不起,出过许多伟大的作家、艺术家。巴黎公社您听说过吧?"

林父："他们那儿也公社化了?那法国人一个工分合多少钱?"

林超越被问得一愣。

林超然进入,将半瓶酒放在桌上:"爸,我给您打了半斤,够吧?"

林父:"超然,谢谢。"拿起酒瓶,拔去塞子就喝了一大口……

林母也进屋了,将一盆窝头放在桌上。

林母:"喝酒也得有个喝酒的样子,哪儿有你这样喝法的?端上菜来再喝就等不及了?"

林父笑嘻嘻地:"不是高兴嘛!"

林母走出屋后,林父对二儿子训导地:"超越,你要好好地向你哥学习!问你法国的公社社员一个工分合多少钱你都答不上来,证明你看书看得太少。给你起名叫超越,那就是希望你以后方方面面超过你哥,明白?"

林家兄弟互相看一眼,都笑了……

林家。凝之又在织毛线活,老旧的收音机机里,姜昆和李文华在说相声《照相》。

林岚闯入,满脸是泪。

凝之站起,吃惊地:"怎么了?你怎么一个人回来了?"

林岚:"我爸在你家扇了我哥一个大嘴巴子,还把何叔叔一胳膊抢得坐在地上了……"

凝之:"喝醉了?"

林岚:"那点儿酒才醉不了他!他是因为我哥返城了。"

凝之愣住。

林岚侧转身哭,并说:"哪家的父母不盼着儿女返城啊?我爸他对我哥咋反过来?……"

凝之掏出手绢替林岚擦泪:"不好的事发生了那也就发生了,几天后你爸和你哥的矛盾就会过去的。别哭了,元旦哭肿了眼睛多不好!"

林岚:"嫂子,你说我哥他,会不会是我爸捡来的啊?"

凝之苦笑:"别胡思乱想。"

林岚:"你妈让我睡你们家,我妈也同意了。你家砌起了火墙比我家还暖和呢,我也挺愿意睡你们家,有机会多和我静之姐聊聊心里话。我爸那么一闹,我还怎么好意思睡你们家?"

她爬上炕,抱枕头、抱被子。

凝之叹口气,坐在了椅子上,看着林岚问:"还到邻居家借宿去?"

林岚:"嗯。"

凝之:"今天是元旦,不合适吧?"

林岚:"要不你、我、加上我妈,咱们三个都在这小炕上睡,那多挤啊!"夹起被子枕头往外便走。

凝之:"小妹……"

林岚在门口站住。

凝之:"今明两天,就睡家里吧。"

林岚:"挤我妈倒没什么,挤嫂子不好。挤你等于挤俩人儿。"

凝之又苦笑了,问:"你爸妈呢?"

林岚:"他们也不能在你家待了呀,都往回走呢。本来两家人高高兴兴的一个晚上,让我爸给搅了!嫂子等我爸回来,你甭理他!"

林岚说罢离开了家。

凝之愣了会儿,关了收音机,双手平放桌上,陷入沉思……

静之和林父,慧之和林母还走在路上……

慧之:"伯母,我不理解,我伯父为什么特别看重我姐夫是不是知青营长了?"

林母叹道:"他对你姐夫寄托的希望太大了。如果你姐夫从小到大是个一般化的儿子,那他也不至于往你姐夫身上寄托什么希望。偏偏你姐夫从小学到高三,一向是品学兼优的学生。老师也夸,领导也夸,别的学生家长也夸。这一夸,就夸出问题来了。"

慧之:"我怎么就不觉得我姐夫身上有什么大毛病呢?"

　　林母:"我不是说问题出在你姐夫身上,是出在你伯父身上。你姐夫高二入党后,在你伯父心里,你姐夫简直就成了家里的党支部书记一般。你姐夫说话时,你伯父那种安安静静认真听着的样子,就像听领导在作指示。"

　　慧之:"这我倒挺能理解。"

　　林母:"尤其是学校决定送你姐夫到法国去留学以后,你伯父整天高兴得合不拢嘴。可不久不是就搞'文革'了嘛,你姐夫留学的事儿不但吹了,还成了全校批判的'黑苗子'典型。你伯父呢,难免的整天唉声叹气。"

　　慧之:"这我也不难理解。"

　　林母:"再后来,你姐夫和你超越哥一块儿下乡了,你伯父寄托在你姐夫身上的希望就完全破灭了。你伯父是个很少流泪的人,可你姐夫和你超越哥走那天,你伯父哭了……"

　　慧之:"我伯父在我姐夫身上到底寄托了什么希望呢!"

　　林母:"那我不知道,没问过,估计问了,他也不会说。总之就是希望你姐夫有大出息呗。"

　　林超然和弟弟林超越背着行李捆已走出了家门,林父林母送出了家门口。

　　林父:"超然,以后,你要替爸妈照顾好你弟弟。"

　　林超然:"爸,您放心吧!"

　　林父:"那我就不送你们了。"

　　他说罢挥了挥手。

　　林母:"死老头子,孩子们这一走就走到一千多里地以外去了,两年多才能探一次家,说不送就不送了? 你不送我送!"

　　但林父已不听她说些什么,转身进屋了。

林母送兄弟俩走到街口,锣鼓之声由远处传来。

林超然:"妈,您也就送到这儿吧,回去吧。"

远处传来喊声:"林超越,快来,上卡车!"

林超越:"让卡车等我一会儿!"

喊声:"你坐下辆吧!"

林超然:"别急,妈还有话跟咱俩说!"

林超越:"妈,有话跟我哥说吧,我同学在召唤我!"他一转身跑了。

林母:"这孩子!超然你看你弟这么不懂事,以后你多替爸妈操心啊!"撩起衣襟拭泪。

林超然搂抱住了母亲,哄小孩似的:"妈,别难过,我和弟弟是到兵团去,有工资,那不也等于参加工作了吗?"

林母回到了家里,见墙上超然那一排相框不见了,墙上留下了一道道灰痕;而林父,则直挺挺地躺在炕上,也不枕枕头。

林母:"你怎么把超然的奖状都摘了?"

林父不作声。

林母:"问你话呢,都弄哪儿去了呀?"

林父:"在桌子底下。"

林母揭开桌帘,拿出一个相框,见已没有奖状了。

林父:"奖状呢?"

林父:"我都抽出来收着了。再整天看着,还不如看不见的好。"

林母瞪着林父,一时无话可说。

走在一起的林父和静之。

林父:"他来信说他当了营长那天,我高兴得一宿没合眼。从前咱们市区的区长,也不过就是部队上转业下来的一个营长。"

静之:"伯父,那是不能相提并论的。咱们区的那个区长,人家参加过抗日战争、解放战争、抗美援朝，人家是从枪林弹雨中走过来的。"

林父："怎么不能相提并论？和平年代就不需要营长了？和平年代的营长就矮一截了？和平年代就能永远和平下去了？如果你姐夫还是营长，如果哪一天又起战争了，我相信你姐夫也是个不怕枪林弹雨的好营长。"

静之："可他不已经不是了嘛，不管是他自己还是咱们作为他亲人的人，都应该以正确的态度面对现实嘛！"

林父："如果他听我的，不随大流儿，他和咱们，不是就不至于面对他现在的现实了吗？"

静之："他现在的现实也不能算是灾难呀，我相信我姐夫在现在的起点上，也完全可以寻找到另一种人生价值。"

林父不爱听，挣脱手臂，生气地："不用你搀着，我自己能走！"

静之望着他大步腾腾往前走的背影，摇头苦笑。

第二天下午，林家。凝之在给窗台上的白菜花、萝卜花、蒜苗浇水。

林父从外边进入。

凝之："爸，哪儿去了？"

林父："走走。散散心。你妈呢？"

凝之："新布票不是年前就发下来了嘛，她还邻居布票去了。爸您坐下，我有话跟您说。"

林父猜到了她要说些什么，不情愿地坐下。

凝之也坐下了，她说："爸，我和超然返城的事，您错怪超然了。我俩返城是我先提出来的。我们那个连的知青全走了，就剩我这名知青副指导员自己了，又在不适宜的时候怀了孕。我非留下，反而会给别人造成麻烦。超然的情况也是如此。兵团体制结束了，又恢复农场体制了，干部队伍要大大精减。将他那么优秀的知青营长精简了，上级领导觉得对不住他。他自己呢，又不愿非等着安排一个领导岗位，非占一个干部名额。"

林父听着,掏出烟盒,吸起烟来。

街道委员会办公室,一个四十多岁的胖女人在听半导体。半导体里说评书《杨家将》,发声不好,嗞嗞啦啦的。

一身簇新的罗一民推门进入,点头哈腰地:"主任,新年好!"

街道主任:"别装的那么近乎!新年昨天都过去了,来领票证的吧?"

罗一民:"对对。听说您在值班,我就来了。领票证是第二位的想法,第一位的想法是拜年。"

街道主任:"你嘴还真甜。知道街坊邻居们为什么喜欢你不?"

罗一民受宠若惊地:"大家喜欢我吗?我还真不知道。"

街道主任:"喜欢的就是你这份儿嘴甜,只要是见了长辈,叔叔大爷,大娘大婶大嫂的,一口一声叫得亲近,让人心里边听着……那个那个……"

罗一民:"特得劲儿?"

主任摇头:"比'得劲儿'还得劲儿的那个词儿……"

罗一民:"要不就是特'温暖'呗。"

主任摇头:"也不是……'温暖'太白话了,打从新中国成立以后就整天听……看我这脑子,怎么一时想不起来了……一个新词儿,还是从你们知青口中听说的,比'温暖'还温暖,带点儿黏糊劲儿的那么一种说法。"

罗一民:"带点儿黏糊劲儿?……是……'温馨'吗?"

主任:"对对对!就这个新词儿,是温乎到心里边去的意思,对不对?"

罗一民:"也可以这么理解吧。"

主任:"小罗,街坊邻居们都说,你们知青一返城,咱们整条街道都变得温馨了,青年人多了,连中老年人都带出朝气了。"

罗一民不好意思地:"我哪儿有那么高的温度啊!"

主任:"我夸的不只是你,也是你们嘛!"

罗一民：“主任，谢谢您对我们返城知青的夸奖。新年伊始，听了您的一番夸奖，我心里边也特别的温馨……您看您要是方便的话，就麻烦您把票证发给我？”

主任：“没问题。一点儿不麻烦……不过，你得先把我这半导体给摆弄摆弄，你听这声儿……”

罗一民摇头：“哎呀，我还没修过半导体呢。”

主任：“别谦虚，有人说你可能了，什么都会修。这儿也没工具，你先给诊断诊断究竟是什么毛病。”

罗一民：“这明显是接触不良嘛。”拿起半导体，放耳边倾听，调台，又说：“大概还受过潮。”

主任：“对对，是受过潮！”

罗一民：“烤烤就能起点儿作用。”说罢，将半导体啪地往桌上一顿！说也怪了，声音不但大了，还清楚多了。

主任笑了：“真是说你行，你就行。小罗你神了，我要多给你几张豆腐票！”

她说着打开文件柜，取出登记册，边翻着，边说：“就差几户人家没领了，今年咱们东北省份每人多了五尺布票，一斤棉花票……咦，你的票证别人替你代领了呀。”

罗一民奇怪地：“别人替我代领了？谁？”

主任：“李玖呀，看，这是她的亲笔签名。错不了。”

罗一民不由得凑过去看，皱眉道：“我也没让她代领呀。”

主任：“就你俩目前的关系，谁代领谁的我们都乐意开绿灯啊！”

罗一民：“主任，您可别开这种玩笑，我和李玖……我们也没什么不正常的关系呀。”

主任笑了：“我也没说你们有什么不正常的关系嘛！按你们的年龄，你们的经历，就是那个了，也很正常嘛！何况李玖说，你们都要领结婚证了。”

罗一民:"她她她,她真这么说的?"

主任:"那是!年前发证那天,她当着好多人在这儿说的。那天她可高兴啦,还发糖给我们吃,说是'准喜糖'。'准喜糖'什么意思啊?"

主任起身将登记册放入柜里。

罗一民站在那儿发呆。

主任:"我想起来了,'温馨'就是李玖说的。她说和你在一起的时候,心里温馨得没法形容。"

主任一转身,见罗一民正仓皇逃脱似的往外跑,还撞到了门框上。

主任笑了:"这孩子,被幸福冲昏头脑了。"

半导体的声音又嗞嗞啦啦的了。

主任拿起来,也学罗一民的样,使劲往桌上一顿:半导体反而不出声了……她拿起又一顿,半导体后壳开了。

主任看着半导体发愣。

罗一民走在回家的路上,不慎摔了一跤。刚站起来,又摔了一跤……

罗一民走到了家门口,掏出钥匙正欲开门,却发现门上的锁不见了,吃惊,疑惑。

他轻轻将家门推开道缝,闪进屋。站在门口四下打量,却未见被翻乱的迹象,但发现门锁放在工作台上。拿起锁来一看,锁上居然还插着一把钥匙!

他轻轻放下锁,顺手防范地操起了锤子。

里屋传出一声响动,听起来是撕布的声音。他高举锤子,闪在门帘旁。

一个人抱着什么从里屋往外走,却将门帘带了下来。门帘罩住了那人的头,也罩住了那人抱着的东西。

罗一民大喝:"什么人?"

那人一抖,就那么被门帘罩住,一动不动地站住了。但抱着的东西却掉在地上,是棉套和被单。

罗一民一手仍高举铁锤,伸出另一只手,猛地扯下了门帘……那人却是李玖,她头发新烫出了卷儿,脸上还化了妆。

李玖手扪胸口:"哎呀妈呀,死瘸子,你吓死我了!"

罗一民高举铁锤的手臂垂下了,随手将铁锤放在了地上。

李玖:"你怎么悄没声地就进了门?! 吓我这一大跳! 打你! 打你!"

她撒娇地抡起双拳往罗一民身上打。罗一民抓住她两只手的手腕,一搡,将她搡得倒退一步,绊在棉套上,跌坐于地。

罗一民:"这是我家。我想怎么进来就怎么进来!"

李玖:"这只是你家呀? 你要这么认为,那咱俩现在还真得把话说开了。"她干脆将双脚一盘,坐在地上不起来了。

罗一民:"什么'说开'不'说开'的,难道我家还同时成了你家啊? 我问你,你哪儿来的一把钥匙?"

李玖:"配的呗!"

罗一民:"你你你,你怎么敢偷偷配了我这儿一把门钥匙? 你想干什么你?!"

李玖厉害地:"我怎么就叫是偷偷配的? 我……只不过是忘了告诉你罢了……拉我起来,要不我就不起来!"

罗一民:"你爱起不起来! 我再问你,我的布票、棉花票、粮票和副食本呢? 你也不经我同意,凭什么替我代领了?"

李玖:"凭什么? 你说凭什么? 凭咱俩的关系!"

罗一民:"你你你,你满嘴胡说八道! 咱俩有什么关系?!"

李玖:"嘿,罗一民,你属狐狸的呀? 吃着了甜葡萄还想说葡萄是酸的呀? 你忘了咱俩有天晚上那样了?!"

罗一民:"说清楚,哪样了?!"

李玖:"那样了! 你还想否认吗?"四下瞧瞧,指着放在小柜上的茅台酒瓶又说:"茅台酒瓶子还在你这儿!好酒是白喝的呀?鱼啦肉啦是白吃的呀?我李玖是你可以白搂白抱白亲白那样的呀?"

罗一民张张嘴,一时被噎得说不出话。

李玖更厉害了:"罗一民我实话告诉你,我已经有了。你要是敢抵赖,没你的好果子吃!"

罗一民几步走到小柜前,抓起茅台酒瓶子就要往地下摔……

李玖:"恼羞成怒了?想销毁证据?酒还没喝完呢,名酒糟蹋了你不心疼?"

罗一民更加气得说不出话,拧开瓶盖,仰头喝了一大口。放下酒瓶,抓起一样活计摔在地下。那活计恰恰是他做的一只小桶。

他发泄地用脚踏、踏,将小桶踏扁了。

这时,屋外响起敲门窗的声音。

俩人同时朝门窗望去,见门外站着一位老者。正是来过一次,要求罗一民做十只桶那位老者,还是第一次来时那身着装。

李玖笑了:"看你拉不拉我起来!"

罗一民只得忍气吞声将她拉起,小声警告:"你如果敢当着客户给我难堪,客户走了我一定收拾你!"

李玖:"你是我最亲爱的人,我干吗当着客户使你难堪呀?"

她与方才判若两人,走过去开了门,笑容可掬地:"老人家,请进。"

老者进入。

罗一民也只得强装笑脸:"您老来了?"

李玖:"快请到炉前烤烤火。"她作出的"请"的手势特优雅,像人民大会堂的服务员迎请外宾。

老者彬彬有礼一笑,走到炉前烤手。

李玖从毛巾绳上扯下毛巾,擦擦凳面,将凳子搬到了炉旁,又笑道:

"你老请坐。"

老者和蔼地："谢谢。"言罢缓缓坐下。

李玖："您和我先生说着啊,我得去拆被子。这不过完元旦紧接着就要过春节了嘛,得干净干净迎接春节啊,让您见笑了。"言罢,转身离开,从地上抱起棉套什么的,顺脚将被罗一民踏扁了的小桶拨到老者目光不及之处。

她这一小动作被罗一民看在了眼里。

她进里屋后,罗一民问老者:"您不是说不急吗?怎么……"

老者:"是不急。我不是来催你的。我是顺路来告诉一下,过几天我就回香港了。我要的那十只桶,夏天做好就行。那时候,也许是我来取,也许我委托别人来取。"

罗一民:"到那时肯定做好,谁来取都行。"

老者:"那我不打扰了。"站起。

李玖又从里屋出来了,一点儿不见外地:"天挺冷的,多烤会儿再走呗。"

老者:"还有些事要办,预祝你们春节愉快。"

李玖抢前一步,开了门,日本女人似的弯下腰说:"我们夫妻也祝您春节愉快。"

老者走出后,罗一民和李玖从门窗望着他跨过小街,坐入汽车。汽车开走。

李玖:"老先生气质真好,说不定是位港商,哎他要你给他做什么?"

罗一民:"你管呢!"

李玖也不生气,捡起被罗一民踏扁的东西,研究地看着,问:"罐头筒?"

罗一民从她手中夺下那东西,没好气地:"我的票证呢?给我!"

李玖："还生气儿呀？刚才我表现得你还不满意啊？你说你对我怎么才满意？我这样上得了厅堂,下得了厨房的女性,哪点儿配不上你这个'半倒体'男人？"

罗一民："我扇你！"

李玖凑到他跟前,将下颏一扬："让你扇,你敢吗？我姨是街道副主任,我舅是派出所的,你碰我一下试试！"

罗一民举起的手臂又垂下了,吼："给我票券！"

李玖："吼什么吼？今天吃枪药啦？你这脾气以后得改啊！"从小柜顶上拿起票券,朝罗一民一递。

罗一民接过,闪到一边去点票券。

李玖又进了里屋,复将棉套什么的从里屋抱出,并说："门帘不往上挂了啊,得一块儿洗洗。都挂了一年了,能刮下灰来了,自己也从不洗洗！"

罗一民一转身："我的布票和棉花票呢？"

李玖："在我这儿。听说春节前花布样式多,新棉套也上货架了,我得为咱们的婚事开始操办,傻指望你行吗？"

罗一民张张嘴说不出话来。

李玖："咱们儿子那五十元,就是那老先生给的吧？你替儿子接在手里了,怎么能转手又给了儿子？你倒够大方的,那么多钱能说给孩子就给孩子吗？把咱们儿子惯出乱花钱的坏毛病来你负责吗？"

罗一民："他是你儿子,不是我儿子！"

李玖："早晚还不成了你儿子？早比晚好。多亏小刚懂事,没乱花,如数交给我了。五十元值得一存,我放你钱匣子里了……"

罗一民："你你你,你还配了我钱匣子的钥匙？"

李玖："当然得配！不配我……"

罗一民："你给我住口！"一转身往里屋走。

李玖跟在其后,嘟哝："别人家都是女人管钱。"

罗一民已进了屋,屋里传出他的吼声："不许进来！"

李玖在门口站住，又嘟哝一句："哪儿哪儿都堆着破东烂西，我还不稀罕进呢！"

她开始用枕套擦这儿擦那儿。

里屋。钱匣子上还插着钥匙。罗一民把钱匣子抱起，背对门口坐床上，再将钱匣子放膝上，打开，取出钱来点数。

外屋，李玖将棉套、门帘、枕套都用被单扎起。

罗一民从里屋出来了，走到炉前。

罗一民："哎！"

李玖转身一看，见罗一民一手持炉钩子挑开炉盖，一手捏着一把钥匙。

罗一民："这是你非法配的我钱匣子的钥匙。"

他两指一松，钥匙掉进炉里。

罗一民又从兜里掏出一卷钱："这八十元是我钱匣子里多出来的，当然是你放进去的，还给你。咱俩得钱财两清！"

李玖呆呆看着他不接。

罗一民："亲爱的李玖……"

李玖："你都叫我'亲爱的'了，还说什么钱财两清？"

罗一民："你没听我把话说完！我想说的是……亲爱的李玖同志。咱俩不合适你明白吗？我要找的妻子，根本不是你这样的。"

李玖："我这样的怎么了？哪点儿配不上你？人家来为你拆洗被褥，你还一句一句伤人家的心，你有点儿男子汉大丈夫的高风亮节吗？我不嫌你腿有毛病，你还百般地嫌我！天上的嫦娥你肯定就不嫌了，可嫦娥会炒菜会干家务活吗？你觉得人家配得上你了，可人家能觉得你配得上人家吗？罗一民，你缺少自知之明！"

又有人在外边敲门窗，罗一民扭头一看，门外站着林超然。

第六章

罗一民将李玖推进里屋,走出去,在门口和林超然说话。

罗一民:"有事儿,还是路过?"

林超然:"有事儿。"

罗一民:"有事儿也不能让你进屋了,屋里有点儿特殊情况,就在这儿长话短说吧。"

林超然:"三言两语还真说不到点子上。"

罗一民:"那只好改天了,要不晚上?"

林超然:"事儿挺急,那我晚上再来。"

门开了,李玖撑着门说:"大冷的天,干吗站在外边说话? 快都进来!"

罗一民瞪着李玖,气不打一处来地:"没你什么事儿,把门关上!"

李玖:"你这么慢待客人我看不惯! 快,客人先进,别灌一屋子冷风!"

罗一民干瞪眼不知说什么好。

林超然也一时犯犹豫。

李玖看着林超然又说:"快进呀!"

林超然进了屋。罗一民也只得跟入。

李玖在门口说:"林超然,我们一民的营长,对不对?"她把"我们一民"说得十分亲热。

林超然:"一民是我的救命恩人,也是好几名马场知青的救命恩人。"

李玖:"总听我们一民说你当年对他多么多么爱护,却从没听他提过救你命的事儿。"

这话毕竟是罗一民爱听的,他说:"那事儿有什么好提的。"

李玖伸出了一只手:"认识一下吧,我叫李玖,在郊区插过队,现在,就快是一民那口子了。"

罗一民不爱听,但却无奈,只有仰脸望屋顶的份儿。

林超然与李玖握手,并说:"也听一民说过你了。"

李玖:"他说我,无非就是我多么配不上他的话。我还觉得他配不上我呢,可事实上已经是他的人了,只得多担待他一点儿。"

她将"已经是他的人了"几个字说得有特别强调的意味。

罗一民:"别真一句假一句的信口胡说啊,成心给别人造成误会怎么的?我看你没事儿还是趁早回家吧!"掏出烟来递给林超然一支,自己也叼上了一支。

俩人吸烟时,李玖还在说:"谁说我没事儿,替你接待一下你当年的营长不是事儿呀?"说着,透火,使炉火更旺了。之后将小饭桌搬到炉旁,将两只小凳摆在小桌两边,认真地擦了一遍。接着,摆上烟灰缸和两只杯,找出茶叶筒,沏上了两杯茶。

她做这一切时,愉快而利索、迅速。

林超然小声地:"我看行。"

罗一民大皱其眉,向林超然做了一个"停止"的裁判手势……

李玖:"你俩暖暖和和地坐这儿聊,我去干我的活儿,不影响你们。"说罢,从工作案底下拖出一个大洗衣盆。

进入里屋,抱出些该洗的衣服放入盆中。

之后用小盆一盆盆地接冷水倒入洗衣盆,坐下在洗衣板上嚓嚓地搓起来。

林超然:"怎么能只用凉水洗呢,那太冰手了。一民,把壶里的热水给李玖兑些。"

罗一民装没听到,催促:"快说你的事儿。"

林超然摁灭烟,拎起炉上的铁壶,走过去往洗衣盆里兑热水。

李玖:"林大哥,你可要经常批评批评我们一民,他对我根本就没有一点儿体恤心。"

林超然:"那不对。"接了一壶凉水放炉上,坐下后又说:"当然要批评。在男女关系方面,我最反对大男子主义。"

罗一民忍无可忍地:"姓李的女同胞,从现在起,请闭上你的嘴。营长,请开始说你要说的事。"

林超然谴责地指点了罗一民一下,发愁地说:"一民,我又没活儿干了。"

罗一民:"你不是刚在王志那儿干了没几天吗?怎么了?你俩闹掰了?"

林超然:"那倒不是。王志是好哥们,我对他满怀感激。可装卸班出了工伤,偏偏出工伤的人和我一样,也是临时工。这一住院,花了不少公费。铁路上认为是教训,就下达了内部文件,彻底清退装卸部门的临时工。这下王志也帮不了我了。他到我岳父家去告诉我,我送走他就来你这儿了。"

罗一民挠腮帮子:"唉,顶数找工作的事儿让哥们战友的为难。"

林超然:"你帮不上忙我也不为难你,跟你唠叨唠叨我心情能好些。不瞒你,昨天在我岳父家,我老父亲当着我们两家人的面扇了我一耳光。"

罗一民:"大爷那是为什么?"

林超然:"他反对我返城。"

罗一民:"反对? 为什么会反对呢? "

林超然:"这说起来话就长了,一言难尽,以后再慢慢讲给你听。我现在面临的情况是……如果不尽快找到一份工作,我老父亲对我的火气那就更大了,估计我和你嫂子两家,连春节也会过不好的。"

罗一民:"我有个想法,只怕你不会听我的。"

林超然:"说说看。"

罗一民:"如果你同意,我出面召集一次马场返城知青的聚会。能召集多少人召集多少人。只要天气好,不太冷,地点选在哪一个公园里都行。还不必花钱。"

他停住话头,观察林超然的表情。

林超然不动声色地:"把你的意思说完。"

罗一民:"你想啊,咱们马场独立营两百多名知青,据我所知,局级干部的子女四五名,处级干部的子女十几名,还有各行各业头头脑脑的子女。当年他们的父母是'走资派'时,你从没歧视过他们,他们对你也都挺感激的。如今你要找一份工作,他们肯定都愿意帮忙。只要他们中到了一半,你的问题就好解决了。怎么样? "

林超然:"不怎么样。"

罗一民:"这么说你不同意喽? "

林超然:"对。不同意。不过老实说,我也像你这么想过。"

罗一民:"自尊心排斥? "

林超然:"有自尊心排斥的成分,但不是最主要的。"

罗一民:"那最主要的是什么? "

林超然:"一民,你明明了解的,我对通过权力关系达到个人目的的事,一向是反感的。关系是关系,权力关系是权力关系。我求你帮忙,求王志帮忙,这都是关系。你们即使帮了我,也跟权力没什么瓜葛。但如果你俩的父亲是什么局长,你们再通过你们父亲的权力间接帮我,在我这儿,事情的性质就变了。那不就纯粹是靠权力走后门了吗? 如果我走了这种后门,别的返城知青会怎么看我呢? 又会怎么看我们这个社会我们这个国家呢? 你忘了? 咱俩在兵团的时候曾经很坦率地讨论过走后门现象对不对? 你说过……你憎恨走后门现象像憎恨投毒于井的罪犯们。"

罗一民:"但我现在已经不那么憎恨了。返城对我的一个教育那就是,城市里的后门之风比兵团普遍多了。别说不走后门办不成大事了,就连些小事也办不成。所以当老百姓的,那得习惯于走后门,善于走后门。只有这样,才能活得不那么困难,不那么憋屈。你现在也是普通老百姓的一员了,你也没法例外的。你非要例外,那就等于成心和自己过意不去。"

林超然:"我承认你说的基本上是事实,但……"

他看着罗一民,低声又说:"一民,对不起。"

罗一民:"你别跟我说'对不起'呀,你明明是对不起自己嘛。"

李玖忽然大声说:"你俩是商量事儿呢,还是开思想座谈会呀?"

两人不由得都朝李玖看去。

李玖停止搓洗,也看着他俩问:"林大哥,不就是好歹先找份工作,让你老父亲别再跟你闹情绪,让你和嫂子两家人,能过一次和睦融洽的春节吗?"

林超然重燃希望地:"对……"

李玖:"不就是好歹先找份工作,但是还不愿借助当官的人的权力吗?"

林超然:"对……"

李玖:"这也不是太难的事啊!"

罗一民:"你别在那站着说话不嫌腰疼啊!"

李玖用待洗的干衣服擦擦手,起身走了过去,拖过一个木墩,坐在罗一民身边,谴责地问罗一民:"你为什么不诚心诚意地帮林大哥?"

罗一民生气地:"你想挑拨我俩关系啊? 哎你怎么就知道我不诚心

诚意？"

李玖："你如果诚心诚意，就该替林大哥求我。你替林大哥求我了吗？"

两个男人一时又看着她发愣。

李玖也瞪着罗一民说："你长长个眼睛瞪着我干什么？现在求也不晚。你如果诚心诚意想替林大哥排忧解难，那就赶紧求我，我就等着你说一句求我的话。你说了，林大哥的事儿那就等于解决了，包在我身上了。"

罗一民对林超然说："别信她。她这是拿咱俩打欻呢！"

林超然："小李，不是在开我俩的玩笑吧？"

李玖："我像是在开玩笑吗？咱俩初次见面，大哥我能拿你发愁的事儿开玩笑吗？"

林超然："那，我现在郑重求你。"

李玖："大哥，不是我驳你面子。你求不算，得他求。"

林超然将求助的目光转向罗一民。

李玖却从烟盒里抽出一支烟叼在嘴角，林超然赶紧按着打火机向她伸过去。

李玖："让他点。"

林超然将打火机递向罗一民。罗一民却侧目斜视李玖，皱着眉，一副厌恶的样子，不接打火机。

林超然："一民，我急了啊！"

罗一民这才不得已地接过打火机，按着，伸向李玖叼在嘴角的烟。

李玖吸着烟，乜斜了罗一民一眼，又对林超然说："大哥，你看他那表情，是像替你真心求我的样子吗？"

罗一民："我样子又怎么了啊？"

林超然："你那样子是不太好。样子好点儿！"

他暗中踩了罗一民的鞋一下。

李玖:"这种时候,还耍大男子主义! 我这可等着你求呢,我的耐心那也是有限的!"

林超然严肃地:"一民,我的耐心那也是有限的。为了我,你总不至于将打保票的事儿偏要给搞黄了吧?"

罗一民:"好好好,我求。营长,我可是为你求她的!"

李玖:"反对。重说。"

罗一民:"叫'营长'怎么了? 我叫'营长'叫了那么多年,叫惯了!"

李玖:"叫'营长'没错。后边那句话我听着不顺耳,你心里明明那么想的也不应该说出来,要省略。"

罗一民气得站了起来,在屋里走到这儿走到那,仿佛面临的是变节与否的重大抉择。

林超然也站了起来,瞪着罗一民说:"一民,你要是觉得那么难,那我走了,不在你这儿瞎耽误工夫了,算我白来一次。"说罢,真朝门口走去。

罗一民:"营长……"

林超然站住,却未转身。

李玖:"一民,瞧你这费劲儿样! 哎我就不明白了,简简单单的事儿,为什么你偏要往僵了搞呢? 我教你怎么求我。你要对我这么说……亲爱的玖,看在我和我们营长多年友情的份儿上,我恳求你,帮帮我们吧! ……听话,快这么说,啊?"

罗一民无奈,只得走到她跟前,眼望着屋顶刚要开口。

李玖:"眼望着哪儿呢? 要看着我。求我又不是求屋顶!"

罗一民万般屈辱地看着她说:"亲爱的玖,看在我和我们营长多年友情的份儿上,我恳求你,帮帮我们吧!"

林超然的手拍在了一民的肩上,耳语:"哥们儿谢了!"

罗一民脑门上都出汗了,他举手抹了一下汗。

李玖:"多简单的事儿呀,你看你刚才那副痛苦样子! 有那么痛苦吗? 你俩都坐下,我告诉你们为什么我敢打保票。"

于是林、罗两人又坐下了。

李玖摁灭烟，胸有成竹地："咱们全哈尔滨市的工人中，八级工是不多的。所有的八级工中，八级木工那更是少而又少。全中国，建国初期评出了一批八级木工，后来就再没几个评上的，明白？"

林超然、罗一民同时点头："明白，明白。"

李玖："我父亲就是解放初期那一批评上的八级木工。'文革'前，全哈尔滨市就那么四五名八级木工，相当于木工这一行的状元！'文革'前退休了一人。'文革'中他们与'三名三高'一块儿挨斗，又惊又吓，被折腾死了一人。粉碎'四人帮'后，回山东老家一人，病故一人。现在，全哈尔滨市，据说只我父亲一人了。虽然也退休了，但身体好，还能接些私活，明白？"

林超然点头。

罗一民："你简明扼要一点儿，该直奔主题了！"

李玖："现在，许多干部解放了，平反了，官复原职了，有的还高升了，又住进大房子里去了，谁家不想添一两件家具呢？他们的儿女也都该结婚了，我指的是和咱们同龄的。咱们可以凑合，而他们的儿女，再凑合也得有一套新家具吧？要买，得排上几个月的号，得凭票。凭票也只能买一两件。因此，我爸可就成了宝了。求我爸打家具的，不论职务高低，那也得排号。不少干部，或者他们的儿女，都不同程度地欠着我爸一份儿情。林大哥你的事儿，只要我爸向他们中哪一个开口，那还不是他们一句话就安排了的？"

林超然也失望地仰起脸看屋顶了。

罗一民："怎么着，我说她拿咱俩打欤嘛，正经八百地兜了一个圈子，这不是又绕回了咱俩刚才讨论的原点吗？"

李玖："你别破坏我情绪！不同！"

罗一民："怎么不同？"

李玖："林大哥现在什么人？返城知青，普通公民，待业。比普通公民还普通。你什么人,一开铁匠铺子的。林大哥求你,是普通公民求普通公民。我是什么人? 也是返城知青,在街道小厂糊纸盒,你求我还是普通公民求普通公民。我爸也是普通公民,我求我爸,是普通公民的普通公民女儿求普通公民。"

她指点着林、罗两人唱了起来:"穷不帮穷谁照应? 两个苦瓜一根藤!"

罗一民:"说到底,你爸还是得求干部手中那个权!"

李玖:"也不像你说的那样我爸是求他们。我爸给他们做家具,比他买少花了多少钱啊! 而且我爸做的家具,质量好,样式好,比家具店卖的强多了! 是我爸给他们一次回谢人情的机会。干部那也是人吧? 欠了人情那也希望找个机会还吧? 什么事儿都不能犯教条主义。教条主义害死人!"

罗一民盯着林超然看,那意思是……你的事儿,你拿主意吧!

林超然:"小李的话,倒有点儿说服我了。是啊,教条主义害死人。"

李玖:"那就别坐在这儿干耗时间啦,都跟我到我家去吧!"

李玖家那个大杂院里。李玖指着自行车棚说:"看,我爸又做出了一个大衣柜,还有两个书架,得等到天暖和了他亲自刷漆!"

罗一民小声对林超然说:"不走后门,公共车棚能允许他父亲占那么大地方?"

李玖回头斥道:"说什么呢!"

李家住的是苏式老房子,居然有木扶手的沙发。李父和林超然坐面对面的单人沙发。李玖和罗一民并坐在双人沙发上,她挽着罗一民一只胳膊,亲亲昵昵地偎靠着罗一民。而他,虽不情愿,却只能忍着性子,不便发作。作为客厅的房间不是很大,三个沙发占去了大半空间。冬日的阳光照进屋里,家庭气氛挺温馨。

李玖："我家这套沙发也是我爸做的。"

李父："小玖,你和小罗,你俩的事,怎么样了啊?"

李玖："爸你放心。我和一民,我俩的关系飞跃了。他将成为你的女婿,那是板上钉钉的事儿了!"说罢,幸福地将头往罗一民肩上一靠。

看着女儿和罗一民那股子亲密劲儿,李父脸上也洋溢着幸福。

李玖："林大哥已经答应做我俩的主婚人了!"

林超然一愣,只得顺水推舟地:"是啊是啊,义不容辞……"

李父："小玖,找烟给你林大哥和一民。"

林超然："伯父,我不会……"

李父："你看你那指甲,明明是吸烟的人嘛!"

林超然看看自己指甲,不好意思地笑了。

罗一民忙将指甲熏黄了的手往腿下插藏。

李父："一民,你也别掖着藏着啦! 你们这拨孩子,都苦闷过。学会了吸烟,那也是情理之中的事。现在返城了,苦闷肯定少了。有毅力的,那就戒了它。不想戒的,控制点儿,少吸,那也没什么。"

林超然："伯父,多谢您这么理解我们。"这话他说得很真诚。

李玖拿着盒烟归座了,竟是一盒带过滤嘴的中华!

罗一民不禁与林超然交换意味深长的眼色。

李玖各给他俩一支,并说:"大大方方吸吧! 在我家就别客气,别见外,何况我爸刚才都那么说了!"

于是林、罗两人大大方方地吸起烟来。

李父："那我也陪你们吸一支。"吸着烟后,又说:"我舍不得花钱买这么高级的烟。人家送的,偶尔吸一支,当成种享受呗。"

李玖："爸,我和一民要是领证了,你可得为我们也做一套这样的沙发啊!"

李父："那是当然的! 不过呢,一民那儿的住屋地方小,适合做一套小点儿的。但样式我已经想好了,做出来会比这一套还好看!"

李玖就高兴地亲了罗一民一下,之后又挽着罗一民的手臂偎着他。

罗一民心里那个腻歪,因而表情就哭也不是笑也不是,相当古怪。

林超然向罗一民使眼色,让罗一民看李家的表,于是罗一民对李玖耳语。

李玖:"爸,你还没表态呢,我林大哥的事儿,你到底帮不帮忙啊?"

李父:"刚才谁一打岔,把那事儿岔过去了。帮,帮,当然帮。林营长……"

林超然:"伯父,叫我超然吧,我现在只不过就是个返城了的待业青年。"

李父:"那什么,小玖,去把我的记事本和我的花镜拿来。"

李玖又起身颠颠地去找了。

罗一民与林超然又交换眼色。

片刻,李玖将记事本和花镜取来递在父亲手上了。李父戴上花镜,翻开小本,一页一页看。

小本上无非写着些张王李赵科长处长局长,以及大衣柜床头柜五斗橱书架写字台什么的。

李父边看边说:"没想到,我这八级木工,'文革'结束这两年里,和这么多带长的人建立了友好关系。可是,一些关系都动用过了,一时还没有合适的人选了呢!"

李玖急了:"爸你别这么说!我都向他俩打保票了。你要是又说帮不上忙了,那我不等于忽悠他俩了嘛!"

李父:"你急什么啊!我也没说帮不上忙了嘛!"

从林超然和罗一民的表情看得出来,他俩心里都有点儿七上八下的。

李玖:"爸,你什么时候为谁们动用了那么多宝贵的关系啊?我不是跟你说过嘛,那都是高级人脉,不能随随便便就为别人用了。过硬的关系那要为咱们自己家和亲朋好友保留着!万一咱们也遇到了掰扯不开的事儿呢？"

李父："你这么说也不对。不是我不给你留面子,你那种想法纯粹叫自私。街坊邻居的,左邻右舍的,子女返城落户的事儿,工作的事儿,接班的事儿,扩建一下房子的事儿,知道我认识一些干部,愁眉苦脸地求到头上了,好意思一口回绝吗？能忍心不帮吗？"

李玖："别人的事儿不说了,反正我林大哥这个忙,你是非帮不可的！我都快急出汗来了,我来给你当个参谋！"

她起身走到父亲身后,从后向前伸出手臂,也拿着那小本了。

李父却不看那小本了,放手了,将花镜也摘下放镜盒里了。

林超然不由得又忧虑地与罗一民对视。

李父："林营长,以后我就叫你小林了……"

林超然："伯父,那最好。"

李父："小罗就快是我姑爷了,而你曾经是小罗的营长,那也就等于,曾经是我姑爷的营长,咱们是这么种关系吧？"

罗一民敷衍地："啊,是是。是您说的这么一种关系。"

李父："人和人的关系分远近亲疏,帮忙也分先后缓急。小林咱们的关系亲,所以当优先。你的事影响到两户人家春节能不能过好,所以是急茬。又亲又急,我要为你动用最硬的,也是最有把握的关系。"

李玖、罗一民和林超然互相看,都释然欣然地笑了。

李父："我要介绍你去找的人,'文革'前是咱们市的一位副秘书长,人品很好的一位老干部。'文革'前我们就认识。当年五一、十一、中秋节、元宵节那样一些日子,他往往代表市委市政府邀请我这样一些大工匠聚会。'文革'中,他挨斗,我陪过斗。'文革'结束,他一被起用,不久就派秘书主动联系了我。冲这种关系,我为他做了一排大书架,分文未收,白做。他也对我说过,'李师傅,今后你遇到了什么难事儿,尽管来找我。只要不违反原则,我一定尽力而为'。为你们哪个返城知青解决工作问题,都是为一个中国的待业青年解决了工作问题,肯定不违犯什么原则。"

李玖频频点头。

林超然："伯父,太让您费心了。不过,我觉得,我只不过是要先找一份临时的工作,脏累不怕,每月能挣那么三四十元就行……这种忙,麻烦到那么一位老干部,是不是……太把自己当回事了呢?"

李玖："大哥,要是给你介绍了一份正式的工作,你又挺满意,那不是更好吗?"

林超然："可我下一步的人生该入哪行,我还没考虑好……"

罗一民："我也有超然那么一种感觉,常言说得好,杀鸡岂用牛刀……"

李玖白了他一眼："你那是怎么形容呢? 不会形容别瞎形容,也不怕我爸笑话!"

李父："我不笑话。一民你和李玖这样的孩子,你们名义上叫'知识青年',其实知识是很有限的。形容得驴唇不对马嘴,没什么可笑话的。可你们林大哥就不同了,闺女,你介绍的人家是'文革'前老高三,还是名牌中学的学生,又当过知青营长,所以在我这儿,是非把他当成回事儿不可的。小林,这事儿就这么定了,我也算交了我闺女的差了,啊?"

林超然点头道："伯父,那我听您的。"

李父："他秘书跟我打过招呼了,这几天他还要组织我们一些当年各行各业的大工匠聚一下,到时候我当面向他提你的事。之后,他肯定会安排你面谈一次。但是记住,千万别带烟啦茶啦酒啦的。他当然是个又吸烟又喝酒又有饮茶习惯的人,送的人就多。他根本不缺那些……"

罗一民："那……带钱?"

林超然始料不及地："多少……为好?"

李父："带钱那成了什么事儿了? 那不是把我们的关系搞得不体面了吗? 说不定他还会生气。我的意思那是,什么也不要带,什么也不许带。就那么空手去最好!"

林超然和罗一民诺诺连声。

林、罗、李三个离开了李家,走到了院子里。李玖仍挽着罗一民,挽得紧,罗一民挣了挣,没挣出自己的手臂。

李玖:"怎么谢我?"

罗一民:"以后再说。你别这么黏糊行不行?"

李玖:"就黏糊!现在亲一个,以后不用谢了!"

罗一民:"你知道我心里有多……"

李玖:"多爱我?"

罗一民恨恨地:"我腻歪你!"

李玖:"爱腻歪不腻歪!反正从今天起,你拿我更没治了!你不亲我我亲你!"

她非要亲到罗一民一口不可,罗一民躲来躲去终究还是没躲开她那一亲。

林超然站在离他俩几步远的地方,背对他俩装聋作哑。他发现了李玖的母亲领着小刚,站在不远处,正狠狠瞪着李玖和罗一民。

林超然响亮地干咳了一声。他这一咳,李玖和罗一民也发现了自己被瞪视。罗一民识趣地走到了林超然身边,背对李母,小声对林超然说:"我有多腻歪李玖,她妈就有多瞧不上我。"

而李玖,为了掩饰尴尬,反而走向母亲,并问小刚:"儿子,跟姥姥哪儿去了?"

小刚:"姥姥带我串门去了。"

李玖:"妈,我给你介绍一下,那位是一民在兵团时候的营长。"

李母朝林超然和罗一民瞥一眼,装糊涂地:"一民是谁?哪儿冒出来了一个一民?你跟我家去,我有话对你说!"

李母抓住女儿手腕就往家里拖。李玖虽不情愿,但还是被拖入了门洞。

小刚看看罗一民和林超然,也一转身跑进了门洞。

门洞里传出李母的声音："你缺心眼呀？我跟你说了多少次，你要是当了罗一民的媳妇我不同意，你怎么偏跟他在当院里那么黏黏糊糊的？刚才前条街上的你赵婶还跟我说，愿意把她一个远房侄子介绍给你！她侄子人家现在搞单干，从大庆向外省倒石油，倒成一把就赚老鼻子钱了！"

李玖的声音："个人倒卖石油那是违法的！你想让我嫁给投机倒把分子呀？我才不听你的，那我的第二次婚姻不也没好吗？这次我一定要嫁给一个有手艺，能和我稳稳当当过日子的人！罗一民是我的最爱，我非他不嫁！"

罗一民悲哀地："听，听，太恐怖了！我完啦，完啦。"

林超然却说："我怎么挺受感动的呢？"

李母的声音："我是要逼你嫁给投机倒把分子吗？人家是合法倒卖，有批文的！家去！家去！今天我非把你弄进家门不可！"

门洞里传出一阵门响，归于安静。

林超然和罗一民走在路上。

罗一民："我有种很不幸的感觉。"

林超然："说。"

罗一民："我觉得自己被你连累了，被李玖绑架了，成了李玖她爸的人质。"

林超然站住了："你为什么要把自己看得这么可怜呢？我觉得李玖人挺好啊，性格也挺好玩的，而且挺勤快。最难得的是，我看出她是全心全意地爱上了你。"

罗一民："营长同志，请打住。李玖她在我面前夸自己，比你夸她更全面。今天我罗一民为你，算得上是肝胆相照，两肋插刀了……祝你的事办得顺利。"

他一说完,转身就走。

林超然望着他一跛一跛的背影,陷入两难,并且一脸内疚。

日历牌上的日子是一月六日。李玖家,李玖将那一页日期撕下,放在唇上连吻几吻。她穿的是一身新衣服,当然,也不过就是棉袄罩上了花罩衣,棉裤外套一条新呢外裤而已。

内屋,李母挑着门帘,探出头,极其忧郁地看着她。

李玖将日历纸折起,问:"妈,鞋油在哪儿?"

李母走出里屋,装模作样地拿起掸子这儿掸掸那儿掸掸,说:"就你买过一盒,你早用光了,空盒都扔了。"

李玖:"真是的,也不想着再买一盒儿。有身份的人家,鞋油应该和酱油一样,少不了的!"她走到洗脸架那儿,用抹布沾盆里的水擦旧皮鞋。

李母:"咱家算什么有身份的人家?"

李玖:"如果单按我爸的收入而言,起码是厅局级干部人家吧?"

李母:"单比收入,投机倒把的兴许比省长收入都高呢!没这么比的,还有一言!我问你,今天什么日子?"

李玖:"一月六号。"

李母:"一月六号有什么特殊的?"

李玖:"没什么特殊的啊!"

李母:"那你撕下来亲啊亲的,还折起来揣兜里。"

李玖:"我喜欢这个日子。六六大顺,一顺到底。"擦完鞋,站她妈跟前,感觉良好地:"怎么样?"

李母:"这身儿不是预备春节穿的吗?一下班就穿上干吗?"

李玖:"今晚我们厂的姐妹要欢聚,肯定会聚到很晚。我不回家住了,就近住我姚大姐家。她丈夫回老家探父母去了,我俩聊点儿知心话。"

李母:"说的真事儿似的!玖子,你是妈生出来养大了的女儿,你撒的谎再圆乎,那也骗不过妈去! "

李玖笑了,厚脸皮地搂了母亲一下:"妈,你这么说,不好像我撒谎是从你那儿遗传的了吗? "

李母皱眉推开了她:"我再问你——这事儿你爸不好意思问你,让我问:你爸让你替他收回来的两笔手工钱,怎么少了三四十元? "

李玖遮掩地:"那事儿呀! 那事儿我爸有什么不好意思当面问我的呢? 妈,替我告诉我爸,它是这么回事儿,我去到了人家那两位干部家,人家对我特亲热,待以上宾! 妈,待以上宾你懂吧? "

李母:"别跟我来弯弯绕,快说! "

李玖:"所以呢,我作为我爸的特使,那也得仗义点儿是不? 又所以嘛,我一高兴,少要了那两家三四十元。我认为这么做才叫不辱使命,我替我爸长了老大的脸啦! "

她一边说,一边戴围巾,拎挎包。

李母听得半信半疑。

李玖:"妈,我走了啊! "

李母:"站住。"

李玖在门口站住,转身,一脸豁出去,鱼死网破的表情。

李母走到她跟前,低声下气地:"玖子,你可千万别鬼迷心窍,非在一棵歪脖子树上吊死啊! "

李玖:"妈,你不明白什么叫'追求'! 追求,那就是追着求着,不达目的,誓不罢休。我的第二次婚姻我做主! 是我的追求! 有追求才爱得来劲儿,没追求的爱有什么意思? "

她将长围巾往后一甩,英勇赴义般推门而出。

李母自言自语:"这可怎么好,这可怎么好……"

罗一民的铁匠铺里,罗一民在做喷壶。

门一开,李玖进入。罗一民冷淡地抬头看她一眼,继续敲敲砸砸。

李玖:"一民,抬头。"

罗一民装聋。

李玖:"不想替你们营长帮忙了?"

罗一民抬起了头。

李玖:"我怎么样?"

罗一民:"还那样。"

李玖:"你到底想不想帮你们营长忙了? 如果你根本没诚意,那我又何必非上赶着!"转身欲走。

罗一民急忙站起:"哎哎哎,别说走就走嘛!"

李玖:"要是真想帮忙,会来点儿事儿。再问一次,我怎么样?"

罗一民:"袄罩花样挺好看! 嚯,呢子裤子!"弯腰捻捻:"上等呢子。"

李玖:"穿我身上怎么样?"

罗一民:"合身。嗯,人饰衣服马饰鞍,果然,果然。"

李玖:"别说果然! 说结果——还那样吗?"

罗一民:"嗯,结果……不一样了。不那样了,比那样强多了!"

李玖笑了:"这还算会来点儿事儿! 我不要求你违心地赞美我,但你总得实事求是吧? 我再问你,今天什么日子?"

罗一民想想:"我还真记不清了,反正今天是一月的头几天。这几天我忙着赶活儿,过糊涂了。"

李玖从兜里掏出日历纸给他看:"这就是今天。"

罗一民:"噢,一月六日。"

李玖:"今天是你生日!"

罗一民恍然大悟地:"可不! 自从我父亲去世以后,没人提醒,我都忘了生日了。"

李玖:"以后就不同了,你忘了我都忘不了。如果你真心实意帮你营长,那么现在听我的——赶快穿得像样点儿,我带你去家好饭店吃一顿,给你过一次印象深刻的生日!"

157

罗一民愣愣地看她。

李玖:"没听明白我的话呀?"

罗一民:"那……谁花钱?"

李玖:"我说要给你过生日,当然我花钱!"

罗一民:"好,好,遵命!"一转身挑帘进了里间屋……

李玖:"咱不骑你那小破三轮啊,咱乘公共汽车!"

罗一民和李玖坐在一家饭店里靠窗的座位,饭店里就他俩。

罗一民:"怎么没别人?"

李玖:"这是全哈尔滨上档次的饭店之一,一般的人敢进?"

果然来了几位不一般的人,看去像干部,被服务员彬彬有礼地请到了楼上。

罗一民:"说好的啊,你请我,可别坑我!"

李玖:"你烦不烦啊!"接过服务员送来的菜谱,当今大款似的:"猪蹄!腰花!熘肥肠!炒鸡蛋!两只大对虾!"

罗一民:"哎姐们儿姐们儿,花你的钱也悠着点儿。大对虾咱就免了。"

李玖:"甭听他的,听我的!"

菜上来了。两人互相举起了杯。

罗一民:"为了你的生日……"

李玖:"你的!"

罗一民:"对对对,我的。自打出生以来,也没吃过这么奢侈的一顿!别说过生日了,过春节都不敢想得这么丰富……为了表达我心中的万分感谢……"

李玖:"祝你生日愉快!"

两人碰了一下杯,大快朵颐。

罗一民:"这肥肠熘得好!"

李玖:"也不想想带你来的什么地方!"

服务员送菜来了:"大对虾,两位的菜齐了。"

服务员走后,两人同时看着大对虾。

罗一民:"怎么……不像。"

李玖:"是不太像。"

两人一人一只夹到了自己盘子里吃起来。

罗一民:"倒是也有虾味儿。"

李玖:"那也肯定不是!服务员!服务员!"

服务员应声而至。

李玖:"这是什么?"

服务员:"大对虾呀。"

李玖:"肯定不是!"

服务员:"既是,也不是。粉面子兑虾油做成的。"

李玖:"那你们菜谱上写着大对虾!"

服务员翻开了菜谱,指点着说:"看清楚了,下边括号里还有一行小字——素做海鲜,实验菜款。"

李玖细看,无言以答。

服务员:"只能怪您自己没看仔细。别说冬天了,夏天的哈尔滨也很难见到大对虾呀!前几天,市里领导宴请朝鲜人民共和国外宾,请人家吃的也是这种大对虾!实验菜谱嘛,这道菜你们得发挥想象力来吃。"

罗一民:"别说了别说了,我们都是有想象力的人,只不过刚才没发挥就是。"

服务员合上菜谱走了。

李玖:"扫兴!"

罗一民:"也别扫兴嘛!你看我就没扫兴。虽然不是真的,价格还便宜呢!省你钱了——来来来,为这道菜的创造性干杯!"

李玖:"粉面子做的,降低了我请客的高规格!"

但她还是举杯与罗一民碰了一下。

李玖挽罗一民手臂走在街上——天黑了。

罗一民打了个响嗝,问:"还哪儿去呀?看电影?"

李玖:"都是'文革'前的老片子,等出了新片子咱再看。"

罗一民:"那你带我哪儿去?"

李玖:"到地方你就知道了——碰杯时可说好了,今晚你一切听我安排。"

两人站在一处公共浴堂前——牌匾上写的是"红色浴堂"。

罗一民仰头望着说:"这样的名字让我产生恐惧的联想。'文革'都结束三年多了,怎么也没个什么人提出来改改名?"

李玖:"名字不重要,爱改不改,谁有闲心管这种破事儿,反正咱们只不过是来洗澡。饱不剃头,饿不洗澡。咱俩都吃得饱饱的,泡泡澡那多享受!"

罗一民:"你的盛情我完全同意,都半个多月没顾上洗澡了,可干吗非来这呀?"

李玖:"这儿改革服务了,分出高级的了,咱俩的票我都预先买好了!"

罗一民:"高级的?……多,多少钱?"

李玖:"瞧你那样!你的生日嘛,一切享受我掏腰包!"扯着罗一民进入。

门堂里。两张长椅上分坐着些男女,还有站着的。

老服务员迎上前道:"今晚人多,两位得耐心排会儿了。"

李玖豪迈地:"我是高级票,他也是!"

老服务员:"那不用排了,楼上请。"

李玖拉着罗一民迈上了楼。

老服务员拖着长调喊:"高级票的两位,楼上的迎着啦!"

公共汽车站。罗一民和李玖站在那儿说话。

罗一民:"高级的到底多少钱?"

李玖:"先说你泡得怎么样?"

罗一民:"那叫舒服!大池子,人还少,有莲花喷头,比自己用盆往身上泼水方便多了,也省水。你们女部那边呢?"

李玖:"我们女部那边更高级,洗完了有吹风机。才一元钱,还不算贵吧?"

罗一民:"还便宜呀?普通澡票才三角钱!"

李玖:"又来了!别气我啊!"

罗一民:"花你钱我也心疼!不让我回家,还有什么节目?"

李玖:"接下来是重场戏,你可要好好配合!"

一辆上海牌小汽车驶来,停住。

李玖绕到车后看车牌:"就这辆!"拉开车门,向罗一民做请的手势。

罗一民:"你……这……"

李玖:"快上呀!"

罗一民只得上了车,李玖紧接着上车了……

车上,罗一民丈二和尚摸不着头脑,张张嘴又要问什么。

李玖:"别说废话!"她将什么东西塞他手里,像一副扑克,附耳小声地,"到地方再看。"

上海牌车停在友谊宫。

李玖、罗一民下了车,李玖从挎包里掏出一盒烟给师傅,嘴甜地:"谢谢师傅,也请师傅代我谢谢我吴叔叔。"

师傅接过烟一看,是"中华",乐了:"吴局长交代了,偶尔再用车,找他他高兴。"

车开走了。

罗一民:"你搞什么名堂?"

李玖:"不过打着我爸的招牌麻烦了一位副局长呗,小事儿一桩。知道这什么地方不?"

罗一民:"友谊宫谁不知道!"

李玖:"给我听明白了,你配合得怎么样,关系到我的心情。我的心情怎么样,关系到你营长的工作!我没示意你开口,不许你乱说话!"

她挽着罗一民进入了友谊宫。

总台那儿——一名青年、一名中年,两名女服务员在接待李玖和罗一民。

李玖:"我们预定的房间,有领导打过招呼的,内部价。"

青年服务员查登记,给中年服务员看。

中年服务员:"交钱吧,五十元。"

李玖:"五十元?不是内部价吗?"

罗一民已打开了那盒"扑克",将一些小纸袋袋倒在台面上,研究地看。他一听在谈价,不看小纸袋袋了。

李玖小声地:"先别看那玩意,收起来。"

中年服务员:"每个房间对外三十元,对内二十五元,你们一人一个房间,不正好五十元?"

李玖:"误会了。我们不需要一人一个房间。"

中年服务员:"你俩住一块儿?"

李玖:"我们两口子。"

中年服务员:"领导电话里没强调你们是两口子。"

罗一民完全呆掉了，又不便发作，只得转身望天花板。

李玖："领导没强调也没关系。我还带了证明信。"掏出证明信给对方看。

中年服务员："这种街道小厂开的证明信不具有证明的权威性，我们这儿不认。"

青年服务员："我们这里只认结婚证。"

中年服务员："要不，你给领导打个电话，请领导对我们强调一下？"一只手放在电话上。

李玖："好好好，两间就两间！"掏出钱包数钱。

两人已经分别住进了房间。

李玖的房间里，她穿上了浴袍，拖鞋，坐在床上点一堆钱。

罗一民的房间里，他凑在台灯下终于看清，"扑克"盒上印着"避孕套"三字。

李玖的房间里，李玖在擦皮鞋，哪儿哪儿都挤上了鞋油，并嘟哝："坑我二十五元！不用白不用！"

电话响，她接电话。

罗一民的房间里。罗一民对着电话咬牙切齿地："你给我那玩意干什么?！差点儿让我出丑！"

李玖的房间里，她笑出了声："谁叫你猴急猴急的?"

电话里传出罗一民的声音："胡说！我怎么就猴急猴急的了？亏你想得出来！"

李玖:"不是为了让你好好享受一次生日嘛！我的预算是花掉一百元,还剩二十几元不知怎么花呢！那东西别扔啊！今晚用不上,以后用得上,是托人家姚大姐给买的,没结婚证不卖！"

罗一民房间里。罗一民生气地:"我看你是抽风！"他啪地摔下了电话……

总服务台。青年服务员在打电话,一手捂话筒小声地:"组长指示,要严密监视刚入住那一男一女。为了我们这里的荣誉,绝不能让他们厮混到一个房间里去！我们就是不给某些人犯某种错误的机会！……"

楼层服务台那儿。另一名女服务员在接电话:"请组长放心,在我的钟点内,一定不会使他们得逞！……"

李玖的房门开了。李玖探头探脑,穿着浴袍和拖鞋溜出了房间……

李玖在走廊一溜小跑……

她看到了楼层服务员在瞪他。

李玖:"还没睡啊？"

女服务员:"你们睡了我也不会睡。我们这里有规定,九点以后,禁止男女住客彼此逗留。"

李玖一笑:"知道。认真看过《住客须知》了。我跟我那口子说几句话……"

女服务员:"308是吧？请跟我来。"她居然替李玖敲308的门。

罗一民开了门,一愣。

李玖:"我不逗留,就几分钟！"斜身挤入了门。

李玖插上了门。

罗一民双手叉腰,气不打一处来地瞪她。

李玖找出浴袍、拖鞋,一一甩在床上,命令地:"换上换上！要不二十五元钱白花了！看这床,这枕头,多软乎！再泡个澡,保你舒舒服服地一觉睡到大天亮！"

罗一民:"不是刚在红色浴堂泡过吗？还泡哇?！想把自己变成鱼呀？"

李玖:"这儿的热水更冲！不泡白不泡！换地方了,享受的心情那也要不同。"

罗一民抓住她一只手,一拖,李玖顺势投入他怀里。

罗一民:"你怎么是这样的啊？"

李玖妩媚地,柔声地:"为了让你过一次印象深刻的生日。钱都花了,别跟我怄气。"

罗一民顿时被软化了,猛烈地吻她。

李玖软化在罗一民怀里了。

敲门声。

女服务员的声音:"服务员,送晚报！"

罗一民:"不看！"继续猛烈地吻李玖。

早晨。住地餐厅。

李玖和罗一民面对面坐在小桌两侧。

李玖:"别喝豆浆,要喝牛奶。牛奶营养成分更高。服务员,请送一杯牛奶！"

服务员用托盘送来了一杯牛奶。

罗一民一口将牛奶喝下去半杯。

李玖目不转睛地望着他,慈母般地:"宝贝儿,小口喝,别呛着。"

罗一民杯子都没放下就呆住了——除了他母亲,没人叫过他"宝贝儿"。

李玖仍目不转睛地:"咱们是中学同学,咱俩同桌过,咱两家是街坊,从小就熟悉,知根知底,咱俩有基础。你是我自己做主的人。你是我的追求。跟我离了的那个动不动就打我,而你不高兴了,只不过对我吼。"

她说完低头往面包片上抹果酱。

罗一民猛醒似的,不再呆看她,也往面包片上抹果酱。

两人同时将夹了果酱的面包片递给对方,同时愣住,同时用另一只手接过对方递向自己的面包片,互相望着吃起来。

李玖嘴一抿,哭了。

罗一民小声地:"哭什么啊,让别人看着会产生误会的,以为我们的关系不正常,我昨天夜里把你怎么样了。"

李玖:"我感动。"

罗一民:"其实,我没你想象的对你那么好。"

李玖:"我知道。"

罗一民又一愣。

李玖:"我是被我自己感动的。我不懈的、百折不挠的追求感动了我自己,我怎么就这么热烈地爱上了你呢!"

她放下面包片,双手捂脸哭出了声。

罗一民:"停止停止我的少奶奶。"

在投向他俩的目光之下,他大窘,不知所措。

一份日历牌。一九八〇年,中国还没有大挂历,台历什么的。连大专学校的学生宿舍里挂的也是日历牌。

日历牌上的日子是一月六日。慧之的手将那一页日期纸撕下去了。此时是中午。

这是护士学校的宿舍,有四张上下层的床和一张旧桌子,剩下的空间很小。住七人,另一张床的上层放箱子什么的。但此时,宿舍里除了慧之,另外还有两名同学:一名在床上看书,一名在桌子那儿写字。

床上的同学:"咱们宿舍里,顶数慧之最有时间观念。慧之要是不扯日历,一个月中也不见得有谁扯几次。"

慧之:"你刚才说了一个'最'字,我听了神经一紧张。"

床上的同学:"怪了,明明是夸你话嘛,你还神经紧张,为什么?"

慧之:"我想,也许是'文革'中,'最'字听得太多,说得太多了吧?"

写字的同学:"哎,两位,你们说全中国将近八亿人口,至少也有两亿户人家吧? 这每年每户扯完一年日历牌,多大浪费啊!"

慧之:"是啊。将来也许会有人设计出一种年历,将十二个月三百六十几天压缩在几页纸上,而且漂漂亮亮的,看着有欣赏的价值。"

写字的同学:"就像大型的年历片那样?"

慧之:"对。"

她刚要再说什么,门忽然开了,又进来了两名同学,一名对另一名急切地说:"快撕开。说好了的啊,让我挑一张!"

慧之:"她上海表哥又寄来什么好东西了?"

被问的女同学:"年历片!"

"那也得有我一张!"

"我也要! 上海的年历片好看!"

于是床上的女同学下床了,桌旁的女同学围过来了。

慧之:"我发扬风格,你们挑完了我挑。"

拥有年历片的女同学:"不许动抢的啊,我自己挑完了才是你们的!"她刚一将信封从书包里掏出,被别人一下夺去了。

信封又被另一只手夺去了,撕开了,年历片抖出在桌上了。

她们抢成了一团。

人人手里都有一张年历片了,各坐一处,欣赏、讨论。那是一套芭蕾舞《红色娘子军》人物组成的年历片。

"你们一掠夺,我这一套不全了!"

"不是剧照,是画的呀!"

"我更喜欢画的,比真人剧照更好看。"

"太夸张了吧?真人的腿哪有这么长的?"

"女性之美,首先美在身材。身材之美,是由修长的双腿决定的。这是对我们女性美的夸张,我能接受!"

"老实说,我不喜欢。"

于是大家的目光都集中在一个娇小的女同学身上了。

娇小的女同学:"如果这套年历片是男人画的,那么这个男人的思想意识很成问题。他将我们女性的一双裸腿画得这么长,把我们女性的胸部画得这么高,腰画得这么细,意欲何为?还不是为了唤起男人们对我们女性身体的着迷想象吗?而这个动机显然是邪恶的。如果设计者恰恰是女性,那么更成问题了,岂不是等于在进行间接的展示吗?"

"你的分析有一定道理。我认为肯定是男人画的。"

"我也认为是男人画的。从中国的汉字就可以进一步证明。字典上那么多女字旁的字,无一不是中国男人创造的。其中大部分,是赞美咱们女性的。"

"比如……'女''子'合成一字为'好','少''女'合成一字为'妙','又''女'合为'奴','立''女'合为'妾'等等,男权意识在汉字中体现得淋漓尽致!"

"等等等等,亲爱的女公民姐妹们,如果男人们欣赏我们女人,喜欢用许多方式表现我们女人的美,说白了吧,如果一些男性艺术家痴迷于我们女性的身体美,真的是我们女性的耻辱吗?真的意味着他们邪恶吗?"

这一名女生的话使宿舍里安静了,每个人都陷入了思考。

"慧之,你怎么看?别一有思想交锋你就保持那种淑女式的沉默。"

慧之微微一笑:"非要听我的看法?"

大家点头。

慧之看着娇小的女同学问:"如果这一套年历片,画的根本不是红色娘子军战士,而是各种姿态的裸体女子,但不是表现放荡的,而是表现沉静之美的,你怎么看?"环视大家又问:"你们怎么看?"

娇小的女同学:"亏你想得出来!"

另一名女同学:"别管什么沉静不沉静! 谁敢画我们女性的裸体,并且印出来公开发售,那我就恨不得将他打翻在地,再踏上一只脚!"

"我也踏上一只脚!"

"那一半左右的西方画家、雕塑家,在我们中国人的眼里不都成了问题男人了?"

又一阵安静。

慧之:"如果现在'文革'还没结束,有一名具有绘画才华的青年,真的偷偷画了一幅裸体女像,而且被发现了,虽然他在各方面是被公认的好青年,文质彬彬的,对待我们女性一向温良恭敬谦让,那我们也还是要把他打翻在地,再踏上一只脚吗?"

"慧之,别你光问我们,我也来问你一句……如果画的是你,你会如何?"

慧之:"其实,我也没想好。不过,这是我这几天一直在想的问题之一。"

"这家伙,闹了半天她自己也没想好!"

慧之:"'文革'虽然结束了,我想不明白的事非但没怎么减少,反而比以前多了。"她开始穿棉袄,系围巾。

一九八〇年,中国的那一代青年,依然是喜欢辩论的青年。只不过,许多青年不再特别自信自己所坚持的言论肯定是对的了,也不太轻易地就企图将别人的言论一棍子打死了。

娇小的女同学:"哎,还没讨论出个结果呢,你穿上棉袄干什么?"

慧之:"估计咱们今天也统一不了认识。我想到公园去,看看冰雕现场的情况。"

娇小的女同学:"还在创作阶段呢,那有什么可看的? 等正式开展了再去看多好！"

慧之一边戴手套一边说："有时候，艺术创作的过程也很值得关注嘛！"

一名女同学："这家伙，怎么说起话来深沉劲劲儿的了？"

"我也去！"

"别管她深沉不深沉，反正考完试了，都去都去！"

于是姑娘们都开始穿戴起来。

包括慧之在内的五个姑娘，在公园里走着、看着。

这一个冬日的中午阳光很好。

公园里到处在进行雕塑。有的冰雕已基本完成，在细加工；有的还只不过是冻在一起的冰块；斧子、凿子、电锯都用上了。

杨一凡在全神贯注地雕塑一具少女沐浴冰雕。裸体的西方少女，左腿直立，右腿踏在石上，一手持浴巾，一手持陶罐，正从肩头往下倒水。

姑娘们来到了这里。

娇小的姑娘小声地："真美！"

一名女同学也小声地："可这不正是裸体的少女吗？"

"但那是西方少女，我能接受。"

"如果是中国少女，你就鼓动咱们把她打翻在地？"

杨一凡根本不看她们一眼，仿佛她们根本不存在。他全神贯注于自己的创作。

慧之："我认识他。"

娇小的女同学："那你叫他一声，咱们问问他为什么雕这么个。"

慧之："不愿影响他。"

杨一凡从架子上下来，退开几步，从各个角度看他的作品。

他不满意地摇头。

他突然操起地上的大锤,向他的作品用力砸去。

姑娘们发出了吃惊的叫声。

杨一凡继续砸;冰雕转眼毁了。

慧之:"杨一凡?"

杨一凡这才弃了大锤,向姑娘们转过身。

第七章

而杨一凡还在继续砸,姑娘们不解地看着。

不远处一个四十多岁的男人大声说:"小杨,省点儿劲吧!"

杨一凡:"不砸碎点儿,铲车不好铲啊!"

他的呼气使眼镜蒙霜了,摘下眼镜,在衣服上擦霜。

四十多岁的男人走了过来,问:"又怎么了?"

杨一凡:"想雕一位咱们中国的少女。"

四十多岁的男人:"你雕外国的裸体少女,领导们都勉强同意,又改变主意想雕那样的中国少女了,不等于给领导出难题?"

杨一凡:"你替我去说。"

四十多岁的男人:"谁说都是难题啊!"

杨一凡孩子似的:"求求你。"

中年男人显出为难的样子。

杨一凡:"你替我说成了,我把我那册《西洋雕塑百图》送给你。"

中年男人:"舍得?"

杨一凡郑重地点头。

中年男人笑了,拍了他后脑勺一下:"你这小子,学会收买了! 不过你的条件使我愿意被收买,我说说看。"

杨一凡也笑了,笑得很孩子气。

中年男人招手喊:"铲车!"

小型铲车开过来了。

中年男人对司机说:"替小杨铲干净,再选几块好冰运来!"说完,回到自己的雕塑那儿去了。

杨一凡将大锤和工具放到一边去,之后退开,恰恰站在慧之身旁。直到那时,他对包括慧之在内的姑娘们还是不看一眼。

慧之侧转身小声叫他:"杨一凡。"

杨一凡没听到,他在呆望着铲车推冰,若有所思。

慧之大喊:"杨一凡!"

杨一凡这才听到了,转身看着慧之,困惑地:"我不认识你。"

慧之:"你应该认识我!你往我家火墙上画过图案,还有……"

她不知怎么说好,干脆大声地:"大江东去,浪淘尽,千古风流人物。"

其他姑娘们有意帮慧之一忙,齐声配合:"乱石穿空,惊涛拍岸,卷起千堆雪!"

杨一凡定定地看着慧之的脸说:"请把围巾摘了。"

慧之犹豫一下,将围巾摘了,并且不高兴地:"在我家,你还让我给你们当过助手!"

杨一凡笑了:"认出你了。你是我营长的妻子的第一个妹妹。"

一个姑娘小声地:"这家伙说话怎么这么别扭啊!"

另一个姑娘也小声地:"不过说的是一个标准的关系句。"

杨一凡问慧之:"你叫什么名?"

慧之:"记住了,我叫何慧之。"

杨一凡:"'之'字我知道是哪个字,'慧'字呢?"

慧之:"'智慧'的'慧'。"

杨一凡:"她们是谁?"

慧之:"都是我卫校的同学。"

杨一凡向姑娘们:"她智慧吗?"

姑娘们又齐声地:"智慧!"她们都笑了。

杨一凡:"智慧的姑娘,请跟我来。"说罢径自往前便走,仿佛确信慧之肯定会跟着。

慧之看同学们一眼,喊:"哎!"

杨一凡站住,不转身,不回头。

慧之:"那我同学们呢?"

杨一凡:"她们是自由的。"

娇小的女生:"废话!"

某一个女生:"这家伙怎么古古怪怪的?"

另一个女生:"别这么说,让人家听到多不好!"

慧之一时不知如何是好。

另外两个女生推她:"跟去吧跟去吧,你的心都跟去了,别装出不情愿的样子了!"

"还'智慧的姑娘',真倒牙!"

姑娘们笑作一团。杨一凡已走出挺远了,慧之跑着追去。

杨一凡和慧之站在一处雕塑前。

杨一凡不说话,静静地看。

慧之忍不住问:"你雕的?"

杨一凡点一下头,转身又走。

慧之只得又跟着。

两人站在另一处巨大雄伟的雕塑前。

慧之赞叹地:"真壮观! 这不可能也是……"

杨一凡："不可能也是我一个人雕的。是我和同事们合作完成的。"

慧之不禁以倾慕的眼光看他，他却又一转身走了。

慧之发现同学们在偷偷跟随，又犹豫。

杨一凡却仿佛脑后有眼，站住了，分明在等她。

她不再犹豫，又跑了过去。

隐在一处雕塑后的同学们议论：

"慧之真不够意思，我们是陪她来的，她却经不住一个四眼儿的勾引，把我们丢下不管了！"

"这么说对那个杨一凡也不公平吧？我看是咱们慧之有点儿对人家着迷了！"

"河里青蛙，是从哪儿里来？树上鸟儿，为什么叫喳喳？哎呀妈妈，年轻人就是这么没出息！"

某一个姑娘竟大声唱了起来。

娇小的姑娘："我看咱们别继续跟踪了，识趣点儿，打道回府吧！"

姑娘们挽着手，齐声高唱着"河里的青蛙"向相反的方向走了。

两男两女迎着姑娘们的面走来。其中一位穿大衣的中年女性，显然是被陪同的干部，她站住，对姑娘们侧目而视。

姑娘们非但不收声，反而声音更加响亮地唱着走过去。

女干部："真不像话，些个大姑娘，明知没出息，还这么大声齐唱！"

另一个女人："'文革'前的年轻人，不是都爱唱那首歌嘛！"

女干部侧目瞪她。

两个男人中的一个："其实咱们也唱过。"

女干部又瞪着他，批评地："'文革'过去了，那就又什么歌都可以公开唱了？好歌是可以催人奋进的，那种歌能催人奋进吗？"

被批评的男人女人尴尬地点头。

两个男人中的另一个："领导的话是对的,对的。那什么,让门口把严点儿,开展前,不能允许什么人都随便进来。"转对女干部毕恭毕敬,"副局长,请继续往前视察吧！"

杨一凡和慧之已站在松花江的栏杆前了。江上停着一辆卡车,有些人在用大绳往卡车上拽冰块。

杨一凡："以前,我认为对于雕塑艺术,材料是决定其价值的。青铜、玉石、大理石、花岗岩,最起码是树木,那才值得认认真真地雕。"

慧之："现在呢？"

杨一凡："现在我的想法改变了,喜欢上冰雕了。"

慧之："为什么？"

杨一凡指着说："你看这松花江,一到冬季,简直可以说有取之不尽,用之不完的冰。这是世界上最廉价的雕塑材料,可又像一大块一大块的玉那么晶莹剔透。用普通得不能再普通的冰,雕塑出满园美丽的作品供人们欣赏,这种创作劳动同样是值得的。"

慧之："可毕竟是短命的艺术。春天一到,它们就无法保留了。"

杨一凡看着她问："你为冰雕惆怅？"

慧之诚实地："有点儿。"

杨一凡："大可不必。"

两人沿江畔缓缓走着。

杨一凡："这世界上生命短暂的,又何止冰雕呢？当冬季来临,北方的蝴蝶就都死去了。还有许许多多美丽的花,也都死去了。但它们毕竟都美丽过。生命的意义,不完全取决于长短。有一种既属于动物又属于植物的菌类,样子很不好看,像一团发面,生存在深山老林的地下,叫'太岁'。在越深的地下,活得越久,据说能活一千多年。即使偶尔被挖出来了,不适合人吃,牲畜也不吃。那样活着,又有什么意义呢？相比于能活一千多年的'太岁',我倒宁愿做一只蝴蝶,做不成那种漂亮的大花蝴蝶,做一只夏天司空见惯的,像两片小白纸片儿的白蝴蝶也行。哪怕一到冬季我就死了,但毕竟自在地飞舞过,还享受过各种美丽的花的花粉。"

慧之:"那种小蝴蝶也有黄色的。我更喜欢黄色的。"

杨一凡:"那我就做一只黄色的。做不成蝴蝶,做彩蛾或蜻蜓也行。连彩蛾或蝴蝶都不成的话,做某些不是害虫的昆虫也罢。比如七星瓢虫、天牛、金龟子……"

慧之:"天牛和金龟子都是农林业的害虫。"

杨一凡:"是吗,那我不做天牛和金龟子了。对啦,我做金小蜂! 金小蜂不是害虫吧? "

慧之:"这我可就不清楚了……"

两人互相看一眼,都笑了。

慧之:"你为什么非雕中国少女……不可呢? "

杨一凡:"裸体冰雕? "

慧之点头。

杨一凡:"我有一册《西洋雕塑百图》,本是我父亲视如珍宝的。'文革'中,红卫兵抄家,我冒着挨打的危险把它藏起来了,后来就成了我父亲留给我的纪念物。在那一册雕塑画册中,有许多幅就是裸体雕塑作品。在兵团时……"

慧之:"也就是在马场独立营? "

杨一凡:"对。有次被别的知青发现了,要烧了。幸好你姐夫及时出现,被他'没收'了。但过后他又还给我了,叮嘱我千万要收藏好,不能再被别人发现。我不认为人类应该对自己的身体被艺术化了感到羞耻。东西方发现的远古岩画中的人类形象,几乎都是裸体的。后来我明白了……人类是从自然界感受到色彩之美的,却是从自身发现线条之美的。在一切有形的东西中,没有什么能比我们人类的身体更富有线条美。那么将这一种美艺术化地展现了,怎么能是罪过呢? "

慧之:"哪一本书中的观点?"

杨一凡:"自己悟到的。我相信是那么一回事。人不应该因没必要羞耻的事而羞耻,不应该对另外一些事不知羞耻。"

慧之:"哪些事?"

杨一凡:"不正直、不仁义、不诚实、不人道,在别人遭到不公平对待时抱臂旁观,甚至墙倒众人推,助纣为虐。在朋友面临迫害时,背叛友谊,甚至落井下石,邀功求赏。我说得对吗?"

慧之默默点一下头。

杨一凡:"虚伪的人不能真正成为有良知有道德感的人。我希望艺术能帮助人们纠正虚伪、偏见。我希望有更多更多的雕塑家参与到冰雕创作中,用北方江河的冰,使东北三省所有的城市,在冬季里全都变成美丽的冰雕陈列馆!用松花江的冰,用黑龙江的冰,用嫩江、牡丹江和绥芬河的冰。"

杨一凡说后几句话时,指着松花江,做着手势,说得那么激动、那么神往。

慧之看着他,听得呆了。

杨一凡忽然地:"我怎么对你说这些?我为什么要对你说这些?"

慧之只是摇头而已。

杨一凡:"对不起,我得去工作了。"

他说完转身大步而去。

慧之望着他的背影张了张嘴,什么话也没说出来。

晚上,护士学校学生食堂。这一桌那一桌有些女生在吃饭。人数不是太多,绝大部分餐桌空着。

那四个与慧之同宿舍的女生聚在一桌。

娇小的女生:"一放假,真是冷冷清清凄凄惨惨戚戚。"

某女生:"想家了?那别留学校,回上海过春节去呀!"

娇小的女生叹了口气:"侬忘啦?阿拉上海只有哥哥嫂子了,住房小的滋味无法形容,就算阿拉阿哥想吾,阿拉阿嫂见吾还不烦死特啦?"

另一个女生问坐在对面的女生:"你回北京吗?"

坐在对面的女生:"坦率说,我可不想当护士。我要在假期复习功课,争取考上哈医大!"

一名留刘海的女生环视着食堂说:"留下的,十之七八是外省市的同学。"

"差不多还都是当年的知青。有的刚入校不久,'四人帮'咔嚓完蛋了,眼看着别的知青返回北京、上海、杭州了,自己反倒一点儿起初的幸运感也没了,想不要这所护校的学历了吧,又觉得可惜,毕竟是多年良好表现换来的。想要吧,又怕耽误了返回北京、上海、杭州的机会。"

"要不怎么说甘蔗没有两头甜呢!"

"真羡慕慧之,学历也有了,也和家人团圆了。"

"既然羡慕我,那我春节期间一定请你们到我家去做客!"

她们正议论着,慧之端着饭盒出现了,边说边坐下了。于是同学们七言八语地审问她:

"怎么这么晚才回来?"

"不至于一直待在公园里吧?老实交代,后来又和那个杨一凡到哪儿去了?干什么去了?"

"提醒你啊慧之,看上一个人,那关系也不能进展得太快!"

慧之:"你们瞎说些什么呀?你们走不一会儿我俩就分手了,后来我回家了。"

娇小的女生:"看着阿拉眼睛!"

慧之咀嚼着,定定地看着她。

娇小的女生:"侬那双眼睛里老复杂了!"

慧之:"不瞒你们,我觉得……我有点儿爱上他了。"

留刘海的女生:"噢上帝,太神速了吧?你疯了?"

慧之用筷子指点着大家:"记住。以后在我面前,尽量少说'疯'字,拜托诸位了。"

同学们面面相觑,不明白她的话究竟什么含义。

李玖抱着一条毛毯和一只枕头来到了罗一民的铁匠铺门口。她推了推门,门从里边插着。

门帘也拉着,李玖只得走到窗前往里看,但见满屋烟,罗一民脸朝下趴在地上。

毛毯和枕头也从李玖手中掉在地上。

李玖急得团团转,满地找砖石,拿起一块以为是的,用另一只手一砸,碎了,是雪团。

她情急之下,用胳膊肘一撞,一块门玻璃碎了。她伸入一只手,开了门;但手抽回时,被碎玻璃划破,流血了。

她吮了吮伤口,也顾不上包扎,将门敞开,接着推开了门。

她将罗一民翻了个身,使他靠在自己身上,拍他脸颊,叫他:"一民!一民!"

罗一民一手还握着小铁锤,而另一边的袖子在冒烟。地上有一盆炭火,但已不红了,快灭了。

李玖只得又将罗一民放倒在地上。

李玖三下五除二将冒烟的棉衣拎到外边,丢在雪地上踩。

李玖将那盆炭也端到了外边,扬在雪中。

她再次回到屋里,这时屋里烟已散尽。她伏在地上,捧着罗一民的头左右晃,同时喊:"一民!一民!"

罗一民闭着眼睛一息尚存地:"谁叫我?……我……怎么了?"

李玖："你亲爱的玖叫你！除了我谁会这么心疼地叫你？你他妈煤气中毒了！"

罗一民："我……不会……死吧？"

李玖："还能说出话来，估计死不了。"

她吃力地架起罗一民，将罗一民架入里屋，放倒在床上，之后往外便走。

罗一民抓住了她一只手："求求你……别……丢下我不管。"

李玖："这时候你知道求我了？不用求。我是那种见死不救的人吗？起码的人道主义我还是有的。"

她挣脱手，走出里屋，关窗关门。

罗一民在里屋喊："李玖！李玖……"

李玖关好门窗，一拍脑门，自言自语："忘了毛毯和枕头了。"

她又开了门，走到外边，捡起毛毯和枕头，拍打着。

罗一民的喊声传到外边："李玖！李玖！李玖你在哪儿？"

李玖笑了："还能喊出这么大声，那肯定死不了啦！"

她轻轻地拉开门，闪入屋，再轻轻地插上门，抱着东西，猫悄地走到里屋门口，不急于进屋，在门旁倾听。

罗一民的话声："这混蛋女人……还什么……人道……主义，嘴上说得好听，见我……这样，还是……开溜了。"

扑通一声。

李玖抱着东西进屋了，见罗一民掉在了地上。她将东西放床上，双手叉腰看着罗一民。

罗一民挣扎难起。

李玖："我能不管你吗？我去关门关窗了！救了你一命，还骂我，不识好歹！"她的手还在流血，就又吮手。

罗一民："谁叫你不答应一声。"

他眼看就要爬到床上了,怎奈全身无力,又坐在地上倒下去了,双手将一半床单也扯到了地上。

李玖:"嘿,不认错,反倒有埋了!"她用牙咬着,从床单上撕下一条来。

罗一民:"你撕我家什么……东西?"

李玖:"都这副熊样子了,还能分出心来顾家,也算是你一条优点!"她用布条包扎手上的伤口。

罗一民:"唉哟,唉哟,胳膊疼,大概胳膊摔断了!"

李玖已包扎完毕,这才慌忙将罗一民扶到床上,使他仰面躺着,接着轮番活动他两只胳膊,并问:"疼吗? 不疼? 那这只没事儿? 这只疼吗? 这样疼不疼?"

罗一民:"刚才剧烈地疼了一阵,我也分不清疼的是哪一只,现在两只都不疼了。"

李玖将他胳膊往床上一摔:"哼! 还耍我!"

她坐在床边,问:"屋里明明有炉子,你又从哪儿搞了些炭? 你说你在屋里烧盆炭火,那不是没事儿找事吗?"

罗一民闭着双眼说:"炭是你儿子送来的。我也不知他从哪儿捡的,送给我当然是为了讨好我,巴结我。偏巧我一通炉子,炉子入冬前没顾上加固炉膛,又把炉箅子弄掉了。大冬天的,我这屋四处进风,屋里断了火行吗? 我正忙着做件活儿,心想就先生盆炭火吧,一来为自己暂时取暖,二来也觉得不辜负你儿子一片讨好的心。我要是不幸死了,和你儿子的讨好那也有一定责任。"

李玖拧他耳朵:"再说一遍!"

罗一民:"用词不当,用词不当,不是责任,是有一定关系。"

李玖:"这么说也不行! 自己犯懒,二百五,还往我儿子头上赖! 你真能胡搅蛮缠!"

罗一民:"哎呀哎呀,别扭了,看把我耳朵拧掉了! 炭真是小刚送来的,不信明天当面对质!"

李玖:"拧掉了也活该!说,小刚也是你儿子。"

罗一民:"这么说不好吧?太早了点儿吧?"

李玖:"不早!好!说不说说不说!"

罗一民:"哎呀哎呀,我说我说……小刚,他……也是我儿子!"

李玖:"还得说,林超然工作的事儿,你是不是欠我一份大情?"

罗一民:"是是是,是欠你一份大情。"

李玖:"刚才,我是不是救你一命?"

罗一民:"也是也是!"

李玖:"女人报答救命之恩,往往以身相许。你们大男人报答女人的救命之恩,是不是也该学着点儿?"

罗一民:"该,该,太应该了!"

李玖:"学着点儿的实际行动,是不是应该高高兴兴地,尽快地和我结婚?"

罗一民:"实际行动可以多种多样,灵活机动。"

李玖:"我就要求我说的那样!依还是不依?"

罗一民:"依!依!"

李玖这才松手了。

罗一民揉着耳朵说:"快去给我端杯水来,我渴死了,嗓子眼儿直冒烟!"

李玖将脸俯下,凑着他的脸说:"冒一股我看看?我没见过嗓子眼儿里真冒烟的人。"

罗一民:"哎呀,你就别幸灾乐祸了行不行?"

他厌恶地将头一扭。

李玖:"烦我,还像支使丫环似的支使我!我才不侍候你,自己去倒!"

她起身拽下床单,卷成一团,走到外屋,快速地擦这儿擦那儿,之后扔在盆里。看得出她也是一个见不得半点灰尘和凌乱的人。

罗一民的声音从里屋传出:"我浑身无力,能下地吗?!"

李玖也不应他的话,但却拿起了暖瓶往一只杯里倒水。

罗一民的声音:"要加糖!"

李玖还不应他的话,找出糖罐,往杯里加糖。

罗一民的声音:"你磨蹭什么呢? 成心气我是不是?!"

李玖生气地:"你叫唤什么你! 烫! 得凉会儿。"

李玖家。一把椅子摆在正当门处,李父正襟危坐。李母站他面前,一手叉腰,一手拿鸡毛掸子。

李母:"你不躲开,我敢打你个老东西你信不信?"

李父:"你敢打我,我就敢和你闹离婚!"

李母:"你! 你老糊涂了你? 抱着毯子抱着枕头到那个罗一民那儿去,一去这么半天,我不把她找回来,那说不定就住那儿了!"

李父:"那又怎么样?"

李母:"那又怎么样? 你揣着明白装糊涂啊? 那还不就那样了?!"

李父:"那样了好哇,正合我意啊! 哎我就不明白,女儿和小罗好,小罗人也不错,还有一门手艺,你为什么就偏要进行破坏呢?"

李母:"说我破坏,我就破坏到底! 我不许女儿二婚嫁给一个瘸子!"

李父生气了:"你拿个破掸子在我面前舞扎什么!"猛往起一站,夺过掸子,抬膝一碰,掸子一折两截,扔在地上。

小刚从里屋探头出来说:"小罗叔叔不是瘸子,他就是……就是腿有点毛病。"

李母:"没你什么事儿,睡你的觉去!"

小刚:"有我的事儿。"说完缩回了头。

李母气得说不出话。

李父："听到了？孩子都比你有主见！"

李母："一家四口，你们老少三口一个鼻孔出气，好好好，我不管了，有你们后悔那一天！"

她退到沙发那坐下，气哭了。

李父又坐下了，瞪着她数落："三个人的眼光还不如你一个人的眼光准？你那又是什么破眼光？女儿还不是因为听了你的，第一次婚姻才失败了？"

李母："我不就看走眼了那么一次吗？"

李父："你还想看走眼几次？事关女儿幸福，当母亲的看走眼一次，那就没了二次发言权！我八级大木匠的眼，不看则已，一看一个准！这次我要替女儿做主撑腰，绝不允许你瞎搅和！"

李母："罗一民他没正式工作！"

李父："他们返城知青没正式工作的多了！当过营长的还得求我找份儿活干呢！"

李母："他那铁匠铺子不定哪天就开不下去！"

李父："走一步看一步，车到山前必有路！我相信小罗他不管干什么，都能拿得起放得下！"

罗一民家。李玖已经和了一盆泥，扎着围裙在修炉膛了。

罗一民的声音："我看我是死不了啦，你可以回家了。"

李玖边往炉膛里抹泥边说："不修好炉子升上火，没让煤烟熏死你也得把你冻个半死！"

罗一民的声音："你明明干不了的活就别逞能。免得你今晚上瞎鼓捣了半天，明早我还得返工。"

李玖："你怎么知道我干不了？就你们兵团的知青干什么都行，我们插队知青个个都混过来的啊？小瞧人！"

罗一民的声音："那你先把门窗堵上，一股股寒风都灌里屋来了，我都冻脸了！干活你要先干容易的。"

李玖火了，冲里屋嚷："闭上你那乌鸦嘴，躺在床上下不了地了，还呱呱没完！讨厌！"

李玖在将木柴劈细。

炉火升起来了，火势很旺，看来她将炉膛修的挺好。

李玖在往门上玻璃碎了的地方钉一块薄铁皮。她嘴里衔着几根钉子，钉得像模像样的。

炉上的铁壶冒气了，李玖兑了一盆热水，一只手洗脸擦脸。

她想了想，端着盆进了里屋。她放下盆，拧干毛巾，坐在床边温柔地："来，也给你擦擦脸。"

罗一民："我心里正这么想，没好意思说。"

李玖："少废话。"

她替罗一民擦完脸，罗一民这才发现她手上缠着布条，问："手怎么了？"

李玖："开门时，碎玻璃划破了。"

罗一民："抽屉里有红药水紫药水，还有药布，得重新包扎一下。大冬天的，别得破伤风。"

李玖又拧了一次毛巾，温柔地："待会儿，再给你用热毛巾擦擦脚，那样你能睡得舒服些。"

罗一民："算了，不必了吧。"

李玖已不管三七二十一，扯下罗一民袜子擦起他的脚来，擦完一只，洗洗毛巾，接着擦另一只。

罗一民的脸，他面部有感动表情了。

李玖端着水盆走到外屋，挂起毛巾，将水掸洒于地。之后，双手交抱胸前，站在里外屋之间，靠着门框打量外屋。

李玖："咱们外间屋多少平米？"

罗一民："四十多平米呢。"

李玖："要里外间都是住屋,够宽敞的。"

罗一民："那当然。"

李玖扭头看,罗一平的眼睛正看着她。

李玖："屋里暖和了吧?"

罗一民："是啊,暖和多了。"

李玖："现在感觉怎么样了?"

罗一民："头不那么昏了,胳膊腿也能动了。"

李玖："这么说话多好。以后别你戗我一句,我戗你一句的,行不?"

罗一民："行。快把你手重包一下。"

李玖："那不急。没事儿。你能跟我好好说话,我心情就好。心情好,那儿伤了也不觉得太疼了。自从第一次到你这儿来,就喜欢上了你这儿。看《林家铺子》那部电影,可羡慕电影里那么样的一个家了。前屋是铺子,后屋住人,铺子是半个家,家是半个铺子,生意靠紧着生活,生活是生意的一部分,不求发财,但求平安,觉得那种小日子挺有滋味儿。命运照顾,还真圆了我的梦想了。"

她的话说得充满幸福感。

她又一扭头,看见罗一民睡着了。

天亮了,李母在罗一民的铺子门前转悠,门帘拉严着呢,她又走到窗前,窗帘也拉严着。

"你那是在干什么?!" 李父的很严厉的声音。李母一转身,见李父在瞪着她。

李父："一大清早的,你跑这儿来干什么?"

李母："我来告诉李玖,快到上班时间了。她今天连班都不上了?"

李父："用不着你告诉她。过了上班的时间她还不回家,我替她请假。跟我回家去!一大清早就在这儿扒窗扒门的,也不怕别人笑话!" 抓住李母手腕,拽她走。

李母:"你别拽我呀!你这么拉拉扯扯的就不怕人笑话了?"

李父:"你给我小声点儿,不拽你你走吗?!"

罗一民铺子里屋。床上的罗一民醒了,一睁眼,见李玖坐在床边一把椅子上,身上盖着毯子,还在歪头睡着。

李玖受伤那只手并没重新包扎,血迹染红了布条。

罗一民想将她那只手放到毯子底下,结果把李玖弄醒了。

两人都不好意思地笑了。

罗一民:"没听我话,手没重新包扎一下?"

李玖看看手,不在乎地:"没事儿。估计口子合上了。"

罗一民:"别大意。还是听我的,现在就重新包扎。"

李玖将毯子盖在罗一民身上,起身去拉开抽屉,拿出了药水和药布。

罗一民坐了起来,温和地:"坐过来,我帮你包扎。"

李玖坐到床边让罗一民替她重新包扎伤口。

李玖:"差点儿忘了一件事儿……林超然工作的事儿手拿把掐了。人家那老干部派秘书亲自到我家,说老干部要在自己家接见一下林超然,日子定在后天下午,时间地址我都记在纸上了,一会儿给你压在外屋工作案子上,你今天千万得通知到林超然。"

罗一民:"对于我们营长,估计春节前不会有比这更好的好消息了。放心,我今天下午就去找他。"

李玖:"如果你觉得身上还是没劲儿,那我就下午请半天假,替你去找他。"

罗一民:"别。我能行,睡一觉好多了。"

这时,他已替李玖包扎好了手上的伤口。

李玖看一眼桌上的旧闹钟说:"我上班时间还从容,你躺着别动,我给你煮碗面。之后我直接去上班,那会儿你再起来。"一说完,就起身到外屋去了。

罗一民就又躺下,大睁双眼在想什么。

课堂上,中学时的罗一民和一名容貌清丽的女生同桌,她叫杨雯雯。

那显然是在考试。监考的男老师倒背双手在课桌间走来走去。窗外丁香花白、粉、蓝三色盛开。

罗一民的钢笔没水了,他用胳膊肘碰碰杨雯雯,让她看自己写不出字的笔。

杨雯雯拧开了自己的钢笔。

罗一民也拧开了自己的钢笔。

笔尖对着笔尖,杨雯雯将自己钢笔里的墨水挤给罗一民的钢笔。

罗一民拧上钢笔,在草搞纸上划了划,笔又能流利地写出笔画了。

杨雯雯笑了……她不但人美,笑得更美。

大睁双眼的罗一民。

笑得妩媚的杨雯雯的脸庞,一次又一次在他眼前浮现。

外屋,李玖在愉快地哼唱着煮面条。

李玖:"亲爱的,放不放酱油?"

罗一民的声音:"放点儿。"

李玖一边往锅里滴酱油一边又问:"再切一点儿白菜?"

罗一民的声音:"行。"

里屋。罗一民仍大睁双眼发呆。

切菜的快速声响代替了《十五的月亮》。

切菜声停止了。

李玖的话声:"那我可上班去了啊!"

罗一民:"快走吧,要不该迟到了。"

"亲爱的!"罗一民闻声朝门口一扭头,见李玖扎上了头巾的头探了进来。

李玖:"咱俩好好说话的感觉好极了!"

李玖嫣然一笑,她的头一闪消失了,接着是开关门声。

罗一民还躺着发呆。

"亲爱的……亲爱的……亲爱的……"

李玖的声音响在罗一民耳畔。

李玖的笑脸与杨雯雯的笑脸交替浮现在罗一民眼前。

一张写着时间地址的纸拿在林超然手中。

林超然面对一幢苏式小二层楼,周围环境空旷安静。

林超然已在楼道里,按一扇门的门铃。

林超然摘下了帽子,脱了大衣,坐在一位老干部家的客厅里。客厅摆着木结构沙发,几乎和李玖家的一模一样,但沙发罩是蓝色的。自然,靠墙有排大书架,还有一扇门,通着另一房间。

林超然和老干部坐在茶几两侧。

老干部:"沙发,茶几都是李师傅给做的。李师傅那人好,老工人本色,一点儿也没八级木工的架子,有求必应。我很尊敬他。"

林超然:"您也一点儿没老干部的架子。李师傅也很尊敬您。我也是。"

老干部:"干部架子嘛,'文革'前那还是有的。事物总是一分为二的,完全没有,那干部还真当不好。这样看架子问题,更符合辩证法。'文革'那几年,七斗八斗的,彻底把干部架子斗散架了。现在又回到岗位上了,还有点儿缓不过神儿来,得把从前的架子慢慢找回来,不找回来就没法适应工作……不谈那些了,谈起来话长了。谈你的事吧,冲李师傅的面子,我想我不论多么忙那也得亲自接见你一次。"

林超然:"谢谢您。"

老干部:"你在高中时就入党了?"

林超然:"对,高二的时候。"

老干部:"当年高二里学生党员多吗?"

林超然:"我毕业前,共五名学生党员。三名正式的,两名预备的。我是三名正式党员之一。"

老干部:"五名党员可以成立一个党小组了。"

林超然:"对。"

老干部:"那么说,你还是党小组长吧?"

林超然不好意思地低下了头,以沉默代替回答。

老干部极为赏识地看着他。

在那扇门的另一边,老干部的夫人、女儿站在门旁,侧耳聆听。

老干部的声音:"当初学校还准备送你去法国留学?"

林超然的声音:"有那么回事。"

老干部的夫人将女儿扯到了一旁,小声地:"政治条件良好,是将来当干部的苗子,你找对象首先要找这样的。一会儿妈陪你进去,看看你能相中不。"

老干部女儿:"那多不好。"她看起来是二十世纪八十年代女青年中的"老大难",当年那样的"老大难"很多,都是被"文革"影响了爱情和婚姻的姑娘。这一个看起来形象一般般,但分明也还是一个心地善良、性情温柔的姑娘。

老干部夫人:"有什么不好的?你爸是在替你考察对象,又不是谈工作。你不进去看看人长得什么样,那不等于白耽误你爸时间了?"

老干部女儿点了下头。

客厅里。老干部又问:"连你也在'文革'中受委屈了吧?"

林超然淡淡一笑:"一点点。比起许多人受到的严酷迫害,连委屈都算不上。"

老干部点头,显然对林超然的回答极为满意。

正门一开,老干部的夫人与女儿双双而入。

老干部坐着介绍道:"来得正好,刚想请你们也过来互相认识一下呢。这位就是老李师傅介绍来的小林,这位是我老伴,那是我女儿。"

林超然已然站起,向两位意外见到的女性礼貌地点头。

老干部:"我女儿也曾经是下乡知青。先是和我们老两口进'五七干校',后来连'五七干校'也容不下我们了,随我们被遣送回了原籍。名义上是插队知青,实际上成了小劳改犯,真是受尽了屈辱。"

林超然同情地:"我能想象得到。"

老干部的女儿:"爸,不是都过去了嘛。"

老干部的夫人:"女儿说得对,一块儿聊点儿别的。"说罢坐下。

老干部:"你们年轻人之间,别那么拘束,第一次见面握握手嘛!"

林超然大方地伸出了手,老干部的女儿也大方地伸出了手。两人握过手之后,都高兴地笑了。老干部和夫人也高兴地笑了。

老干部:"怎么还都站着呀?坐下,坐下。"

林超然和老干部的女儿坐下后,气氛变得更加融洽。

老干部的夫人:"看你,这么慢待客人,也没给客人沏杯茶!"

老干部:"只顾聊了,忘了,小林别挑理啊!"

林超然:"伯母,我不渴,不必麻烦。"

老干部夫人:"那有什么麻烦的。你不挑理,我都替你挑理。"看得出,林超然给她的印象极佳。她看他那种眼光,几乎就可以说是丈母娘看自己喜欢的女婿的眼光了。

老干部的女儿起身去沏了一杯茶,默默放在茶几上。

林超然:"谢谢。"

老干部的女儿重新坐在沙发上后,不时偷瞟林超然。

林超然觉察到了,不自在,但极力掩饰。

他坦诚地:"我知道,在许多返城知青找不到工作的情况下,我这个当过知青营长的人,不能做一个自力更生的榜样,反而托人情,走捷径,是不好的。但李师傅的女儿和我一个非常要好的知青战友是对象关系,他们出于好意安排了,我不来一次,太辜负友情了。所以,如果费周折,那就不必了。能有幸认识你们一家,我已经感到特别高兴了。"

老干部夫人:"小林啊,你也不必这么想。知识青年返城,这是党中央的决策。既然是中央决策,做好你们的就业安置工作,那就是各级领导干部的责任。只不过城市的压力一时巨大,但逐渐的,都会有着落,不过是工作性质和早一天晚一天的区别。"

老干部:"你刚才说到'自力更生',这是很好的想法。'自力更生'是相对于国家的一个词。相对于个人嘛,可以说成是'自谋职业'。市委市政府也在思考,看能不能出台一些相关的政策,鼓励返城知青自主创业,以缓解城市严峻的就业压力。"

老干部夫人:"别说那些行不行?'自谋职业''自主创业'那些口号到什么会上说去!小林的工作问题另当别论,反正落实在你身上了。不但要尽早安排,安排得我们母女俩不满意还不行!"

她的话使林超然大觉意外,一愣,不由得将疑惑的目光投向老干部女儿。

老干部女儿:"妈,你说些什么呀!怎么能那么说呢!"

老干部夫人:"你妈急性子嘛!"看看林超然,又看看女儿,接着说,"我心里高兴的时候,那性子就更急了!"

老干部:"好好好,夫人,我保证不让你和女儿失望行了吧!从现在开始,你要只高兴,别犯急。小事一桩嘛,犯的什么急呢?"

老干部女儿:"爸,您也是,就不能转移一下话题呀!"

老干部:"我接受批评,接受批评。那,咱们转移一下话题?"

老干部夫人:"早就该转移了! 小林,你有什么爱好呢?"

林超然:"也没太多爱好。学生时代喜欢打篮球、唱歌、拉二胡。这三种爱好在兵团一直保持着,以后也会尽量保持……"

老干部夫人看着女儿说:"我这个女儿体育方面没什么爱好,连打乒乓球也打不过我和她爸。但音乐方面,她和你的共同语言一定很多。"

老干部女儿:"下乡前我是一中女生合唱团的,我们还参加过两次'哈尔滨之夏'呢。"

林超然:"巧了,我妻子也是一中女生合唱团的,她叫何凝之,说不定你们以前认识。"

老干部夫人:"你……你结过婚?"

林超然点头。

老干部夫人皱起眉头看老干部。

老干部愣愣地:"现在……是不是……离了?"

林超然:"我们什么情况下都不会离婚的。她和我一块儿返城的,现在我快当爸爸了。"

气氛一时极为尴尬。

老干部女儿:"爸,妈,我头有点儿疼,回我屋去了啊。"

她说着站起身来。毕竟是干部女儿,起码的礼节还是有的,临出门对林超然微笑道:"失陪了。"

她笑得很勉强。

林超然终于明白自己是一个什么角色了。

他也站起来说:"真是耽误你们太多时间了,我还有事,得告辞了。"

他取下帽子往头上一扣,取下大衣往手臂上一搭,连连鞠躬,倒退而出。

"这李师傅,办事真是荒唐!"门一关上,他听到了这么一句话,老干部说的。

第八章

老干部家那幢小楼外。林超然几乎从台阶上跌下，撞在了罗一民身上，被罗一民扶住。他的大衣掉在地上。

罗一民："你可出来了！我等了你半个多小时。"

林超然帽子都戴反了，罗一民替他戴正。林超然生气地瞪着罗一民。

罗一民歉意地："出误会了吧？都是李玖的错儿！"

林超然："误会大了！我从没那么难堪过。"

他推开罗一民，也忘了捡起大衣，拔腿便走。

罗一民："你听我解释嘛！"捡起大衣，追赶林超然。

大步往前走着的林超然。背后罗一民的喊声："超然！超然！营长！"

林超然脚步反而更快了，跨过一条马路。

背后突然传来急刹车声及骂声："你他妈瘸子过马路还不看灯！找死啊！"

林超然急转身，见抱着大衣的罗一民坐在地上。他慌忙跑过去扶起了罗一民。

　　两人站在路旁一个卖烤红薯的三轮车前互相嚷嚷。林超然虽穿上了大衣,却没扣扣子。

　　罗一民:"你能怪我吗? 我给你出的主意,你不采纳! 李玖说求她爸,你反倒言听计从,并且把我也搭上了!"

　　林超然:"怎么就把你也搭上了? 她给了你地址,你为什么就不替我问个明白?"

　　罗一民:"我怎么能想到她把地址给抄错了? 是她爸问起你的事来,听她说的地址不对,这才发现她把地址给抄错了! 她急忙来找我,我急忙赶到你岳父家,可你已经往那老干部家去了! 我后脚也赶去,你已经进人家屋了! 前后就差那么三五分钟! 你叫我怎么办? 敲开人家门? 进人家客厅把你拽出来?"

　　卖烤红薯的是一个和他俩同代年龄的青年,他拿起一个红薯,一掰两半,一半给林超然,一半给罗一民,劝道:"两位吃我个红薯,消消气儿,消消气儿。"

　　罗一民:"我请他。吃完朝我要钱。"将两掰红薯都接过去了,一半自己吃着,一半递向林超然。

　　林超然:"不吃!"

　　罗一民:"甜!"

　　林超然:"滚你的!"

　　卖红薯的:"不算他请的,算我请的你吃不吃?"

　　林超然和罗一民不禁上下打量他。

　　卖红薯的:"不瞒两位,我也是返城的,从林场回来的。"

　　林超然这才接过红薯吃起来。

　　罗一民:"一天能挣多少?"

　　卖红薯的:"挣个两元三元的不成问题。你们在我这儿嚷嚷了半天,我也听明白了,是因为工作的事儿。既然后门都没走成,那还莫如学我,干脆自己给自己安排一份儿工作。"

林超然:"要是夏天红薯不好卖了呢?"

卖红薯的:"那就卖冰棍呀! 什么好卖卖什么呀! 我母亲没工作,我父亲五七年起一直被劳改,他自己还刚平反,正等着分配工作呢,所以我连接他的班也接不成。我是被逼上了这么一条道儿。一年多以来,我倒渐渐想开了。天天上班每月不就挣三四十元吗? 还得处处被人管。我自己给自己安排的这份工作,一年算下来比上班还挣得多点儿呢!"

"好吃!"罗一民已将自己那半个地瓜吃完,伸手又要拿起一个。

林超然将他的手打开:"别上脸!"

罗一民掏出钱包,抽出一元钱,抓起卖红薯的一只手,往对方手里一拍:"你挣点儿钱不容易,我俩不能白吃你的!"说罢抓起一个地瓜心安理得地吃起来。

卖红薯的:"这多不好意思。"

林超然:"我俩在你这儿站了二十多分钟了,还没见一个人来买的呢!"

卖红薯的:"地瓜皮别扔地上,扔我这筐里。这儿要是满地的地瓜皮,那我在这儿可就待不长久了。看,我的买主来了!"

林超然和罗一民顺对方手指的方向看去,见一男一女两个人,手拉手向这里走来。

卖红薯的:"是不是买主,打老远我一眼就能看出来。知道你俩站我这儿嚷嚷我为什么不烦吗? 因为你俩也帮我吸引人的注意了。"

走过来的一男一女竟是静之和小韩——静之一认出林超然和罗一民,不好意思地甩开了小韩的手。

静之:"姐夫,你俩怎么在这儿?"

罗一民:"你姐夫让我请他吃地瓜呗!"说罢,研究地上下打量小韩。

林超然也上下打量小韩。小韩被打量得不自然起来。

罗一民对静之说:"介绍介绍吧!"

静之:"我在补习班上认识的朋友,小韩。"

林超然心不在焉地笑笑,小韩也笑笑。

卖红薯的却已在秤两个大地瓜了。

静之:"别两个,我俩分一个就行。"

卖红薯的:"别分啊。分梨不好,分地瓜也不好。地瓜一掰两半儿,没准能掰出齐茬儿来,那意味着真分了。"

小韩:"别说了,两个就两个。"对静之又说:"我爱吃地瓜。你吃不了的我吃。"又向林超然,"姐夫吃够没有?没吃够我再请你吃一个。"

林超然摇头,围着烤炉转,看。

静之:"姐夫,我们是在补习班听课来着。"

罗一民:"别给他说你俩的事儿,你姐夫现在没心思关心你的事儿。"

卖红薯的:"这两个大,八毛伍,给八毛吧。"

小韩付了钱,拿起两个地瓜,给了静之一个。

静之:"姐夫,那我俩走了啊!"

林超然:"顺路去我家一下,替我看看你姐,但别说在这儿碰到了我。"

他说时,都没朝静之看一眼。

罗一民望着静之和小韩背影,感慨地:"搞对象的搞对象,找工作的找工作,上补习班的上补习班,卖地瓜的卖地瓜,这一返城,都成了独行侠了,八仙过海,各显其能,各自为战,聚一次都难了。有时真想拿个大喇叭满市喊⋯⋯紧急集合!"

林超然问卖红薯的:"你刚才挣了他俩多少钱?"

卖红薯的:"我不说了嘛。他俩叫你姐夫,所以我八毛伍算八毛了。两个那么大的地瓜,一个才挣一毛几分钱。在咱们返城知青中流传着一个口号你们没听说?"

林超然:"口号?什么口号?"

卖红薯的:"推着小车背着秤,跟着倒爷干革命。一年赚它六七百,十年咱就换了命!"

林超然:"一民,从明天起,把你那小三轮车长期借我。"

罗一民："行。你说借多久就多久。"

林超然："如果能帮我找到这么大一个废铁桶更好。找不到那我自己想办法。"

罗一民："你也要……卖地瓜？"

林超然："他能干的,我为什么不能？"

罗一民大叫："反对,坚决反对！我们当年马场独立营的营长站在街头街尾卖地瓜,你让我们全营返城知青的面子往哪儿搁？"

林超然："现在我可顾不上你们的面子了！我只能顾一下我自己在父母和岳父母面前的面子了！"

卖红薯的："我也坚决反对！"

林超然："你反对个什么劲儿？你刚才说那种口号我不可以响应？"

卖红薯的："你不适合卖地瓜！你刚才还说,都站这儿二十多分钟了,怎么没一个来买的？干我这行需要耐心,你不可能有我这种耐心！"

林超然："你怎么知道我不可能有？"

卖红薯的："看你样就没有！当过营长的还能有我这份儿耐心？再说……卖的多了,那就谁也挣不着钱了。"

罗一民："对喽,这才说到了要害！"

"哎哎哎,也照顾一下我们的耐心行不行？"

卖红薯的一转身,见身后不知何时站着几名中学生了,个个戴校徽,扶着或跨着自行车。

卖红薯的乐了："老主顾们来了,对不起对不起,让各位小哥们久等了。咱们还是老规矩,一斤算九两。"

他忙着秤起地瓜来。

"咱们别老站这儿替人家当幌子了,走吧！"

罗一民将林超然拽走了。

两人走在路上。

林超然回头看一眼,自信地:"我能干!"

罗一民劝说地:"营长,咱不眼红人家行不?你才返城几天啊,人家还有返城半年多了找不到一份儿活干的呢!咱该沉住气的时候,那就要沉住点儿气。"

林超然:"半年后你嫂子都该生了!我可沉不住那么长的气。"

罗一民:"能眼看着你到那时候还找不到份活儿吗?我只不过那么一说!"掏出钱包往林超然大衣兜里揣:"连钱包都拿着!咱先把春节高高兴兴地过完,愁事儿留到春节以后再说。咱们不都还年轻着嘛!年轻就是乐观的理由和资本!"

林超然:"你的话我同意,钱不要。眼下我还不缺钱!"

两人在人行道上推推搡搡的。

江北。林父干活的工棚里。又是休息时刻,几个小青年在打扑克,有人被贴了一脸纸条。

林父在用一块木板钉一处透亮的地方。

一名青年站在窗子那儿剥烤土豆皮儿。

那青年一抬头,大惊失色,指着窗外往后退,结结巴巴地:"看,看……不好……不好!"土豆掉在地上,他转身就往外跑。

林父也往窗外看,但见一辆卡车的车头朝工棚直撞而来。

围在离窗不远处打扑克的小青年们却浑然不觉,有人还在大呼小叫地甩牌呢。

林父:"快散开!"

说时迟,那时快,哗啦一声,卡车车头撞入了工棚。

打扑克的小青年们呆了。

林父也呆了。

一阵安静中,棚顶发出吱咔吱咔的响声。

林父和小青年们都抬头看。一根钢筒棚梁在移动。

林父大吼:"快跑!"

小青年们这才醒过神来,一个个跳起来争先恐后往外跑。混乱中,其中一个被推倒——正是那个羞辱过林父,还要和林超然打架的青年,一屁股坐在地上,他仰脸望着棚顶呆若木鸡。

林父本已在门口了,回头一看,扑过去抱住了他的头。

跑到外边的小青年们转身看时,工棚塌了半边。

医院。林父躺在病床上,头缠药布。床前站着几名小青年,包括那个被保护了的青年。还有一个穿兵团棉袄的人,是队长,叫张继红。

张继红:"林师傅,您只管安心住院。一切医药费都由队里来报。"

林父:"继红啊,我想跟你商量个事儿。"

张继红:"您只管说。凡是我做得了主的,我照办。"

林父:"我不想干了。我想离队。"

张继红:"那不行。咱爷俩那么合得来,我舍不得您走。"回头瞪着小青年们低声训:"凡是惹老爷子生过气的,我饶不了他!"

林父:"不关他们的事儿。我自己不想走,他们气不走我。再说我也不真生他们的气。"

张继红:"那……"

林父:"我想单独跟你说。"

张继红挥挥手,小青年们退出去,唯有那个被保护的小青年不走,哭叽叽地:"林师傅,我认错还不行吗?"

林父着急了:"我不说了嘛,不关你们的事儿。"

张继红往外推那小青年:"别腻歪人,外边待着去!"

病房里只剩林父和张继红了。

林父:"我不干了,我是想让我儿子林超然顶替我……他也是你们兵团的。"

张继红为难地:"这……"

林父:"我知道你这个队长没权进人,所以我说让我儿子顶替我。他比我年轻,比我有力气。他顶替我,队上不是也不吃亏吗?给他的工资比给我的工资少些也行。"

张继红:"林师傅,咱们这个劳动队的内幕,您也多少知道点儿了。一些干活的人,养着些白拿工资的人。我这个队长,也只不过是个看人脸色行事的队长。哪天那幕后的人觉得我不听话了,说开也就把我开了。但既然您都那么不计条件地求我了,我就给您个准话。我做主了!工资争取和您一样。"

林父欣慰地笑了。

张继红:"但是呢,再过些日子就春节了,早晚不差那么几天,过完春节再让他上班好不?"

林父:"那好。这听你的。"

林超然匆匆跑进医院。

医院走廊匆匆走着林超然,与他迎面走过来张继红们。

林超然认出了那些小青年,低喝一声:"站住!"

小青年们畏畏缩缩地站住。

林超然:"说!谁该对我父亲受伤负责任?"

张继红:"林超然?"

林超然这才将目光望向张继红。

张继红:"我叫张继红,是他们队长。我的棉袄应该使你相信,我们会成为朋友。"他穿的是兵团棉袄。

林超然冷峻的表情并无变化,但却点了一下头。

张继红一手搭他肩上,搂着他走到一旁。

林超然急切地:"我父亲的情况怎么样?"

张继红:"轻微脑震荡。但是对于六十多岁的人,那就不能算轻微了。起码得住几天院,估计出院以后,得继续休养半月二十天的。"

林超然:"他们又怎么欺负我父亲的?"

张继红:"你误会了,是意外事故造成的。运预制板的大卡车刹车失灵,撞倒了半边工棚。你父亲为了保护他们中的一个,头被钢管砸了一下。幸而钢管落下之前被什么东西担了一下,否则老爷子惨了。"

林超然:"你能不能帮我一个忙,劝我父亲别在你们那儿干了。我作为他儿子,看到他为了每月多挣几十元钱,整天拼着老命干那么重的活,我心疼。"

林超然说得难过,将脸一转。

张继红:"这也正是我要跟你说的。老爷子太刚强,你给他开工资,他就非那么拼老命地干不可。别说你作为儿子的心疼了,连我作为队长的也看不下去。刚才老爷子终于主动向我提出,他决定不干了。"

林超然:"这我心里就好受了点儿。"

张继红:"可他请求我,让你顶替他。我虽然是队长,其实只不过是个被利用的人,因为我可以把那些调皮捣蛋的小青年镇住。进一个人,开一个人,我都没有权力的。但老人家的请求我又不能不一口答应。"

林超然:"那不使你太为难了?"

张继红:"我为不为难你别管。我正式通知你,春节一过,你就到江北去上班……能说定吗?"

林超然点一下头,拍拍张继红肩,大步朝病房走去。

林超然进入了小小的单人病房,见父亲仰躺于病床,一只手放在被子外,胸口那儿。

林超然:"爸……"

林父没睁眼睛,但身子往床里挪了挪。

林超然明白父亲的意思,脱了大衣搭在手臂,缓缓坐在床边,轻声地:"我妈我妹也要来,我没让她们来,坚持我自己先来看看您。"

林父:"你做得对。"

林超然:"爸,我向您认错。"

林父:"认的什么错?"

林超然:"您不许我返城,我却返城了,还骗您。"

林父:"你从小到现在,我没太打过你,对不对?"

林超然:"次数不多。"

林父:"所以我不说没打过,说的是没太打过。"

林超然:"是爸说的那样。"

林父:"在一九八〇年的第一天,在你三十三虚岁的时候,我扇了你一撇子,心里挺恼火是不是?"

林超然:"不是。"

"不是?"林父终于睁开眼睛瞪着他。

"有点儿。"林超然避开了父亲的目光。

林父:"'有点儿'和'一点儿没有'是一回事儿吗?儿子回答父亲的话,那要句句实打实地回答。"

林超然微微苦笑,点头。

林父:"你向我认错,那就是觉得我扇你扇得挺对。我也向你认错,过后我认为我扇你扇得不对。"

林超然意外地一愣,随即说:"爸,这会儿咱不说那件事。"

林父:"这会儿才是说那件事的时候。你虚岁都三十三了,都结婚了,快当父亲了,而且当过好几年营长了,返城不返城,是由你和凝之决定的事,别人无权干涉。"

林超然阻止地:"爸……"

林父:"别打断我。你不但是我儿子,还是凝之丈夫。你返城不返城,那也得听听人家凝之的想法,尊重人家的态度。我偏阻挡你返城,那不等于也剥夺了人家凝之返城的权力?如果你俩不得不两地分居,她又怀着孕,那我这当父亲的……"

林超然:"爸……"

林父:"你又打断我。"

林超然岔开话题:"我碰到张继红了。"

林父:"他跟你说我的决定了?"

林超然点头。

林父又闭上了眼睛,问:"你同意?"

林超然:"爸是为我操心,我怎么能不同意呢?"

林父:"也不完全是为你操心。我老了。再不服老,那也是老了。重体力活儿,越来越干不动了。一块预制板小一千斤,抬杠往肩上一压,腿弯发软了,腰挺不了那么直了。其实我也是怕哪一天又出丑,与其让别人说你个老东西明明干不动了,别硬撑着了,还莫如自己识时务点儿,主动打退堂鼓的好。"

林父眼角淌下泪来。

林超然伸手想替父亲擦泪,但手还没触到父亲的脸,又缩回去了。

林父:"我这一受伤,也是好事。这么离开劳动队,我觉得还挺体面的。你看,我住的可是高干病房。"

林超然:"爸,这不是高干病房,别人忽悠您呢。"

林父:"单间还不是高干病房?"

林超然:"脑震荡需要安静,起初是得住几天单间,为了便于观察。"

林父又睁开了眼睛,不悦地:"你怎么偏说我不爱听的话?就算别人忽悠我,你不点破就不得劲儿?"

林超然:"刚才不是您说的,儿子回答父亲的话,句句都要实打实的话嘛。"

林父又闭上了眼睛:"我说的话又不是'最高指示',就不能灵活一点儿理解? ……我还得嘱咐你几句,张继红那人不错,但他有他的难处。如果他决定什么事儿你认为不对,可以给他提建议,但不可以偏逆着来。

对那些小青年,也不要太较真儿。看不惯的时候,自己躲远点儿,眼不见心不烦。总之你要时时刻刻给自己提个醒,你是去干活挣钱的,不是去当营长的,记住了?"

林超然:"爸我记住了。"

林父:"我身上痒,替我挠挠。"

林超然将手伸入了被子里……

林父:"左肩膀头……往左,再往左……右肩膀头……中间,脊椎骨两边……行了……"

林超然抽出了手,问:"爸,怎么一种不好的感觉?"

林父:"也没太大不好的感觉,就是头沉,迷迷糊糊的。"一翻身,背对着儿子了,又说:"回去告诉你妈你妹,别担心我,没啥大不了的。我这辈子还没住过院,正好享受享受。我困了,你走吧。"

他说完,往上一扯被子,蒙住了头。

林超然看了父亲几秒钟,弯下了腰,双手捂脸,随之抱住了头。

门无声地开了……护士走入,指指手表,示意林超然该离开了。

林超然起身走到门口,扭头又望一眼父亲,推开了门。

天黑了。罗一民的铺子里。罗一民在敲敲打打地做小桶,同时训斥李玖。而李玖坐在炉旁,在往枕芯里装荞麦皮。

罗一民:"你说你啊,成事不足,败事有余!我营长好端端的一次工作机会,就让你那么给白白断送了!"

李玖默默听着。

罗一民:"我营长可能还以为,你和你爸串通一气,帮他找工作是假,为了讨好那老干部,把他当女婿候选人积极推荐是真。"

李玖忍无可忍地:"你有完没完啊?!"

罗一民使劲儿敲一锤,余怒未消地:"说你几句你还抱屈啦?你使我营长当时的处境很难堪,也使我在营长面前很难堪!"

李玖将枕头一摔，猛地站起："可我和我爸都是出于好心！林超然如果那么猜疑我们父女俩证明他小心眼儿，如果你也那么猜疑我们父女俩，证明你不是个东西！"

罗一民又当地使劲敲一锤，也站了起来，手拿锤子朝李玖一指："我怎么不是东西了？你们父女俩明明别有用心！"

李玖："你说你说，我们怎么别有用心了？"

罗一民："你帮我营长的忙是为了讨好我！你爸肯帮忙是为了你！"

李玖："罗一民，你这么说，真是一点儿人味儿都没有！"

她双手捂脸哭了，边哭边说："你有理！你罗一民有天大的理！理都叫你占尽了！我是为了讨好你，我爸是为了讨好你，连我儿子也是为了讨好你！可你有什么了不起的？值得我们大小三口人全都讨好你？！你不和我一样是返城知青吗？你不就是一个没单位的瘸子吗？不冲着咱俩当年是同班同学，我还不想下嫁你呢！我一有空儿就往你这儿溜，一来到你这儿我满眼都是活儿！被褥枕头替你拆洗了，该补的衣服都替你补了！连炉子都替你修好了！还替你倒过一次尿盆！我家有口好吃的，赶紧也送过来一份儿给你吃！就算我讨好你，你怎么就那么冰冷的一颗心，凭我怎么暖和也暖和不过来呢？"

罗一民的手臂垂下了，被数落得无话可说。

李玖双手一放，反指着他说："罗一民，罗一民，因为爱上了你，我和我妈都成陌生人了，几天不说话了！我今天算看透你了，好好好，我替你缝完这只枕头，以后永远不来你这儿就是了！路上碰着了，我李玖也保证绕道走。"

她这么说时，罗一民已放下锤子，一步步走到了她跟前。

罗一民抬起了手。

李玖一仰脸："你还想打我？"

罗一民的手，却不由地替她抹泪。

李玖拨开他手，转过身去。

罗一民双手捧住她脸，将她的脸扳向了自己，内疚地："听你这么一数落，我好像成了坏人了。"

李玖不再说什么，将他的手分开，又转过身去。

罗一民绕到她对面，看着她说："是啊，你对我很好。真的很好。我也知道，你是真爱我的。估计除了你，世上不会有第二个像你这么爱我的女人了……"

李玖："你不要以为我是离过婚的，有个孩子，就再也嫁不出去了。老实告诉你，一听说我是八级木工李勤和的独生女，愿意和我结婚的男人还不少，愿意做上门女婿的也有过！"

罗一民："这我信。八级木工的退休金加上你父亲一年到头挣的，肯定比一位局长全年的工资还多。"

"滚一边去！我自己就没有一个男人愿意娶我了吗？"她双手一推，将罗一民推开。

罗一民又往她跟前凑，并说："你一番数落，把我的心数落软了。有时候我自己也扪心自问，你对我那么好，还救过我一命，我却对你那么不好，确实也太没人味儿了。是啊，我又算个什么东西呢？有你这么爱我，明明是我的幸运嘛！我怎么就不识好歹，把幸运不当一回事儿呢？"

李玖抹了抹泪，欲坐下继续装枕头。

罗一民拽住了她手，不使她坐下，语调终于温柔了："来，别伤心了。让我抱抱你，暖暖你的心，也暖暖我自己的心。"

李玖扭捏了一下，被罗一民抱在怀里了。

她叹道："唉，其实我这么没志气地爱你，也是有原因的。下乡前我做过一次对不起你的事，你自己至今不知道，但在我心里压上了一块石头，像是心结石。"

罗一民："哪儿有心结石这么一种病啊！再说咱俩当年都是中学生，中学生能做什么对不起中学生的事啊？"

李玖抬起了头："也能。"

罗一民一愣,喃喃地:"是啊,有时候……确实也能。"

李玖:"想不想听我告诉你?"

罗一民:"不。别说。不管什么事儿,过去了,就让它永远过去吧。"

他又抱紧了李玖。

罗一民脸上写满了愧疚的表情。

门忽然开了。小刚进入,两人分开。

李玖难为情地:"儿子,你跑来干什么?"

小刚惴惴不安地:"妈,姥姥和姥爷在吵架,因为你。"

李玖:"吵得凶吗?"

小刚:"凶。姥姥摔东西了,还哭。"

李玖看一眼罗一民,拉着小刚匆匆走了。

罗一民愣片刻,走到门那儿,插上了门。

他又愣了片刻,回到起身处,坐在小凳上继续做小桶。旁边已经做好一个比水桶小些的铁皮桶了,他正做的是第二大的。

在他敲打着的时候,眼前又浮现出那位气质优雅的老先生来到铺子里的情景。

这时他有些困惑不解,还有些心烦意乱。

他站起来用目光寻找什么。找到了烟,站着吸了起来,低头看着做了一半的桶。

一挂鞭炮被点燃。何家门口,静之点燃鞭炮后,捂着双耳退到慧之和林岚身边。

鞭炮响过,与慧之同宿舍的四名女生站在她们面前。

女同学们一齐抱拳道:"新年吉祥,恭喜发财!"

静之也抱拳道:"同喜同喜,有财大家一块儿发!"

慧之向同学们介绍:"这就是我那个装过淑女,返城后再也不愿继续装下去了,于是很少时候能够安静下来的妹妹何静之。"

娇小的女同学又一抱拳:"久仰久仰!"

慧之:"哎哎哎,你们再贫下去,是不是还都要单膝下跪互相撞膀子啊?"

大家都笑将起来。

静之:"她是我姐夫的妹妹林岚。今晚我们何家林家分成两组过三十儿,这边儿就剩我们三个了,大家想怎么开心就怎么开心!"

慧之:"正担心你们未必来,那我们白准备了。都别站在外边说话了,快屋里请吧!"

于是同学们鱼贯而入,从林岚跟前走过时,还一个个向林岚道万福。

林岚不知如何是好,吃吃地笑个不停。

慧之对林岚说:"不是外人,都是我好同学。她们跟你闹,你也可以跟她们闹。放开点儿,别拘束。"

林岚点头。

娇小的女生看门上的对子:

上联是:一九七九再见再见再见

下联是:一九八〇你好你好你好

横批是:不见最好

娇小的女生问慧之:"你想出来的?"

静之:"她有这等冰雪聪明?本姑娘想出来的,也是本姑娘的墨宝。"

娇小的女生:"赐教,何以不见最好?"

静之:"一九七九年是七十年代最后一年,可以代表整个七十年代。七十年代有七年多被'文革'占去了,是以不见最好。"

慧之:"得啦得啦,别炫你那点儿小聪明了,我都冻得慌了,进屋!进屋!"

她一一推着,将静之、林岚和娇小的女同学推进了屋。

屋里。有的女同学在欣赏火墙,有的在欣赏书法,有的在欣赏画出来的窗框。

娇小的姑娘："哇！上帝！阿拉来到了阿拉伯王宫了吧？"

"慧之，你要是有一个哥哥或弟弟，就冲你家这么漂亮的屋子，我一定要死乞白赖地当你嫂子或你弟妹！"

"那这屋子也不一定就归在你名下啊！"

"我不霸占，只要居住权！"

"让人家一家住哪儿去呀！"

"哎哎哎，不但你有那想法，连我都有同样想法了！"

四位客人议论纷纷，静之、慧之一脸得意。

而林岚，则抓起桌上的花生、瓜子往客人们手里塞。

静之一边嗑着瓜子一边说："我们这个家嘛，美中不足之处还是有的，得上学校的公共厕所，去一次走半个操场。要是赶上闹肚子，那可惨了！"

留刘海的女同学："那我也喜欢你们这个家，宁肯动大手术切掉四分之三个胃，每天只吃很少的东西！"

"真够喜欢得狠劲儿的！"

大家都笑了。

只有娇小的女生没笑，在欣赏白纸上的书法，问慧之："谁写的？"

慧之："杨一凡。"

娇小的女生："一百元卖不卖？卖我就借钱买走！"

大家又笑。

娇小的女生对静之说："侬那字体不来赛的！蚯蚓在墨里打滚爬出来的一般样！介好的书法贴在侬家里，侬要照葫芦画瓢，一天抄八遍，好好地练哟！"

静之被说得直眨巴眼睛，答不出话来。

大家又笑作一团。

林超然家，何母、林母、凝之在包饺子，何父与林父在吊铺上下棋。

何父："将！抽你一个大车！"

何母："你别在上边使那么大劲儿拍棋盘，看震下灰来掉面板上。"

林母问凝之："超然说他上哪儿去了？"

凝之："他怕杨一凡想北京，说是要请他来吃饺子。"

林母："家里这么小的地方，请人家孩子来了，没处坐没处站的，让人家多别扭啊！"

凝之："那不会的。杨一凡的意识里根本没有别扭不别扭这回事儿！"

啪！上铺传下来林父的声音："你输啦！刚才舍给你个车吃，那叫诱敌深入，撒网捕鱼！"

何母翻眼朝上看，林母赶紧在面板上方抻开一块面布，而凝之摇头笑了。

何家门外。杨一凡拎着一些画框，在仰面看天，也是在倾听。

屋里传出姑娘们的歌唱声。每首歌不唱完，只唱几句，唱的全是一九四九年至一九八〇年的爱情歌曲，从《十五的月亮》到《小小荷包》到《树上的鸟儿成双对》到《一条小路》《莫斯科郊外的晚上》……

娇小的姑娘裹着大衣从厕所那儿跑回来，看到杨一凡并认出了他。

娇小的姑娘："杨一凡？"

杨一凡的目光望向她。

娇小的姑娘："找慧之？"

杨一凡："不，找我营长。"

娇小的姑娘奇怪地："找你营长？啊，明白了明白了，那进屋啊！"

杨一凡："屋里怎么那么热闹？"

娇小的姑娘："其实也没别人，全是女人。"

杨一凡："我不进全是女人的屋子。你把这几幅相框拎进去。"

他将相框放在门旁。

娇小的姑娘："镶的什么？"

杨一凡："在兵团的时候,我说过要为我营长画几幅画,我得履行诺言。"

娇小的姑娘："真不进来啊？"

杨一凡摇头。

娇小的姑娘只得拎相框进了屋。对于她,那是些够沉够大的东西。

他俩说话时,屋里的唱声仍在传出去,只不过已不再是唱歌,而是三个人在唱《智斗》了。

屋里。静之在唱胡传奎,另外两个姑娘在唱阿庆嫂和刁德一,带着动作唱,其他姑娘则以口伴奏。桌上,摆着几盘饺子几盘菜,还有空酒瓶子。

姑娘们都喝得脸红红的,互相搂着靠着的。

娇小的姑娘拖着相框进了屋,其他姑娘居然没注意她。

她将相框立在墙边,大声地："安静！别唱了！"

屋里安静下来,大家都看着她。

娇小的姑娘："外边有情况！"

留刘海的姑娘："别上了趟茅房,回来就一惊一乍的！见着鬼啦？"

娇小的姑娘："不是鬼,是杨一凡！"

大家一时你看我,我看她,半信半疑,最后都将目光望向慧之。

慧之："别骗我！"

娇小的姑娘："慧之,太自作多情了吧？人家根本没提你。人家说是给你姐夫送画的,喏。"

她一指,大家的目光这才望向相框。

慧之问静之："把他请进来吧？"

静之："那还用问！但是呢,谁把人家招来的,应该谁把人家请进屋。"

慧之："又油嘴滑舌的！没听明白是给姐夫送画来的呀？你快去请

他进来！"

静之："嚯，连你也支使起我来了！我在咱们何家的地位太惨了点儿吧？不去！"

慧之："成心惹我生气是不是？我是你二姐，支使你一下不行吗？"

静之："才大我一岁半！"

慧之："那也是你二姐！"

姐俩斗嘴之际，已有个姑娘将相框拎过来，解开绳子，一幅幅摆在"床"上了，共六幅，画的都是动物。

静之也走过去看。

慧之无奈，猛起身跑出门。

门外已不见杨一凡。

慧之犹豫一下，跑出校门，东张西望。

远远近近响着鞭炮声。

慧之望见一个男人身影，追过去，叫了一声："杨一凡。"

那人转身，不是。

慧之："对不起。"

慧之若有所失地回到了家里，见大家还在看画。

娇小的姑娘："慧之，阿拉……"

慧之："打住。要不说上海话，要不说普通话，别掺和着说！"

静之笑了："我家也有你这么一位，是我妈。我挺爱听你和我妈那么说话的，像听两个人同时在说。"

慧之："别打岔。你，想说什么？"

娇小的姑娘："你一气嘟嘟的，我忘了。"

大家都笑了。唯慧之不笑。显然，她因没找到杨一凡而不高兴。

留刘海的姑娘："她是想问你,你能猜到不,杨一凡为什么送这样的几幅画来?"

慧之一幅接一幅地看过,问静之："为什么?"

静之眨眨眼："我怎么知道?"

慧之："你不知道是不对的!证明连亲人们在你心中的位置都没摆正。林岚,你知道你家人都属什么吗?"

林岚摇头。

慧之："记住这是你爸的属相,这是你妈的属相,这是你哥的属相。静之,你也应该记住,这是咱爸的属相,这是咱妈的属相,这是大姐的属相。"

静之："怎么没有我的?"

林岚："也没我的。"

静之："这个杨一凡,看来他没摆正我在他心中的位置!林岚,以后咱俩不理他了。"

一个姑娘："哎,这最后一幅为什么画的是小鹿呢?十二属中也没属鹿的啊!"

静之："他住过精神病院,肯定画到后来精神不正常了。"

慧之严厉地："你住口!以后再也不许你那么说他!"

姑娘们一时噤若寒蝉。

第九章

走在路上的杨一凡……大年三十晚上，街面上只有他一个身影。

几束礼花升上夜空，他驻足仰望。

林超然家窗子旁……杨一凡呆呆地望着屋里。可看见林母、何母在吃饺子，而凝之正将一盘饺子往吊铺上递，林父往下伸手接过。

杨一凡转身走了。

罗一民铺子的窗旁……杨一凡同样呆呆地望着屋里，可看见罗一民、李玖并坐一处也在吃饺子，而且小桌上有酒菜。

李玖夹了一个饺子送到罗一民嘴边，罗一民张嘴吃了。李玖向罗一民怀里一偎，罗一民一手搂着她，另一只手拿起酒盅喝了一口。

杨一凡转身走了。

杨一凡出现在兆麟公园门口。

守门的大爷探出头问:"小杨,不去找你那些兵团战友聚聚,来这儿干什么?"

杨一凡:"想进去看看。"

守门的:"现在大年三十晚上,公园里没人,明天起人才多。"

杨一凡:"我就想趁着没人,独自看一遍。"

守门的:"别忘了啊,初五到我家去玩!"

杨一凡点头,进入公园。

守门的大爷自言自语:"唉,孤单劲儿的。大年三十儿晚上,去谁家也不合适呀。"

寂静悄悄的公园里……杨一凡在一处处冰雕之间走着,看着。

杨一凡走到了他自己的作品前。这是公园里一处很偏僻的地方。他雕的洗浴裸女,已经是一个中国少女了。雕塑在他眼中幻化变成了穿护士白大褂、戴护士帽的慧之。他晃了晃头,雕塑恢复原状。

一只手拍在他肩上。他一回头,是林超然。

林超然:"我去你宿舍找过你,撞锁了。幸好在楼外碰到了你们文化馆的人,说你有可能到公园来了。"

杨一凡:"我也到你岳父家去了,送给你几幅画。"

林超然:"送我画干什么?"

杨一凡:"你是我营长的时候,我说过要送你几幅画。"

林超然:"我都忘了。"

杨一凡:"我没忘。"

林超然:"走,到我家吃饺子去!"

杨一凡:"我吃过饺子了,在我们馆长家。"

林超然:"那,咱俩到罗一民那儿去,找他喝一通。"

杨一凡摇头。

林超然："大年三十儿晚上的,我不能让你一个人孤孤单单地在公园里逛。"

杨一凡："孤单有时挺好。我习惯了。"

林超然："今天晚上谁孤单都不好,要不就咱俩找个小饭馆去喝两杯?"

杨一凡："今天晚上哪儿都不营业了。再说我也不太喜欢喝酒。"

林超然一时没咒念了,想了想,忽然又说:"你陪我看电影去! 很久没看电影了,特想看场电影!"

杨一凡："想看什么电影?"

林超然："什么电影都行!"

杨一凡："想去哪家影院?"

林超然："听你的!"

杨一凡："东北电影院演《林海雪原》。不是样板戏,是解禁的老片子!"

林超然："就看《林海雪原》!"

杨一凡终于高兴地笑了。

林超然也笑了,一搂他肩,两人向公园外走去。

两人走在冰雕间的背影。

杨一凡的声音:"脸红什么?"

林超然的声音:"防冷,涂的蜡!"

杨一凡的声音:"怎么又白了?"

林超然的声音:"又涂了一层蜡!"

杨一凡的声音:"莫哈! 莫哈!"

林超然的声音:"正晌午时说话,谁也没有家!"

七八只酒杯碰在一起,七八个青年聚在一张大圆桌旁……那间屋子看起来是一家小饭店的门面屋,墙上贴着菜谱、毛主席像、最高指示、卫生标语什么的。

罗一民和李玖也在七八人中,大家都喝得很亢奋,齐唱着《祝酒歌》……

歌罢,纷纷落座;只有一人未坐,意犹未尽地朗诵:

三伏天下雨哟,雷对雷,

朱仙镇交战哟,锤对锤!

今儿晚上哟,

咱们杯对杯! ……

酗酒作乐的是浪荡鬼;

醉酒哭天的是窝囊废;

饮酒赞前程的

是咱们下过乡的这一辈!

大家鼓掌,喝彩。

有一人说:"最后一句改得好!"

另一人用四川话说:"改一改,是要得地! 一点儿不改,是要不得地!"

第三个人:"谁的诗? 豪迈!"

第四个人:"郭小川的诗。延安派诗人,后来总受批判,说他的诗不够革命。听到粉碎'四人帮'的消息,激动得彻夜难眠,抽了好多好多烟,结果失火了,就那么走了。"

罗一民:"我提议,为诗人郭小川,为一切写过好诗的,不论中国的还是外国的,古代的还是当代的,活着的还是死了的诗人们,干杯!"

于是大家又碰杯。

一人说:"'文革'结束以后,政策逐渐允许了,我爸妈就将家里临街这间屋腾出来,开了这个小饭馆。我呢,返城后当了店小二。起初有点儿想不开,现在想开了。挣爸妈的工资,那多仗义!"

另一人说:"亏你张罗,更亏你提供这么一处地方,要不还聚不起来。"

是主人的说:"去年初三我就张罗过一次,好多同学都不知去向了,白张罗了。今年初三总算把你们几个聚到一起了,了了我一桩心愿。"

李玖:"当年,你们几个都是一民的好同学,小哥们儿,现在,我要当着你们的面,也要当着一民的面,对我自己进行大揭发,大批判!我要……"

她打了一个嗝,接着说:"灵魂深处爆发革命!爆发……革命的忏悔……不,忏悔的革命!反正,就是那么个意思……"

大家都望着她,听她说。

罗一民:"你快喝高了,别喝了。"

他欲夺李玖的酒杯,李玖将拿杯的手闪开了。

李玖将一杯啤酒一饮而尽,抹抹嘴继续说:"初二上学期,一民因为给同桌的杨雯雯写了一份情书,遭到全班批判,全校批判,他爸还把他痛打了一顿。从那时候起,他恨死杨雯雯了。其实呢,不是杨雯雯把情书交给老师的。老师根本没看到什么情书,是听一名女生汇报的。"

罗一民:"你?"

李玖:"一民,对不起。初二时我就喜欢你了,而你喜欢杨雯雯,我嫉妒。一民,现在我当面向你忏悔。"

听的人分明都没将那件事当成回事,互相议论着:

"我下乡后就再没见到过杨雯雯。"

"听说,她居然没下乡。"

"不可能吧? '文革'中不是传说她家有海外关系吗?"

罗一民握成拳的一只手,那是恨到极点时的拳。

李玖:"如果以后有机会见到杨雯雯,我也会当面向她忏悔的。"

罗一民心头怒火突然爆发……他将杯中的酒泼在李玖脸上,接着扑向李玖。

其他人急忙将他拉开。

罗一民指着李玖,咬牙切齿地:"我绝不能原谅!"

他甩门而去。

气氛顿时凝重。

李玖呆愣片刻,往桌上一趴,放声大哭。

松花江解冻了。夕阳照耀满江冰排,颇为壮观。

夕阳变为明月。月光洒在江上,冰排闪闪发光。

何家。"床"上躺着三人:何父、何母、凝之。静之的被窝空着。

门轻微的响动声,静之披着大衣的身影闪入。她端着一盆煤块,转身关门,接着蹲下捅炉子,往炉中加煤块。

静之上"床",躺下,将大衣盖被上。

凝之:"干什么去了?"

静之:"还能干什么啊?上厕所呗。"

凝之:"又趁机偷了一盆学校的煤块是不是?"

静之:"不能算偷,大大方方的。谁愿看见谁看见!"

凝之:"嘴硬!万一有人看见多不好?"

静之:"咱家那无烟煤什么破煤?谁叫爸不求人再买些好煤?哎大姐,我姐夫不会再住咱家了吧?"

凝之:"他们父子解开疙瘩了,估计不会了。"

静之:"他不住这儿,我行动自由多了!"

凝之:"嘘……不跟你说,说起来没完。"

静之:"不行,我得头朝那边睡。一会儿火旺了,该烤头了。"

她头朝"床"里而睡了。

天亮了。何母在一间教室上课,凝之坐在后排听。

下课铃响,学生们涌出教室。

何母和凝之在教室门口说话。

何母:"静之在家?"

凝之:"睡得像猫似的,呼呼的。"

何母:"妈这堂课讲得怎么样?"

凝之:"妈你要对自己有信心。讲得挺好,水平已经基本恢复到以前了。就是,上课不同于在家里,别一讲到关键时,反而说出几句上海话了。"

何母:"唉,'文革'中,因为我曾经是上海人,专案组非找个上海人用上海话一次次审我,认为那样更容易从我口中套出有价值的交代材料。我一说普通话,他就对我拍桌子瞪眼的。"

一名女生跑来,神色慌乱地:"不好啦不好啦,老师,你家里有人喊救命,是个女人的声音。"

母女两人大惊失色。

蔡老师操着一支冰球拍,后边跟着些男生匆匆跑过操场,向何家跑来。

何父追上了蔡老师们,伸出双臂阻拦:"学生们站住! 一个也不许跟着,都给我回到教学楼去! "

何母、何凝之也相互搀扶着走来。

何父:"情况不明,你俩也不许跟着! "

何母:"难道家里闯进去坏人了? "

她快哭了。

何父:"估计就是那么回事,你赶快打电话报警! "

何母转身跑向教学楼。

凝之极其担心地:"爸,你跟蔡叔叔也小心点儿! "

何父从蔡老师手中夺去冰球拍:"你也不能去,这是我自己家的事。"

蔡老师:"这时候还分什么谁家的事?你不能剥夺我见义勇为的权力!"

他欲夺回冰球拍,但何父已跑远了。

蔡老师在何家门口拿起了一块砖。

屋里传出静之的声音:"来人啊,救命啊,来人啊!"

两个男人交换一下眼色,何父在先,蔡老师在后,推门进入。

何家里屋门被一脚踹开,何父和蔡老师闯入,一个高举冰球拍,一个高举着砖。

但两人那样子愣在门口了,家里并没什么坏人,但见——那一幅书法已被渗透得字迹模糊,这一片那一片黑乎乎的。而穿着一身红色线衣线裤的静之斜躺"床"上,双手抱头,被褥被踢得左一团右一团。

何父放下了冰球拍,蔡老师扔掉了砖头。

两人走到"床"前。

静之:"我都喊累了,怎么才来人呀?"

何父:"这……你究竟怎么了?"

静之:"我头发不知被什么黏住了,起不来床了,连头也动不了啦!这是什么破家呀,还有陷阱!"

一缕缕头发落地。

静之还是一身红线衣裤,披着大衣,坐在椅上。凝之一手拿大剪刀,一手拿梳子,在为她剪头。

凝之:"'文革'期间,一派红卫兵服从复课闹革命的号召,另一派不服从,就将不少黑板涂上了沥青,目的在于阻止。你今天一盆,明天一盆,总是深更半夜偷学校块煤,把屋里烧得太热,沥青当然就化了。怎么样,受到惩罚了吧？"

静之："两码事儿！姐你可得为我剪得好看点啊！"

凝之："刚才你像被蜘蛛网黏住的大红蜻蜓似的，爸为了赶紧拯救你，把你的头发剪得乱七八糟的。我现在进行的只不过是补修工作，再有发明创造的水平，那也好看不了。再说家里也没有剪头发的剪刀。"

静之："大姐，求求你了，我上午还要到小韩家去做客呢！"

凝之："哪儿冒出来个小韩？通过你贴那些征婚小广告认识的？我可提醒你，那也会受到惩罚的！"

静之："我们是高考补习班上认识的，人家是正派人家子弟。"

凝之："怎么叫'正派人家'？怎么又叫'不正派的人家'？"

静之："他爸是工商局副局长。"

凝之："静之，你什么时候有了官僚阶级思想了？我记得咱们姐妹三个曾有过约定，在个人问题上只看本人是否优秀，绝不受对方家庭情况影响。"

静之："我也想找我姐夫那么优秀的丈夫啊，可那不得凭运气嘛。小韩这人各方面也不错，挺有上进心，不过我们还没到你说的那一步。先别告诉爸妈啊！"

凝之："行。替你保密。我想起来了，前几天妈整理箱子，翻出一顶你中学时戴过的毛线帽，还是我给你织的。建议你戴那顶帽子，进了人家屋不往下摘，人家也不会太奇怪。"

静之："还是大姐对我好，替我想得这么周到。"

凝之："得啦，只能补修到这种地步了，快洗洗去吧！"

小韩家是幢俄式平房，就是早期俄国人盖的那种老铁路房。小韩伫立家门前。

静之地下冒出来似的出现了："还东张西望！我都在你面前了！"

小韩转身看见她，讶异地："你怎么戴了这么一顶帽子？"

确实,静之戴的毛线帽五颜六色,有两条长辫子似的系带,系带末端还有两个绒球。

静之:"怎么,我戴着不好看?"

小韩:"好看是好看。不过,也太好看了,使你看上去不够成熟,太……"

静之:"太活泼了?"

小韩:"老实说,太儿童了。"

静之不悦地:"如果你爸妈喜欢那类看上去像石雕一样成熟稳重的姑娘,那我还莫如别进你家算了。"

她假装转身欲走。

小韩一把拖住她:"哎哎哎,别当真,开句玩笑嘛。我是提醒你有点儿思想准备,我爸妈可能会做出使你感到困惑不解的事,为的是试探你究竟是一个怎样的姑娘。"

静之:"那我也得提醒你有点儿思想准备,因为我可能同样会使你爸妈困惑不解,并且通过你爸妈的反应,考察他们是怎样的父母。"

小韩:"你可千万悠着点儿,别使他们友邦惊诧,那我就比你们双方都尴尬了。"说罢,将静之扯到一旁,面授机宜地:"你要循序渐进地使他们认识你,了解你,最终,对你的一切言行见怪不怪了。"

静之:"我的言行一向很古怪吗?"

小韩:"你看你这又是抬杠的话了,我不是就那么一说嘛。我父母在'文革'中被红卫兵斗怕了,似乎留下后遗症了,心有余悸。一想到以后要经常与不够了解的人朝夕相处,而且还是与红卫兵同代的人,难免的就如临大敌。"

小韩家客厅。韩父在翻找什么,韩母双手交叉胸前,紧张地:"儿子可别带回家一个当年的女造反派。"

韩父:"是啊是啊,我也很担心这一点,请神容易送神难……找到了。"

他将一个木匣子捧到桌上,打开,哗啦倒出了一桌面麻将,同样紧张地："快快快,坐下,演习演习。"

于是夫妇两人对面坐下,四只手抚牌。

韩母："你负责考察还是我负责？"

韩父："咱俩共同吧。"

韩母："那也得分个主次责任,各自任务要明确。"

韩父："你为主,我为辅。你进行试探性的对话,万一有点儿僵,我负责打圆场,调解一下气氛。"

他的话刚一说完,门开了。小韩让进静之,同时说："爸,妈,这就是静之！"

韩父、韩母双双站起,望着静之一时发愣。

静之："伯父伯母好！"

韩母："你好你好。"

韩父："欢迎欢迎。"

静之："伯父伯母你们快坐下,我换鞋。"

韩母："不用不用。"

静之："雪开化了,路上挺泞的,不换可不行。"

韩父、韩母坐下了。小韩、静之已换上了拖鞋。

静之："伯父伯母觉得我帽子太儿童了是吧？"

韩母："是啊是啊。"

韩父："不是不是……显得很活泼。"

小韩："都进屋了,活泼也别戴着啦！"他替静之摘下了帽子。

韩父、韩母真的目瞪口呆了,连小韩也友邦惊诧了……因为静之的头发短得根本没有发型可言,像男中学生剃的板寸,使她的样子变得不男不女。

小韩："你……你怎么把一头秀发剪成这样？"

静之："你手真快！一句半句我也说不清楚,先让我坐下行不行？"

小韩瞪着静之,将一把椅子从桌前拉开,静之款款坐下。

小韩也坐在她对面了。那一家三口仍疑惑地瞪着她。

静之："伯父、伯母，首先请你们放心，我头发剪成这样，绝不是由于阿Q那种病，也不是刚从监狱出来。昨天晚上睡觉前我还一头秀发呢，完全是因为今天早晨一件意想不到的事情造成的。对于我，简直也可以说是一桩不幸的事件。"

小韩关心地："静之，很不幸吗？我和我爸妈能不能帮上什么忙？"

静之泰然一笑，淡淡地："已经过去了。不会困扰我的。只不过损失了一头秀发，但是还会长出来的，不是吗？"

韩父、韩母点点头。

静之："如果伯父、伯母允许的话，我先留个悬念，一会儿再解释行不？"

韩父、韩母同意地："行，行。"

韩父问小韩："现在都粉碎'四人帮'了，监狱里也禁止对女犯人剪头发了吧？"

小韩："我想是的。"

韩母："静之，你对'文革'时期某些监狱剪女犯人头发怎么看？"

静之严肃地："第一，'文革'不是任何意义上的革命，那一时期的所谓'女犯人'，有许许多多是被迫害的好人。即使真的是女犯人，剪她们的头发那也是执法犯法。"

韩父、韩母及小韩皆点头表示赞同。

小韩："爸，妈，从哪儿又把这副麻将翻出来了？"

韩母："你爸翻出来的。说静之要来了，干坐着说话挺索淡的，大家一边儿玩着一边聊天，气氛不是更良好吗？"

静之："伯父伯母爱玩麻将？"

韩父："谈不上爱玩儿。身为国家干部，爱玩麻将肯定是缺点。只不过年节假时，关系特别好的朋友来了，偶尔玩玩。"

小韩："这是我父亲家里传下来的一副牛骨麻将，'文革'中被抄出来了,我父亲因此吃了不少苦头,去年才作为非法抄没物品退给我家。"

静之拿起一枚麻将摆弄,看着。

韩母:"静之,你对麻将有什么看法?"

静之:"没看法。"

韩父:"没看法怎么理解?"

静之:"今天以前,我只听说过麻将,没看到过,更没摸过。我觉得麻将与扑克、桥牌都是一类东西,朋友们聚在一起玩玩,是种不错的休闲方式。但是如果变成了赌博的方式,那就可悲了。也就这么一点儿人人共同的想法,所以我说没想法。"

韩父:"这想法已经很好,很好。'文革'中批斗我的人,一致认为玩麻将的干部肯定是革命斗志衰退的干部,其实我在工作方面一向勤勤恳恳,兢兢业业的。"

小韩:"爸,聊点别的。"

韩母:"对。聊点儿别的。"盯着静之问:"咱们玩一会儿?"

静之一愣:"我不会。"

小韩:"妈,不要强人所难!"

静之:"我想玩麻将也没多么难吧?伯父、伯母如果有兴趣,那咱们就玩儿!不会可以边玩儿边学嘛!接触一下新事物没什么不好的。"

小韩:"那也要看什么新事物!"

韩母:"别打消人家静之的好奇心!你自己不是也像对待新事物一样学会的吗?"

小韩语塞了。

韩父:"来来来,玩会儿!静之,靠我近点儿,我告诉你怎么玩儿!"

静之挺高兴地将椅子向韩父挪近。

韩母已开始兴致勃勃地洗牌,码牌。

四人玩得渐渐情绪投入。韩父趁静之不注意,偷换她的牌,并指导她出牌。

静之和了,得意地推倒牌,兴奋地大叫。

韩父、韩母交换会心的眼色。

四人在吃饭。静之坐在韩母身旁,韩母欢喜地为她夹菜。

静之讲着什么。

何父与蔡老师冲入何家屋里的情形。

静之斜身于床,头发被黏住的情形。

凝之为静之"抢修"头发的情形……

韩家三口人忍俊不禁大笑起来的情形。

小韩抚摸静之头顶,静之将他的手打开,韩父、韩母相视一笑的情形。

韩家只剩韩父、韩母两人了,桌子也收拾干净了。两人对面而坐,像洽谈业务或工作。

韩父:"你感觉如何?"

韩母:"我挺喜欢她。性格开朗,长得也好,能带给人快乐。关键是,不是那种胎里带来似的极'左'姑娘。虽然'文革'结束两年多了,他们那一代的人,头脑里的'左'还是挺根深蒂固的,一言一行老透着那么一种令人反感的劲儿,好像坚决在强调,自己当年是为了响应毛主席的号召,所以所做的一切事都是对的。"

韩父:"是啊。但静之这姑娘一点儿不那样。她连对麻将都能一分为二地看待,证明她根本不'左',所以不可怕。"

韩母长舒一口气:"我还真挺担心儿子偏偏娶回一个思想很'左'很'左'的少奶奶,现在我完全放心了。"

韩父也笑了:"我也完全放心了。我也挺喜欢她。你看人家姑娘,头发虽然变成那样了,却不在乎,照样快快乐乐地就来了。"

韩母:"道具用完了,收起来吧。"

林父："对对,收起来。"将麻将装入匣子里。

小韩和静之走在路上。

小韩哑然失笑。

静之："笑什么?"

小韩："想到了你大姐的形容,好像蜘蛛网黏住了一只大红蜻蜓。好美妙的形容。"

静之："确切的说法应该是,我被形容得好美妙。"

小韩："你感觉到没有? 我爸妈喜欢你。"

静之："可谁又会不喜欢我呢? 我可有言在先,我今天到你家中,只不过是一般性的应邀做客,丝毫也不意味着别的什么。"

两人经过一处报刊亭。

小韩："跟我来。"

静之跟他绕到了亭子后边。亭子的门在后边。

静之站住,不走近他了。

小韩："到跟前来,我有悄悄话儿对你说。"

静之："阴谋诡计。"但她左右看看,还是走到了他跟前。

小韩拥抱住了她。

静之倒也没反抗,柔情地:"说罢。"

小韩不禁地吻她。

静之扭捏一下,之后配合他的吻。

小韩："现在意味着别的了吧?"

门突然由里往外猛推一下,将两人吓一大跳,赶紧闪开。

出来一老头,也不看他俩,嘟哝:"亲嘴也不选个好地方,哪儿有靠着人家门就来的,碍事巴拉的!"

小韩大窘。

静之咯咯地笑着跑开了。

静之回到家里。见凝之站在"床"上,左手拿块木板,右手拿锅铲,正从起先是黑板的墙上往下刮沥青。

静之:"大姐辛苦了,我来。"摘下帽子,脱了棉衣脱了鞋,高高兴兴地上了"床"。

凝之将木板和铲子给了她,惋惜地:"可惜杨一凡的书法了。"

静之:"整天面对这么脏兮兮的一大块黑板难看死了,得请杨一凡再来给美化美化。"

凝之:"那怎么好意思! 你这么高兴,肯定是大获成功喽?"

静之:"小韩他爸妈喜欢我!"

凝之:"在人家家里一直没摘帽子?"

静之:"恰恰相反,一进门我就大大方方地把帽子摘了!"

凝之:"结果使人家爸妈目瞪口呆。"

静之:"错! 他爸妈乐得合不拢嘴!"

凝之:"撒谎!"

静之:"不骗你大姐! 他妈说,哎呀老天爷,我儿子咋把一位活菩萨请回家了!"

凝之笑着打她一下:"又贫! 小心点儿,别把沥青弄床上!"

静之:"他爸说,这下咱家可有人保佑平安了,不必担心过七八年再来一次了。"

凝之笑得扶墙坐在被垛上了。

松花江上已不见了冰排,江水丰满。

慧之和杨一凡伏在江畔栏杆上,两人都已换上秋装。

慧之:"春天时就想找你没好意思开口,夏天你又到外面去采风,现在秋天了,我请你再去为我家美化一次吧! 那么漂亮的一个家,现在被那么大一块脏兮兮的黑板搞的,我们全家人的情绪都特受影响。"

杨一凡:"有些事,是不能做第二遍的。"

慧之:"为什么?"

杨一凡:"我的人生经验告诉我的,小时候,上学前我母亲说我手脸没洗干净,强迫我洗第二遍,结果不是肥皂'杀'眼睛了,耳朵里进水了,就是弄翻了盆,弄湿了衣服和鞋。上了中学以后,老师全班点名宣布我必须补考,结果补考的成绩往往更差,有几次差点儿留级……"

慧之:"那都是你不愿意的事。"

杨一凡:"画画得不错,要求我再画一遍去参赛,并且预言我再画一遍一定更好,结果也往往适得其反。"

慧之:"要求不等于请求,我是在请求你。"

杨一凡:"这的确有点儿不同。"

慧之:"因为对你来说,我不同于别人?"

杨一凡:"不,因为在今天以前,我不记得有什么人请求过我。"

慧之:"那你就认真考虑我的请求呗。你也应该知道,有些事,第二遍肯定能比第一遍做得更好,而且收获也会更多。"

杨一凡:"哪些事?"

慧之:"比如擦窗子。小时候,我妈妈给我家庭任务擦窗子,大姐回来看着说,边边角角没擦干净,慧之你如果肯擦第二遍,咱家的窗子一定是全院擦得最干净最明亮的窗子。于是我就乖乖地擦第二遍,可想而知,全院人都说,看人家老何家的窗子擦得多干净多亮!我呢,就获得了愉快,而且获得了怎么样将窗子擦得又干净又明亮的经验。飞行员第二次试飞,轮船驾驶员第二次试航,粮农菜农花农第二年种粮种菜种花,养蚕妇第二年养蚕宝宝,都是一次比一次做得更好。"

两人说话时杨一凡始终望着江面,一次也不转脸看慧之。而慧之说话时,却每一次都转脸看着杨一凡。只有自己不说话,听杨一凡说话时,才将目光望向别处。并且,虽然将目光望向别处,却听得十分认真。

杨一凡:"我爱听你说话。没人这么有耐心地劝我做什么事,我也从没这么有耐心地听别人劝我做什么事。"

慧之:"我是在耐心地请求你做事。做对我们家有益的事⋯⋯我是不是太自私了?"将"请求"两字说出强调的意味。

杨一凡:"别这么认为⋯⋯现在我还没做呢,已经感受到一份收获了⋯⋯"

慧之:"什么收获?"

杨一凡:"愉快!"

慧之笑了:"你答应了?"

杨一凡:"给我两天构想的时间,这个星期日的下午两点,我准时到你家去。"

慧之:"我代表我姐夫和我们全家欢迎你!"

杨一凡:"但我是有条件的。"

慧之:"请说。"

杨一凡:"作画不是表演节目,不被围观最好。"

慧之:"你的意思是,我应该提前将家里人支走?"

杨一凡:"如果你能做到,我画起来会很开心,也容易画好。"

慧之:"那不难。第二个条件!"

杨一凡:"像第一次一样,你当我助手。就这两个条件。"

慧之:"都没问题。一言为定!"

杨一凡:"一言为定。"

慧之:"那,我走了⋯⋯"

杨一凡:"走吧。"

慧之:"再见。"

杨一凡:"再见。"仍不看一眼慧之,而这使慧之走得有点儿不情愿。

慧之:"你倒是看我一眼啊!"

杨一凡:"你这是请求还是要求?"

慧之:"要求!"

杨一凡:"那你要求过分了,我这会儿想事儿呢。"

慧之张张嘴,再也说不出什么话,赌气一转身走了。

慧之已走出挺远,忍不住驻足回望。

傍晚。何家只有凝之在家,她坐在一把椅子上织毛线活——

敲门声。

凝之:"请进。"

门外的人没进,隔会儿,又敲门。

凝之:"谁呀?"

门外的人:"这是何慧之家吗?"

凝之起身去开了门。门外站着一个五十来岁的男人,麻绳勒着双肩,背着什么重物,一脸的汗。

凝之:"慧之是我妹妹,她不在家,请进来吧。"

男人:"我还真找对了,你们这个家太难找!"摘下帽子擦汗,看见水缸,走过去,拿起水舀子就舀水喝。看来他渴极了,喝得咕嘟咕嘟的,他身上背的东西用麻袋包着,用麻绳十字花捆着。

凝之困惑地看着他的背影问:"您打哪来?"

男人放下了水舀子,转身说:"二龙山。"说着将麻袋包放在地上。

凝之:"兵团的二龙山?"

男人:"兵团现在又改回叫农场了,是别人托我捎给你妹妹的,我不能耽误了,得赶回去的火车!"说罢,拔脚往外便走。

凝之跟到了外边:"哎,谁托你的,什么东西啊?"

男人:"麻袋里有信!"

凝之望着他走远,进了屋,拎拎麻袋包,没拎得起。

晚上,何家五口在吃晚饭。

慧之:"爸妈有件事跟你们协商一下,星期日下午两点到晚饭前,我们班团小组想在咱家开次会。"

静之:"那时候我在上补习班。可是二姐我很奇怪,你们学校就没地方开团小组会了?"

何母:"你不在家就说不在家,别像审问你二姐。我要家访,也不在家。"

何父:"我倒没什么事儿,但也可以不在家,在办公室看看书,看看报。静之,我让你替我借的《教育的诗篇》,都多长时间了,你早忘了吧?"

静之:"借书的人太多,一星期前才借到,交给我妈了,爸你抓紧时间快看完啊!"

何母:"我放你办公室书架上了。怪我脑子里事儿多,忘了告诉你了。"

凝之:"慧之,我也不在家。好多天没见到你姐夫了,得去你姐夫家看看。"

静之:"想他了?"

何父用筷子敲了她头一下。

凝之坦率地:"有点儿。"

大家都笑了。

凝之:"我也差点儿忘了,慧之,厨房那个大麻袋包,是你们二龙山的老职工托人捎给你的东西。"

何母:"我进门看见还挺奇怪呢,拎了拎没拎动,什么东西那么沉?"

何父:"我怎么没注意到?"

何母:"你那眼!不绊你脚的东西你从来注意不到。"

凝之:"我问了,那人急着赶车回二龙山,没顾上说就走了。"

慧之:"他们心里还真有我。这就叫感情!静之,帮我抬进来!"

于是两人起身走到厨房,将麻袋包抬入屋里。

静之:"真沉,有六七十斤!"

慧之已找到了剪刀,准备剪开麻绳。

静之:"且慢!"蹲下,研究地按按这儿,按按那儿,起疑地:"我怎么觉得,像是……"

何母:"别卖关子!快说是什么!"

何父:"打开一看不就知道了嘛。"

静之:"最好还是先别打开,软软的,我觉得,像肉……"

慧之也困惑了:"托人给我送六七十斤肉?也太大方了呀,我也不值得二龙山当地的什么人对我这么好啊!"

凝之:"如果真是肉,确实太大方了。慧之,你对当地什么人有恩?"

慧之想想,更困惑:"没有呀。我一知青,能对当地什么人有恩呢?我欠了他们不少恩情倒是真的。"

静之:"我的意思是,像……像是肉……肉体……"

何母:"肉体?"

静之:"去了头和四肢的……那么一整段肉体……"

何母何父对视一眼,起身也走了过去,看着麻袋包,像看着不祥之物。

静之:"前几天报上不是登了,松花江下游发现一颗人的头颅,警方还没发现尸身吗?"

何母:"别说了!尽往恐怖的事上瞎联想!"

何父也蹲下,这按那按,起身对何母低声说:"静之说得没错。"

凝之走了过来,问慧之:"慧之,再想想,最近你……做了什么招人恨的事没有?"

慧之快哭了:"姐,我怎么会呢!"

静之大着胆子,扯开麻包一角,将一只手小心翼翼地伸了进去,仿佛麻包里是活物,会咬她——她猛一下抽出手,站起来说:"肯定是……"

何母:"不许再说!"

静之快步走到盆架那儿去搓肥皂,洗手。

何父:"静之!"

静之扭头。

何父:"你最近做没做什么招人恨的事?"

静之抗议地:"干吗冲我来啊!在你眼里,大姐、二姐都好,就我专门惹麻烦啊?"

何父:"住口。问你什么说什么,别那么多废话。你认为你从小到大,给家里惹的麻烦还少啊!"

静之将毛巾往盆里一摔,赌气坐回桌子那儿去了。

慧之从盆里捞起毛巾,拧干,搭好。接着用拖布拖溅出的水。

静之:"二姐你就装好女孩儿吧你!再怎么装,这事儿也跟我没关系,是冲着你的大名送到家里来的!"

凝之:"静之!"

何父:"谁也别动那麻袋。没想到咱家成了现场,我去派出所!"说罢走出去。

何父与派出所老张在家门口下了自行车。

老张:"如果真是你们全家怀疑的那样,可真是一件大好事!"

何父:"怎么反而是一件大好事?"

老张:"你想啊,那不就有了新线索,可以早日破案了嘛。我们所那可立了大功了!"

何父不爱听地:"赶情没往你家送,送到了我家里!"

两人进了屋,但见何家母女四人一溜儿坐在"床"边,都不安地望着那麻袋包。她们见了老张,同时站起。

老张一竖手掌:"都坐那儿别动。我不叫,谁也别过来。"

母女四人便又同时坐下。

老张也蹲下,在麻包上这按按,那按按。

237

静之："我把手伸进去摸了一下,像女人的皮肤,我好像还摸着了半截胳膊。"

何父对何母说:"你也想想。"

何母："我想什么啊?"

何父："有没有什么人恨你啊!"

何母："我从不招人恨,你自己才应该好好想一想!"

于是何父坐在椅上,掏出烟猛吸。

何母："你还有心思吸烟!"

何父："我这不吸着烟想呢嘛!恨我的人是有的,但那都是旧恨了。要说最近,只有一个人会恨我。"

何母："谁?"

何父："就是那个也姓何的,当年凝之他们连队那个……我不是断了他当老师的路了嘛。"

凝之抗议地:"爸,你胡说些什么呀!"

老张直起身,朝何父招手,何父走到了他跟前。

老张将他扯到角落,小声地:"不管你爱听不爱听,这会儿我心里相当激动!不能在你家打开,你还得帮我把那东西弄派出所去。"

何父点头,对何母说:"我得帮老张把那东西弄派出所去。"

凝之:"我要不要也去?我见过背来那东西的人,能说出他的样子。"

老张:"你先不必去。但是做好什么时候得去的心理准备。"

他与何父将那包东西抬出去了……

何母自言自语:"怎么会出这种事!今晚我不做噩梦才怪了呢!"

静之:"不摊上这事儿,人该做噩梦,也会做的。"安抚地搂住了母亲。

慧之双手捂脸哭了。

凝之也安抚地搂住了她的肩。

啪——麻袋包被四只手抬起,放到了一张桌面上。派出所。老张等几名警员围着桌子,其中一人端老"海鸥"式照相机,预备拍照。

何父:"没我什么事,我到外边去行不?"

老张点头。

何父走到外边,大口吸烟,头脑里不断回忆着拒绝何春晖当老师的请求的情景。

派出所屋里。剪刀剪断麻绳,剪开麻袋,有些颗粒状东西撒落一地,老张捡起几颗,细看看说:"是大粒盐。继续……"

剪刀一剪到底,暴露出白皙的肉皮。

闪光灯一闪,拍照者连按快门。

门外。何父刚将烟头扔掉,老张走了出来,面无表情地:"别在外边站着了,进去看看吧!"

何父直往后躲:"不看不看!那是你们的工作,不是我的工作!"

老张:"是背给你家的,又不是背给我们的!吓不着你,好东西!"说着,将何父拖入屋里。

进了屋的何父,面对的是桌上半扇猪肉;猪皮刮得白白净净,其上一层大粒盐。

老张:"是好东西吧?"

何父呆住。

一名警员将一封湿漉漉的信递给他:"这是在麻袋里的。"

何父接过,急抽出信纸展开来看,而警员们却开始议论:"十几年没见到这么新鲜的肉了,超一等!"

"咱们能买到的,那都是在冷库里冻了好多年的肉了!"

"到现在还是每月每人半斤,怎么也不加点啊!"

"这不快到中秋节了嘛，何校长家这下可有肉吃了！猪肉炖粉条，可劲儿造吧！"

看信的何父。

写信者——慧之连队老职工老于的画外音："慧之你好：自从你离开连队去上卫校以后，我和你婶子可想你了，总念叨你！你是我们家的大救星！当年要不是连里有你，你婶子没命了，我也绝不可能会有一对龙凤胎儿女。那我老于也非疯了不可。"

电话突然响起。

老张抓起了电话："喂，我是，请指示，是，是，保证不出差错。"

包括何父在内，目光都望向老张。

老张放下电话，严肃地："分局长亲自指示，要我们立即配合抓捕嫌犯！赶快准备一下，马上出发！"又对何父说："何校长，那就只有靠你自己带回去了！"

何父："这……有刀没有，不给你们留下一块，那我多过意不去！"

老张："心领了心领了，你还是赶快请回吧！"

一名警员又用麻袋包起了肉，替何父扛到外边。

何家。半扇猪肉放在了桌上，何母与三姐妹还是一溜儿坐在"床"边。何父手拿信，边走边读："慧之，想念你的也不只我们两口子，想念你的夫妇太多了！所有由你接生的孩子，他们也都和我们大人一样，想念你这个慧之阿姨。"

慧之陷入了回忆：当年的兵团连队，老于家门外，聚集着包括老于、连长在内的众多男女。

老于从房檐下掰半截冰溜子，嘎嘣嘎嘣地吃。

连长一掌将他手中的冰溜子打落。

老于："连长，我……我嗓子冒烟，心里像着火！"

连长训斥:"给我住嘴!你怎么就不提前送你老婆到团部卫生院去!"

老于:"我……我不是觉得,慧之她都接生过好多次了。"

连长:"可她没接生过双胞胎!你这是视人命如儿戏!"

老于:"我……我也想不到会是双胞胎啊!"

一妇女:"连长,事已至此,再怎么训他也没用了!"

一男人:"唉,这可就太给慧之出难题啦!"

屋里忽然传出婴儿响亮的啼哭。

大家都松口气地笑了。

老于笑道:"听,没事儿吧?"

连长:"你还笑!"从老于头上捋下帽子,用帽子抽他。

门一开,穿白大褂的慧之走出,白大褂上尽是血。

慧之看看老于说:"母子平安。"刚一说完,昏过去了,幸被连长扶住。

何家。何父问慧之:"慧之,你接生过多少孩子啊?"慧之想了想回答:"也不算太多,三十来个吧。我们那是个大连,人家多。"

全家人都对她刮目相看起来。

慧之:"都这么看着我干什么呀?都不信啊?"

何父:"你从没对我和你妈说起过。"

慧之:"那有什么可说的呢?我是在师里受过培训的卫生员啊!"

何母:"念信念信。"

何父:"原以为你卫校毕业后,还会回来的。可知青这一返城,估计你也不会回来了。现在,鼓励我们养猪了,也允许卖了。中秋快到了,你们知青当年不是常说每逢佳节倍思亲吗?我们也思念你呀!托人捎去的半扇猪,是我家养的猪杀了,原本只想当成我们两口子的心意,可许多人不干了,说也得当成他们的心意,家家都给了我们钱,所以呢,你就得当成大家的心意来收吧。你们城里吃不到新鲜猪肉,祝你们全家过一个快快乐乐的中秋节。"

慧之忽然将信夺去,自己看了片刻,伏在了"床"上——显然,她是无声地哭了。

全家人的目光又都落在了她身上。

何母对何父说:"那什么,你还不把那肉剁开,放大盆里,先腌着。"

慧之忽然又坐了起来,她已泪流满面,大声地:"都送给别人,咱家人不许吃!"

静之:"人家就是让咱们全家过一个快快乐乐的中秋节,你干吗不许咱家人吃啊?"

慧之:"因为你们刚才都不往好处想!特别是你!要不是你那番鬼灵精怪的话,当时几剪刀剪开麻袋,根本不会发生后来那么没意思的事!坚决不许你吃!"

静之直眨眼说不出话来。

何母哄慧之:"好好好,我二女儿说了算,一口都不许静之吃!可是,也别都送人啊!你姐夫家自然是必送的。蔡老师家也应该送一小块儿对不!派出所嘛,就等妈做好了红烧肉给送去吧!我二女儿总该同意爸妈吃吧?"

慧之:"那行。"

何母:"也该同意你大姐吃吧?"

慧之点头。

何父却已开始磨起刀来。

静之:"大姐,看到了听到了吧?什么叫偏心?什么叫家庭歧视,这就是嘛!"

凝之笑道:"你少说两句。"

静之:"偏说,逼我吃我也不稀罕吃了!因为呀,从今以后,一看见肉,我就会产生恐怖的联想!"

何父:"还胡说八道,连我也觉得都怪你!"

慧之却要打静之,静之跑出,慧之追出。

凝之从地上捡起信纸,叠好,塞入信封,看着沉思。

寂静的校园里,慧之在追静之。

静之摔倒,直哎哟。

慧之:"静之,摔疼哪儿了? 姐扶你起来,没事儿吧?"

静之笑了:"逗你呢我的二姐!"

慧之:"还敢气我! 打你打你!"

静之:"小妹求饶小妹求饶,二姐手下留情。"

校园里响起两姐妹的笑声。

白天。某公共汽车站,一辆车驶来,停住,前后门同时一开,静之随乘客下车,她拎着一个网兜,内装一带盖的小盆。

"姑娘,高瑞街怎么走?"从前门下来的一个男人向静之问路,他四十来岁,穿一身洗旧了的黄军装,肩上还挎一只旧军挎包。

静之转身,看着那男人愣住,那男人也看着她愣住。

公车开走。两人仍愣愣地互相看着。

大雪纷飞。

北大荒。冰天雪地间,一辆大卡车行驶着,车头披红挂花,远远的,还有一辆吉普车。

卡车驶入一个连队亦即一个村子——候在村口的知青、老战士顿时敲锣打鼓。

喇叭欢快地响起来了。

鞭炮也响了。

孩子们跑来跑去喊:"新娘子来啦,新娘子来啦!"

有人将新娘子扶下卡车。

大食堂门口贴着对联：

> 战天斗地终须扎根边疆
> 成家立业只为永远革命

大食堂内。一场婚礼在举行中，静之是司仪。

静之："新郎、新娘互相鞠躬！"

于是一对新人照办。

静之："互换像章！"

新郎、新娘各自从胸前取下像章，替对方戴于胸前。

静之："互赠红宝书！"

有人将崭新的毛著合订本递给新娘、新郎，两人互赠后还互相握手，同时说："继续革命，永远革命！"之后，又都将红宝书给身后的人拿着。

静之："夫妻进行革命拥抱！"

于是一对新人互相拥抱。

静之："夫妻进行革命之吻！"

新娘："静之，没这个项目吧?! "

静之："别人主持的婚礼有没有我不管，反正我主持的有！快，速战速决，我知道你们都急着早点儿结束好入洞房了！"

新娘："才没有呢！"忸怩不已。

男知青们起哄："阿米尔，上！阿米尔，上！阿米尔，上！"

新郎豪迈地："中国人死都不怕，还怕亲嘴啊？上就上！"搂住新娘深吻起来。

静之朝女知青们捻响了手指："来段主题歌！"

于是有女知青起头唱："河里青蛙从哪里来？树上鸟儿为什么叫个不停。"

男女知青都唱了起来："哎呀妈妈，年轻人就是这么没出息！年轻人就是这么……没出息！”

双扇门突然被推开，迈入团参谋长及警卫员。

团参谋长正是静之在公共汽车站碰到的男人。但他当年并非现役军人，而是六六年转业到兵团的。

参谋长大手一举：“停止！”

一对新人已然不吻，但新郎还搂着新娘，吃惊地："我们已经停止了呀！"两人随之分开。参谋长扭头不再瞪着一对新人，板脸扫视众人，冷冷地："这里在搞什么名堂？"

静之："报告团参谋长，我们在为一对知青举行婚礼。"

参谋长不转身不回头："我是明知故问，没具体问你，你别挺身而出！"

静之被噎得一愣，敬礼的手缓缓放下了。

参谋长："门上的对联什么人想的，又是什么人写的？"

静之："我想的，我写的。"

参谋长这才转身瞪着她："自我介绍一下。"

静之："连队女一班副班长，哈尔滨知青何静之。"

参谋长绕着她转，并上下打量她，边说："字倒是写得不错，但是我对那副对联很不以为然！甚至也可以说，很反感！"

众人困惑，交头接耳。

静之啪地立正敬礼，同样困惑地："请参谋长批评指正！"

参谋长："扎根我当然支持，即使心里不情愿，那也得给我把根扎下来！成家是人生必然阶段的事，也应该获得理解。但，立业是什么意思？作为具体的一个个人，想要立的什么业？唵？工农商学兵，都应该是把一切献给党的人！那么，又有什么自己或小家庭的业可立？企图立哪样的业，毫无疑问是私心作祟！"

静之："这我不敢苟同！我写的'成家立业'四个字，意思是组成革命家庭，更好地立社会主义之大业！"

参谋长："狡辩,社会主义大业早就立稳了,我们每个人能做的只不过是添砖加瓦。'成家立业',这四个字本就是一句老话,体现的完全是发家致富的封建社会小农意识！我们无产阶级的人,只成家,不立业,不立一己小家之业！"

静之："参谋长,就算是您说的那样,难道您就不可以从正面来理解理解,而非从……"

参谋长："不可以！不好的思想已经从一副对联暴露出来了,那我就有责任从思想上敲打敲打你们！"

静之将一对新人推到旁边坐下,悄语："别破坏情绪,一切有我呢。"忍气咬住下唇,也盯着参谋长。

参谋长："刚才你们还唱起来了'苏修'的歌曲！明知没出息还唱?！"

静之："既然你听出来了,证明你自己也唱过！"

参谋长："不许你再打断我的话！还当众亲嘴,简直丑态百出！"

新郎猛地往起一站："强烈抗议！你这是在侮辱我们两个！"

静之将新郎按住坐下去,瞪着参谋长,语气强硬地："参谋长,你突然出现在这里,究竟想干什么?"

参谋长："想干什么,想要把这场婚礼变成大批判的现场！因为这里充满了封、资、修的气味！别的暂且不论,我现在要求有人来回答,汽车队怎么就为你们出动了一辆卡车?"

静之："是我去请他们出车帮忙的。"

参谋长："团里三令五申,严禁任何个人通过私人交情动用汽车,目前全中国都柴油短缺,我们兵团用的是战备特批柴油,这一点你不知道吗?"

静之的声音低了："知道。"

参谋长生气了："那你是明知故犯喽?"

静之的声音又高了："可总不能让新娘子从六十多里地以外的连队背着行李带着东西走来吧?"

参谋长:"马车是干什么的?"

静之:"我们蔬菜连只有牛车没有马车!"

参谋长:"那就用牛车!"

静之:"天寒地冻的,那新娘子还不一路上冻成冰棍啊?!"

参谋长:"你这个战士行啊!不管我问得多有理,你答得似乎比我还有理!"转身对警卫员说:"去,把他们连长和指导员找来!"

静之:"我们指导员探家去了。"

新郎:"我们连长痔疮犯了,在团部住院呢。"

参谋长:"原来如此!老猫不在家,小猫上房梁!实话告诉你们,那辆披红挂花的卡车经过团部,恰巧被我看到了,我立刻就上了吉普车,不远六十多里跟到了这儿!"

静之挖苦地:"您那样做就不浪费油了吗?而且浪费的是汽油,比柴油还贵!"

众知青议论纷纷:

"就是!"

"还搞跟踪,什么事啊!"

"我们连青春都奉献了,用点儿柴油怎么了啊,再说人一辈子只结一次婚!"

新郎火了,大声地:"走!咱们不举行婚礼了!大家也散了吧!真他妈没劲!"拽着新娘就走。

静之:"都别散,你俩也别走!别理他,听我的,婚礼继续!"

新娘:"静之,这还怎么继续啊!"她快哭了,还是和新郎一块儿走了。

参谋长:"这样的婚礼就不该再继续下去!"

静之:"你不通人性!"

参谋长:"革命性就是我的人性!"

静之:"你是个混蛋。"

警卫员:"不许辱骂首长!"对静之举起了拳。

静之双手往腰间一叉:"你敢!"

几名男知青上前,一个个交抱双臂站在了静之前边。

参谋长呵斥警卫员:"你给我把拳放下,退一边去!"

警卫员退开了,几名男知青也闪开了。

参谋长:"好你个何……何……"

警卫员:"何静之!"

参谋长:"何静之,你这样的战士,不配在边防连队!我一回到团里就要下令,把你调到最远最远的山里连队去!"

静之冷笑地:"随你的便!"

参谋长:"我让你不管表现多好也入不了团!"

静之:"我已经入了。"

参谋长:"只要我还在这个团,那你就休想入党!"

静之:"如果党内你这种人太多,那我根本不想入党了!"

参谋长手指着她,张张嘴说不出话,怫然而去。

知青们顿时围住了静之。

一名女知青:"静之,你疯啦?你快把参谋长气死了!"

静之大叫:"是他快把我气死了!"

静之坐在村口一辆卡车的驾驶室里,连里的人在送她。

静之:"这就不浪费柴油了?没想到有这么一天,我竟享受到了参谋长的特批待遇!"

新娘:"静之,你就别开玩笑了。都是因为我,我心里难受死了。"

她哭了。有的女知青也流泪了。

连长:"小何,安心去吧。等过个一年半载,参谋长把你骂他的事淡了,我和指导员一定再把你调回来!"

静之开玩笑地:"别骗我了,把我这么一个浑身刺儿的女知青调走了,还不正中你们下怀呀!"

指导员:"我们向你保证。你也清楚的,大多数时候,我们还是挺喜欢你的性格的。但到了别的连队,可别再太较真了,啊?"

卡车开走了。

静之吹起了口哨——《我们年轻人》的曲调。

驾驶员:"咦,女知青还会吹口哨?"

静之:"女知青的嘴就不是嘴啦?"继续吹,但脸上却已流下了泪。

公共汽车站。参谋长真诚地对静之说:"小何,真想不到还会见到你。这两年多里,我经常自我反省,不得不承认,"指指自己太阳穴,"自己这里边,'左'的极'左'的东西还不少。用你的话是'不通人性',那也不算过。当年那件事,请你接受我郑重的道歉!"

他深躬一躬,接着啪地立正,敬了一个标准的军礼,一转身大步而去。

静之心情复杂地望着他的背影,忽然忍不住地:"参谋长等等!"

参谋长站住,却没回头。

静之快走几步,赶上他,不计前嫌地问:"参谋长,您到哈尔滨来干什么?"

参谋长感慨多多地:"我也和你们一样,获得批准,可以返回家乡了。可北京在哈尔滨召开的几个全国性会议刚结束,往北京方面去的车票非常难买到,而我回南方,又必须先到北京。我刚才去访一位老战友,想请他帮忙,他家却不知搬哪儿去了。"

静之:"现在您去哪儿?"

参谋长发愁地叹口气:"哪儿也没心思去啊,回红霞旅店干等几天呗,也只能如此啊。"

静之:"参谋长别犯愁,车票的事包在我身上了。您谁也别找了,我保证让您尽快离开哈尔滨!"

参谋长:"你有特殊后门?"

静之:"我虽然没有什么后门,但可以发动群众啊。全团五六千名哈尔滨知青,还能让我们当年的参谋长困在哈尔滨?"

参谋长笑了:"那我全靠你小何了!"

静之也笑了:"这就对了!"

林家。林超然衣帽整齐,坐在桌前拼黏一些票券,而林母在做一只小老虎鞋。

林超然失去耐心地:"妈,您饶了我吧! 剩下的我不管了啊!"

林母:"不行! 但凡还能黏好的,都得黏好! 那是咱家整整一个季度的肉票、豆腐票、糖票、肥皂票! 对了,还有烟酒票呢! 下个季度两三个节呢,都不过啦?"

林超然:"唉,这等于折磨我!"

林母:"反正不是折磨你,就得折磨我! 我已经老眼昏花,笨手笨脚的了,你还忍心让你妈受折磨啊?"

门外静之的声音:"何家三姑娘驾到,能不能进呀?"

林母:"静之呀,别顽皮。大娘都想你了,快进来!"

静之拎着网兜笑盈盈地进入。

林母:"快坐大娘这儿!"

静之将网兜放在桌上,坐于炕边,问:"我大爷呢?"

林母:"闯祸了,躲出去了。"

静之:"我大爷能闯什么祸?"

林母:"让他去领下季度的票券,他也不说一回家就放起来,结果让你姐夫洗他那件衣服的时候全给毁了,你说多气人!"

静之:"我姐夫也有一半责任,甚至更大的责任。洗之前,为什么不翻翻衣兜? 这是起码的常识。"

林超然："别说风凉话,过来帮我黏。"

静之："不。"

林超然："看我受这份折磨挺快感?"

静之："有点儿。"

林超然："良心大大地坏了,忘了你当年被发配到最远的连队,我跨着师,用了三四天的路程去安慰你了?"

静之："永远忘不了。你也别黏了,包好,我带回家,有空慢慢替你完成任务。"

林超然乐了:"多谢多谢,这才是有良心的表现。"立刻找张报纸,将一桌面乱糟糟的票券包好,递向静之。

静之："姐夫你别这么迫不及待地把麻烦推给我行不行? 我今天没背包,改天来取。"

林母："就是! 看他那免刑似了的样子!"

林超然不好意思地笑,收起报纸包,掀开了盆盖,高兴地:"妈,快来看,静之给咱家送了有钱也没处买的东西!"

林母放下鞋,起身一看,见是一小盆剁成块的鲜肉,惊讶地:"这么好的鲜肉! 静之你哪儿搞的?"

静之："我二姐她连队的老职工,昨天托人给捎来了半扇猪。我爸妈忙了小半夜,全用花椒盐水淡淡地腌上了,我大姐命令我今天必须送过来些。"

林超然："我正好马上要去看望我老师,妈,得允许我给我老师带点儿吧?"

林母："行。你分分。"起身去厨房取回一个小盆。

林超然用筷子往小盆里夹肉。

林母打量着静之说:"静之,我怎么觉得你好像高了点儿?"

静之提着裙子说:"我妈当年穿过的一双皮鞋给我穿了。"

林母笑了:"难怪。你穿裙子穿皮鞋更有样了! 以后夏天里再别穿你们兵团那种衣服裤子了。好时代开始了嘛,你们姑娘家,可以穿得时髦点儿!"

静之笑了:"大娘这话我爱听。"

林超然已分好了肉,将网兜拎在手里说:"妈,那我走了啊!"

林母不依地:"不行不行! 静之堵住门,别让他走! 超然你不许拎走那么多!"

林超然:"妈,我和我老师七八年没见过了,少了我送不出手!"

林母:"那我不管!"欲从儿子手中抢下网兜。

静之:"大娘,就依了我姐夫吧。半扇猪肉呢,明后天我再送来些。"

林超然和静之走在路上。

静之欲挽林超然的手臂。

林超然甩开了她的手:"好好走!"

静之:"挽着你就不是好好走了?"

林超然:"挽着走像什么样子!"

静之:"无非就是像恋爱的样子嘛! 我差不多还是白纸一张,没经验。你就算当我教练,培训培训我嘛!"她终于还是挽住了林超然的手臂。

林超然:"唉,你说你哪点像你大姐? 又哪点像你二姐!?"

静之:"我干吗非得像她们! 姐夫,我有事求你——给买张去北京的车票,这个忙你一定得帮,非帮不可!"

林超然断然地:"又向别人打保票了,是不是? 自己打保票自己去兑现! 往北京去的车票多难买你不知道? 我没那种门路!"

静之:"姐夫!"

林超然:"叫一百遍姐夫也白叫!"

两人站住了。

静之:"我在公共汽车站碰到了我们团的参谋长,他也被批准回家乡工作了,见他因为一张票很犯愁,我能不管吗?"

林超然:"就是当年惩罚过你的那位参谋长?"

静之点头。

林超然:"这就另当别论了……"想了想,又说:"我也只有替你去求王志。"接着弹了静之一个脑崩儿:"行啊,什么时候变得有胸怀了?"

静之笑了。

突然传来喊声:"抓住他!抓住他!"

一个人从他俩身旁跑过,胸前还搂抱着东西。林超然追上他,将他从后面拦腰抱住。对方是个小青年,怀里抱的两包月饼掉在地上……

几个男人、一个中年妇女追了上来,中年妇女穿的是商店售货员的那种白褂子。她跑得气喘吁吁,双手撑膝说:"放……放开他……"

林超然放开了小伙子。

小伙子捡起月饼包,对中年妇女说:"婶儿,你何苦的啊!你看你跑成这样,引得他们几个追我,好像我是小偷扒手!"

中年妇女:"你还有脸这么说!你个大小伙子你又何苦的!给我副食本!"

小伙子乖乖掏出副食本递给她。她从衣兜上取下圆珠笔,在副食本上写了几笔,将副食本还给了小伙子,还扭小伙子耳朵,边对围观者说:"他拎走了月饼,我一下想到忘了往他副食本上记。一叫他,他撒丫子就跑。那我当然非追他不可!全市每人半斤月饼,凭什么你家想买双份儿?!认错不认错?"

小伙子哎哟连声地:"认错认错!婶别扭了,再扭把我耳朵扭掉了!"

中年妇女终于松开了手。

小伙子:"我搞了个对象是郊区农村的。农村人家没副食本,农民多少年没吃过月饼了,我不是既想自己家有月饼吃,又想讨好讨好对象的心吗?"翻看副食本,沮丧地:"得,美好的愿望破灭了!"

中年妇女后悔地:"那你不早点儿站住跟我说!可也是,我这是何苦的！"

包括林超然和静之在内都苦笑了。

林超然和静之继续往前走。

静之："从没听你说过曾有一位教你拉二胡的老师。"

林超然："我有必要什么事都跟你说吗？当年我才十来岁，上学路上，经常听到一个小院里传出二胡声。我真爱听啊，往往的，一听就入迷了，连上学也迟到了。"

静之："想起来了，我听我大姐讲过，是在青年宫教二胡的一位老师，对不对？"

林超然："对，他后来就收我为徒了，那真是手把手地教啊！"

两人走到一个临街小院前，进了小院，林超然敲门，出来一位妇女。

林超然："请问，青年宫的王老师住这儿吗？"

妇女："他和我们换房了，他也不在青年宫教二胡了，改行了。找他有事？"

林超然："他是我老师，多年没见着他了，特想他……"

妇女："栓子，带这位叔叔阿姨去你王大爷那儿！"

屋里应声出来了一个男孩。

男孩儿和林、静两人走在路上。

男孩一指："就那儿！"转身跑了。

一块极简陋的牌匾，其上用黑墨写的几个大字——"杂物维修铺"。

嘭嘭嘭的钉鞋声……

林、静两人双双站门前，门完全敞开着。但见屋内一个半秃顶的老人，扎着围裙，戴着眼镜，口中衔着钉子，在聚精会神地往鞋底上砸钉子。

静之迷惑且小声地："是他？"

林超然也小声地："看样子是他。可他不应该这么老,他怎么会这么老了啊。"

铺子里乱七八糟地堆满杂物——椅子、板凳、马扎子、旧收音机、各种球拍、各种乐器。

老人抬起了头。

林超然:"老师……"

老人站了起来,往上推了推眼镜。

林超然迈入铺子:"我是林超然。"

老人回忆地:"不记得了。"

林超然:"就是当年,您手把手教我学二胡的那个小超然啊!"

小小的板障子院里放着几盆花,少年林超然在前,坐凳子上,老师在后,坐椅子上,从后手把手教之。

少年林超然在青年宫的舞台上演奏二胡,听众中坐着满面喜悦的老师。

锣鼓声中——下乡前,胸戴大红花的林超然,从老师手中接过相赠的二胡……

林超然已与老师拥抱在一起了。

老师激动地:"十多年没人叫过我老师了。"

林超然:"老师,为什么不在青年宫教乐器了,而在这儿。"

老师伸出了左手:"五个指头有三个指头伸不直了。因为我头上不是戴过一顶'右'派的帽子吗,还因为我教的学生中,有的也是'黑五类'子女,'文革'中,有红卫兵用穿皮鞋的脚,把我的这只手踏残了。我现在挺好,恢复名誉了,也恢复文艺级别了,钱是够花的。可我是个闲不住的人,政策一允许,我就开了这个铺子。我现在更是个大能人了,会修的东西可多了……门外那位是谁？"

林超然："我妻妹,顺路陪我来了。"

老师："那别站外边呀,快请进来!"

静之微微一笑："我在外边等会儿就行。"

林超然："老师,快过中秋节了,我给您带了点儿肉来。"

老师掀开盆盖看看,连说："多谢多谢。我就单身一人,每月那半斤肉还真不够解馋的!超然,我要给你看样好东西!"他扯去一块罩布,现出一架手风琴。

老师："这是别人让我修的,有年头的东西,老俄国时期的名牌呀!音质那叫好!来来来,你拉段给老师听!"

林超然为难地："我也拉不好啊!"

老师："拉不好也比我拉不了强呀!手风琴我也手把手教过你嘛!"

林超然只得将手风琴套在肩上拉了起来。

老师："坐下拉!我可想听有人拉它了!"

林超然笑着摇摇头,他越拉越投入,曲调也越来越欢快热烈。

鞋跟踏地之声。

静之在门外随手风琴声旋舞起来。

林超然和老师也先后走到了门外边。

静之也越跳越欢快、热烈。她将西班牙舞跳得优美极了!

老师情不自禁地与之共舞。

林超然刮目相看地："静之,什么时候学的呀?"

静之得意地："参加全师文艺汇演时,各团宣传队员之间偷着教,偷着学的!"

渐渐有了围观者。

舞得快乐无比的静之。

手风琴的优美曲调在人们的耳畔回荡。

一树丁香生长在何家门旁。

何家的窗子,有的敞开着,有的关着。关着的窗子皆擦过了,边边角角擦得一尘不染,干净明亮,而且窗台上都放着一小盆花,盆中的花也小小的。还只有叶,没开花。八十年代,一只完整且美观的花盆不是一般人家能有的。何家窗台上的花盆,不是残破的,就是以铁罐头盒或不再能使用的瓷碗代替的。

慧之穿着护士的白大褂,戴上了护士的白帽子,站在屋内擦那扇敞开的窗子。

她一抬头,杨一凡已站在窗外,因为他不是去写生的,而是来何家创作"壁画"的,所以肩挎的不是画夹,是一个能装更多东西的兜子,当年叫"马粪兜"的那一种。

杨一凡:"我来了。"

慧之笑了,问:"窗子擦得干净吗?"

杨一凡还挺认真,逐扇窗子细看。慧之则探出身看他。

杨一凡又站在她跟前,只说两个字:"干净。"

慧之迎杨一凡进了屋。杨一凡看着他画的那些内窗柜,发现有的地方颜色剥落了,露出白墙,指着说:"得补颜色。"

慧之:"那要谢谢。"

杨一凡的目光落在何家老旧的座钟上,又看看自己的手表说:"你家钟快。"

慧之:"快七分钟。"

那钟的指针指着两点零二分。

杨一凡放下兜子,打开钟门,将时间拨到了两点整。

他转身对慧之说:"开始。"

两人卷起"床"上铺的,抬起乒乓球案板立在旁边,再将支架也立在旁边。

杨一凡观察黑板,指这儿指那儿;慧之用锅铲铲尽上边的污秽。

杨一凡站在另一块乒乓球案上,用彩色粉笔往黑板上画草图;而慧之站在旁边,不时从他手中接过一截彩色粉笔,同时递给他另一支。

两个窗台上摆满盘子、碗。杨一凡在调兑内中颜色,慧之端着一瓷缸水站在旁边。

杨一凡:"水,一点点。"

慧之谨慎地往碗里倒水。

杨一凡:"停。"

慧之应声而止。

杨一凡:"做得很好。"

慧之笑了。

杨一凡开始往黑板上描画油彩。

蔡老师拎着饮水杯朝何家走来。

黑板上已经描绘出了油彩图案。

慧之:"我觉得还缺少某种色彩。"

杨一凡:"直说。"

慧之:"红色。"

杨一凡:"红色?"

慧之:"如果在这儿,这儿,再画两台拖拉机呢?"

杨一凡:"只能由事实来证明。"在慧之所指处,几笔画出了一台拖拉机。

慧之又笑了:"效果好多了。"

杨一凡一手油彩盘,一手画笔,极庄重地:"到我跟前来。"

慧之往他跟前跨了一步。

杨一凡:"再近点儿。"

慧之困惑,犹豫一下,站到了他对面。

杨一凡向她伸过头,在她脸上亲了一下。

慧之被亲愣了,呆看他。

杨一凡:"你的建议是正确的,予以表扬。"

慧之笑得像朵花。

杨一凡却不再理,又只顾画起来。

慧之脉脉含情地看他。

窗外传来咳嗽声,慧之一扭头,见蔡老师站在窗外。蔡老师向她一举饮水杯。就是当年以罐头瓶盛水,用塑料绳编成的套子套着的那一种杯。

蔡老师:"学校的烧水壶又坏了,你家要是有开水给我倒满。"

蔡老师:"何校长,什么时候请我喝喜酒?"

何父:"喝喜酒?我有什么喜事?"

蔡老师:"喝你家慧之的喜酒呀!凝之的婚礼是在兵团办的,我连块喜糖也没吃上!慧之的婚礼,我可预先申请当主婚人啊!"

何父:"太想喝酒了吧?慧之还没个对象的影子呢!"

蔡老师:"有!你也太不关心慧之了吧?只怕她对象多次出现在你家了,你也还蒙在鼓里。"说罢,转身欲走。

何父:"别走,你都知道了些什么,向我汇报。"

蔡老师一笑:"无可奉告。"挣脱袖子,一走了之。

何父自言自语:"莫名其妙。"

何家。黑板上的彩画已出现全貌:手拿一块月饼的慧之和杨一凡在看着。

慧之:"想不想吃月饼。"

杨一凡:"想。"他并未看她。

慧之:"张嘴。"

杨一凡乖乖地张开了嘴。

慧之掰了一块月饼塞入他口。

杨一凡嚼着,仍看黑板。

慧之情不自禁地也在他脸上吻了一下:杨一凡也被吻愣了,也呆呆地看她。

慧之笑道:"也对你予以表扬。"

何父的办公室里。何父坐在椅上,将脚放在另一张椅上,舒舒服服地在看《教育的诗篇》。

书中的人物对话——

孤儿院里那名问题青年:"为什么是我?"

院长马卡连柯:"除了你,还叫我信任谁呢?谁又能替大家完成这么危险的任务呢?"

问题青年:"如果我带着钱远走高飞呢?"

马卡连柯:"我相信你不会的。这么多孩子等着粮食,你不会辜负大家的信任和期望的。"

何父已坐在桌前了,他在从书中抄什么话。

他又站起来,拿着书,边看边走动。

问题青年途中遇到劫匪的片断……

粮食运回孤儿院了,问题青年又站在马卡连柯面前了。

马卡连柯:"孩子,你胜利了。"

问题青年:"是您的信任战胜了我。"

马卡连柯:"不。归根到底,是你战胜了以前的你自己。"

办公室窗外,天已微黑。

何家。何母及三姐妹面对黑板欣赏地看着。黑板上已是一大幅壁画了,画的是蓝天白云,金色麦海,麦海中红色的拖拉机、收割机,以及用镰刀、钐刀收割着的人们。

慧之:"妈,这就是我们当年收割的情形。"

静之:"二姐,你可为咱家立了大功了!我喜欢这幅画!看着它,我都有点儿想北大荒了。"

凝之:"慧之,你要把杨一凡请来,为什么不实话实说呢?"

慧之:"想让你们再惊喜一次嘛!"

凝之搂着她说:"你达到目的了。"

何母:"可你既然能把人家请来,麻烦人家辛辛苦苦画一下午,为什么就不能挽留住人家吃了晚饭再走呢?"

慧之遗憾地:"他说我姐夫不在,他就不了,非走不可!"

何父回到了家里。

静之:"爸,喜欢不?"

何父:"咱们家快成美术馆了!喜欢!不喜欢的人精神不正常!又是那个杨一凡画的?"

静之:"除了他,谁能这么热爱咱们的家啊?"

何父问凝之:"是你麻烦人家的?"

凝之:"是我大妹。"

何父看慧之,意外地:"噢,怎么会是你?"

慧之:"是我,您有什么意外的?"

何母:"你爸倒也不是意外。他一向反对太麻烦别人。"

何父:"你不必替我解释。解释得也不对。麻烦不麻烦别人先不说,我还真有点儿意外。"

静之:"爸,我二姐的面子可大了!看那儿,人家杨一凡还题了字呢!"

何父引颈看着说:"我看不清,念给我听。"

静之:"遵慧之所命,欣然而作。"

何父皱了一下眉,沉思,转身又无意间望见了挂在墙上的一幅相框,正是那幅画了小鹿的相框。

何父:"那个杨一凡,他未免太热爱咱们的家了。"

慧之不爱听,转身欲走开。

何父:"慧之,站住。"

慧之站住了。

何父:"我得和你单独谈谈,晚饭后到我办公室去一下。"

慧之:"我又不是你学生,干吗非到你办公室去谈啊!"

何父:"没听明白吗? 我要和你单独谈。"

何母:"慧之说的也是,有什么话还不能当着我们几个的面谈啊?"

静之:"就是。动不动就扫全家兴!"

何父:"你住嘴!"

凝之:"慧之,那就听爸的吧,啊?"

慧之跑了出去。

第十章

何父简陋的办公室亮着灯,那是一只布满灰尘的灯泡。何父背着门在修剪窗台上的一盆文竹。

走廊传来脚步声,何父未转身。

门开了,何母进入。

何父仍未转身,问:"我约女儿谈话,夫人为何前来?"

何母不正面回答,却说:"跟你说多少次了,让你把灯泡擦擦,到现在你也不擦。你这是校长办公室,即使你自己懒,那也应该让别人替你擦擦。否则,给人一种不好的印象。"

何父一边浇花一边说:"难道我这里不干净,不整洁?怎么别人来到我这里,都不看灯泡怎么样呢?"

何母:"别人都不是你妻子!别人不说,你每天在这里写、看,就不觉得光线太灰暗了?不注意细节的男人不是好男人!"

她一边说,一边在盆里洗抹布。

何父已在浇另一盆花了,又说:"太注意细节的男人也不是好男人。"

何母:"奇谈怪论!"

她将椅子搬到了灯下。

何父这才转身："哎，你干什么？"

何母："我看不过眼去。"欲登上椅子。

何父："别别别，我来我来。这要是闪失，摔伤了你，那三个女儿还饶得了我？"

他自己登上了椅子，扭下灯泡，递给何母。

何母擦灯泡。

何父："知道我要跟慧之谈什么吗？"

何母："她和杨一凡的关系？"

何父："我觉得太有必要和她谈谈了，你认为呢？"

何母："同意。但你是做父亲的，她是女儿，有些话说深了不是，说浅了她不往心里去，也许我和她谈更合适。"

何父接过灯泡，扭上，下了椅子，将椅面擦擦，搬回原位放好，看着何母说："其实我心里也正这么想。"

何母："那你走，我在这儿等她？"

何父："行。"沉吟一下，又说："咱们对她的生父生母有这份责任，是不是？"

何母叹道："是啊。如果任凭她和一个精神不正常的人对上象了，哪天面对她生母的时候，咱们怎么交代啊！"

何父："你可千万别说出不该说的话。"

何母："我还没糊涂到那种地步。"

走廊里又传来脚步声。

何母："哎呀，是慧之。"

何父："这……"

他无处躲避，情急之下，蹲在了写字台一角。

何母："你这成何体统！"

何父："只当我不存在。"

何母犹豫一下，坐在桌前椅上，拿起一本书装看，正是那本包了牛皮纸书皮的《教育的诗篇》。

门开,慧之进入,奇怪地:"妈,你怎么在这儿?"

何母:"替你爸等你。"

慧之:"我爸呢?"

何母:"慧之,先坐下。"

慧之有点困惑,想将椅子搬到桌前。

何母:"就坐那儿嘛。"

慧之:"喜欢和妈坐得近点儿。"还是将椅子搬到了桌前。

何母放下书,郑重地:"慧之呀,你爸临时有点儿事,让我替他跟你谈谈。当然也不能说替他,妈认为也有同样的责任和你谈谈。"

慧之:"责任? 妈什么事儿呀,这么郑重其事的?"

她拿起了《教育的诗篇》翻看。

何母:"妈跟你谈话呢。别看书,看着我。"

慧之合上书,更加困惑地望着母亲。

何母:"慧之,你承认不? 在你们三姐妹之中,我和你爸最疼爱的那还是你。"

慧之:"当然承认啦,所以静之常吃醋嘛。"

何母:"她有吃醋的理由,一般而言,父母都是疼爱最小的儿女。"

慧之:"妈,快切入正题吧,过会儿我还想回学校呢。"

何母:"好。切入正题。对于你大姐的个人问题,爸妈都没操心,也都很满意。对于静之的个人问题,爸妈不想操心,也操不起她的心。随她去,爱找什么样的找什么样的。但对于你的个人问题,爸妈却要求自己必须操心。不,是必须倍加关心。"

慧之:"出于对我的偏爱?"

何母点头。

慧之笑道:"那我倒宁愿你们少偏爱我一点儿,也像对静之那样,随我爱找什么样的找什么样的。那对我妹也公平些。"

何母："别笑,妈跟你进行严肃的谈话呢!"

慧之："我笑也不证明我回答得不严肃啊。"

何母愣住。

慧之表情平静地望着母亲。

何母单刀直入了："你喜欢杨一凡?"

慧之也一愣,点头。

何母："喜欢他哪几点?"

慧之："单纯,像个大孩子。率真,也像个大孩子。童心未泯,更像个大孩子。总之吧,像个大孩子。"

她由衷地笑了,好感溢于言表。

何母："大孩子大孩子,你这么说他,我看你也像个大孩子了。他因为精神不正常,所以才那样。"

慧之："妈,他曾经精神受过刺激。"她将"曾经"两字说出强调意味。

何母："有什么区别?"

慧之："区别很大。"

何母："还有呢?"

慧之："他善良。连一只正蜇他的蜜蜂也不忍拍死。他对美的事物特别敏感,而我热爱美的事物。他有绘画天分,我觉得我小时候也有点儿,只不过后来没坚持画,天分似乎消失了。"

她又笑了。

何母："老实对妈讲,你是不是有点儿爱上他了?"

慧之想了想,含糊地："也许有那么点吧。我目前还说不清楚。妈,我真的说不清楚……"

何母："太不理智了! 那就太不理智了!"

慧之："妈,我要是不理智到底呢?"

何母又愣。

母女两人眈眈对视。

何母忽然一笑:"咱们母女像是谈判了……"

慧之:"更像是你在审我。"

何母:"瞎说! 妈什么时候审过你? 来,妈给我二女儿倒杯水……咱娘俩明明是在聊天嘛!"

她起身倒水。

慧之却发现地上有只甲虫在爬,弯腰看时,也发现了父亲的一只脚。

她直起了腰,表情大为不悦。

何母端杯转身时,水从杯中晃出,滴在何父手背上。何父烫得甩手,吸凉气。

何母将杯放在桌上,充满爱心地:"烫,凉会儿再喝。刚才说到哪儿了?"

慧之:"我说更像是在审我,你说咱娘俩明明是在聊天。"

何母:"对。是说到这儿了。慧之,妈的意思是……也可以说妈的看法是,你也到了考虑个人问题的年龄了。而个人问题嘛,是终身大事,关系到人一生的幸福与否。所以,做父母的……不,做儿女的……所以呢……"

慧之:"妈,审不下去了? 爸,我妈审不下去了,您别猫在桌角了,站起来接着审吧!"

何父不得不站了起来,尴尬地:"慧之,别误会啊,我可不是在偷听。我这几天缺觉,坐在那儿看了会儿书,不知怎么一犯困,睡过去了。你妈最近视力也下降了,居然一直没看见我……"

何母尴尬,不自然地笑笑。

何父:"本来就是爸爸约你来谈的嘛,你妈自告奋勇,非要替爸爸和你谈。既然你们娘俩谈得有点儿僵,那爸爸发表发表个人看法,这应该是可以的吧? ……"

慧之面无表情地看着父亲。

何父:"对于杨一凡,你喜欢他的那些方面,爸爸与你有同感……"

慧之:"您不是不知怎么一犯困,睡过去了吗?"

何父:"是啊是啊。但坐在地上哪儿能睡得那么实呢,半睡不醒的,还是听到了几句。杨一凡是个好青年,这我承认。但他毕竟……"

慧之:"但他毕竟精神受过创伤,所以不配获得爱情了?"

何父:"我并没这么说嘛!他可以成为最受我们家欢迎的人,甚至可以成为我们家的一员。对,怎么不可以成为我们家的一员呢?冲你们曾经都是兵团知青这一点,冲他和你姐夫的关系,完全可以的嘛!"看着何母又说:"如果咱俩认他做干儿子,那他不就成为咱们家的一员了吗?逢年过节,我们可以把他主动请到家里来。就是平常日子,他也可以随时来啊!我听你姐夫说,他比你大一岁。那你可以把他当成哥哥。你和静之不是从小就希望有个哥哥嘛?甚至,我和你妈,我们也可以允许你喜欢他。像一个妹妹喜欢哥哥那样……"

他又看何母,何母点头。

何父话锋一转:"但不允许你爱上他。绝对,不允许!一点点儿,都不允许!有了一点点,就会一发而不可收!这是爱情的规律!别的姑娘爱上他,我和你妈,包括你,我们都应该为他祝福。但如果你非要爱上他……"

慧之眼中充满泪水了:"我说过我非要爱上他了吗?"

何母:"慧之,你虽然没那么说,但爸妈不是那么担心嘛!"

何父:"但如果你非要爱上他,那,我和你妈会共同要求你姐夫,让你姐夫想出一个办法,使他以后别再到咱家来了。而且我们会给静之一个任务,让你妹负责看住你,绝不许你单独去找他……"

慧之的眼泪流下来了:"为什么?你们为什么?"

何父:"因为你是我们最特殊的一个女儿!"

何母:"别说什么'特殊'不'特殊'。因为爸妈最偏爱你……"

慧之大叫:"我不需要这种偏爱!你们这种偏爱,你们刚才那种一个在跟我说,一个躲在桌角偷听的谈话方式,太让我不高兴了!我回学校去了,这个星期不回家了!"

她猛地站起,冲了出去。

何父、何母怔怔对视,听着慧之的脚步声。

何父:"她不理解我们。"

何母:"你那么生硬的态度,她又怎么能接受?"

何父:"你绕来绕去,半天才绕到正题上。绕到了正题上还审不下去。"

何母:"我没审! 我是在听她谈! 你那才叫审! 简直是施压!"

何父:"可一点儿不施压行嘛?"

何母张张嘴,没说出话来,走到窗前。

何父也走到窗前。

他们望见慧之的身影跑过空荡荡的操场。

何母:"慧之长这么大从没让我操心过,也从没大声和我嚷嚷过。可是今天,咱们怎么办啊?"

何母哭了。

何父搂住了她肩,劝慰地:"你别哭嘛! 你一哭我心里都乱了! 看来,咱们是缺少处理这种事的智慧了,得让超然帮助咱们解决问题啦!"

何家门口。凝之置身于窗外一张旧的竹躺椅上。窗子敞开着,她借着窗内泄出的光在看书,一手拿蒲扇,很闲适的样子。

屋内。一张课桌移到了窗口,静之坐在桌前写字,桌角摆着台灯。

啪——静之拍了一下蚊子。

凝之:"静之。"

静之抬起头来。

凝之将蒲扇递给她。

静之:"大姐你用吧。"

凝之:"还是你用吧。你姐夫一会儿就来了,他一来我就进屋了。"

林超然:"我来了。"

凝之望着他笑。

静之:"真是说曹操,曹操到。"

林超然:"看你姐多享受,哪儿来的躺椅?"

凝之:"你父亲在旧货市场上给我买的,自己抬到这儿来的。扶我进屋吧!"

林超然:"先别啊,陪我在外边说说话。小妹,我把窗关上了啊,免得影响你。"

静之:"还莫如说怕我听到。"

林超然弹了她额头一下,将窗子关上了。之后,拖过一只小板凳坐在了凝之旁边。

林超然:"想不到静之会这么勤奋。"

凝之:"说了……破釜沉舟,考不上大学就出家。她从小就争强好胜,什么事没下决心则已,一旦下了决心,开弓没有回头箭。"

林超然不禁扭头看窗子。窗内,静之写字的神情特别专注。

林超然问凝之:"在看什么书?"

凝之:"《约翰·克利斯朵夫》,以为再也看不到这样的书了……静之不知从哪儿借的。"

林超然:"明天我开工资,你想买什么不?"

凝之:"如果路过新华书店,买一本《简·爱》吧,我要送给你妹妹。"

林超然:"为什么?"

凝之:"想让她读一读那一类爱情小说。"

林超然:"还有别的原因吧?"

凝之深情地看着他摇摇头:"你瘦了。比在兵团时晒得还黑。"

林超然:"你还没回答我的话。"

凝之微微一笑:"有点儿原因,不是什么大不了的事儿,省省心吧,啊?"

林超然:"既然你这么说,那我不追问了。"

凝之:"但我估计,我爸妈又该有事求你了。"

林超然:"嗯?"

凝之:"关于慧之和杨一凡的事。"

林超然:"他俩会有什么事儿?"

凝之:"也许,慧之喜欢上了杨一凡。要是求到你头上,你也很为难吧?"

林超然意外地点头。

凝之:"知道我刚才在想什么?"

林超然:"想什么?"

凝之:"我在想,喜怒哀乐,烦愁苦绪,这些构成了人生的乐章。如果一个人自从出生以后,生活中只有喜乐,他的人生真的会比大多数寻常人五味杂陈的人生更幸福吗?"

林超然笑了:"那肯定的。"

凝之:"你这么说是你最近操心的事太多了。而我却更迷恋寻常人的幸福感。比如我刚才坐在这儿,手拿一本书,心安神定地等待着我亲爱的丈夫下班回来。在我的腹中,我们的小宝宝一下一下轻微地动着,我能感觉到他的小脚似乎在踢我。而在窗内,是像宫殿一样漂亮的家,虽然并不是我们的小家,但几乎也等于是我们的。桌前坐着我亲爱的小妹,正为了实现考大学的志向而刻苦学习。小妹那种孜孜不倦聚精会神的状态好感动我,使我满心间充满对她的祝愿。校园里如此安静,今晚的夜空又是这么美好,瞧,月亮那么大,那么圆;星星那么亮,那么多……"

林超然也不禁和妻子一样仰起脸望着夜空。

夜空的确异常美好。

凝之:"那么这一时刻,我内心居然充满了幸福感。感谢父母使我来到世上,感谢缘分使我有了你这样一位好丈夫。尽管我还不知道自己以后的工作是哪一行,也认为我丈夫现在的工作不是长久之计,更不知道我们以后的小家会在哪一条街,是一间什么样的小屋子。而且,我心中经常会产生远忧近虑和种种郁闷的情绪,有时甚至是莫名的郁闷。亲人们的任何烦恼,也往往会成为我自己的烦恼,使我夜里翻来覆去睡不着觉。但即使这样,我还是那么的热爱生活,一点儿也不嫌弃属于我的这一种具体生活。"

林超然:"而且,我们的父母身体健康。"

凝之:"对。这是我所感受到的许多种幸福中特别主要的一种。所以,我还会经常感觉到幸运。幸运加上幸福,使我愿意去关心那些生活还不如我们的人,看到他们的生活也变得顺遂起来了,就会发自内心地替他们高兴。"

林超然情不自禁地握住她一只手亲吻了一下,而凝之抽出手,抚摸他的肩、背……

凝之:"今天干活很累?"

林超然点头。

凝之:"衣服都让汗湿透了。……"

"脱了,我马上给洗出来!"——是静之的话。

两人扭头看去。窗子已不知何时又敞开了,静之双手捧腮正看着他俩。

凝之:"你姐夫刚夸过你学习刻苦,你一转眼就破坏了他对你的好印象!"

静之:"看你俩那么亲亲爱爱的,能缓解我的大脑疲劳。"

她起身去找了一件上衣,从窗口扔给林超然:"我爸的,先换上。"

夜晚的江畔。慧之在郁闷地走着。

一对互相依偎的情侣从她身旁走过。

又一对情侣的身影在拥抱,接吻。慧之从他们身旁走过,忍不住回头看。

慧之扶在栏杆上望着滔滔江水。

这时她回味着杨一凡的亲吻情景。杨一凡吻她一下,并说:"你的建议是正确的,予以表扬。"

慧之笑了。

不远处传来迪斯科的音乐声。

一台半大不小的录音机摆在地上,几名小青年随着音乐跳得来劲儿。

慧之站在一旁看着,不禁地也随音乐轻轻晃身。

围观的中老年人摇头,低声议论:

"社会主义的美好夜空之下,这成什么样子!"

"唉,世风日下啊!"

"也不能这么说吧? 总比前几年动不动就在这里开批斗大会,有人剪别人的头发,用墨弄黑别人的脸,甚至挥舞皮带抽人,而成百上千的人围观强吧?"说这话的是位戴眼镜的知识分子。

"那正是为了使中国不出现眼前这种现象!"

"这种现象比动不动就把人打成反革命还可怕?"

张继红出现了:"快跑。派出所抓你们来了!"

小青年们停止狂舞,一个个跑了。

喊声:"站住,不许跑!"

最后一个小青年关了录音机,张皇失措,突然将录音机向慧之一递,哀求地:"好姐姐,帮帮忙! 我家有亲戚从香港寄来的,不能被没收了!"

慧之犹豫一下,居然接了过去。她刚往身后一背,一名警员已赶到,抓住那小青年喝问:"录音机呢?"

小青年:"不是我的,是谁的谁拎跑了!"

警员询问地看围观者。

慧之指着说:"往……往那边跑了!"

说"世风日下"的围观者指着慧之刚欲说什么,张继红将他的手按下去了,搂着他肩耳语:"有时候沉默是金。"

那人扭头看看他,不说话了。

警员:"那你也得跟我到派出所去一趟!"

小青年:"我怎么了我!"

警员:"传播资本主义文化!"说着,将小青年扭走了。

原地只剩张继红和慧之了。

慧之看着手中的录音机说:"现在我该拿它怎么办呢?"

张继红:"交给我吧,我认识那小崽子,住在我们那条街。"

张继红和慧之在江畔走着。

张继红:"你到江边来干什么?"

慧之:"散散心,正要回学校去,你呢?"

张继红:"刚从江那边过来,明天和你姐夫他们又得累一天,我提前过去安排安排。"

慧之站住:"继红大哥,你觉得杨一凡这个人怎么样?"

张继红:"好人啊!"

慧之:"怎么好法?"

张继红:"善良。心地单纯得像个大孩子,除了与正常人比有时候精神还是显得不太正常,做人方面简直可以说非常可爱!"

慧之:"他精神没受刺激以前也是这样的吗?"

张继红:"这我可就不清楚了,我哪儿有你姐夫了解他啊!你问这些干什么?"

慧之:"这……我,我爸妈要认他做干儿子。"

张继红:"好事!太好的事了啊!转告你爸妈,就说我说的,他这个干儿子太认得过了！"

慧之："大哥，谢谢你的话，我走了。"转身走了几步，回头叮嘱地："咱俩的话，先别跟我姐夫说啊！"

张继红点头，目送慧之背影走远。

他按了一下录音机的开关，响起了音乐声，听着，很享受地往前走……

又是一天开始了。上午，何家。

凝之在这儿那儿地擦拭，静之在复习功课。

凝之："静之。"

静之头也不抬地："嗯？"

凝之："估计肉炖得差不多了，我都闻到肉香味儿了，你出去看看。"

静之："一会儿的。"

凝之："那还是我自己吧。"

静之："别别别，我去！"这才站起身，先从大姐手中夺下抹布放桌上："你别擦这儿擦那儿的了。对于一个家，有时候，明明有灰尘也完全可以假装看不见！"

凝之："我也是想活动活动，快到日子了，不太敢一个人出门了，有时还真闷得慌。"

静之："做母亲是要付出代价的嘛！"扶大姐躺在躺椅上，一手从床上拿起毛线活，一手从床上拿起《复活》，问："想看书？还是想织小衣服？"

凝之伸出了手："把小衣服织完吧。"

静之将毛线活递给她。

凝之却又说："那还是看书吧！"

静之将书递给了她。

凝之翻开书签所隔的部分，看了起来。

静之走到厨房去了。

静之从厨房回到里屋,一手拿筷子,一手端碗,嘴里还咀嚼着,走到大姐跟前,问:"尝一块不?"

凝之点头。

静之夹起一块肉,塞大姐嘴里。

静之:"香吧?"

凝之点头。

静之:"火我压上了,锅我端下了,没我什么事儿了吧?"

凝之点头。

静之:"托尔斯泰的书,以前咱家几乎都全,姐你也都看过,还值得这么认真地看?"

凝之:"以前看有以前的看法,现在看有现在看的心得。名著当然是值得反复看的。"

静之:"那你认真看吧。没什么事儿别再叫我了啊!"

凝之挥挥手,静之就又坐到桌前去了。

静之翻看桌上的几页纸,忽然转身:"大姐!"

凝之笑了:"这可是你先叫我的。"

静之:"巧了,我这文学复习提纲上,正巧有一道是——列宁说托尔斯泰是俄国的一面镜子。你怎样理解这句话?"

凝之想了想,反问:"你怎样理解'一面镜子'四个字?"

静之:"一面镜子嘛……就是一面镜子呗!"

凝之:"总体上的文学艺术,是人类社会的一面镜子……"

静之:"历史才更是吧?"

凝之:"历史当然也是。但历史这面镜子,一般是平面的,只反映大事件和重要的历史人物。而文学艺术这面镜子,却是多棱镜,反映的是更细致的社会面貌。聂赫留朵夫这样的人物进不了历史。马斯洛娃更进入不了。屠格涅夫、契诃夫、雨果、左拉、巴尔扎克笔下的众多小人物都进入不了。历史也难得从心理学和精神学的层面记载历史人物,而文学艺术却必然如此。古今中外一切的文学作品构成了社会的多棱镜。托尔斯泰的作品是多棱镜的一面,这对于一位作家和他的作品已是极高的评价。但如果认为托尔斯泰和他的作品便是完整的多棱镜了,那就以一概全,太片面了。仅供参考。得有话在先,真考这道题的话,减分了可别埋怨于我。"

静之刮目相看地:"哎呀妈呀,我大姐简直可以当大学中文教授了!"

凝之:"别贫。"

静之:"接着还有一问呢——《复活》的文学价值何在? 真是巧上加巧,好像你是在为我重读的。"

凝之:"这还用问啊? 你当年又不是没读过!"

静之:"我那时多大啊! 爸妈不许看,偷偷看,看也看不懂!"

凝之:"忏悔。自我救赎。每个人的一生都会犯这样那样的错误,尤其是因为人性缺点所犯的错误更需要忏悔,因为那种错误的性质直接是人性罪过。忏悔既是为了使受害的人获得心灵抚慰,同时也能使自己从罪过感中获得解脱,所以是自我救赎。不忏悔不能获得自我救赎。心灵被罪过感纠结着的人,是罪过感的囚徒。咱们不少中国人,缺的正是忏悔意识和自我救赎意识。如果将《复活》比作一个人,它应该成为我们的心灵导师。"

静之沉思片刻,低声地:"姐,那我也要忏悔。我不可能见到托尔斯泰了,就向你忏悔吧!"

凝之:"你也做过坏事?"

静之:"可不嘛。好几年了,在我心里总是个疙瘩了。"

凝之严肃地:"那,交代吧。"

静之:"当年,我那个班的女知青也强烈要求上山伐木。说法是——男知青能干的活,我们女知青照样能干。其实,只不过是想进入深山老林,能采到猴头和松蘑、桦树蘑。再剥些大片的桦树皮做灯罩。"

凝之:"主要还是你的想法?"

静之:"对。连里被我们磨得没办法,只得同意了。但派了一名老职工为我们做向导,也交代由他负责我们的安全,我们一切必须听他的。平时我们都叫他老耿头。其实他才五十多岁,只不过长得老。到了山上,这片林子他不许砍,说是可以成为上好的木材;那片林子他也不许砍,说是还没长成材……"

冬季的山林中,老耿头带领女知青搜寻着,静之们累得呼哧大喘。

静之厉叫:"老耿头!"

老耿头站住,转身看她。

静之:"连里派你干什么来的?"

老耿头:"带你们伐木啊。"

静之:"那些树为什么不能伐?"

老耿头平静地:"我刚才不是说了嘛!"

静之:"你这成了带我们搜山!"

老耿头:"伐哪种树,不是得满山找嘛!"

静之:"找,找!你儿子被狼叼山上了?"

老耿头严厉地:"静之,我儿子可是我心头肉。你要是再敢咒他一句,小心我扁你!"

静之瞪着他气得说不出话。

拖拉机牵引一辆爬犁行驶在路上。

静之在心里埋怨:"专带着我们伐那些枯树、病树、歪七扭八的树。太阳下山了,大家累得要死,树却没伐多少。什么猴头蘑菇桦树皮,也都一无所获。可是他呢,还唠唠叨叨地教诲我们。"

老耿头:"自从你们来了以后,我眼瞅着一座山伐秃了,又一座山伐秃了。这样伐下去,以后我们的子孙后代,要用一根树做房梁,那也得到一百多里以外的山上去伐了。"

静之:"不伐冬天烧什么? 让我们烧大腿呀?"

老耿头:"团里不是号召烧煤吗? 煤矿不就是离咱们连远点儿吗? 你们班为什么不要求去拉煤?"

静之被噎得说不出话。

爬犁转弯,静之身子一晃,老耿头被她一肩撞下了爬犁。

凝之:"你成心。"

静之点头:"大家把他扶上爬犁,他一路哎哎哟哟的,我们还以为他装,心里反而解气。当天他到卫生所看腿,没想到骨折了。腿好后,落残了,从此走路一跛一跛的了。"

凝之:"我和你姐夫正是因为伐木的事才认识的。"

静之:"大姐,讲讲。"

凝之一板脸:"讲什么讲,先说你的事,什么情况下赔礼道歉的?"

静之:"没有。"

凝之:"没有?"

静之:"他每次见了我,还对我说,小何,别不安啊! 那不怪你,只能怪我自己没坐稳。我能对他说,那是我成心的吗? 话到嗓子眼儿也说不出口了呀!"

凝之:"你给我听着,如果你明天写一封忏悔的信寄给他,这件事我不对任何人说。如果你不,我肯定先告诉爸爸妈妈!"

静之:"可……"

凝之:"必须在明天! 晚一天也不行!"

静之:"可……他在我们返城前,就因为突发性脑出血,死了……"

姐妹两人互相注视着,静之在沉默中低下了头。

凝之:"把你的书书本本给我合上!"

静之照做了。

凝之:"去往饭盒里装一个馒头,再装些红烧肉,给你姐夫送到工地去!"

静之站了起来,默默往外走。

凝之:"给我站住!"

静之站住。

凝之:"不许乘车!一站都不许!你要给我走着去!你要给我一边走一边想,还有什么办法能对他有个交代!我今天晚上要听你的想法!"

静之拎着装有饭盒的小网兜走在路上,她确实是在一路走一路想着什么。

"姐!"背后有人叫她。

她转身,见是一个二十来岁的大背头青年。

静之:"叫我?"

青年:"姐你不认识我了?"

静之摇头。

青年:"我……你忘了冬天的时候,你家正砌火墙,我去找过你啊!不至于这么健忘吧?"

静之呆望着他,想起了他向她应婚的情形,大徐将他驱赶走的情形……

静之厌恶地:"你能理解我多么不想再见到你吗?"

青年:"你能理解我多想再见到你吗?"

静之:"所以你经常像特务似的监视我,跟踪我?"

青年:"也不太经常。有时候想到了你才那样。今天老天照顾我情绪。爱情得追求。追求不就是一边追一边求,死缠烂磨,乘胜追击吗?"

静之更厌恶了:"别跟我扯什么爱情!你个小屁孩儿懂什么爱情!"

青年往后拢了一下大背头，矜持地："我十九岁多好几天了，不是小屁孩儿，我哥们儿都说我仪表堂堂，给人的印象特成熟，特有气质，特……"

静之："给我打住！我认为冬天的时候，我已经向你解释清楚了！"

青年："你当时不就是强调你比我大六七岁嘛！当时我也强调了我不在乎呀！"

静之："可我在乎！"

青年："这是你此刻的态度。人的态度会变的。"

静之："可我对你的态度不会变！警告你，不许继续跟着我啊，否则我对你不客气！"

她转身便走。

青年："我看姐根本就不是一个冷面无情的人。"不但跟在静之旁边，还殷勤地："姐，我替你拎着网兜儿。"

静之只得又站住，发火地："你烦不烦人啊！你怎么这么……"

青年："姐想说我'这么无赖'是吧？我有时候是有点儿无赖。但像我这样的人不见得都是坏青年，几年前抡起皮带就抽人的家伙们倒是一个个都不无赖，还一个个装得很正经，你能说他们反而比我好吗？"

静之张张嘴没说出话来，又转身便走。

青年继续跟着，喋喋不休："姐，我现在一个人住套两居室，对，我爸妈落实政策了，我家房子归在我名下了。你那征婚启事上不是写着，有十平方米一间小屋子的男人你就肯嫁吗？"

两人往前走着的背影。静之自顾大步往前走，青年边走边说什么。

两人走在一条小商业街上。一家服装店外的架子上，挂着大大小小形形色色的乳罩。

海报上写的是：出口转内销！物美价廉！中国女性的天赐良机！

机不可失！时不再来！

商家设摊售卖，吸引一群大姑娘小媳妇！买的卖的，不亦乐乎。

静之站住了看，动心了，忍不住掏出钱包。

青年一把将钱包掠去，使静之手中的网兜掉在地上，饭盒盖开了，红烧肉扣了一地。

那青年却挤着替静之买乳罩去了。

静之将目光从他身上收回，呆看地上。

静之折了一截树枝，惋惜地将红烧肉扫向垃圾筒。

青年站到了静之跟前，表功地："姐，我给你买到了三个，怕只买一个，不是你喜欢的颜色。我看你那不高不低，估计买中号的准合适！"

他还指着静之胸部。

静之接过钱包一看，里边只剩一元几角钱了。

她啪地扇了他一耳光。

一些妇女吃惊地看着他俩。

青年捂脸愣了愣，笑道："别看我俩呀，她是我姐！快买快买！再不买抢不着了。"

兆麟公园里。静之在前匆匆而行，脸上仍有怒色。网兜里，除了饭盒，还有那三个装在塑料袋里的乳罩。小青年距几步远跟着她，一脸的委屈，也一脸的无怨无悔。还有些惘然，不知自己为什么会挨一耳光。

静之站住，四望。小青年也站住，随她的目光而望。

远处一张长椅，静之走了过去。

静之坐在长椅一端。青年犹豫一下，也走过去想坐下。

静之："滚开！"

青年四面望望，以理服人地："你走累了，我也走累了啊。再没别处可坐了，姐你让我往哪滚？"

静之瞪着他,一时不知说什么好。

青年在长椅另一端坐下了,仰头望天。

静之取出一个塑料袋看,其上印着英文。

青年:"Made in China(中国制造)。"

静之不禁扭头看他,居然有点刮目相看的意思了。

小青年自嘲地:"Dear(亲爱的),Hello(你好),Thank you(谢谢你),就会这么几句。"

静之:"You baseard(你是个混蛋)!"

青年自然听不懂,看着她眨眼。

静之不再理他,将塑料袋装入网兜。

青年掏出烟来吸。

静之:"不许吸烟!"

青年乖乖把烟揣起,望着远处愣神,唱:"到处流浪,到处流浪,命啊,你叫我奔向远方奔向远方,我和任何人都没来往,孤苦伶仃……"

静之:"不许唱!"

青年戛然而止。

静之:"坐过来!"

青年一喜,紧挨着她坐下。

静之皱眉:"没叫你坐这么近!"

青年起身,坐在了不远不近的地方。

静之:"说!"

青年:"姐,说什么?"

静之:"你怎么回事?"

青年:"我……不就是,你贴了征婚广告,我揭下来应征了。你却嫌我比你小六七岁,而我根本不嫌你比我大六七岁。我喜欢你的样子,像《钢铁是怎样炼成的》中的区团委书记安娜……"

他站了起来,直挺挺地举起一只手臂,掌心朝上;另手叉腰,大声地："共青团员同志们,安静!"

他又学安娜的语气,直视着静之说:"保尔·柯察金同志,你以为我们革命者,就是心中只有一杆红旗高高飘扬,整天嘴里喊着各类斗争口号的人吗? 不,你错了,完全错了! 我们革命者心中,也应该有美好的爱情、真挚的友情、温暖的亲情! 当然,还应该有诗意。"

静之:"好啦好啦,看出你有表演细胞了,你给我坐下!"

青年又乖乖坐下,坐得靠近了静之。

静之:"你缩短了刚才的距离。"

青年欠身,欲坐开些。

静之:"已经坐这儿了,那就别动了。"

青年正中下怀地笑了。

静之:"刚才我问你,你父母是做什么工作的?"

青年:"我从没见过我母亲。我父亲说我半岁时母亲就因病去世了,他因为太爱我母亲,也因为……怕不幸给我找了一个不爱我的继母,所以一直没再婚。"

静之:"那,你父亲是做什么的?"

青年:"建工学院的教授。"

静之又刮目相看地:"那,你那位教授的父亲,看得惯你这种样子? 还系领带! 不怕脖子焐出一圈痱子?"

青年:"我父亲几年前跳楼死了。防洪纪念碑、北方大厦、哈工大主楼、市委大楼,他都是设计负责人,所以就成了反动权威。领带是我父亲的遗物。我一想他了,就系上。"

他说得极平静。

静之不禁看他,目光温柔了。

静之:"那几年,你是怎么过来的?"

青年:"和爷爷奶奶相依为命。"

静之:"靠什么经济来源生活?"

青年:"我爷爷是哈一机退休的老工人,奶奶是亚麻厂退休的老工人,都有退休金。去年,我爷爷去世了。"

静之:"那,现在就靠你奶奶的退休金?"

青年点头:"她还卖冰棍,一支挣七厘钱。"

静之:"伸手。"

青年伸出了一只手。

静之犹豫了一下,握住了他那只手。

青年的身子一颤。

静之:"如果你奶奶哪一天也不在了,以后你怎么生活?"

青年:"不知道。"

他头一扭,无声地哭了。

静之:"如果我给你找个工作,很苦,很累,但毕竟每月能挣几十元钱,你干不干?"

不料青年摇头。

静之:"不干?"

青年:"我要当艺术家。我还喜欢画画。我还会写诗、歌词。我有多种艺术才华。"

静之扭头看他,又不知说什么好了。

青年:"姐,我保证以后凭自己的才华,能使你生活得好。"

静之:"别说了!"

青年立刻缄口。

静之:"我必须向你声明,我现在已经有未婚夫了。"

青年也扭头看她,呆住。

静之:"你既然口口声声叫我姐,我允许你以后把我当姐姐,行吧?"

青年不语。

静之:"说呀!"

青年不情愿地点头。

静之："但是我今年要考大学。在高考之前,不许你再纠缠我,听明白没有?"

青年："不是纠缠。姐那么说是对我的侮辱。只不过是希望增进了解。"

静之："那就尊重你的说法,能做到吗?"

青年点头。

静之长出一口气:"现在换个话题。我问你,如果你伤害过一个人,一直想找机会向那个人忏悔……"

青年："我没伤害过人。"

静之："我说如果!可那个人死了,你该怎么办?"

青年："姐我真的不知道。你伤害过别人?"

静之："我……你看我是那种人吗?"

青年摇头。

静之："考考你的智力……而已。"

青年笑了。

静之望着远处的花丛,沉思。

青年："姐……"

静之将头扭向他。

青年："我的回答是——到那个人的坟前去说忏悔的话。虽然死人是听不到的,但可以当成他能听到。而且,差不多是向死人下了保证,以后同样的事再也不会发生了……给几分?"

静之："满分。"

青年笑得像天真的孩子。

静之："现在我要求你走。我想一个人在这儿待会儿。"

青年："服从。但是满分,得给奖励吧?"

静之掏出了钱包,取出一角钱:"给,自己买根奶油冰棍吃。"

青年摇头:"姐,让我吻你一下吧!"

静之瞪他。

青年："要不我不走！"

静之妥协地闭上了眼睛，仰起了脸。

青年在她脸颊上吻了一下，心满意足地跑了。

静之并不看他的背影，仍望着花丛沉思。一个姑娘站在花丛前，小伙子在为她照相。

静之的心声："静之，静之，保尔·柯察金也是在家乡的公园里，也坐在长椅上，并且同样是在黄昏；他想的是如何解放全人类，你想的却是如何才能实现为时已晚的忏悔……但是保尔·柯察金同志，你也有想要忏悔的事吗？比如你对于对你有救命之恩的冬妮娅的态度，比如你的哥哥只不过因为与一个中农的女儿结婚了，你后来就那么瞧不起他，比如，你似乎只在伤残时才需要母亲。你每次养好伤离开家时，走得是那么决然，走后也很少给母亲写信。尽管她不认得字，但可以找人念给她听啊。比如你在写给战友的信中说，恨不得打掉所有头脑中有资产阶级、小资产阶级思想的人们的门牙。什么又是资产阶级、小资产阶级思想呢？如果完全由你来裁决，那你又该打掉多少人的门牙呢？亲爱的保尔，我当然是十分崇敬你的，请原谅现在的我，用心灵真挚地与你交流这些我以前从不曾有过的想法……"

太阳又大又圆，红得很，却已偏西。

江北的那一片工地上，林超然和他的工友们仍在抬预制板。那是沉闷无声的劳动情形，看上去大家都很累了。

他们将两块预制板装上了卡车，从踏板上往下走时，那个对林父不敬过的小青年一失足，从踏板上掉了下来，幸被林超然扶了一下。

林超然："小心点儿。"

那小青年："都快干了一天了，何必这时非两块两块地抬？"

别人都懒得回答他的话。

林超然:"那不卡车等着开走嘛,坚持一下。"

工棚里。一个二十多岁的、脸上化了浓妆的姑娘在发工资,领工资的是七八个从二十岁到三十岁年龄不等的青年,有一个看上去还是少年。他们有的嚼口香糖,有的嗑瓜子,有的穿喇叭裤,有的留"飞机头"。总之,他们是各个城市在八十年代都曾有过的一些青年。

张继红站在一旁吸烟,冷眼看着发工资的情形。

林超然他们进入了工棚,他只穿背心,将上衣搭在肩上。他们也冷眼看着发工资的情形。

林超然问那个看上去还是少年的:"多大了?"

那少年:"二十。"

对林父不敬过的青年:"放屁!你他妈有二十吗?"

张继红:"你嚷嚷什么你?再嚷嚷出去!"

他走到了少年跟前,双手放在少年肩上,将少年推到了桌前,用命令的口吻对发工资的姑娘说:"先把他的给发了。"

姑娘看看花名册,对张继红摇头:"没他的名字。"

张继红:"怎么就没他的名字了?"

姑娘将花名册递给他。他看了片刻,往桌上一摔:"妈的!"

他无奈地转了一圈,双手又放在少年肩上,将少年往门外推。少年快哭了。

林超然默默望着他俩。

张继红在门口对少年说:"别急,叔叔明天去找工程队的头儿。"

一个是工友的青年嘟哝:"妈的,明明是一些寄生虫、吸血鬼,连发工资还得发在前边!"

张继红正望着那少年的背影发呆,林超然走到了他跟前,小声地:"是不是让干活的人先领工资?"

张继红点头。

林超然走到了桌前，一一将"寄生虫们"推开，并说："让让，让让，请干活的人先领工资！"

被推开的人当然都不高兴。

"飞机头"："你老几啊你？"朝林超然当胸一拳。林超然手疾眼快，抓住了他腕子。

林超然："你老几？"

两人较了一阵腕劲，"飞机头"的手臂被林超然拧得向后弯过去。林超然猛一推。"飞机头"后退数步。

林超然："谁还不愿给个方便？"

对方们纷纷退开了。

张继红一摆头，干活的青年们走到了桌前。

发工资的姑娘看一眼花名册："徐海涛。"

对林父不敬过的青年："本爷。"

姑娘发给他工资。

他不接，问："为什么没有我十元奖金？"

姑娘："工资单上没写着你也有。"

徐海涛指着说："为什么他们就月月有？"

发工资的姑娘："你和他们不一样。"

徐海涛："老子和他们怎么不一样了？"

发工资的姑娘："这你别问我。"

张继红的手从她手中将钱掠去，塞到徐海涛上衣兜，搂着徐海涛的肩将徐海涛推开了。

发工资的桌前只剩下林超然和张继红了。

张继红："给他加上十元奖金。"

发工资的姑娘："工资表上也没写着有他的。"

张继红一拍桌子："我说有就有！"

发工资的姑娘只得往林超然的工资中加了十元。

林超然将那十元钱从工资中点出，又放在桌上了，指着工友们平静地："他们都没有我也不要。"

他离开桌前，往工棚外走，工友们跟出，"飞机头"们这才纷纷拥到桌前。

工棚外。只站着林超然和徐海涛等三人了。张继红悻悻地走出。

林超然："他们三个要请你一顿，让我相陪。"

张继红："没那心情。"

徐海涛："有没有心情我们不管，面子反正得给。"

一行五人走在市区内。

他们路过新华书店。

林超然想到了什么，说："等我会儿，我进去买本书。"

林超然进入新华书店后，徐海涛对张继红说："他人不错，没记我仇。"

张继红捋了他后脑勺一下。

四人都笑了。

林超然空手而出。

张继红："怎么没买？"

林超然："我要买的那本书几天前就卖光了。"

小饭店里。林超然、张继红等五人边饮边聊，看上去张继红的情绪也变好了。

张继红："'文革'一结束，小饭馆呼啦一下多了，工程队也多了，超然，不知什么时候，咱俩也能组成一支工程队，再也不受别人的剥削，不受别人的窝囊气！想不想？"

林超然："当然想。"

徐海涛为每人都满上了酒,瓶中还剩下些,他嘴对瓶口喝光了。

张继红看着他表扬地:"这小子喝酒可实在了,而且有酒量。"

徐海涛举杯站了起来:"两位哥,这一杯,我们三个,希望和你们两位站着干了它。"

于是另外四人都站了起来。

徐海涛:"头儿,感谢你一年多来对我们的关照,有时我们骂骂咧咧的,你也不太往心里去。超然大哥,你接替老爷子来了以后,咱们渐渐处得也不错了,是吧?"

林超然微笑点头。

张继红:"少奉承。有完没完?"

徐海涛:"那,干!"

五只杯碰在了一起,都一饮而尽。

徐海涛:"两位哥,咱们刚才喝的可是离别酒。"

林超然和张继红同时一愣。

"我们三个都不是甘愿长期受剥削的人。"

"那点儿剥削也可以睁只眼闭只眼地不认真,但是看不惯他们那种理直气壮的样子。要不是你头儿总压着我们,有好几次我们想大打出手了。"

"所以,从明天起,我们仨都不再去上班了。"

这三人一说完,都放下了杯,同时转身往外走。

林超然和张继红呆住。

徐海涛在门口回头道:"如果你们两位哥哪天组成了一支工程队,不用你们到处找,我们会去投奔你们。"

他们出了门。

张继红直挺地坐了下去,林超然也缓缓地坐了下去。

张继红:"这样的工程队留不住人。一拨拨来,一拨拨走,他们是跟我干的时间最长的了,现在连他们也不干了。过几天我又得到处招兵买马。"

林超然："你刚才说想组织一支自己的工程队,为什么不?你要是下决心,我充当你的左膀右臂。"

张继红："别开玩笑了,你是在兵团当过营长的人。"

林超然："我正想忘掉那些经历。真的,你有经验了,下决心吧!"

张继红："经验是有些的,但要把手续办齐全,少说得跑几个月,盖几十个章。想想,就自己给自己打退堂鼓了。"

林超然："那些白领工资的人怎么回事?"

张继红掏出了烟,给林超然一支。林超然摇头,他自己吸上了。

张继红："有的人神通广大,现在政策又允许了,人家很快就会把手续办齐了。咱们工程队的负责人,就是那样一个能人。人家为了答谢方方面面的人情,白给十来个人每月发工资,咱们干涉得着吗?说到底我也只不过是人家雇的。如果我处处逆着来,人家一句话我就回家待着去了。对于人家,我起的那点儿作用,也不过是缺人手的时候招招人,每天监督着干干活儿。"

林超然："咱们返城知青中有那么多人还在待业,为什么不招他们?"

张继红："不敢。咱们返城知青中即使待业的,那也都是些眼里揉不得半粒沙子的主儿!招那么一批,比徐海涛们还看不惯的话,那我怎么办?就连你来,我也暗自担心过,怕你万一不服我管,咱俩闹僵了,我跟老爷子怎么交代?超然,现在,谁走都行,你可千万不能走。只要有你在,我管谁都更硬气了。估计明天还有不告而辞的,你得和我共渡难关。要不,也许连我都得待业了。"

林超然："放心,我不走。如果你又待业了,我不也一样?"

两人相视苦笑。

林超然走到了林家住的那条街口,看见父亲在下棋。

林超然："爸……"

林父冷冷地："下班了？"

林超然："您回家不？要回家我等你下完这一盘？"

林父没好气地："那个家,我不想回去！别烦我！"

林超然困惑,倒退着走了。

林超然回到了家里,林母在往锅中贴饼子。

林母："今天你下班倒早。"

林超然："今天发工资,所以大家较早就把活干完了。"从兜里掏出钱往母亲兜里塞："总共四十五元,我留五元,给凝之二十元,剩下二十元给您。"

林母躲："别往我兜揣啊！你辛辛苦苦挣的钱,你给凝之嘛！"

林超然："凝之叫我一定得给您二十元。"

他硬将钱塞入母亲兜里了。

林母："那我替你们存着,到什么时候也是你们的。"

林超然："妈,您和我爸闹别扭了？我看见我爸在街口下棋,想等他跟我一块儿回家,可他对我没好气。"

林母："他不是冲你,也没跟我闹别扭。"小声地："你弟又好久没来信了,你爸正想他,生他的气,你小妹回来又说,她把工作辞了。你看,她没跟家里任何人商议。你爸一听就火冒三丈了,要不是我拉着,非揍她一顿不可。"

林超然意外,皱眉道："小妹为什么？"

母亲叹道："说好早就在那个小杂货铺子干腻歪了,也要准备考大学！可她也不想想,她又不是静之。千军万马都在考大学,哪儿轮到她能考上啊！"

林超然一掌推开门,进了屋。林岚没在屋底层。

林超然朝吊铺上看,见小妹趴在吊铺上看书,还在落泪。

林超然:"小妹,你下来。"

林岚头也不抬地:"我在看书。"

林超然:"那你也给我下来!"

林岚:"你有话就说嘛,我又不聋!"

林超然:"为什么不跟家里人商量商量就把工作辞了?"

林岚:"我闻够那小铺子里的咸菜疙瘩味儿了!"

林超然:"那也是一份工作!"

林岚:"我没工作了将来也不会要你来养活我!"

林超然:"难道你要靠爸爸用退休金来养活你吗?"

林岚:"你怎么知道我辞了那一份我不喜欢的工作,将来就会再也没工作了?"

林超然:"你……"

他一跺脚,伸手将林岚的书夺了下来,见是一册初三《代数》,气得要撕。

林岚:"你敢! 是我借的!"

林超然:"就你,实际上等于是小学毕业! 你再复习能考上大学吗? 能考上个中专就算不错了! 初三《代数》你看得懂嘛!"

他将书往吊铺上一扔,扔在了林岚脸上。

林岚:"用不着你管!"

她刷地拉上了吊铺帘,帘后传出一阵哭声。

只有林超然和母亲在吃饭。桌上摆着贴饼子、大粥,几盘简单的炒菜。

林母:"岚子,下来吃饭。"

吊铺帘后静悄悄的。

林超然:"别理她。我去把我爸找回来?"

林母:"不去找他也好,他走时在气头上,也许在外边容易消消气儿。"

林父仍坐在那儿下棋。但下棋对手已走了,他在自己跟自己下。

林超然走来,蹲在父亲对面。

林超然:"爸,我陪您下一盘?"

林父:"和你下没意思。你棋好,总得让我。你没意思,我也没意思。"

林超然:"爸,那你回家吃饭吧。"

林父一瞪眼:"我现在还不想回去,行吗?"

林超然勉强一笑:"当然行啊,随您。爸,其实,我弟前几天来信了,挺长的一封信……"

林父:"是吗? 在你身上没? 在的话,现在就念给我听……"

林超然:"没在我身上。不是寄回来的。也许是为了家里早点儿收到吧,七转八转的,转到凝之手里了。我这就是要去凝之家,明天带回来读给您和我妈听。"

林父情绪好转了一些:"那你快去吧! 明天千万记着把信带回来!我不自己跟自己下了,我也回家! "

林父收起棋盘,夹着。父子两人都站了起来。

林超然:"爸,我小妹辞职的事我知道了。您别太着急生气的,她如果能考上一所中专,将来掌握一门技能,那也好。"

林父:"是啊,我也想通了。不过你不要因为她暂时没工作了就给她钱。你挣那份工资不容易。你和凝之,你们也快有小孩儿了,也该准备一点儿钱了。你小妹她不至于缺钱。她参加工作以后,我和你妈都没要过她的钱,她自己攒下了点儿。"

林超然:"爸,我听您的。"

林父:"走吧走吧,快走吧! "

何父做校长那所中学的校门外。何父在走来走去。

几名男生从学校走出,其中一名夹着篮球。

男生们:"何校长好!"

何校长:"同学们好同学们好,又练球了?"

一名男生:"我们要争取在区赛中夺冠军!"

何校长:"很好,很好。是应该有这种志气,是要为学校争光。"

分明的,他的话有些心不在焉。

男生们走了,其中一名回头望着何父说:"校长怎么了,好像有什么心事。"

何父看到了林超然,迎上去。

林超然:"爸,在散步?"

何父:"超然,我在等你。我和你岳母,我们想和你谈谈。"

林超然一愣,想了想,问:"慧之和杨一凡的事?"

何父点头。

林超然:"凝之昨天聊了几句他俩的事,我也想听听她的看法。"

何父:"这次就免了吧。这次咱们的谈话不能让任何人知道,包括凝之。咱俩从后门进学校吧,免得被凝之和静之看到。"

林超然困惑极了。

何父引领林超然进入他的办公室,何母已坐在办公室里了。那个年代中学校长的办公室没有沙发的。三把椅子呈三角形放在中间一把椅子旁,中间那把椅子放着一杯茶。

何父:"就咱们三个,随意坐。"转身将门插上了。

林超然完全发懵。

何母:"超然,坐呀。这杯茶是为你沏的,我和你岳父都不喝。"

林超然坐下,何父也坐下。

何父问何母:"我先说你先说?"

何母:"还是你先说吧。你没说到的,我补充。"

何父:"超然,你当过杨一凡的营长。我和你岳母都看得出来,虽然你们返城了,你也是待业青年了,但他啊,罗一民啊,有时候似乎还把你当他们的营长看,对不? "

林超然:"有几分是我们之间的友情在起作用,有几分是兵团情结在起作用。"

何父:"那个杨一凡,他现在对你的话,还会听吗? "

林超然点头。

何父:"能听到什么程度? "

林超然:"他父母都去世了,他又是独生子,除了一个堂兄,再就没有亲人了。自从他在兵团住过一段精神病院,他堂兄连与他的书信往来都中断了。可以这么说,我成了他最亲也最信任的人。我想,我要求他的事,他是肯做到的。"

何父:"很好。很好。"

何母:"超然,喝茶。"

林超然端起茶杯喝了一口。

何母:"慧之向我们承认,她很喜欢杨一凡。已经,有点儿爱上他了……"

何父:"而我们做父母的,最不希望看到的就是,慧之对杨一凡,由有点儿爱上了,到爱得一发不可收拾……"

林超然:"岳父、岳母,你们的意思是希望我找杨一凡谈谈,让他这一方面明确拒绝慧之对他的喜欢,和……还处在萌芽中的爱? "

何母:"能不能? "

林超然苦笑:"这对我太有难度了。我一向促成两个恋人之间的爱情,从没扮演过拆散别人爱情的角色。我先和他俩分别谈谈,了解一下情况再说好不? "

何母:"好是好。只怕,如果不早点儿干预,那就来不及了。当然,我和你岳父,也会加大对慧之的干预力度。"

林超然听着,沉吟着,不由地拿起杯来喝茶。

何父："超然,我实说了吧……慧之她不是我们的亲生女儿!"

林超然顿时喷出一大口茶水,呛得猛烈地咳嗽起来。

何父替他将茶杯放在椅上,何母直拍他后背……

林超然终于平静了下来。

何母却哭了,她说:"超然,我是当教师的,你岳父是当校长的,杨一凡也是个好青年。不能因为谁住过一次精神病院就在精神方面判谁的无期徒刑,这个道理我们是懂的。可慧之她毕竟不是我们的亲生女儿,而是别人的女儿啊!她生母还在世,我们一直有联系。我们也怕作为养父母,太对不起她的生母啊!"

何父："说来真是话长了……我和你岳母,我们与慧之的生父生母,是大学时期友谊特别深厚的同学,但我们又不是相同专业的学生。我是学中文的,你岳母是学数学的,而慧之的生父是学通讯的,她的生母又是学俄语的。在我们四人中,最聪明最有天分的是慧之的生母,不但是俄语系的尖子学生,而且自修了英语、法语,口译笔译的水平也都不错。我们四人虽不是同一专业的学生,却有共同的爱好,都是校剧团的成员。大学毕业后,我和你岳母分在了上海的同一所中学,不久结婚了。一年后,凝之出生了。我们为了不影响工作,将凝之送到了乡下她外婆家。每到星期日,当年的四个青年一起到乡下看同一个孩子,另外两个青年当然是慧之的父母。以至于凝之一岁多的时候,还根本分不清究竟谁才是真正的爸爸妈妈。又过不久他俩也结婚了。慧之刚满周岁,她父亲踊跃报名援藏去了。由于工作需要,组织上征求慧之母亲的意见,问她同不同意被调到外交部去?其实她当时的工作很好,是市委领导的秘书。慧之的成长条件也很好,入托在市委的托儿所里。但我们那样一些青年知识分子,一向是以党的工作需要为荣的,她满怀热忱地同意了。组织上也替她考虑得很周到,说一到外交部,可能立刻就要被派出国,问孩子怎么办?她说孩子会由亲人抚养。当时她心里想到的亲人,是凝之的外婆,那是一九五四年的事……"

何父已是泪流满面，说不下去了。一边站起来往窗前走，一边对何母挥手道："你说，你接着说……"

何母："我和你岳父听了她的决定，也都很替她高兴，很支持。一个星期日，我们陪她到乡下去跟凝之的外婆商议，还把慧之抱去了。凝之的外婆一听明白我们什么意思，就乐了。说带一个孩子是带，带两个孩子不也是带吗？孩子互相有伴，性格还会活泼。从前的年代，中国人都很单纯的。能帮助别人，那是自己的一份高兴。结果当天慧之就被留在你外婆家了。我们两对青年夫妻，四个好朋友，于是分离在了三个地方。我和你岳父在上海，慧之的母亲在国外，父亲在西藏。以前是四个人到乡下看一个孩子，从那以后就变成了两个人到乡下看两个孩子……"

凝之坐在桌前看一份报。她听到门响，立刻将报折起，往身下一坐。

静之拎着网兜进入，神情沉郁，闷声不响地坐到了姐姐对面，将网兜放桌上。

姐妹两人互相注视。

凝之看着网兜问："给你姐夫送去了？"

静之点头。

凝之："他高兴吗？"

静之："当然。张继红他们一哄而上，一群狼似的，转眼抢了个精光。"

凝之："那些是什么？"

静之从网兜里掏出了乳罩，一一摆在桌上："出口转内销的，也为你和我二姐各买了一个。"

凝之拿起一个，看看，放下，严肃地："你以为取悦我，我就会不问上午的事了？"

静之："没那么想。"

凝之："那说说吧，打算怎么做？"

静之："我一定找机会回北大荒，把憋在我心里三四年的话，到耿传贵坟上去说出来。”表情真挚。

凝之点头。

静之从兜里掏出折起的报，展开，放在桌上，指着说：“路上买的，大姐你看。”

凝之瞥了一眼，低声说：“我已出去买了一份报，看过了。”

静之：“我见过他，前几天陪我姐夫找到了他。”

凝之：“我虽没见过他，却多次听你姐夫提到了他。”

杂物维修铺门前，林超然拉手风琴，静之与林超然的老师翩翩起舞的情形……

钟声——六点了。

凝之：“千万别让你姐夫看到，那对他会是很大的刺激。”

静之：“烧了吧？”

凝之点头。

静之拿起两份报往屋外走，一开门，与林超然撞了个满怀。

静之：“姐夫……”

林超然：“慌慌张张地要干什么？”

静之：“不干什么……捅了火，该做晚饭了……”

林超然：“今天的报？”

静之点头，立刻又摇头：“不是……几天前的了，正要烧了……”

林超然：“给我。我好久没看报了。我看完了也别烧，留着包东西。”

静之不知如何是好。

林超然：“给我呀！”

静之：“几天前的报有什么看头？”

林超然本来就因为与岳父、岳母刚谈过话，还因为小妹辞职的事，满腹心事，便不耐烦了：“你怎么这么多废话？”

他掠去报纸,进屋了。

静之跟入,冲大姐无奈地耸肩。

林超然走到凝之身旁,捧起她脸吻了一下。

凝之:"看你的样子挺累。"

林超然:"还行。放心,有兵团那十年多的经历垫底,没什么活能累垮我。"

他躺到躺椅上看起报纸来。

凝之、静之交换不安的眼色……

静之:"姐夫,讲个笑话给你听啊,说从前有一个老和尚带着小和尚下了山,小和尚第一次看到女人……"

林超然:"住口! 你烦不烦人? 我现在没情绪听你讲笑话! ……"

静之默默坐到了凝之身旁。凝之搂着她的肩,姐妹两人忧郁地望着林超然。

林超然心不在焉地翻报,忽然定神,由仰躺而坐起,看得双手发抖起来——某页报一行标题的特写:老二胡演奏家因饱啖红烧肉而亡。

林超然陷入极度的悲伤之中,忆起了和老师的交往……

老师的手在为小林超然的脸化妆。

"紧张吗?"

"紧张。"

"自己登台演奏都不紧张,与老师合奏有什么可紧张的。"

"怕拉不好,影响了老师的水平。"

"越这么想越拉不好。你要反过来想,与老师合奏,我一定会拉得更好,啊?"

"嗯。"

师生两人在台上合奏《万马奔腾》……

胸戴上山下乡大红花的林超然站在老师家小院前——门上挂着锁。

林超然听到响动,一转身,见老师站在眼前——被涂了黑脸,一手拎着牌子,一手拿着高帽——牌子上写着"反动艺术权威"。

老师将二胡赠给林超然。林超然搂抱住老师,头抵在老师肩上无声而泣。

林超然已站起,撕报,愤怒地:"胡说,他怎么会吃肉撑死! 我要找他们算账!"

姐妹两人也只有忧郁地、呆呆地看着他而已。

何家四口人(慧之不在)与林超然在吃晚饭。

何父:"怎么没上红烧肉?"

何母:"中午又吃了一顿,你又给蔡老师他们送去了一碗,哪儿还有了?"问林超然:"超然,你觉得我做得怎么样?"

林超然在想心事没反应。

凝之:"妈问你,觉得她做的红烧肉怎么样?"

林超然:"他们胡说!"

何家四口人皆愣。

静之踩他的脚。

何母:"我听凝之说,让静之给你往工地送去了些……怎么,你那些工友不爱吃?"

静之:"那些狼! 当着我的面一抢而光,都说从没吃过那么好吃的红烧肉。是吧姐夫?"

林超然:"是啊是啊,好吃。非常好吃……我刚才想别的事了。"

何母:"我那是正宗的上海烧法。肉还多着呢,过几天再烧。下次一定让我女婿吃个够!"

静之:"听,我妈多疼你!"

何父："静之，复习得怎么样？"

静之："感觉良好。"

何父："与小韩的关系呢？"

静之："也算……感觉良好吧。"

何父："'也算'，是什么意思？"

静之："爸，您真不懂假不懂？"

何父："我懂也要由你自己来回答！"

静之："那您听清楚了——'也算'的意思就是，与复习的良好感觉相比，次之。"

何父："那不可以！你也给我听清楚了——小韩那青年不错，不许你的感觉次之！婚姻是终身大事，要像对待高考一样专执一念，认认真真地对待！"

静之翻白眼。

何母："静之，你爸说得对，我也觉得小韩那青年不错。"

静之："我说小韩半句不好的话了吗？有时候一心不可二用。非二用不可也要主次分明，这个道理你们应该比我还懂吧？"

凝之："静之的话也对。爸、妈，她已经不是小孩子了，我认为有些事不必再耳提面命了。"

林超然："同意，吃饭吃饭，大家都吃饭啊！"

校园里，凝之挽着林超然绕操场散步。同样是一个月亮很大、星星很多的美好夜晚。

林超然默不作声，耳畔却不时回响着何母的声音："简单地说吧，后来慧之的父亲不幸牺牲在西藏了，她的母亲回上海料理完了她父亲的后事，看了一次慧之，又来去匆匆地出国去了。真是悲伤而回，悲伤而去。我和你父亲也把凝之和慧之接回上海，安排入托了。转眼到了一九五七年，又多了静之，一岁了。那一年，你岳父'戴帽'了。我们就给慧之的母亲写信,问慧之该怎么办? 那时慧之已将我们当成亲爸亲妈了。慧之的母亲回信说,在她心目中,我们依然是她最好的朋友。在当年,那种信任是使人感动落泪的。一年后你岳父'摘帽'了,但我们却被重新分配到江苏工作了。你岳父认为,与其长期留在江苏,还莫如回他的老家安徽。于是我们又带着三个女儿回到了安徽。从一九五七年到一九六六年这将近十年中,慧之和她生母见过四次。既然慧之已经将我和你岳父当成了父母,我们三个大人一商议,干脆就让慧之先叫她母亲表姨吧。再后来就到了'文革'前,我和你岳父都担心'表姨'的秘密有一天会被大字报给公开,给慧之和她的生母都带来不良影响。正巧那时你岳父的一位同学当上了哈尔滨教育局的领导,你岳父和我一商议,我们就又带着三个女儿调到了哈尔滨。而'文革'开始后,慧之她母亲的遭遇更是一言难尽了……"

凝之:"你好像有什么心事。"

林超然:"没有啊。"

凝之:"别骗我了。我爸的办公室亮着好久的灯,那会儿我爸我妈又都不在家里。而你说回这边,又久久不见你的影子……是不是我爸妈和你在办公室谈什么事了? "

林超然:"不过就是慧之和杨一凡的事。"

凝之:"我猜就是。"

林超然:"你什么态度? "

凝之:"我主张谁都先不要横加干涉,顺其自然。慧之不是那种完全没有理性的人,如果杨一凡确实不适合做丈夫,慧之是会逐渐得出结论的,也是会处理好他俩的关系的。"

林超然:"我也是这么想的……我觉得你也有心事。"

凝之站住了,看着林超然说:"静之今天陪我去医院进行产前检查,我俩见到了何春晖。我曾是他在兵团时的副指导员,他曾是静之的辅导班老师。他当不成中学老师在看自行车,完全是由于我父亲的情绪作怪。

你想当时我和静之多尴尬？"

林超然："他什么反应？"

凝之："他倒挺平静，只字没提他那件事。我决定还要为他的事和我父亲郑重谈一次。"

林超然："凝之，暂缓吧。你父亲现在，操心烦恼的事也不少。"

凝之："那我听你的，但肯定是要再谈一次的。"

青山脚下一村庄。

山腰一丘新坟前，站立着包括林超然在内的十二三人，年龄在三十至四十五岁之间，人人手持二胡，其中有军医、法官、女性。一位女性头戴白帽，穿的还是医生的白大褂。

静之在不远处望着他们。

林超然望着木制的墓碑，其上写的是"二胡演奏者王长河"。

林超然："老师，您出生在这里，遵照您生前的意愿，我们这些你生前教过的学生，今天将您安葬在这里。你生前最爱对我们说的话是'心情咋样'。而您对我们说得最多的祝愿是'心情愉快'。你明明是一流的二胡演奏家，却总是谦虚地说自己是二胡演奏者。此时此刻，我们的心情都不好，有的人，是闻讯直接从单位请假赶来的。现在，我们要共同为您演奏您生前最喜欢听的《万马奔腾》！"

于是，所有人都将二胡卡在腰间拉起了《万马奔腾》。

某报社的走廊里，林超然和静之匆匆走着。

静之："姐夫，我觉得你犯不着这样做……"

林超然站住了，严厉地："再说一遍？"

静之不说话了。

两人站在一扇门前，门上的牌子写着"社会新闻部"。

静之挡在门前,劝道:"你有权力让他们纠正错误报道,但千万别大闹一场……"

林超然:"躲开!"

静之:"我反对你情绪化的……"

林超然拽着静之胳膊将她推开,一掌推开门闯了进去。

里边几个人正开会,皆吃惊。

一人站起,问:"什么事?你怎么不敲门就往里闯?"

林超然从兜里掏出折成方形的一页报纸,往桌子上一拍:"谁写的稿?"

那人扫一眼,不无气势地:"我啊,你小点儿声行不行?怎么了?哪儿不符合事实了?"

林超然:"医生明明说他是突发心脏病死的,你为什么非写成是吃红烧肉撑死的?你们这份报,明天必须纠正报道错误,向死者道歉!"

静之进入。又一人站起,大声地:"怎么还跟进来一个?出去出去!"

他要往外推静之。

林超然朝他一指:"你敢碰她!"

那人胆怯了。

第一个站起来的人:"你是干什么的呀?瞎咋呼什么呀?怎么死的,人不都是死了吗?!只有亲属才有资格找我们说长道短的,而我们知道他没有亲属,你算老几呀你!"

林超然一把揪住了他衣领:"我是他学生,他是我老师!你使我老师的死成了笑谈,造成了对他的侮辱!我要求你不但要纠正,还要公开道歉!"

其他人欲上前将他俩分开。

林超然:"都他妈给我退后!"

那些人也胆怯了。

林超然:"如果你不。不但我不答应,他们也不会答应!"揪着对方衣领将对方拖到窗口——

院子里,站着那些手持二胡的人。

对方连连点头……

江畔。

林超然穿着背心,肩搭上衣,大步走向江桥。

静之的声音:"林超然,你给我站住!"

林超然站住,转身。持二胡的静之生气地看着他。

静之:"我是受我大姐的嘱托,才这里那里跟着你的!"

林超然:"那就别跟了,回家去啊!"

静之:"你为什么一路不跟我说话?"

林超然:"我干吗非跟你说话?我气还没消呢,不想说话,跟你也没话可说!"

静之:"你必须向我道歉!"

林超然走到了她跟前:"向你道歉?我向你道的什么歉?听着啊,最近我烦透了,别在这儿跟我犯小姐的矫情啊!"

静之:"大姐要求我提醒你,时时保持理智,在报社里你很不理智!"

林超然:"错!在报社里我特别理智,不理智我就揍那小子了!"

静之:"你对我的态度也很粗暴,所以你必须道歉!"

林超然:"那,你大姐让你送给我的红烧肉你送哪儿去了?"

静之一时语塞。

林超然:"送给小韩了是吧?我不计较,他是你对象嘛!可我连影儿都没见着,还得替你遮掩,你怎么不先向我道歉?"

静之:"反正你得向我道歉!"

林超然:"如果我不呢?"

静之:"以后我不叫你姐夫了!"

林超然:"随便!"

静之愣了愣,一转身走了。

林超然望着她背影自言自语:"我才不惯你的小姐毛病!"

第十一章

上午。江北工地。

张继红、林超然和五六个工友在工棚里开会。

张继红："昨天下班后，徐海涛他们三个跟我打过招呼了，说以后不来了。现在，又只来了五六个，也不知今天没来的，以后还来不来了。如果你们也只不过冲我面子来的，那我坦率告诉你们，我的面子不值得你们太在乎，何况你们的面子已经给足了。既然如此，想不干了的，干脆也请便吧！"

一名工友："也不完全是冲谁面子不冲谁面子的问题，离开了这儿，不又得到处找饭碗吗？"

"是啊，大家彼此都熟了。到了别处，看到的又是些新面孔。"

"我们这些当年没下乡后来又一直没给分配工作的人，姥姥不疼舅舅不爱的，到哪儿还不都是临时工，都免不了受些窝囊气？你们几个如果还都能忍，那我也能忍。"

"超然，你是留，还是走？"

林超然："只要继红不走，哪怕只剩他一个人了，那我也陪他。"

又一名工友："你后来的都能这么讲义气陪到底，那我们早来的更没话说了！"

张继红："说来说去，大家还是又给我面子。那好，咱们今天有几个人，干几个人的活。以前怎么干，今天还得怎么干。"

众人点头。

林超然："队长跟我说了，目前这行效益挺好，预制板供不应求，幕后老板赚得盆满钵满，那都是我们用汗珠子挣的钱。老板白给一些人开的工资，其实也沾着我们的汗水。我们还几乎没有星期日，加班加点也从来不给加钱。我知道大家因此都感到很憋气。但我主张，忍一忍。因为我们人人家里都特别需要这一份工资。我也不是主张一味逆来顺受地忍下去，到了该理论一下的时候，我和队长一定会为了大家的利益出头理论。"

工棚门突然开了，又进入十来个人，都是陌生人。为首的，穿花格衬衫，戴金项链。

"花衬衫"："几点了？ 都不干活，在这扯什么淡呢！"

张继红看一眼手表说："我们不是在扯淡。我们只不过开了半小时的会……"

"花衬衫"："开会？ 开他妈什么鸟会啊！ 发给你们工资，是让你们坐在工棚里开会的吗？ 谁是张继红？"

张继红："我。你什么人啊你，一进来就骂骂咧咧的！"

"花衬衫"："从现在起，你不是队长了，我是了。"从兜里掏出一张折叠着的纸递给张继红。

张继红展开了看看，递向林超然。林超然刚欲接，被"花衬衫"夺去。

"花衬衫"："你他妈没资格看！"揣起那页纸，转身指着说："你们几个听明白了？ 这年头，中国还缺干苦力的吗？ 就算城里找不到了，到农村一招呼一批批抢着来！ 谁如果不愿在队里干，趁早滚！"

那五六名工友都默默看着张继红和林超然。

张继红一笑："走，干活去！"

一台搅拌机在转动。张继红装满两桶搅拌好的水泥,一名工友正欲挑走,林超然扛着一只沉重的草袋子走来。

林超然:"等等!"一斜肩,草袋子落地。

林超然扒开了袋口:"看,这是什么?"

张继红:"黄土!"

林超然:"刚才卡车运来的,除了水泥和沙子,还有整袋整袋的黄土和炉灰!咱们在兵团也搞过营建,听说过往水泥里掺黄土和炉灰反而更结实的事儿吗?"

张继红:"明白了,一定是因为现在水泥紧俏,不好买了。"

林超然转身一指:"黄土和炉灰也在往那两台搅拌机里倒!"

远处也有两台搅拌机在转动、轰鸣。

正要挑起水泥走的那一名工友:"咱不管!爱掺什么掺什么!他们就是往里掺屎橛子,那也是他们昧良心!"又欲挑起便走。

林超然用一只手压住了扁担:"不能这么想。现在可是咱们具体在这儿干。预制板是重要的建材。如果不能保证起码的用料合格,那盖起来的楼房多危险?如果不懂另当别论,但这点儿起码的常识咱们可都明白。揣着明白装糊涂,那昧良心的就不只是他们,也是我们了!"

张继红:"我还没注意,超然说得对。"

那名工友:"他不是说的要忍吗?"

林超然:"可我也说了,该理论的时候,我和队长会出头理论的。"

张继红:"我已经不是队长了,叫咱们那几个先别干啦!"

林超然:"叫所有的人都别干了!"

工棚里。"花衬衫"躺在一块木板上,高架二郎腿,在听半导体里刘兰芳播讲的《杨家将》。

外边传来喊声:"别干了,都别干了,停止!也别让搅拌机转啦!"

"花衬衫"奇怪,坐了起来。

林超然和张继红走入。

张继红:"队长,咱们的活儿,不兴那么干的。"

"花衬衫":"不兴哪么干啊?"站了起来,傲慢地瞪着张继红。

林超然:"往搅拌机里加黄泥和炉灰是不对的!"

"花衬衫":"你他妈住口,你算老几?"

张继红:"你嘴里干净点儿,骂他就等于骂我。"

"花衬衫":"等于骂你又怎么了?你们懂个屁!水泥紧缺,不掺点儿兑点儿,再干一个月就没水泥了!那时如果还买不到,停工啊,你知道停工一个月经济上多大损失?"

张继红:"别跟我们扯损失不损失的,我们现在说的是良心问题。"

"花衬衫":"你叫停工的?"

林超然:"我。"

张继红:"不是他,是我!"

"花衬衫":"我猜就是你挑的头!"

他扇了张继红一耳光。

林超然:"你……"

他上前一步,欲"修理""花衬衫"。

"花衬衫"见势不妙,跑出了工棚,在外边大喊:"跟我来的人都过来!别慢慢腾腾的,跑!手里都拎上打架的家伙!"

林超然和张继红一出工棚,工棚外已围着半圈手持棍棒的人了——都是跟"花衬衫"来的人,他们是八十年代最初的农民工。

"花衬衫":"他俩跑进木棚威胁我,还打了我,替我出气的,今天发十元奖金!不,二十元!狠狠地打!只要别打死就行!打伤了打残了不关你们的事!"

对方中有人犹豫,有人却捋胳膊挽袖子,跃跃欲试。

跟林超然、张继红很铁的那五六名工友也跑来了,也都拎着棍棒、锨、扁担。

局面还真是一触即发。

张继红直奔"花衬衫"而去,叫喊着:"王八蛋!不听劝还动手打人,今天我非叫他跪地上求饶不可!"

林超然一边阻拦一边说:"你们先把他拖开!"

工友中的两人,上前将张继红拖走了。

"花衬衫"躲到了农民工们后边。

林超然对农民工们说:"我下过乡,对农民有感情,也了解农民的日子很穷苦,一年到头,手里连点儿零花钱都没有。我现在返城了,一时找不到正式工作,所以也在这里干活。咱们的目的都一样,为的是给家里挣一份儿工资,不是来打架的。你们种菜、种粮,如果种子不好,结果会怎么样,你们都清楚。盖房子盖楼也一样,预制板就是大梁,往水泥里掺黄泥、掺炉灰,那就是昧良心。他不但自己昧良心,还让我们也都昧良心干活,还不听劝,还骂人,打人,反过来倒打一耙,所以我们今天不咽这口恶气了。你们要是非充当他的打手,那我们也没办法。如果觉得十元钱、二十元钱并不值得你们听他的指使,那就闪开点儿……"

对方们互相看着,一个说:"他说的在理。"

于是都退开了。

"花衬衫"被孤立在那儿了。

林超然走到了张继红跟前,问:"是你自己打回公平,还是我替你?"

张继红:"我!我!别拽着我!"

林超然:"那放开他吧。"

于是两个拽住张继红胳膊的人放开了他。

张继红脱了上衣朝后一甩,瞪着"花衬衫"走过去。

"花衬衫"转身欲跑,被工友们四下里堵回来。

"花衬衫"摆出了拳击架势,也瞪着张继红蹦蹦跶跶的。张继红绕着他走,越绕离他越近。

林超然吸着一支烟,冷眼看着。

"花衬衫"却忽然跪地求饶:"大哥,大哥,我看出来了你是狠茬儿!我怕你行了吧?我……我不也就是一催办嘛!你们为了工资,我也是为了工资啊!大哥你高抬贵手!这么着,我今天回去跟老板说说,你还当你的队长。"指着林超然说:"让他当副队长!这行了吧?"

张继红见他那样,索然至极,猛一转身。林超然已在他跟前了,将半截烟塞在他嘴角,搂着他肩说:"那只能算了,消消气。"

张继红:"超然,咱们别挣这份儿工资了。"

林超然:"也是我的想法。"解下垫肩扔在地上。

其他几个人也纷纷将垫肩、套袖、手套扔在地上。

林超然对"花衬衫"说:"把我们的话捎回去……如果继续昧着良心,可别怪我们揭发。"

林超然、张继红一行人走过江桥。

他们在桥下分手告别。

林超然:"心里都没怨我吧?"

工友们摇头。

张继红:"那什么,谁要是先找到了活儿,并且还可以介绍别人的话,互相通个气儿。"

工友们点头。

"姐夫!"林超然转身一看,见慧之站在不远处。

松花江畔某露天冷饮店。林超然与慧之对坐,各自用吸管吸着一瓶汽水。林超然上衣的肩背,照例被汗湿透了。

慧之:"姐夫,活儿很累是不?"

林超然笑笑:"也累不到哪儿去,不过是咱们在兵团常干的活儿。"

慧之:"本想过江桥去找你的,不想在江这边碰到了你。你们过这边来干什么？"

林超然搪塞地："今天活儿少，提前干完了。"

慧之："我想和你谈……我和杨一凡的事儿。"

林超然点头。

慧之："你一点儿都不惊讶？"

林超然："你爸妈跟我说了。"显然，由于刚刚失去了江那边的工作，他心思很难集中，这使慧之误会了。

慧之："姐夫，我没什么得罪你的地方吧？"

林超然："没有啊。快说，我还有事。"

慧之："那我不多说了。既然我爸妈跟你说了，不管他们是怎么说的，反正你已经知道我俩的关系了。你是除了我爸妈，现在唯一知道的人。本来我想先跟我大姐说，想了一晚上，最后决定还是先告诉你……"

林超然："想听我的意见？"

慧之点头道："也想获得你的理解和支持。"

林超然："是对你一个人的，还是对你们两个人的？"

慧之沉吟了一下，低下了头："暂时是对我一个人的吧。"

林超然："那好，听着。"

慧之抬起了头。

林超然："如果我说了不支持的话，你会惊讶吗？"

慧之愣了愣，不自然地一笑："不会的。以我对你的了解，你绝不会那么说的。"

林超然："我完全理解你。我不会说不支持的话。"

慧之又笑了，这一次笑得很欣慰。

林超然："但我反对。而且，坚决反对。"

慧之呆了。

林超然："趁你还没陷得太深，我劝你回头是岸。如果你也不理我的反对，一意孤行，我将进行必要的破坏。我知道这是你的初恋，如果你感到心灵受伤了,那么自己疗伤。就像动物受了伤,自己舔自己的伤口那样。各种各样失恋的痛苦,你在兵团时期应该见得多了,听得多了。人生往往就是不遂人愿的,有情人最终不能成眷属,这也不是什么百年不遇的事,全世界几乎每时每刻都在发生。你也别那么娇气,认为不该发生在你身上,认为一旦发生在你身上就得人人同情。如果杨一凡也觉得受伤了,他那边不用你担什么心,我会帮他摆脱阴影的。这就是我的态度,听明白了?"

慧之:"你的态度,好鲜明!"

林超然:"责任使然。"

慧之:"也使我感到好冷。"

林超然:"那是因为咱们在喝冰镇水。"

慧之:"你今天简直……判若两人!"

林超然:"那是因为你还不完全了解我。"

慧之猛地站起,瞪了他片刻,转身便走。

林超然则低头看着手中的汽水瓶发呆。

一对青年恋人走了过来。

男的:"可以坐在这儿吗?"

林超然没听到。

男的:"哎,礼礼貌貌地问你话,你装的什么聋啊?"

林超然抬头瞪他。

男的:"你怎么还瞪我?!"

女的不安地将男的拉走,小声地:"别跟他一般见识,你看他那种眼神儿,也许精神有毛病。"

他们坐到了别处,再看林超然时,见林超然也不用手拿着瓶子,只用嘴叼着吸管,低头吸着已然不多的汽水。

女的:"看那样儿,肯定精神不正常。"

男的:"坐那儿不是可以面朝着江嘛。"

那样子吸着汽水的林超然。

这时,在林超然的脑海里交替地出现何父、何母对慧之情感问题的看法。

何父:"超然,如果爱上杨一凡的是静之,那我都不至于非拆散他们不可。可慧之不是我们的女儿啊,我们不能像对自己的女儿那么对她放任自流啊!她生母多次来信说,要来哈尔滨看看我们看看她。因为我们的家还不是一个正式的家,所以才劝她别急着来。但今年不来,明年还不来吗?明年我们的房子还分不下来,后年一定就分下来了。那时不用人家再说要来,我们会主动邀请人家来住一段日子。那时我们怎么办,替慧之瞒着?如果实话实说,怎么说得出口啊?"

何母:"如果让慧之和杨一凡的关系成了事实,我们太对不起信任我们如同信任上帝的朋友了吧?我们之间的友谊,对我们双方那就像宗教啊……"

林超然猛地用胳膊一扫,两只汽水瓶同时飞出,落地粉碎。

一名男服务员刚要上前,被一名女服务员拽住。

林超然转身看他俩,后悔地:"对不起……"

女服务员赔着笑脸说:"没事儿,走吧走吧……"

林超然走到了他俩站的柜台那儿:"我赔。总共多少钱?"

男服务员:"算了,你快点离开就行。"

林超然大声地:"我说了我赔!"

男服务员:"好好好,愿意赔当然好。别生气,怒伤肝。汽水两角伍一瓶,两瓶伍角。瓶子一角伍一个,两个三角,总共八角。"

林超然走在江畔的背影。后背湿了一片的背影。他大步奔走得特快。

汽笛声。

林超然扭头望去,江上,一艘拖船逆流行驶,拖的东西很多,吃水很深,行驶虽然缓慢,但看上去很有拖力。

他不由得伏栏观望。

拖船驶远，又响一阵汽笛。

他挺直了腰，对江深吸一大口气，缓缓呼出。如是再三。

他又走在江畔，但已不像刚才走得那么急匆匆的了。

他走到了新华书店。看新书告示，上写的是：

应广大读者强烈要求，本店又调入世界名著多种，欢迎选购，请按秩序排队。

买书的人已排到了店外。

林超然走入书店，走到队头，问售书员："有《简·爱》吗？"

售书员："有。后边排队。"

"超然……"

他转身一看，见凝之挺着大肚子排在队中。

林超然挽着妻子走在回家的路上。

林超然："你怎么可以为小妹买一本书，就到市里来了？多让人担心！"

凝之："怕你又把我嘱咐的事忘了。我既然答应了小妹，那就要早点儿买到，早点送给她。我走得慢，多走走对肚子里的宝宝有好处。再说我整天待在家里也挺闷的，喜欢到新华书店这种地方。对于我这种女人，逛书店的兴趣远超过逛商场的兴趣。"

第二天。罗一民的铺子。

罗一民在做最后一只桶，案子上已一溜摆着大小九只了。

林超然进入。

罗一民看他一眼,没说话,只将小凳拖到了自己跟前。

林超然在小凳上坐下。

罗一民:"那位老先生真怪,预付了钱,却一次也没来催活儿。"

林超然:"你还真得借点儿钱给我了。"

罗一民不禁抬头看他。

林超然:"我又失业了。"

罗一民:"怎么回事?"

林超然:"后台老板不地道,往做预制板的水泥里掺黄土和炉灰,昨天终于忍无可忍了。"

罗一民:"多少?"

林超然:"二十三十都行。"

罗一民:"五十吧。"

林超然:"不必那么多。"

罗一民:"你看你!万一短时期内找不到活呢?"

林超然:"那……听你的。"

罗一民:"让我把这只桶做完。"

林超然:"你和李玖怎么样了?"

罗一民:"你少操点儿心不行吗?"他显然不愿谈。

林超然苦笑,又说:"我是这么想的,又失业了的事,既不让我家人知道,也不让凝之家人知道。包括凝之本人。她都快生了,不能让她多忧多虑的。我呢,手中有钱,心中不慌。一边找工作,一边每天装按时上班。左找右找还是找不到,那就常到你这儿来坐坐……"

罗一民:"欢迎。"

林超然:"不欢迎也得欢迎啊。要不我怎么办,不能总在马路上闲逛着挨过一天的时间吧?"

罗一民:"有一条挣钱的路,不必求人,就怕你不干。"

林超然:"说。"

罗一民:"我为你借一柄刷墙刷子,长把的那一种。再为你借一把抹子,一个刮板,一只工具袋。有了这几样东西,你每天早上蹲在三孔桥那条街的道边,兴许就有雇你刷房子的。我听说那儿形成了劳务市场,甚至有些机关单位也到那儿雇人刷办公室……"

林超然:"每天多少钱?"

罗一民:"不按天算。按平米算。听说一平米三毛钱。十平米不就三元钱了? 屋子最小的人家也二三十平方米吧? 每个月只要被雇到五六次,起码不就四五十元挣到手了? 要是几个人合包一次活儿,一刷就刷了一幢办公楼呢? 那不就时来运转了? 不是因为腿不好,怕没人雇我,连我都想每天到那儿等活,不开这铺子了。"

林超然:"为我借! 明天我就来取! "

罗一民:"真动心了?"

林超然:"不是动心了,是就这么决定了! "

敲门窗声。

门外站的是杨雯雯的外公,就是那订货的老先生。他戴单礼帽,着布鞋,一身中式亚麻裤褂,手持纸扇。

林超然起身替罗一民开了门,请入了杨雯雯的外公。

罗一民也站了起来,堆笑地:"刚才还说起您,以为您忘了。"

杨雯雯的外公:"这是对我很重要的事,不会忘的。"也一脸微笑,很和气。

罗一民:"他是我朋友林超然,当年还是我营长。"

林超然伸出手,杨雯雯的外公与他握了一下手,并说:"幸会幸会,真是年轻有为。"

罗一民:"那是以前的事,现在比我还落魄,过几天就得去当刷房子的临时工了。"

林超然:"也不能说是落魄,暂时处于人生低谷而已。"

杨雯雯的外公:"嗯,两者有何区别?"

林超然:"大多数人的人生都会有低谷。就看怎么看了,别人看你很落魄,自己被别人的看法压垮了,那就容易悲观。落魄是有心理成分的说法,低谷只不过是承认一种客观事实而已。"

杨雯雯的外公:"那么你是个乐观的人喽?"

林超然:"总体上是。"

罗一民:"你们先别讨论悲观乐观的问题,我这儿不是举行座谈会的地方。老先生,请过目我给您做出的活儿。"

他引杨雯雯的外公走到了案前。

杨雯雯的外公:"我一进门就看到了。"拿起最小的一个,观赏古董似的:"你用的白铁皮不错,活儿也做得不错。边儿敲得齐,嗯,底部的洞剪得也圆。满意。很满意。"

罗一民笑了:"可您来得不巧。就剩那个最大的还没做完了,您今天不能全带走。"

杨雯雯的外公:"今天我也不带走。现在,我要求你,将每一个都安上喷嘴儿。"

罗一民:"那……那不成了喷壶了吗?"

杨雯雯的外公:"对。我最终要你做的正是喷壶。"

罗一民:"您当时为什么不说明白?"显出了不高兴的样子。

杨雯雯的外公:"我每次都说得很明白啊。第一次我说做十只桶,你说很容易。第二次我说每只桶底部剪一个洞,你也说不难。你正是一次二次按照我的要求做的,我今天来看到了,还很满意,你怎么会有我没说清楚的感觉呢?"

罗一民:"当你第二次来要求每只桶的底部剪一个洞时,其实我心里就有点不高兴了。你要是早说,做成桶状之前就在铁皮上剪出洞了,那多省事?可我当时一句也没埋怨您,对吧?当时我问您最终要做成什么,您偏不说。现在您说要的是喷壶,对我麻烦大了。做喷壶一开始就根本不是这么个做法。”

杨雯雯的外公:“你要求我说'对不起'？我可以说,但是不想说。究竟要做什么,起初我没想好。做成喷壶是一步一步的想法。”

罗一民看着他摇头,分明不信他的话。

杨雯雯的外公:“不管麻烦不麻烦,按照合同,你都必须为我做,是吧？”他从上衣兜掏出一纸合同,展开,看着念:“客户甲方一次性预先付款。乙方无条件承诺,甲方怎么要求,乙方便怎么做。在做法和期限两方面,完全服从甲方要求。”

杨雯雯的外公:“你再看一遍不？”

罗一民望着他摇头。

杨雯雯的外公将合同揣起后说:“我承认是给你添了麻烦。我愿意再多付你钱。说吧,多少？”

罗一民仍望着他摇头。

杨雯雯的外公:“你不要,我不强加于人。我没那习惯。尤其不习惯非给别人钱不可。我是商人,对钱还看得较重。”

林超然:“您要大大小小这么多喷壶有什么用？”

杨雯雯的外公:“用处太多了。我喜欢花,养了大盆小盆的花。大盆的用大点儿的喷壶浇水,小盆的用小点儿的喷壶浇水。这把,可以用来浇院子里的花。这把最大的嘛,我觉得可以用它来浇滑冰场。”

他转身向林超然:“你认为如何？用它是不是也可以浇出一片滑冰场？”

林超然:“老先生,非要用它浇出一片滑冰场那也不是不可以。但大型的滑冰场都用洒水车来浇。中小学的滑冰场,一般也是用爬犁改装的简单洒水车来浇,没听说过用喷壶的。”

杨雯雯的外公:“没听说过的事,不等于没有过的事。我很好奇,想看到用喷壶浇出冰场的情形。这么大的喷壶,装满水肯定很沉。刚才我和你握手,觉得你的手劲特别大。到了冬季,我雇你浇冰场怎么样？”

林超然一笑:"现在是夏季,到了冬季再说吧。如果那时我又没活可干了,愿意。"

杨雯雯的外公也笑了:"那咱们就算先口头订下君子协议喽?"转身对罗一民又说:"啊,按照合同,对你还有个要求。下个月的今天,我来取喷壶,十把一把不能少,你可要赶赶啦?"

罗一民已完全呆在那儿了。

杨雯雯的外公:"不打扰你们,告辞了。"

自始至终,不论是他跟罗一民说的话,还是跟林超然说的话,听来都是那么的和气。而且,也一直是和颜悦色的表情。

林超然替他开了门,礼貌地将他送到外边,伸出手臂阻止骑自行车的人,挽着他过了小街,一直将他送到小汽车旁,两人在车旁说着什么。

林超然目送小汽车开走。

铺子里。罗一民还呆在那儿。

冻得通红的双手在用大喷壶浇水。杨雯雯的双手。

她那双结了一层冰的鞋面。

林超然回到了铺子里,说:"老先生是位港商,还是从咱们哈尔滨去香港的。他说他对哈尔滨有深厚的感情,所以政策一允许就打算回来投资了。"

罗一民:"我看他是来者不善。"

林超然:"为什么这么认为?"

罗一民未答。拿起最小的那件活儿,愣愣地看着。

林超然:"我觉得老先生人挺好的呀。老人嘛,他们的想法、做法,往往都和我们年轻人不一样,难免会使我们觉得怪怪的。我们常要求老年人看我们大的方面是怎样的人,那我们看老年人就也应该同样看大的方面。"

罗一民："我恰恰觉得,他正是在大的方面来者不善,成心刁难我。"

林家。凝之在读信给林父和林母听。

凝之："爸爸,妈妈,我不是不想家,不想你们。我不是那种有了对象就忘了父母的儿子。我不但非常非常想你们,还很想我小妹。现在,兵团又改回农场了,我们这里也开始实行承包制了。我承包了一大片土地,还承包了一台拖拉机,还有犁铧、收割机,总之是配备齐全的一组农机具。我一心想要做北大荒的第一代农场主……"

林母："难怪他到现在也不返城! 怎么可以有这种想法呢? 那不是和想当地主是一样的野心吗? 以后哪一天还不挨斗啊?"

林父："别打岔! 好哇! 好,好! 老二这封信写得很有水平嘛! 争取为国家多种粮食,向国家多卖粮食,这是光荣的想法嘛! 农场主也不能和从前的地主画等号,是要做大农民! 对,心甘情愿做农民的人,那也要做大做强!"

凝之："妈,别担心。我二弟的想法,正是我爸说的那样。"

林母："凝之,你都不让我担心,那我就不担心了。论国家政策方面的大事,妈不如你明白,但妈信你的。"

林父急迫地："你先别说了,先听信行不行? 凝之,快接着念!"

凝之："爸爸,妈妈,我们农场,组织了一个农场职工考察团,我也报名了,被批准参加了。不久我们要到新疆去进行考察学习。这一去,也许要半年,也许要一年。考察学习期间,我肯定还是不能回家探望你们了。但是有哥哥和嫂子在你们身边尽孝,我是完全放心的。"

林母落泪了："我都快四年没见到他了,一下子又要去新疆了,又要很久不能探家。"

林父："你掉泪干什么呢! 凝之不是念得明明白白嘛,他是去考察学习! 要做大农民,不考察不学习,大得起来吗?"

林母："我想他！最近想他都想得夜夜睡不着觉！怎么，还不许我因为想他掉眼泪啊？"

林父："就你想他，我就不想他了吗？但只要他是为了有出息，再两三年内不回来探望我们，那我们也得理解他！"

林母："我说我不理解他了？"

凝之听着两位老人的话，心里别提有多不是滋味。

外边传来叫卖声："豆腐！新压出来的大豆腐！干豆腐水豆腐豆腐丝喽……"

凝之："爸，妈，我先去替你们买点儿豆腐！"

她说着起身往外便走。

凝之站在那条街的电线杆前，双手捂脸哭泣。

某图书馆。小韩进入，目光四处寻找，发现了静之。

静之在埋头看一部厚厚的书，沉思，往小卡片上写什么。

一只手将半页纸推向她，其上写的是："出去一下！"

静之一抬头，见小韩站在她对面，向她亲昵地笑。

静之在纸上写了"不行"二字，复将纸推向小韩。

小韩又在纸上写了"为什么"三个字，再次将纸推向静之。

坐在静之旁边的一个姑娘，拿起书不满地走了。

小韩赶紧坐到那把椅子上。

静之小声地："我办的是临时证，只能在这里看不能把书借走。"

小韩："我有重要的话跟你说，先把书还一下嘛！"

静之："这是高考必读文科书目之一，等着借的人很多，我一还回去五分钟之后就借不到了。"

小韩："我要跟你说的话很重要。如果你听了也许就不想高考了。"

静之疑惑。

小韩:"不骗你。"

静之犹豫,四下望,又小声地:"书我是不能轻易还的。那边有一个我认识的人,我先把书交给他。"

她起身走向一个同龄青年,与之耳语。

小韩望着。

两人站在图书馆外的高台阶上。

静之:"说吧。"

小韩:"又好多天没见面了,特想你。"

静之一怔。

小韩:"真的!"

静之:"我认为这不是你急着要跟我说的话。"

小韩:"是急着要跟你说的话之一。但是你得先回答我一个问题。"

静之笑了:"问吧。"

小韩吸着了一支烟,小心眼儿地:"他是谁?"

静之:"哪个他呀?"

小韩:"接过你书那个男的。"

静之:"在图书馆认识的。"

小韩:"你还真善于交际,怎么认识的?"

静之严肃了:"别小心眼儿啊,审我呀?"

小韩不好意思了:"不是因为爱你嘛!"

静之:"气我!快说正题!"

小韩:"静之,我爸妈的意思是——希望咱俩早点儿结婚!"

静之又一怔。

小韩:"他们对你印象可好了,一点儿也不在乎你有没有大学学历。"

静之:"代我谢谢他们对我的好感,那你呢?"

小韩:"我和他们的想法一样,当然更不在乎你有没有大学学历了。"

静之：“可是我自己在乎。我并不是为任何别人考大学的。”

小韩：“现在是千军万马都拥挤在考大学这座独木桥上了，你又何必非参与这场竞争呢？”

静之：“我要做最好的我自己。”

小韩：“可想而知，竞争将会很残酷。”

静之：“我们这一代，以前谁也无法做自己的主，现在终于又开始有了这样的机会，我认为是我们这一代的福音，千军万马很壮观，我参与其中感觉良好！”

小韩：“我爸妈的意思是，其实，如果咱俩就我一个人能考上大学，他们已经很高兴了。至于你，他们保证为你安排一份特别稳定的，也就是政府机关性质的，起码是事业单位性质的工作，风吹不着，雨淋不着，上班几乎等于看看报，喝喝茶，聊聊天的那么一种工作。那样，你不正是做成了最好的你自己吗？”

静之：“以后呢？”

小韩：“以后我有了大学文凭，肯定会努力工作，科长、处长，争取几年一个台阶……”

静之：“而我，工作之余，要全心全意相夫教子，做典型的贤妻良母，加上善于讨公婆欢心的儿媳妇？”

小韩：“对对对！”憧憬地：“那是多么美好幸福的生活啊！”

静之：“仅仅那样，我肯定不是做成了最好的我自己，而只不过是做成了你最好的妻子，和你爸妈最好的儿媳妇！”

小韩：“可……如果咱们都一门心思投入高考复习，多少天才能见上一面，只怕咱们之间那点儿刚刚形成的热乎劲儿，渐渐地，不知不觉地又凉了……”

他说得很忧郁，也很真诚。

静之望着他的目光顿时温柔了，多情了。

她说：“不会的。我爱你。”

小韩："我比你爱我更爱你,这你应该感觉得到。"

静之："我当然感觉得到!" 情不自禁地拥抱住他,欲吻他。

不料小韩轻轻将她推开了:"别……站在这么高的地方,让别人看见多不雅!"

静之又是一怔,庄重:"转告你爸妈,谢谢他们的安排。但大学,我是非考不可的!"

她转身走入图书馆。

小韩站在原地发呆,烟头烧疼了他的手。

静之回头大声地:"不许随地扔烟头,扔垃圾筒里!"

小韩捡起烟头,已不见了静之身影。

"嫂子……"

凝之一转身,见林岚站在跟前。

卖豆腐人的叫卖声仍在传来。

林岚:"嫂子,谁惹你伤心了?"

凝之:"谁也没惹我伤心,是我自己想到了点儿伤心事。兜里有钱没有?"

林岚:"有。"

凝之:"快去追上卖豆腐的,买几块豆腐!"

林岚:"也没盆啊。"

凝之:"那买干豆腐!"

凝之捧着用纸包着的干豆腐,林岚挽着她往家走。

凝之:"小妹……"

林岚:"嗯……"

凝之:"千万别跟你爸妈说看见我哭了。"

林岚懂事地:"嗯。"

林家门口。林母迎道:"你有孕在身,结果还让你去买了,家里有两块豆腐。"

凝之:"正巧碰上了林岚,我让她买了一斤干豆腐。超然念叨想吃干豆腐了,他今天会回这边来,我陪他在这边吃。"

林母:"那好,晚上两样都做。"

三人进了屋,林父指着桌上的一本书对林岚说:"你嫂子给你买的,还不说谢谢?"

林岚拿起《简·爱》,高兴地说:"早就想看这本书了,谢谢嫂子。"

林父:"你工作的事,既然辞了,我和你妈也就不再训你了。你想考学,从明天起我们也开始支持。但是你要向你二哥学习。你二哥来信了,他立志要留在北大荒做大农民。你要学习他这种志气。你嫂子念两页了。最后一页你念给我和你妈听……"

林岚从桌上拿起信,看着说:"这不是……"

凝之抢着说:"这不是一封邮寄的信,是你二哥托人捎回哈尔滨的。"

林岚看了嫂子一眼,虽然心生困惑,但还是坐下念了起来:"爸爸妈妈,我从小总听大人们说,儿想父母扁担长,父母想儿长城长。那时不太理解,现在,终于理解到……作为思念之情,儿女只不过有时才特别地想父母,而父母只不过有时才不想……"

林父:"好!老二这封信,真是越听写得越好!他懂事了,太懂事了!把刚才那两句再念一遍!"

林岚就又念了一遍。

林父林母静静地听林岚念信。

林母起身从墙上摘下相框,擦着玻璃,端详着林超越在兵团时期所照的单人照。那是一张彩照。当年中国民间还没有彩色胶卷。那张照片上的彩色是用笔染上去的。

林父从林母手中拿过了相框,也端详着。

眼泪掉在玻璃上。

老工人粗糙的手掌抹着眼泪。

凝之内心极其矛盾地看着两位老人。

林岚："念完了。"

林母伸出手："给我,你二哥这封信得我保留着。"

林父也伸出手："给我,得我保留着。"

林岚看着两只手,不知究竟该给谁。

林母将信掠过去了："我先说的!"

林父："我不让着你,能由你把话先说了!"

他企图从林母手中夺去信,林母侧转身不愿信被夺去。

凝之和林岚都愣愣地看着。

林父无奈地,也像小孩子似的："那,咱俩谁也别争,让女儿保留!"

林岚一愣。

林母："对我,是儿子的信。对女儿,是二哥的信。你让岚子自己说,究竟该谁保留着?"

林父："让女儿保留着,是为了让女儿多看几遍,学她二哥那么有志气,那么懂事,那么……由你保留着,你能向老二学什么?"

林母妥协了,将信朝林岚一递："给,你保留着吧!记住你爸的话,多看几遍,要向你二哥学……"

林岚有点儿不知所措地看着凝之,凝之微微向她点一下头。

林岚这才将信接了。

林父："他妈,说不定啊,将来咱们老二,兴许还比老大有出息。你看老大,返城回来,这是落了个什么结局?"

林母给了他一拳："当着凝之的面,你说的这是什么浑话!"

凝之笑笑,小声地："我不生气。超然现在的情况,那肯定是暂时的……"

图书馆。静之随几个人走出来。

"静之！"她一回头，见是小韩。

小韩："中午了，一块儿找地方吃饭吧。"

静之："你一直等我到现在？"

小韩："如果这也惹你不高兴了，我道歉！"

静之："道的哪门子歉啊！你呀你，我是多么过意不去！"

她主动拉住小韩一只手。

哈尔滨一处僻静又环境不错的小餐厅，门外有餐桌椅，并有一株栽在大木盆里的夹竹桃，正开着花。

静之和小韩坐在一张小餐桌旁。小韩在看菜谱，静之在看书。

小韩："想吃点儿什么？"

静之眼睛不离开书："随便，你点什么我吃什么。以后都要同吃同住了，你爱吃的我也会爱吃！"

小韩笑了。随便点了几样菜。

静之："千万别多点了啊，吃不了浪费不好。"

小韩："就点了三样——炒土豆丝、拌黄瓜、西红柿炒鸡蛋，都是你爱吃的吧？"

静之这才抬起头，并点了点头，握一下小韩的手，张开嘴却无声地："爱、你！"

小韩幸福地笑了，理解地："你说服了我，我服从你的意愿——什么书啊？"

静之合上书——是一本《鲁迅作品选》。

小韩："我数理化头脑不行，也只能考文科，文学方面的书还没来得及看，快给我补补课！"

静之："抓住两个要点——鲁迅他们那个时代的文化知识分子们，一批判的是中国人的奴性，二批评的是中国人的'看客'现象。"

小韩:"我那套复习提纲中,有一个问题是——'五四'时期所批判的中国人的奴性,究竟是怎样形成的?"

静之:"想想《三国演义》卷首词最后两句是什么?"

小韩摇头,惭愧地:"当真人不说假话,没读过。"

静之:"'一壶浊酒喜相逢,古今多少事,都付笑谈中。'封建社会等级森严,人人都难免多少有些奴性。这不仅是中国现象,也是世界现象。"

静之侃侃而谈地讲着。

小韩双手捧腮小学生似的听着。

服务员端上来菜、饭。

两人边吃边问着,答着……

鸽哨声。一群鸽子在天空飞翔。静之和小韩已吃罢饭,站在夹竹桃旁。

静之:"这花开得真好。"

小韩:"真舍不得与你分开,也真愿意听你说话。没想到,才一个多星期没见,你又知道了那么多!"

静之:"你得把'知识'两个字分开来理解。'知'只不过是知道,'识'是自我见解。自我见解比知道更重要。如果仅仅为了考大学,完全按照复习纲要的范围读点儿书,那也只不过是知道了些什么,知道得再多,却懒得思考问题,就只不过会成为一个喜欢吊书袋的人。"

小韩心猿意马地:"还真想吻你!"

静之一仰脸:"批准。"

小韩四下张望,看有没有人在注意他俩。

四周静悄悄的无一人。静之已等不及,搂住了他脖子。

小韩:"等一下!"

静之愣愣地放开了他。

小韩从上衣兜掏出一盒烟,揣入裤兜,笑着说:"三五的,我在收集烟盒,别压扁了。"

静之看他片刻,大笑起来,笑得弯下腰。

小韩被笑得莫名其妙。

静之:"哎,亲爱的,你咋是这么一个人啊!那我还莫如干脆吻花儿得啦!"双手捧一朵花,郑重地吻了一下,一转身扬长而去。

小韩呆呆地望她背影,又看那朵花。

林父、林母和林岚、凝之在吃晚饭。

林母:"不再等超然一会儿了?"

凝之:"别等他了,林岚刚才都说饿了。"

林岚:"对,不等他,让他吃剩的!"

林父严肃地:"不许你以后再说这类话!还当着你嫂子的面说!我埋怨你哥可以!你有什么资格轻视他?"

凝之:"爸,她是开玩笑。"

林超然进屋了。

林超然:"你们又在背后议论我什么?"

每个人都笑了。

五人在吃晚饭。桌上一盘炖豆腐,一盘炒干豆腐丝成为主菜。

林母用小勺往凝之碗里盛炖豆腐。

林父用筷子往林超然碗里夹干豆腐丝。

因为听凝之读了二儿子的信,林父、林母显得心情特别好。五口人其乐融融的情形像过年过节。

林父:"豆腐可是好东西,从前它是老百姓饭桌上的素肉,多吃豆腐长寿。每个月发不发半斤肉票我不在乎,哪天要是干豆腐不凭票了,那对于我就是到了共产主义!"

林岚:"现在私人也可以做豆腐卖豆腐了,政府部门睁只眼闭只眼的也不太管了,豆腐票不等于没了意义?"

林母:"你爸一说肉票我想起来了,前条街上的老张家,儿子结婚办喜事时,借了咱们五斤肉票,到现在也没还。也不知是真忘了还是装忘了。岚子,你哪天去要!"

林岚:"这种得罪人的事我可不去!"

林超然:"妈,别要了。街里街坊的,几斤肉票还记在心上多不好,看伤了和气。"

林母:"得要。那是我平时舍不得用,半斤半斤攒下的,为的是今年春节两家人都过个肥年,猪肉炖粉条让大家个个可劲儿造!"

凝之:"有天我做了个梦,梦见连粮票都取消了,购粮证也不发了。而且呢,大米白面随便买了……"

林父:"凝之,你呀,连做梦都做得与众不同! 那么浪漫的梦你也敢做?"

林岚:"大老粗别瞎拽好不好,浪漫!"

林父:"瞎拽也是跟你妈学的!"

林母:"哎,往我身上赖! 我什么时候拽过?"

三个晚辈都笑了……

天又黑了。林超然挽着凝之走在回何家的路上。

林超然:"你让二弟到新疆那么远的地方去了,估计我爸我妈一年半载之内,不会再责怪他不回哈尔滨探家了。"

凝之站住,看着林超然说:"超然,不能再那么骗他们了,骗到哪天是头呢? 每编一封那样的信,对我都是折磨。写着写着,就不像二弟的话,不像二弟的字体了。"

林超然:"是啊,我理解。本来应该是我的事,却一而再,再而三地推给了你,太难为你了……"

凝之:"我当然也理解你。你怎么能够一封封编出那样的信呢? 两位老人那么容易受骗,又那么相信我。我怎么骗,他们就怎么信。每骗他们一次,我都有一种深深的罪过感……"

她又哭了。

林超然轻轻搂抱住了她,内疚且安慰地:"我来面对,我来面对,现在确实还不能告诉他们,等到一个适当的时候吧,比如小妹考学的事过去了以后,我也有了较稳定的工作……"

韩父坐在沙发上看报,韩母在打电话。

韩母:"不用费心介绍了,儿子已把对象领回家来吃饭了,挺好的姑娘,模样好,性格也好,开朗活泼,是我和他爸中意的那种类型。小韩当然更中意她啦。家庭也还算可以,说不上门当户对,但也不至于使我们干部人家多么没面子。姑娘她父亲当年是摘帽的那一批,我们小韩他爸向组织汇报了,组织说问题不大……"

敲门声。

韩母:"准是儿子回来了,改天再聊。"放下电话开门,门外果然是小韩,表情郁闷地换鞋。

韩母:"回来了?"

小韩:"这话问的,我不都站你面前了嘛!"

韩母:"见过静之了?"

小韩拖长声音地:"见、过、啦!"说罢,盘腿坐在了地中央。

韩父不看报了,从眼镜上方看他:"转达我们的想法了?"

小韩:"转、达、啦!"

韩母:"她很高兴是吧?"

韩父:"难道她还会不高兴?"

小韩:"正是。"

韩母:"'正是'是什么意思啊?你爸说的那样,还是我说的那样?"

小韩却答非所问:"我俩都快那样了……"

韩父:"哪样?儿子,你们还没登记,可别胡来,那会有不堪设想的后果的!"

韩母:"其实真那样了也没什么。生米做成熟饭,煮熟的鸭子就飞不了啦! 再说时代不同了,对象之间那样也不应该算作风问题了……"

韩父:"我不许! 谈恋爱要有规矩方圆!"

韩母:"你的思想也要解放一点儿!"

小韩:"安静! 都听我说——我俩正要接吻,她忽然不了,转身去吻一朵花!"

韩父、韩母一时你看我,我看你。

小韩往地上一躺。

韩母:"别躺地上,看着凉!"

小韩仿佛没听到,自言自语:"我觉得她像一匹小马驹,小野马驹。我虽然当过兵,可惜不是骑兵,一点儿也不熟悉马性,只有骑自行车才骑得溜……"

韩父、韩母又是一阵互看。

罗一民的铺子里。罗一民在做喷壶壶嘴。他旁边的小凳上放着白酒瓶子和一小盘咸菜。他敲几下就停止,喝一口酒,往嘴里放一条咸菜。

屋外传入问话声:"一民在家吗?"

罗一民:"死啦!"

门一开,进入一个三十七八岁的男人,穿背心裤衩,趿拖鞋,手握一卷纸。

来人:"这不活得好好的嘛! 一边干着活儿,一边还喝着,这就是干个体的好处。要是在正经单位,哪儿能这么干活儿?"

罗一民头也不抬地:"我这儿就不是正经地方了? 虽然不是单位,但我干的也是正经活儿,我是凭手艺挣钱的正经人!"

来人:"那是那是,开句玩笑,别误会嘛。谁敢说你这不是正经地方,你罗一民不是正经人啊! 撮子、挑水桶、洗衣盆、舀水铁勺、烟筒和房檐下的淌雨管,哪样不是你罗一民做的呀? 咱们这几条街的居民缺了你还行？"

罗一民又喝了一口酒，这才瞪着对方说："没工夫和你闲扯淡。没事儿走。有事儿说。"

来人："当然有事儿。很重要的事儿。对我重要，对你也重要。甚至还更重要。对咱们这条街上好多户人家都很重要，关系到咱们共同的切身利益……"

罗一民："你是想说拆迁的事儿吧？"

来人："对对，真是聪明人，一点就知道了。但是你清楚是谁打算投资拆迁吗？"

罗一民："爱谁谁。"

来人："就是来过你这儿几次的那位老先生！他是位港商，今儿白天还到你这儿来过，对不？有人看到了！他也不是想让整条街的人都搬走。他是要投资翻修这一条街。但是有几家，他希望能搬走。我家是一户，你这儿也是一户。我家那三间老房子虽不起眼，却据说是抗日联军的一处联络站。而你这里，当年是犹太人开的一家小旅店，专门收留流亡的犹太人。"

罗一民："简单点儿，我正干活儿呢！"

来人："咱们可以搬。说将来要盖一幢楼，优先让咱们挑户型。能住进新楼房，干吗不搬？但，我不说了，你看这个。"

他将手中那卷纸递给了罗一民。罗一民接过看了片刻，还给他。

来人："咱们总共十几户，希望你挑头，跟他谈条件。"

罗一民："为什么你们要推举我挑头？"

来人："你当年不曾经是红卫兵小将嘛！"

罗一民反感地："别跟我提当年！"

来人："好好好，不提当年。别生气，耐心点儿。都明确表态了，只要你肯挑头，人人听你的。你怎么吩咐，大家怎么响应。"

罗一民："谈条件我是支持的。我们也有权利谈条件。可为什么要狮子张大口呢？都想一下子腰缠万贯啊？"

来人："如果真能那样，为什么不？天上掉馅饼，百年不遇的事儿。狠敲一笔不为过。天下熙熙皆为利来，天下攘攘皆为利往嘛！"

罗一民："据我所知，人家就不是为利投资。人家等于是捐资行为。"

来人："他是香港富商，钱太多了嘛！可咱们不都是平民百姓，一辈子钱不够花的人嘛！大家还说了，目的达到以后，每户从补偿金中抽出一成给你。十几户啊，你想想那多少钱？"

罗一民又喝一口酒，放下瓶子说："我才不挑那个头！谢谢你们的抬爱。你们非狮子大张口，你们自己去扑去咬！我的条件我自己定。我的权利我也要自己去主张。"

来人："一民，再考虑考虑。"

罗一民："你走吧，别耽误我干活儿。"

来人："你……你这不是不识抬举嘛！"

罗一民用锤子一敲铁砧："滚！"

第十二章

清晨,有雾,秋季到了。雾不是很浓,并且在飘移。

雾中一些骑自行车的人影驶过,自行车铃声不断。

雾气渐渐散去,人行道上出现另一些人,七八个,年龄从三十岁左右到五六十岁,或站着,或坐在人行道沿上,皆手持长杆的刷墙刷子,肩搭帆布工具袋。有的戴蓝色单帽,有的戴破草帽,有的没戴。他们的帽子、衣裤、鞋上布满灰点。灰点儿也不仅是白色的,还有黄色、绿色、粉红色的。看去像穿斑点迷彩服的士兵。

林超然也在他们中站着,在看一本薄书。他显得很"另类",因为只有他一个人衣服、裤子、鞋子干干净净的,戴着绿军帽。

"超然!"

林超然一抬头,见是骑辆旧自行车的王志,一腿跨车上,一脚踏路沿上,长杆刷子绑车后架上,也是一身灰点子。

在这种地方见到了王志,使林超然很意外,也很高兴,问:"你……不是有工作吗?"

王志:"今天星期日啊,能多挣点儿就多挣点儿啊。"

林超然:"我都过昏头了,根本没有星期几的概念了。"

王志:"我两个月前当爸爸了,日常开销多了。不多挣点儿,太对不起老婆孩子了。"

林超然:"那也得祝贺你。我也快当爸了,可到现在还没稳定的工作。听别人说站这儿能找到活儿,就来试试。"

王志:"像你这样,等到天黑也等不到活儿。你看看别人,再看看你自己,从上到下干干净净的,哪像干这行的样子!"

林超然:"我特意穿了身干净衣服,以为能给雇工的人好印象。到这了才发现自己不太对劲,可已经站这儿了啊!"

王志:"还拿本书看! 什么书?"

林超然:"《泰戈尔诗集》,怕等久了闷。"

王志:"放包里。"

林超然将书放入挎包。

王志问别人:"谁带灰桶了? 最好是有灰底子的。"

一人答:"我。干吗用?"

王志:"前边路上有洒水车在浇树,去接点儿水,湿桶底就行了。"

那人开玩笑地:"不能白用啊,得交费!"拎桶走了。

王志弄湿了刷子头,往林超然衣服裤子上甩灰水,甩完了前边甩后边。

王志:"我们这种人被叫作路边工,又叫蹲马路牙子的。我是这儿的创始人之一。谁身上的灰点子多,受雇的机会才多。每个人都舍不得洗去,成了我们的行头,也可以说是广告。"

林超然:"每月能挣多少啊?"

王志:"去年还不行,今年一下子活路多了。好像全哈尔滨市的人都活得来劲了,家家户户都要粉刷房子似的。从开春到现在,连我这业余的都挣了二三百了。他们中有人都挣了一千多!"

林超然:"多少?"

王志:"一千多。你还别不信,真的。几个人刷一个单位的房子,每人一次就能分二三百。有那运气好的,几个人刷了一所中学……"

林超然孩子般地:"王志,拉兄弟一把,我也想挣一千多。"

王志:"别急,咱俩既然碰上了,我起码保证你今天能挣到钱。帽子给我……"

林超然:"是顶军帽。"

王志:"不想挣一千多了?"

林超然乖乖摘下军帽给了王志,王志一手帽子,一手刷子,往军帽上甩水。

有人大声地:"王志,要不要点儿带色的?这几只桶里还有带色儿的灰底子!"

王志:"要,拎过来。"

王志退到一旁站着了。三个人围着林超然,三把刷子从三个方面往他身上甩水,有的干脆用刷子往他身上刷……

林超然:"谢谢,谢谢,给你们添麻烦了。"

一人说:"小意思,一点儿不麻烦。"

王志:"太阳一晒,一会儿你看去就合格了。"

太阳在空中运行,由东而升空正中,而偏西,落下。

天黑了。

四人身影走在路上,是林超然、王志们。人人扛着长杆刷子,有的拎着桶,单手推自行车。

四人坐在一家小饭馆里了。

林超然:"我请。"

王志:"你刚加盟第一天,轮不到你。谁也别争,我请。"

四只啤酒杯碰在了一起,都一饮而尽。

王志:"超然是我兵团战友。我不在场的时候,你们多关照他,啊?"

一个说:"没问题!"

另一人说:"你是前辈。前辈吩咐了,我们当然照办。"

第三人:"别说多余的了,分钱,分钱!"

王志从兜里掏出来点数。其实不多,一百来元而已。当时没有百元钞,也没有五十元的。若有,没点的必要了。

林超然:"想不到今天一天能挣三十元,今天以前我连这种梦都不敢做。"

王志:"不多。咱们四个人才刷了二百多平方的房子。你见了钱那么激动,先给你。"

他将一份钱给了林超然。

又是一个早晨。

还是那条马路旁,林超然还是和那些人站在一起,只不过王志没来,而林超然的衣服,已和他们一样了。

一人骑自行车来找活儿了,看去是只雇一人,大家推让了一番,最后一起向找活儿的人推林超然。

林超然蹬着罗一民那辆三轮车跟去了。

天又黑了。三轮车停在罗一民铺子外。

屋里,罗一民在埋头做喷嘴,林超然在脱满是灰点子的衣服,换上另一套干净的衣服。

天又亮了,林超然已穿上了满是灰点子的衣服,走出罗一民的铺子,开了锁,蹬着三轮车走了。

傍晚,林超然和一名路边工在路边分钱,二人互拍一下手告别,一个蹬着自行车、一个蹬着三轮车各奔东西。

白天。林超然们照例在同一条马路的人行道上,或蹲或站,林超然又在看《泰戈尔诗集》。

不同的是……他们头顶的树叶变黄了。

林超然仰望树叶。晴空万里。

林超然默诵着泰戈尔的诗句:阴晴无定,夏至雨来的时节,在路旁等候瞭望,是我的快乐。从不可知的天空带信来的使者们,向我致意又向前赶路。我衷心欢唱,吹过的风带着清香……

一阵自行车铃声。

林超然从天空收回目光,见王志又像第一次那样出现在面前,满面春风,如逢大喜。其他路工围了过来。

林超然不无幽默地说:"捡到了一个大钱包?"

王志笑盈盈地点头。

一名路工当真了:"什么地方捡的? 里边多少钱?"

王志:"反正钱不少。不过我一个人打不开,得你们大家帮我才能打开。"

另一名路工:"真捡到那么大钱包,他就是用炸药炸也自己把它弄开了,还会来求咱们帮忙?"

又有一名路工:"就是! 肯定怕咱们分啊!"

王志郑重了:"你们想象成再大的钱包那也小了,简直就等于是个钱柜。黑龙江大学要粉刷一座教学楼,听说我干的挺有口碑,就派了一个人主动跟我联系。如果你们不帮着,那么大一项活我一个人干得了吗?"

大家被好消息冲昏了头脑,互相愣愣地看着。

林超然:"还愣着干什么呀? 抛他!"

于是众人发出哄声,将他举起,一次次高抛。

他们一行七八辆自行车从一段坡路冲下来,都将铃声按得连响,有人还大撒把,高兴得怪叫。

他们在黑大校门前下了自行车,羡慕地望着进进出出的大学生。唯王志一人在跟门卫说着什么。

林家门口。林父在擦一辆扔了不见得有人捡的自行车,车的前后胎都龟裂了,瘪了。

林母走出家门,问:"你从哪儿捡这么一辆破车?"

林父:"废品站,花两元钱买的。超然不能总骑人家小罗的车。你看这标牌,永久,名牌儿!"

他一拍大梁,又说:"听说这种车的大梁是用一等钢材做的,要不敢叫永久?"又用手使劲按按车座:"车座弹簧也还有点儿弹性。再花点儿钱,修修准能骑。"

林母:"跟你说,你不觉得超然近些日子不对劲吗?"

林父:"怎么了?"

林母:"他回这边家的次数少了。"

林父:"那就是回何家那边的次数多了呗!凝之再有两月该生了,他多回那边去还不应该的呀?别挑些没用的理!"

林母:"他怎么星期天好像也不休息了?"

林父:"我在江北干活的时候,不是也接连几个星期天没休息过?"

林母还想说什么,张张嘴,忍住了没说。

张继红在一处存自行车的地方补车胎,一旁坐着看自行车的何春晖,手拿一本英语词典。念念有词地背着。

张继红:"哎……"

何春晖向他转过了脸。

张继红:"不会有人赶我走吧?"

何春晖:"放心,我不赶你走,没人赶你走。"

张继红:"那谢了。真想出国?"

何春晖:"逼上梁山。"

张继红:"说得还挺悲壮,谁逼你了?"

何春晖:"不告诉你。你也是兵团回来的,传来传去,传到对方耳朵里,影响良好关系。"

张继红:"难道是咱们返城战友逼你不成?"

何春晖:"到此为止,别再多问,哪儿说哪儿了。再问我也不会多说一个字了。"

他又背起单词来。林父推着破自行车走到。

林父:"继红!"

张继红意外地:"大爷……修车?"

林父:"你……你怎么……"

张继红:"是啊是啊,我怎么在这儿修起自行车来了呢……超然没跟您汇报?"

林父:"你俩闹掰了?是他把你挤走了?"

张继红:"我俩好着呢。那个工程队越来越不地道了,居然让大家往水泥里掺黄土掺炉灰。我俩看不过去,带头闹了一场,和几个人离开了。"

他一边说一边站了起来。

林父:"那……超然他……又找到活了吗?"

张继红挠腮帮子:"这……我也不太清楚。"

林父猛转身走了。

张继红:"哎大爷。"

林父头也不回。

张继红看着自行车自言自语:"这么破的自行车还值得修?"

何春晖却仍在背单词,仿佛对刚才的事根本没看到,也根本没听到。

林家。林父坐在炕边低头吸烟,林母站在他身旁。

林母:"又怎么了? 一回来就唉声叹气的!"

林父:"超然和小张都不在江北干了。小张在修自行车,超然找没找到活干,他也不清楚……"

林母:"我说什么来着? 等他再回家来,你得问。"

林父:"他不说,我不问。你也不许问。他都那么大人了,如果又找到活了,在干着,问问倒也没什么。如果还没找到呢? 不管你还是我,问了叫他的脸往哪儿搁?"

林母:"那我去何家问凝之! 他现在是怎么回事,总不至于连凝之也瞒着!"

林母话音一落,转身往外便走。

林父:"别去!"

林母在门口站住,回头看他。

林父:"那……去吧,去问问也好……"

何家。凝之坐在炕上织小孩毛衣,林岚坐在静之坐过的那张桌子上在看书。

凝之:"小妹,复习什么呢?"

林岚:"中国文学史。"

凝之:"哎,你不是想考理科大学吗?"

林岚:"静之姐说,我理科功课差得太多了,根本没希望。她建议我改考文科。"

凝之:"想听听我的建议吗?"

林岚:"想。"放下书坐到了嫂子身边。

凝之:"我建议你连大学都不要考了,干脆考中专吧。比如师范学校,现在缺小学老师,将来毕业了当一位小学老师不是也不错吗? 又比如,还可以报考财会学校、商业学校。报考护校也行啊,将来和慧之一样,能当名护士不是也挺好吗? ”

林岚低头不语。

凝之:“你恋爱方面的事,我听静之跟我说了……那小伙子曾经也是你那个小商店的售货员,而且和你同一个柜台,对不? ”

林岚点头。

凝之:“后来他考上大学了,暗中又处了一个对象。直到你有一天发现了,他才承认了,于是坚决地提出与你分手。这对你的感情打击很大,受不了。还起过轻生的念头,是吧? ”

林岚点头。

凝之:“你多傻呀! 你要是真做出了轻生的事,没死也得把你爸你妈惊吓出病来。我和你哥,我们两家所有爱你的亲人,也都会受惊不小。如果死了,那你不是也等于想要你爸妈的命? 他们将你抚养到这么大容易吗? 你还没怎么尽过孝呢,对得起他们吗? ”

门外。林母已不知何时来到,在侧耳聆听了。

屋里。林岚说:“嫂子你放心,我再也不会起轻生的念头了。静之姐也劝过我,我早想明白了,世上失恋的人多了,为恋爱的事轻生,太不值得了。我这么年轻,还没太好地活过呢。命是自己的,不能拿命赌气。中国的小伙子多了,我又何必非在一棵树上吊死? 再说现在看来,他也不过就是一棵歪脖子树! ”

凝之微笑道:“你从不轻生到想考大学这种思想转变是可喜的。但也不必为了治气来考。干吗非治那种气呢? 如果你能这么想,我要争取做一个知识更丰富的人,那就完全是自己的事了。考大学还是考中专,就能够更理性地对待了。”

林岚："嫂子,你说得都对,我一定认真考虑,不说我的事了行不? 我也有话要问你。"

凝之看着她,寻思地:"那,问吧?"

林岚："不能骗我。"

凝之:"我骗过你吗?"

林岚摇头,突然地:"我二哥出什么事了?"

凝之一愣。

林岚："我妈都快保存一小纸箱我二哥的来信了。他的每封信都是由我读给我爸妈听的,所以我对我二哥的字体太熟悉了。我早就看出后来的一些信不像我二哥的字体了,可是又不敢跟我爸妈说。我大哥回来以后,我背着爸妈问过我大哥一次,他却训我瞎疑心,胡思乱想。特别是昨天那封信,我越看到后来,越发现不是我二哥的字体。嫂子,究竟是谁在替我二哥写家信?"

凝之看着林岚不回答,只用一手理林岚的鬓发。

林岚并不拨开她的手,也同样凝视着她,又问:"你?"

在林岚的凝视之下,凝之不得已点了一下头。

林岚眼中顿时充满泪水:"我二哥……没了?"

凝之又点了一下头。

林岚再也说不出话来,嘴唇抖抖的,哇地大哭起来。

凝之将她搂在怀里。

门外扑通一声。静之抱着几本书恰巧进家门,见林母躺在地上。

书从静之手中落了一地。

静之:"大娘,大娘!"

黑大校园里。林超然、王志等人坐在小花园里休息。

林超然:"如果让咱们把整个黑大的楼全刷一遍,那我三年之内就不愁工作的事了。"

一名工友:"想得倒美!咱们不会干烦,人家黑大还嫌三年的时间太长了呢!"

另一名工友:"等咱们把这幢楼里里外外刷完了,那也就到冬天了,刷灰抹墙的活干不了啦,咱们的好时候也就过去喽。"

另一名工友:"估计明年开春形势对咱们很不利,我听别人说,那时可能每个区都批准不少施工队。政策一放开,有活儿干没活儿干,首先靠的可就是关系了。像咱们这样的散兵游勇,也许到处抢都抢不到活了。"

林超然:"那,让王志带头,咱们也组织起来呀!"

王志:"我是有正式工作的,我组织,有关单位不批。"

一名工友:"超然,干脆你把我们组织起来呗!你当头儿,让王志当咱们顾问。怎么也别刷完了这幢楼,哥儿几个把钱一分就都不知去向了啊!"

另一名工友:"谁当头儿不是个问题。咱们信得过王志,超然是王志的知青战友,他当头我也肯定支持。但是我听说,要想批得下来,还得有挂靠单位,挂靠单位还要同时是经济担保单位。如果有一个单位乐意让你挂靠,同时还乐意担保,没有几万元押在人家那儿是不行的!就是咱们几个,个个都卖血也凑不够几万元啊!"

这人一番话,说得大家又都表情沮丧起来。尤其林超然,竟叹了口气。

王志站起来,大声地:"明年的愁事,到了明年再愁也不迟。兴许明年还有好事把愁事给抵消了呢!干活!"

大家站起来,林超然发现了静之的身影……她一边走一边东张西望。

静之也看到了林超然。

静之:"姐夫!"急匆匆地走过来,脸颊上躺着汗。

林超然："在找我？"

静之："终于把你给找到了！我大姐不知道你具体在哪儿干活，我只得去问罗一民。他说你也许在黑大，我又借了辆自行车往黑大来。骑到半路还没气了……再找不着你我急死了……"

何家。林母躺在床上，一名女医生在为她量血压。

何父、何母、凝之、林父、林岚，有的坐着有的站着，全都表情忧虑。除了林父垂头坐把椅子上，其他人都看着女医生在为林母量血压。

女医生："血压还可以，比平常是高了些，但没事。刚才也听过心脏了，心脏还好。"

何父："要不要送医院？"

女医生："我觉得不用。放心，何校长，我虽然是校医，这种把握还是有的。"

大家都出了一口长气。

林母："亲家公、亲家母，你们都别守着我了。还没放学，都忙去吧。"

何母："我已经上完课了。心里别生我们凝之的气。你要是觉得她有罪过，我先替她认罪……"

林母："说哪儿话啊，亲家母，我儿媳妇是怕我们老两口一时承受不了才骗我们的，我能连这一点都理解不了吗？凝之，凝之你过来一下……"

凝之走到了床前。

林母："给我手。"

凝之伸出了手，林母握着她手说："凝之，难为死你了孩子。我半点儿都不怨你，不是好儿媳妇，谁会像你这么做啊，又哪能做到你这样啊！"

说得凝之也难过起来。

林母："孩子，别难过。你看，我这不是也算挺住了吗？你一难过，对肚子里那小家伙不好……"

何父送女医生出了门,转身叫了一声林父:"亲家……"

林父抬头看他,眼中脸上并无泪水,但表情却呆呆的。

何父:"你不许恨我女婿。如果你是他,你的做法还不是一样?"

林父:"不一样。"

何父:"不一样,你怎么做?"

林父:"我也永远不回来见父母了。"

何父大叫起来:"你那叫浑!普天下的好儿子差不多都会像我女婿一样,只有自己也浑的儿子才会像你那样!"

林母的声音:"亲家公,你说得对……"

何父问道:"看你的意思,是非要和我女婿过不去了?如果你非那样,我以后不想和你见面了,这次我要说到做到!"

何母的声音:"老何,不许你那种口气跟亲家公说话!"

何父:"我这是在对他进行再教育!"

正这时,静之和林超然先后进屋了。

林父瞪着林超然一动不动,也不说话。

林超然走到父亲跟前,双膝跪下了。

林父:"你真能耐,把我和你妈骗了这么多年,骗得我和你妈实实诚诚地一信再信……"

林超然:"爸,我没把弟弟照顾好,我那么长时间地骗你们也不对……今天,愿打愿骂随您的便,我跪在这儿受着……"

林父:"你弟没了,你跪在这儿有什么用?你给我起来。"

林超然摇头。

林父大吼:"我叫你起来!"

在亲人们的默默注视下,林超然缓缓站起。

林父:"也扶我起来。"

林超然将父亲扶了起来。

林父也不再看他,低头问:"你弟死前,遭罪没有?"

林超然:"没……没怎么遭罪……"

林父:"那就是……遭了罪了?……"

林超然:"我想……他当时主要是急,怕最后见不到我一面,再没机会跟我说话了……"

林父:"你们见上了那一面没有?"

林超然:"见上了……他说……他说……让我先瞒着爸妈,能瞒多久就瞒多久……"

他流泪了。

林父:"他死得值?"

林超然:"他是为救战友死的。团里、师里都批准他为烈士了,团长还参加了他的追悼会……"

林父这才转脸看儿子,他缓举起了一只手。林超然以为父亲要打他,闭上了眼睛。

林父却不过替他抹去了眼泪。

林父对何父说:"亲家,我有个请求……"

何父:"你只管吩咐,我照办。"

林父:"咱们两家人,很久没在一起吃顿饭了……今天一起吃顿晚饭吧,就算是为我家老二,咱们聚一次吧?"

何父点头。

傍晚。夕照洒入罗一民的铺子,使铺子里的光线很温馨。

罗一民在擦案子上的喷壶,大小十把喷壶都做好了,摆在一起成为铺子里最显眼之物。

敲门窗的声音。

罗一民扭头看时,见门外站的是一位姑娘。

罗一民开了门。

姑娘礼貌地问:"可以进吗?"

罗一民点头。

姑娘进入,罗一民打量她。见她二十二三岁,留长发,穿一套西服衣服,脚上是短袜皮鞋。

姑娘:"我是来取喷壶的。"

罗一民:"定做的老先生让你来的?"

姑娘:"他是我外公。"

罗一民指着说:"那不,刚才我还擦了一遍。"

姑娘:"那谢谢你了。"走到案前观看喷壶。

罗一民:"谢什么,应该的。"

姑娘拿起了最小的一把,转身问:"钱付清了是吧?"

罗一民点头。

姑娘:"我只取走这个最小的就行。"

罗一民:"那……其他九把呢?"

姑娘:"都归你了,留作纪念吧!"

罗一民狐疑了:"我……我要这么多把喷壶也没有用。"

姑娘:"随你怎么处置。你认识杨雯雯吗?"

罗一民呆住了。

姑娘:"认识,还是不认识?"

罗一民点头。

姑娘:"她是我表姐。见到你很荣幸。我出生在香港,这是第一次随我外公来大陆。此前经常这么想……什么时候有机会回内地,一定要找到那个在数九寒冬强迫我姐用喷壶浇冰场的人。现在,我和我外公终于如愿以偿了……原来您就是那个使我表姐失去一只手的人……"

罗一民呆住着。

姑娘:"我外公说,您并不是一个凶恶的人。我不信,所以我也来了……我与我外公有同样的感觉。"

罗一民呆住着。

姑娘："这十把喷壶您做得确实不错,也不厌其烦,给您添麻烦了。"微微鞠一躬,接着说:"我表姐嘱咐我,一定要亲手把这封信还给您,就是您当年写给我表姐的那封信。当年我表姐并没将信交给老师,后来为什么会使您遭到羞辱,连她也不明白。她倒也不恨你,因为她觉得,失去了一只手,心里却平静了。那么,物归原主吧。"

她掏出了一个信封放在案角,也没说"再见"之类的话,只微微又鞠一躬,翩然而去。

天黑了。铺子里没开灯,罗一民的身影坐在炉前,一手拿酒瓶子。

他举起酒瓶喝酒。酒已喝光,仅有几滴落入口中。

他放下酒瓶,左手从兜里掏出信,右手从兜里掏出火柴。

火柴划着,信也被烧着了。

他并没将烧着的信投入炉中,而是放在炉盖上。火光映亮了他的脸——毫无表情,如同泥人的一张脸。

信燃成灰,他的脸又隐入黑暗中了。

啪,一块石头击碎玻璃,落入屋中,他呆看了那块石头片刻,缓缓扭头望窗子。

啪,又一块石头击碎玻璃,击中了他的头,他身子抖动了一下,却并没用手捂头。

血,月光下黑色的血痕从他额角淌下……

何家。两家人在吃饭,除了慧之,两家人都在。

何母:"起先想做素的,后来一想也不必非那样,就叫静之到黑市上去买了两条鱼。就当超越回来探家了,我们两家聚在一起为他洗尘吧。"

静之:"妈,以后不能总把那些买卖东西的地方说成是'黑市'了。新的说法是'自由市场'。你还总说成是'黑市',买的卖的听了都会不高兴。连报上都为新说法发了社论。"

何母:"说顺嘴了。改,今后一定改过来。"

林父:"亲家母,谢谢你亲自做了这顿饭啊。你刚才说,就当超越回来探家了,我也是这一种想法。那,我就要先为我家老二夹个丸子……"

他夹了一个丸子放在旁边一只空盘里,像对一个人说话似的:"超越,你爱吃肉,还特别爱吃丸子。你婶做的丸子比你妈做的好吃,来,爸给你夹一个。我知道你小子也能喝几两,咱爷俩再碰一下……"

他又端起酒盅,与旁边的空酒盅碰了一下,一饮而尽。

林母也往旁边的盘子里夹了块鱼,同样像对一个人说话似的:"超越,妈也给你夹块鱼。现在,哈尔滨又能买到鱼了。从去年开始,允许自由市场存在了,火柴、灯泡、烟酒糖、肥皂、香皂什么的,也不凭票买了。听说,明年起豆制品也不凭票买了。粮本上白面、大米、豆油都比往年的限量多了。总之,生活是一年比一年好了,家里的事你什么都别操心,啊……"

林母说完,林父又举起酒盅说:"亲家公,你也拿起来。"

何父便也举起了酒盅。

林父:"这一盅,是敬你们何家的。首先是敬我儿媳妇凝之的。她一直替超越给我们老两口写信,我心里的感动就不说了。我着重要说的是,和你们何家这样的知识分子人家结成亲家,我们林家人一直觉得幸运。这话也不是今天才想起说,以前心里就是这么想的,几次话到口边又咽回去了。社会上把你们说成'臭老九'的时候,我们林家人也还是觉得你们香。如果连文化知识都臭了,那一个国家还剩什么东西是香的呢?我们林家,是不可能再出大学生了……"

林超然和林岚低下了头。

林父:"但你们何家肯定还会出大学生。静之,你给我加油!你考上了大学,我们林家也跟着高兴!亲家,咱俩也为静之能考上大学干了这一盅!"

于是两位父亲碰一下酒盅,都饮尽了。

静之:"伯父,为了对您的祝愿表示感谢,我也要干一盅!"

她为自己倒了一盅酒,一饮而尽。

林母:"静之,你们到底是哪一天才考呀?"瞥一眼女儿又说:"一问她还烦!是悲是喜,早考完早落定个结果,也好早做下一步打算。"

静之:"伯母,南方都考完了,咱们北方定在八月十四日到十七日三天内考,这是中央特批的。"

林父:"为什么比南方晚?"

何父:"咱们北方秋收开始得晚啊!好些知青仍留在农村、农场呢,农村农场的青年也应该享有同等的高考机会,是为了照顾咱们北方的秋收。"

林岚却不高兴了,冷着脸问母亲:"妈,喜我明白,可是怎么就悲了?"

林母被问得一怔。

林岚腾地往起一站,激动又大声地:"爸、妈,你们放心,如果我落榜了,就是死,也不成为你们的累赘!"

林超然:"小妹,你胡说些什么呢!"

林岚:"我的话也是说给你听的,自从我辞职那一天起,你就没好声好气地对待过我,还经常向我泼冷水!"

林父一拍桌子:"放肆!"

林岚跑出去。

何母向静之使眼色,静之跟出。

屋里气氛一时凝重。

林父对林母生气地:"都是你把她宠的!"

林母:"还用我宠她吗?自从老大、老二下乡了,家里就她一个孩子了,她自己首先就拿自己当宝了!"

凝之缓和气氛地:"爸,林岚感觉有压力,也得让她的压力找个机会释放一下。再说,林家也肯定会出大学生的。我和超然,将来一定把林家的第三代人培养成大学生。"

何母:"仅仅培养成大学生不行,还要往硕士、博士的目标上去培养!"

何父:"亲家,今天是特殊的日子,别因为孩子们的一两句话动气,来来来,我给你满上,咱俩得再干一盅。"

何父斟满酒,有人敲门,林超然起身去开了门。

见门外站的是李玖。

林超然:"李玖啊,进来,就我们两家的人,没生人。"

李玖:"那我也不进了。我跟你说几句话就走。"

林超然将门关上了。

李玖:"外边说吧。"

林超然跟李玖走到了外边。

李玖:"一民他……虽然一直和我僵着,可我却还是在关心他。刚才我儿子告诉我,他那铺子的两扇窗被人砸碎了,一块石头还砸破了他的头……"

林超然皱眉问:"什么人干的?"

李玖:"那条街上几户人家的孩子。他们的大人,希望他挑头闹拆迁补偿,他不愿挑那个头,据说还对找他的人没好脸色。大人们一不高兴,孩子当然就那么干了。"

林超然:"找派出所啊。"

李玖:"这种事儿,派出所怎么管啊!再说孩子们一扔完石头就跑了,又没当场逮着,没凭没据的。我生气了,站当街替他骂了一通。可他倒好,也不插门,也不糊窗,不知喝了多少酒,躺在床上睡得人事不省。"

林超然:"那,你来找我……想要我怎么做。"

李玖瞪他片刻,一赌气转身便走。

林超然赶上两步,扯她:"别这么大脾气! 好好好,我今晚去陪他一夜,你是不是这个意思?"

李玖:"你不陪他还我陪他啊? 就目前来说,我跟他除了是街坊,再什么特殊的关系都没有。但你和他还有特殊关系! 撇开他救过你的命不论,你还是他最亲的一个人。我是想到了你们这种特殊的关系才着急慌忙地来告诉你的。要是没人告诉你,今晚没人陪他,他万一出点儿什么事,内疚要命的首先是你!"

她一番话说得振振有词,也说得林超然哑口无言。

李玖:"说话呀! 哑巴了?"

林超然:"你说得对,很对。谢谢,多谢。这么着啊,李玖,麻烦你先回他那儿去,我随后就到,行不行?"

李玖:"行不行都叫你说了,那我只能说不行也得行啊。我可等你!"

她匆匆走了。

林超然紧皱双眉,仰脸望夜空。天空阴沉,要下雨。

林超然回到了屋里,坐下后心神不定。

林母:"那姑娘不是一民的对象李玖吗? 她找你什么事?"

林超然:"她来告诉我,一民情绪不好,喝多了酒,希望我今晚能陪一民一夜。"

林父:"应该。好朋友嘛,那就得有个好朋友的样子。"

林母:"是啊。你没返城的时候,人家孩子经常来咱家看望我和你爸,过年过节还总也不空手。"

林超然:"岳父、岳母、超越,那我喝一盅先走了啊!"

他自己斟满一盅酒,与超越的空酒盅碰一下,一饮而尽。

学校外的人行道上,静之拽住林岚不许她走。

静之:"你这孩子怎么这么不听话呢? 今天晚上必须住我家! 再跟

我拧巴我可打你了啊！"

林岚："我不是孩子，是你小姑子。"

静之："是我小姑子，我也有资格打！"

"对，替我好好教训她！"静之扭头一看，见是林超然双手叉腰站在一旁。

林超然："爸爸妈妈心里有多么难过你知道不？你没大没小还敢当着老何家人的面气他们！还反了你啦？"

林岚："我心里就不难过了吗？我也想考大学怎么就不对了？我没正经上过几天学那是我的错吗？"

林超然："再顶嘴我现在就揍你一顿！"

静之："那我可不许！我打她行，你打绝对不行！你快走，该干吗干吗去！"

林超然忍着气正要走，静之却严厉地来了一句："站住！"

林超然转身不解地看她。

静之："你刚才的话我听着也不顺耳，什么叫'当着老何家人的面'？我们老何家的每一个人，与你们老林家的每一个人，难道不是亲如一家的关系吗？"

林超然："你这么挑我字眼儿有意思吗？"

静之："你那么跟林岚说话是对的吗？为什么就不能说'当着两家亲人的面'？"

林超然张开嘴一时不知说什么好。

静之却不理他了，搂着林岚小声说："我有我爸办公室的钥匙，咱俩去复习功课！……"

望着静之和林岚的背影，林超然嘟囔："都变了，都有毛病了！"仰天长叹："老天爷开恩，哪天才能让我少操点儿心？"

何父的办公室里。静之往后拧住林岚一只胳膊，将林岚上身按在桌子上,用另一只手打林岚屁股,边打边说:"打的就是你这个小姑子! 你自己说,在饭桌上那么发泄一通对吗?"

林岚:"我不是你小姑子!"

静之住手了。

林岚直起身也转过了身:"你又不是我嫂子,你大姐才是我嫂子!"

静之:"你……你刚才自己说的,你不是孩子,你是我小姑子!"

林岚:"我这几天都复习得满脑子浆糊了!"

静之自言自语:"我怎么也跟着糊涂了……"

她暗自有点难为情,转过身。

林岚:"静之姐……"

静之转身,小声但严肃地:"小姑子不小姑子的事,往后不许跟咱们两家的任何人说啊,羞人劲儿的……"

林岚:"我二哥,真的是烈士吗?"

静之摇头:"那是……谁也意想不到的事故……"

林岚:"我大哥那么说,只不过是为了安慰我爸妈?"

静之点头。

林岚脸上淌下泪来,又问:"你觉得,我考上大学的希望一点儿都没有吗?"

静之沉吟一下,点头。

林岚:"那,考中专呢?"

静之:"我也只能说,碰碰运气吧。"

林岚:"爱情结束了……工作没了……连考上个中专也没太大希望……我……我可怎么办啊!"

她双手捂脸哭了。

静之:"别哭……"

林岚没止住哭声。

静之大叫:"不许哭!"

林岚终于止住了哭声,呆望静之。

静之:"你不是个孩子了,这话是对的!"

林岚:"对又有什么用!"

静之搂抱住了她:"所以你应该懂得,有时候放弃反而是明智的……"

林岚:"如果我连中专都不考了,我一点点指望都没了! 静之姐,最后这几天里,再多为我费费心,帮我补习补习吧!"

静之:"岚子,我要说的恰恰是——最后这几天里,咱们再不要一块儿复习了……否则,连我的把握也大打折扣了。"

林岚推开了她。

静之:"岚子,老实说,你一坐我身边,我就会想你白考一场的结局。我一这么想,心里就乱成了一团麻,连自己也复习不进去了……"

林岚:"当初是你主动要帮我的!"

静之:"当初是当初,现在是现在,现在我比任何人都看得更清楚……"

林岚也大叫:"何静之!"

静之不说下去了。

林岚:"何静之,你太自私了! 你刚才还指责我大哥一句话说得不对,而你说什么我们两家任何人之间都是亲人的关系! 我这个亲人不就是占了你一点儿复习的时间和精力吗? 你不但自私,还两面派! ……"

静之:"再说一遍!"

林岚:"你自私! 两面派! 心口不一!"

静之扇了她一耳光。

林岚跑出去。

静之转身看着桌子上一摞复习书,一挥手,扫了一地。

罗一民的铺子里。李玖站在案子上,在用纸板挡窗户碎了玻璃的地方。远处已有雷声传来。

林超然出现在窗外。

李玖成心不理他。

林超然:"这有什么用! 聋啦? 没听到雷声? 纸壳子哪经得住雨淋吗?"

他几下就将钉好的和正在钉的纸板扯了下去,李玖气得干瞪眼说不出话。

林超然:"躲开。"

李玖不想得罪他,怕他一不高兴走了……默默躲开。

林超然推开窗,从窗口跳入屋里。东张西望,找到了铁剪子,拿起一片铁皮剪了起来。

李玖:"要不要我帮忙,不要我走了。"

林超然:"敢!"

林超然在往窗上钉铁皮,李玖站在旁边听吩咐。

林超然:"按住那个角。"

李玖乖乖照做。

林超然:"钉子。"

李玖摊开了另一只手……

窗上钉严了两块铁皮,外边也下起了大雨。

屋里。林超然问李玖:"你和一民处不好,还有一个原因知道是什么吗?"

李玖摇头。

林超然:"他脾气不好,你脾气也不怎么样。明明求人的事,一句话听着不高兴,转身就走……谈恋爱也这个谈法不行。如果真爱对方,对方脾气不好,自己脾气就得好点儿。能用自己的好脾气改变对方的坏脾气,那才叫能耐。如果连自己的好脾气也被对方的坏脾气带坏了,那叫没能耐。爱一民这样的,你非要求自己爱得有能耐不可,明白?"

李玖点头,很虚心的样子。

林超然从墙上摘下雨衣披她肩上:"现在没你事了,可以走了。"

李玖:"你说话我特爱听!"突然亲了林超然一下,出门消失在雨中。

林超然看见了炉盖上的纸灰,奇怪了一下,拿起筈帚勾起炉盖,将纸灰扫入炉中。接着,见地上有碎玻璃,铁皮边角,还有砸进屋的石块带进的土,便扫起地来。

他扫完地,一抬头,见他那一身满是灰点的衣服,居然被用衣架挂着,像爱惜衣服的人挂一套高级料子的衣服那样。旁边立着长杆刷子。连三轮车的钥匙,也系上了醒目的彩色绳挂在墙上。

他不禁地摸了一下。

他又发现了空酒瓶,拿起,仰头往嘴里控了几滴酒,放在一角。

他看起案上那一排喷壶来,点数,自言自语:"还缺一只。"

他朝屋里嚷:"瓦西里同志,瓦西里同志,你能告诉我为什么只有九只喷壶吗?"

门帘挡住的里屋悄无声息。

林超然学列宁的语调:"完全睡着了,那么就让他睡一会儿吧!"

他往手指上挤了点儿牙膏,用手指当牙刷刷牙漱口、洗脸。

他双脚泡在盆里,在看《泰戈尔诗集》。

他轻声地念着:

这掠过婴儿眼上的睡眠,有谁知道它是从哪里来的吗?是的,有传说它住在林荫中,萤火朦胧照着的山村里,那里挂着两颗鲜艳迷人的花蕊。它从那里来吻婴儿的眼睛……

他擦干脚,跐着鞋,握着诗集,大声地:"瓦西里同志,请听我朗诵泰戈尔的诗给你听!好诗像好酒一样是不能独享的!……在婴儿的四肢上,花朵般喷发的甜柔清新的生气,有谁知道它是在哪里藏了这么久吗?是的,当母亲还是一个少女,它就在温柔安静的爱的神秘中,充满在她心里了……这就是那婴儿的身体所散发的甜柔新鲜的生气！……哎你说,我是不是应该将这样的诗句读给凝之听啊？"

他停止踱步,向里屋看去：门帘挡住的里屋仍悄无声息。

他又学列宁的语调和手势："全体苏维埃公民都可以作证……他从来也没睡得这么死过！"

他插上门,关了灯,撩门帘进了里屋。上床,开了床头灯。罗一民侧躺着。

林超然用诗集打了罗一民一下："你小子是真睡得这么死还是装的啊？"

罗一民没反应。

林超然发现灯座下压着一张纸,放下诗集,抽出纸看。

罗一民的笔迹这样写道：

　　我选择这一种服安眠药的死法,完全是出于自愿,没有任何一点儿被逼迫的原因。我死后,所存现金一百三十六元七角,赠给李玖同志,并希望她对我的一切粗暴态度予以原谅。

　　案上九把喷壶,麻烦李玖代为处理。我的愿望是白送给那些想要的人。

　　这套屋子,赠给我当年的营长林超然。那么,一切拆迁事宜,他有全权主张权益。

　　但,那一柄刷子以及抹子、工具袋,须还二十三号老张家……

林超然笑了："这小子,真事儿似的！"

他将纸揉了,扔地上,关灯躺下。他突然意识到了不对,猛地坐起,又开了灯……

他推罗一民："一民,醒醒,吱一声！"

罗一民无反应。

他扳罗一民,将罗一民扳得仰躺着了,拍罗一民脸颊。

罗一民还是没反应。

林超然慌了:"我的上帝!"

他扶起罗一民,将罗一民背在身上……

林超然背着罗一民走出里屋,在外屋踩翻了洗脚盆,水洒一地。

林超然背着罗一民走到屋外。雨还在不大不小地下……

他将罗一民放在车斗里,但车斗浅,罗一民不是往这边倒就是往那边倒,根本坐不稳。

他无奈,只得又将罗一民背在身上,朝街口大步跑。

第十三章

天已亮了,雨却在淅淅沥沥地下。

医院里,病房外。对面长椅上坐着林超然和李玖。他俩都坐长椅一端,静静的走廊里只有他俩,谁也不看谁。林超然衣服湿着,裤角和鞋又湿又有泥,头仰着,靠着墙,大睁双眼。李玖披着离开罗一民家里林超然披在她身上那件雨衣,摆弄手指。两人都在想心事。

病房门一开,一位中年女医生走出,站在两人之间,看看这个,看看那个。

女医生:"谁是罗一民亲人?"

李玖一指林超然,小声说:"他……"

林超然:"还是她吧……"

女医生:"这有什么推让的,到底谁?"

林超然看着李玖,面无表情地:"你回答。"

李玖:"那,是我。"

女医生:"冬眠灵是控制药品,你们家哪买的?"

李玖:"他平时睡眠不好,我求人给他开的。"

女医生："你们家还有不少？"

李玖："估计也不会太多。每次只能给他开出两天的,肯定是他逐渐攒下了一些。"

女医生："你是他妻子,你平时应该管理好,幸亏发现及时,洗胃及时,否则死定了。"

女医生说完走了。两人望着她背影一拐消失,同时收回目光,互相看着。

林超然："求谁开的安眠药？"

李玖："慧之……"

林超然："我一猜就是这样！"

李玖："是我求她的,你千万别训她。"

林超然："我是那种动不动就训人的人吗？"

病房门又一开,出来一名护士,双手插兜里,习以为常地："他现在清醒了,最好有人跟他说说话,会使他的情绪平稳点儿。"

林超然和李玖都站了起来。

护士："只能进去一个人,也不能太久,十分钟后自觉出来。"

林超然毫不推让地："我进去。"话一说完就推门进去了。

护士在李玖对面坐下,也不看李玖,打了一个大哈欠。

李玖："他说,他为什么了吗？"

护士："这是应该我们问你的话。"闭眼打起盹来。

病房内。罗一民仰躺着,林超然坐他床边,板脸看他。

罗一民惭愧地："我现在还不想告诉你为什么。"

林超然生气地："我现在也不想问！"

罗一民："当一个人的重大决定在实行过程中被破坏了,那种沮丧是难以形容的。"

林超然："现在,我对你这个人的沮丧也是难以形容的！不好的时代过去了,好的时代开始了,你有什么资格对人生悲观绝望?又有什么资格自杀?"

罗一民:"难道自杀也需要资格?"

林超然:"命运在苦难中备受煎熬,身心被无法忍受的病痛所折磨,都可以被认为是一种资格,你他妈的没有!"

罗一民:"是啊,那么比起来我是没有。可,我的决定起码不失为一种有益于她的决定吧?李玖可以重新考虑个人问题了,那对她才是明智之举。你呢,和凝之也有自己的小家了。哈尔滨市千千万万的年轻夫妻想有自己的小家,那种梦想那么容易就能圆了?我一个人入土为安了,对你和李玖,不是两全其美吗?"

林超然猛地站起,大声地:"美个屁!你把你自己想象成什么人了?高尚的施舍者?又把我和李玖当成什么人了?没有你的施舍就像人生一败涂地的可怜虫?你他妈明明有什么可耻的原因,却还大言不惭地拿我俩说事儿!你怎么忽然变得这么玩世不恭?"

护士进入,训林超然:"乱嚷嚷什么?别嚷嚷!这是病房,又不是你自己家!是叫你进来劝导的,不是叫你训他的,出去吧出去吧!"

护士往外推林超然,李玖趁机进入。

护士:"你也不许进了,出去出去!"

李玖:"求求你,就说几句话……"

罗一民:"让她待会儿吧,我也有几句话要问她。"

护士就只将林超然推出了病房。

病房里传出李玖的哭泣声:"我不要你的钱,我要你这个人!你怎么能这样啊你?咱俩之间的疙瘩真就永远也解不开了吗?"

罗一民:"别哭,我的决定不是被破坏了吗?我问你,你跟超然都说了些什么?"

静之、慧之和杨一凡走来。

静之:"李玖爸妈天没亮就到我家去了,说半夜发现李玖不在床上,找到一民家,又发现门也没锁……我找的我二姐,她找的一凡,我们估计你肯定把一民送这一家医院来了……"

林超然也不看静之,只对慧之训道:"再也不许你通过关系给李玖开安眠药!"

慧之低下头去。

林超然:"一凡,跟我来一下。"说完大步便走。

杨一凡看一眼慧之,跟去。

林超然和杨一凡站在医院台阶上。

林超然将一只手按在杨一凡肩头,张张嘴,却又把想说的话咽下去了。

杨一凡:"我知道你想说什么。"

林超然:"你说你知道的时候,那就是你根本不知道!"

杨一凡:"我说我不知道的时候,才是真不知道,我知道又不想说知道的时候,只会不说话,绝不会说不知道。"

林超然听着他绕口令似的话,再次欲言又止。

杨一凡:"你想对我说,罗一民那么做是不对的,对吗?"

林超然:"一凡,我是想跟你说……"

他另一只手也按在杨一凡肩上了,犹豫一下,拍拍杨一凡脸颊:"对。罗一民那么做是不对的,这正是我想对你说的话。"

杨一凡孩子似的笑了。

林超然:"慧之就要毕业考试了,你呢,又刚接受了绘画宣传任务,告诉她要珍惜自己的时间,也别经常找你,影响你的创作,啊?"说完转身下了台阶。刚走两步,站住,回头又说:"后边的话,你别说是我说的。"

杨一凡点头。

杨一凡回到了静之和慧之身边。

慧之:"我姐夫跟你说了些什么?"

杨一凡:"说罗一民的做法是不对的。"

慧之:"这还用他跟你说啊!"

杨一凡:"你就要毕业考试了,我又刚接受了绘画宣传任务,你要珍惜自己的时间,也别经常找我,那会影响我的创作……"

慧之:"这是他的话,还是你自己的想法?"

杨一凡沉默。

慧之:"说呀!"

杨一凡:"我选择沉默。"

慧之生气地一转身。

杨一凡:"我想……这里不是太需要我,我还是回单位画画去吧……"转身欲走。

静之拽住了他:"别说走就走。既然我二姐把你也找来了,起码应该让罗一民知道你来了,对他是种感情安慰。"

病房里。李玖向罗一民指门窗,罗一民朝门窗看,见门窗外出现杨一凡的脸,他忧郁地摇头。接着是慧之的脸、静之的脸,她俩对他招手。

护士对李玖说:"你也出去吧,我要给他输液了。他没事儿,睡两天,自己就可以出院回家了。"

细雨中。林超然蹬着三轮,扛着长柄刷,穿着满是灰点儿的衣服的背影。

黑大校园内,一幢楼的楼洞内。王志等四人坐在报纸上打扑克。

王志发现了林超然站在楼门前,打招呼:"来了?"

林超然点点头,走过来蹲下。

王志:"你玩两把?"

林超然摇头。

王志:"家里事儿过去了?"

林超然点头。

王志:"不玩也别看你那什么尔的诗集啊!要看躲一边儿看去。见不得你那种书香人士似的样子。"

林超然:"都没带兜里。没那心思了……我少来了两个半天,发钱时从我那份里扣钱吧。"

王志:"说得认真劲儿的!谁家里还没出过急事儿?都像你这么认真,那还能一块揽活儿?"

一名工友将扑克一丢:"不玩了!心里起急。"

他起身走到外边,仰脸望天。

大家也都跟出了楼门。

王志对林超然说:"我心里更急。一下雨,头遍灰浆不干,二遍那就不能往上刷,真担心老天爷给咱们眼罩戴,坏咱们的大事。"

林超然:"给支烟。"

王志:"自从有了孩子,我戒了,怕对孩子不好。再说一包烟几角钱,辛辛苦苦挣的钱,为对身体有害的瘾花那份钱,想想太不值得了。"

另一名工友向林超然递过一支烟。

林超然:"我也快当爸了,那我也开始戒。"

那名工友:"也别说戒就戒呀!悠着戒嘛。"

林超然:"说戒就戒,从现在开始!"

有一名工友忽然跪下,双手合十,祈祷:"老天爷照顾照顾,千万别从星期一一直下到星期六……"

王志敏感地:"今天星期一吗?"

那名工友站起后反问:"昨天是星期日,今天不是星期一是星期几?"

王志急了:"那你们怎么谁都不提醒我?星期一我得到单位去上

班！坏人！坏人！坏人……"

他摘下帽子抽另外三人。

林超然推他："别好人坏人的啦，快走快走！"

王志奔下台阶，跨上自行车远去。

林超然坐在台阶上，也呆望天空。

背后有一名工友大声唱起来：

> 年轻的朋友们，
>
> 大家来相会。……
>
> 为了你……为了我……

旧窗帘被刷地拉开。窗外是一个晴朗的早晨，对面街树的叶子已镶了金边。

穿着背心裤衩的罗一民朝里屋大声地："超然，快起来，天晴啦！"

林超然一手扶把，一手扛刷子，蹬着三轮车向黑大驶去。看得出他心情良好。

林超然将车停在那一幢楼外，兴奋地奔入楼里。

楼外除了林超然骑的三轮车，多了一辆旧自行车。

又多了一辆。

三辆自行车了。

从敞开的窗里飞出了口哨声。

口哨声戛然而止。林超然指着一面刚粉刷的墙："哎那面墙不行，重刷一遍！"

一名工友："那可以了！你看着不均，是光线的原因！"

林超然："别找客观原因，再刷一遍累不着你！"

林超然等四人在楼外围着小石桌吃饭。那个年代还没卖盒饭的,他们也不可能买面包肉肠吃,吃的都是从家里用饭盒带的饭。

一名工友问林超然:"你带的馒头怎么那么白?"

林超然:"是用北大荒的精粉做的嘛!"掰了一半馒头递给对方。

另一名工友问:"返城半年多了,带回的面还没吃完?"

林超然:"我是沾我战友的光,他和当年的老战士老职工们书信频繁,他们来玩时又给他带的。"

工友:"看来你留给当地群众的人缘不怎么样啊,怎么没人给你带?"

林超然:"你那么想可错了,我是不愿麻烦他们,如果也写去一封信要,多了不敢说,两袋三袋的几天以后就送到家了。"

工友:"吹吧您那!"

一名教职人员骑自行车来到近前,下了车问:"谁是王志?"

林超然:"他得上班,今天没来,他不来时让我替他负责一下。"

对方:"我们领导发话了,说你们刷得很仔细,让给你们几个每人十元饭票,中午你们可以用饭票去食堂吃饭。"掏出用牛皮筋扎着的饭票递给林超然。

林超然接过,欣然地:"谢谢。今天校园里怎么这么静啊?"

对方:"几天前放假了啊。今天是高考第一天,为了保证高考环境,学校各个门都把得严。"

对方转身离去。

林超然:"请等一下,法律系考场设在哪幢楼?"

对方:"我也不太清楚,校门口广告栏里贴着方向图,一看就清楚了。"

对方说完,骑上自行车走了。

林超然自责地说:"我怎么连这个日子都不关注了?"

他将饭票一放,扣上饭盒盖,起身便走。

三个工友愣愣地看着他骑上三轮车猛蹬而去。

校门口那儿,林超然刹住车,也不下,在车上看贴在广告栏内的方向图。

林超然骑车来到另一幢楼前,楼外贴着"第六考区"。

他进入楼里,一步三级上台阶,楼内静悄悄的。

他从一条走廊的这一头走向那一头,从门窗依次往教室里看。

他从一间教室的门窗望到,里边有一名女考生坐在靠窗一排的一个位置上,枕手臂在睡着……

他轻轻推开门走入了教室,那女生抬起头,是静之。

静之:"姐夫……"

林超然走过去,坐在她对面,问:"我以为你永远不叫我姐夫了,考得怎么样?"

静之:"还行吧。没有难得心烦意乱的题。上午考了一门,下午接着考一门。"

林超然:"中午怎么不回家?"

静之:"为吃顿饭,一来一往的,搞得时间挺紧,还不如在这儿眯一觉。"

林超然:"没吃饭?那怎么行!我去给你买点儿吃的。"说着站了起来。

静之拽住了他:"别。吃了一个面包,喝了一瓶汽水。吃得太饱,下午头脑会昏沉沉的,反而考不好。我就是有点儿犯困,可又不敢睡实,怕万一进来一个坏小子……"

她不好意思地笑了。

林超然:"你只管放心睡,我坐这儿当你的警卫。"

静之:"那我可要舒舒服服地睡一会儿了啊!"

林超然:"因地制宜,能多舒服就多舒服吧。"

静之就起身拖过一把椅子,与自己那座位的两把椅子拼在一起。

林超然也站了起来,脱了上衣,只着红背心。他将上衣里朝外卷卷,递给静之:"垫着。"

静之:"姐夫,有你在这儿我放心多了,但可别耽误了你干活儿。"

林超然:"我们中午也得休息休息啊。你能睡一个小时,到时候我叫醒你。"

静之:"罗一民怎么样了?"

林超然:"我陪他住了整整一个星期,情绪稳定多了。你大姐怎么样?"

静之:"她挺好。每天享受着即将做母亲的幸福感受。但有时候也会显出点儿焦虑不安。初次临产的女同胞全那样,她和我们住在一起,你不必太惦记着。罗一民究竟因为什么事儿那么想不开啊?"

林超然:"一两句话说不清楚。我跟你讲不好,也许以后他会自己告诉你。"

静之:"那肯定就是极不光彩的事了,他才不会亲口告诉我呢!"

林超然:"我可没那么说,你也就不要好奇心那么强,不许问他。也不许说话了。我也要眯一会儿……"

他伏桌上了。

一会儿,静之呼吸均匀,还真睡着了。

林超然的肩背一起一伏,看去也睡着了。

窗外刮过一阵风,镶了金边的树叶纷纷而落。

一批批脚步踏上台阶……

考生们纷纷进入那一间教室,林超然在门外和静之说话。

林超然鼓劲地："你准备的时间挺充分,记忆力好,又聪明,一定要对自己有信心,啊!"

静之自信又自负地："我当然对自己有信心啦,而且是充分的信心。"

林超然笑了："那我干活去了。别忘了考完去跟我打声招呼再回家。"

静之点头。

林超然转身走了两步,站住,回头问："林岚放弃了没有?"

静之摇头。

林超然："唉,真是毫无自知之明,不撞南墙不回头,不撞个头破血流都不回头。是我家根儿上遗传的不良性格,我爸当年也是这种性格。"

静之："让她撞撞南墙也好。"

林超然："她报的大学还是中专?"

静之摇头："不知道。"

林超然："那她在哪一片考区?"

静之："也不知道。"

林超然："你怎么一问三不知? 她不是整天和你在一起学习的吗?"

静之："起先是那样。后来她生我气了,就分开复习了。我主动找过她一次,问她最后的打算,她不理我,什么也不跟我说了。"

考试铃声响。

静之："姐夫,我得进去了。"

林超然点头。

静之忧郁地看看他,进入教室。

长长的寂静的教室,只有林超然的身影,孤单单地伫立在那间教室门外。

又一阵铃声。

另一考区另一间教室的门开了,师生们涌出。

教室里。只剩林岚一名考生还坐在那儿,手拿着笔,望着考卷发呆。

戴眼镜的监考的男老师:"三秒钟后,你如果还不交卷,算你弃考。"

林岚十二分不情愿地交了考卷,站立起来。

老师刚想走,林岚叫住了他。

林岚:"等等!"

老师转过了身。

林岚:"把考卷给我。"

老师:"开什么玩笑? 这不可能!"

林岚:"我强烈要求你给我! 要不我抢了啊!"

老师也极不情愿地将考卷给了她:"你简直岂有此理! 我记住了你的考号。你将被扣分的!"

林岚发泄地撕着考卷。

老师目瞪口呆:"你!"

林岚冲出教室,同时将考卷扔进纸篓。

林超然匆匆下楼而去。

校园里。楼影、树影开始偏移,肥大的树叶不再被阳光照得亮闪闪的了。

紧接着是一阵下课铃声……

第六考区的楼口涌出一群考生,静之夹杂在人群中。

静之肩挎书包在林超然干活那幢楼前喊:"林超然!"

林超然出现在二楼一个窗口,没戴帽子,头发上脸上尽是灰点儿。

静之:"怎么不戴帽子?"

　　林超然:"我那是顶军帽,舍不得!"

　　静之:"石灰伤头发,不怕掉哇?"

　　林超然:"头发掉了还可以长! 自我感觉怎么样?"

　　静之:"比上午更好点儿。"

　　林超然笑了,竖起大拇指。

　　静之:"我大姐都想你了,今天还不回我们家一次呀!"

　　林超然:"今晚我们要干通宵! 下了一个星期的雨,我们得把时间抢回来! 你去我家一次,关心关心我妹考得怎么样。如果她考得不好,替我安慰她……"

　　静之:"知道啦! 我买了几个煮鸡蛋,接着!"

　　她从书包里掏出鸡蛋,一次次抛向林超然,林超然一次次接住。

　　静之:"姐夫,我走了啊,明天还要考一天呢,我缺觉!"

　　林超然挥手道:"快回家,晚上别熬夜了!"

　　静之转身刚走两步,背后传来林超然和工友的声音。

　　工友的声音:"别夸啦! 你不怕越夸越让我们嫉妒吗? 龟儿子才有又聪明又漂亮的小姨子!"

　　林超然:"好你个坏小子! 吃着我给的鸡蛋还敢骂我,非修理你不可!"

　　静之笑了。

　　林家。只有林母一个人在家,坐在桌旁。桌上摆着包好的饺子和饺子馅儿、饺子皮儿。她显然已无心包下去,看着发呆。

　　静之进入,笑问:"伯母,包饺子啊?"

　　林母:"为林岚包的。她这一时期白天晚上地复习,都瘦了。不管考得怎么样,得犒劳犒劳她! 得让她体会到,我这当妈的体恤呀!"

　　静之:"伯父呢?"

　　林母:"借了辆手推车,拉着满市转,到处捡旧砖去了。"

静之:"要干吗?"

林母:"你大姐不是快生了嘛,你伯父想捡些旧砖,在我家旁边,给你大姐和你姐夫盖间小偏房,得使他俩以后好歹有个小家呀!"

静之:"伯母,告诉我伯父,那么大岁数了,不必再受累了。我大姐和我姐夫住我们家,我们全家没意见!"

林母:"那也不是常事啊!女婿长期住老丈人家,外人会笑话的,再说多不方便。"

静之:"林岚还没回来?"

林母:"回来过了,呆坐一会儿又走了。"

静之:"哪儿去了?"

林母:"说是到江边散散心。"

静之:"她考得怎么样?"

林母:"我也问不出来呀!看她那闷闷不乐的样子,怕是考得不怎么样。我问了一句,她不吭声,我就再没敢多问。"

静之:"我去找找她。"起身便走。

林母:"静之……"

静之站住。

林母:"你明天还要接着考,别为她分心了,看影响得你也考不好。"

静之一笑:"没事儿的。"走出……

林母长叹一声,拿起一片儿饺子皮。刚要包,却终究是没心思,又放下了。

松花江边。静之走着,东张西望地寻找……

林岚坐在江畔台阶上,呆望江水。江对岸的景致很美。夕阳西下时分,芦苇被照耀得泛着红光。

有人在她旁边坐下,她扭头一看,见是静之,起身便想走。

静之抓住了她的手,命令地:"乖乖给我坐下。"

林岚挣手。

静之："你看周围人不少，不坐下我还扇你耳光。反正我料你也不敢还手，那你不只有挨扇的份儿？"

林岚不情愿地坐下。

静之："扇过你那一耳光，我向你赔礼道歉。你愿意的时候，也可以扇我一耳光，咱俩把那件事儿扯平了行不？"

林岚不理她。

静之搂住了林岚的肩，林岚扭动了一下身子。

静之："咱们林、何两家，每个人之间都要亲如一家，我对你哥说的这话，是发自内心的。这一点，在'文革'中，也被事实证明了。我们两个相比，两家亲人寄托在我身上的希望，比寄托在你身上的希望大多了。我的压力也比你的压力大多了。所以，如果连能够考好的我也落榜，那两家亲人都会是一种什么心情？你认为我自私，对我是不公平的。"

林岚声音极小地："那……你考得怎么样？"

静之："自认为考得不错。"

林岚推开她，瞪着她说："那我嫉妒你！"

静之苦笑。

林岚也啪地扇了静之一耳光！

静之愣了愣，又苦笑道："已经扯平了啊！再动手我可翻脸了啊！"

林岚双手捂脸哭了："可我完了，考得乱七八糟！"

静之又搂住了她，劝："小妹，听说过'破罐子破摔'这句话吧？一时冲动辞了职，这不可怕。恋爱失败了，这也不值得寻死觅活。高考失利，连考上中专的希望也落空了，更是许多人经历过的事。但可怕的是，一个人开始破罐子破摔了。人一那样了，就好像果子从心核里往外烂了……"

林岚反搂住她哭道："静之姐，我才小小年纪怎么突然觉得人生如梦了啊！"

静之："人人有时候都有这样的感觉，我也一样。但，尽管人生如梦，但也要尽量活得清醒一些……”

两人的背影。静之掏出手绢替林岚擦泪。

罗一民的铺子里。钟表的指针已经指向了一点多,罗一民伏在案子上睡着,还发出鼾声。

敲门窗声。林超然的身影出现在门外。

罗一民没醒。

林超然的身影转到窗口,敲窗子。

罗一民仍没醒。

林超然将长柄刷的长杆从小窗口伸入屋里,捅着了罗一民几次,终于将罗一民捅醒。

罗一民一激灵:“谁!”

林超然的脸出现在小窗口:“不让我住你这儿了?”

罗一民揉着眼睛开了门,林超然一进门就脱衣服、脱裤子、脱鞋。罗一民插了门,将他的衣服、裤子挂起,将他的鞋摆好。

罗一民:“都几点了?你干脆别回来算了!”

林超然:“不回来我睡哪儿?”他开始刷牙洗脸。

罗一民:“你家,你岳父母家,哪儿你不能住?”

林超然:“我发现住哪儿都不如住你这儿方便。早就想住你这儿了,只不过缺少正当理由。”

罗一民:“哎你这人!太不客气了吧?为了等你回来,我都没敢脱衣服上床睡觉,怕你敲门我不醒。你怎么连句歉意的话都没有?”

林超然:“那我也敲了半天窗,还得用刷子杆把你捅醒!你折腾我的时候你忘了?你又什么时候说过歉意的话?”

罗一民张张嘴,一时无话可说,转身去捅炉子。

林超然:“你捅炉子干吗?还怕睡觉冷啊?”

罗一民:“废话!我早吃过了,给你热热饭。”

林超然:"不吃了!"说完往里屋走。

罗一民抢前一步,拦在里屋门口,正色道:"要求你洗洗脚不过分吧? 我的被褥就不是被褥了? 我夏天拆洗过!"

林超然嬉皮笑脸地:"我这不拿着毛巾嘛! 我又累又困,坐床上擦擦得了,别这么不开面儿!"

罗一民:"这是我擦脸巾!"一把夺过去,转身从门口离开。

林超然趁机进了里屋,在里屋大声说:"那我可上床了啊,麻烦你把擦脚巾捎进来!"

里屋。两人已躺在床上了。台灯还亮着。

罗一民:"你可在我这住了一个多星期了。"

林超然:"我们在抢时间,以后天天得早出晚归的。别烦,让我再住一段日子。"

罗一民:"明白了,不忍心影响两边亲人,所以住我这儿,对不对?"

林超然:"对。"

罗一民:"却不在乎影不影响我?"

林超然:"不在乎。"

罗一民:"你这种朋友对我是个负担。"

林超然:"你对我也是。"

罗一民:"我把我和杨雯雯之间的事告诉了你,你是不是对我有另外的看法了?"

林超然没回答。

罗一民:"我要求你说出来。即使是很恶劣的看法,我也能承受得住,但希望你能给我个明白话……"

林超然发出了鼾声。

罗一民欠身看看他,无奈地关了台灯。

罗一民的铺子里,天还没亮,外屋开着灯,林超然已穿好了干活的衣服,蹲在炉子那儿吃馒头。

门帘一挑,罗一民穿着背心、裤衩走了出来,抱着膀子问:"都凉一晚上了,怎么不生火热热?"

林超然:"没事儿。怕生火弄出动静搅醒了你。别感冒,进屋里接着睡。"

罗一民望一眼表,表针指向三点半。

罗一民:"你才睡了两个多小时。"

林超然:"我们约好了四点钟开始干活。"三口两口将手中馒头吃光,盖上饭盒盖,起身走到水龙头那儿,嘴对着笼头喝水。

他甩袖子抹抹嘴,拿起刷子。

"超然……"

他一转身,见罗一民已披了件衣服,下身却仍只穿裤衩。

罗一民:"我把我和杨雯雯之间的事告诉了你,你是不是对我有另外的看法了?"

林超然放下刷子,走到罗一民跟前,搂抱罗一民一下,双手放他肩上,真挚地:"应该忏悔的人很多很多,可是到今天却只有极少数的人有忏悔的心。你是极少数的人之一,而且你还打算用死来忏悔。证明我当年费那么大劲儿把你调到马场独立营,并没看错了你。有忏悔心的人是可以永远做朋友的,这就是我对你的新看法。"

罗一民感动地:"太怕失去你这个朋友了,我要当面向杨雯雯的外公忏悔。"

林超然:"应该。越早越好。忏悔不是酒,拖久了容易变质。"

罗一民:"你得陪我去。"

林超然:"这几天我实在没工夫。忙过这几天,一定陪你去。你先打听打听他住哪儿。"

罗一民:"你可得说话算话。"

林超然笑了："向杨一凡保证。"

罗一民："为什么是向杨一凡？"

林超然："他纯洁。"

林超然骑着三轮车的身影行驶在马路上,仍一手扶把,一手扛刷子,蹬得很快。

马路上寂静无人,无车。

某日中午。罗一民在小理发店理发。

罗一民："也刮刮脸。"

理发师："你没什么胡子。"

罗一民："那也刮刮。"

理发师："一刮,以后可就长得明显了啊！"

罗一民："今天对我是个特殊的日子,不管以后脸怎么样。"

理发师："那好,听你的。"

林超然站在罗一民铺子门外。他换上了一身干净衣服,戴着那顶洗干净的军帽,看着罗一民在锁门。

罗一民穿了一身挺新的衣服,锁上门转身问："我样子还行吗？"

林超然点头。

罗一民："鞋上的灰点子也不擦擦。"

林超然苦笑："擦了,擦不掉。"

两人站在某宾馆前。那是一幢八十年代的建筑,但在当年应是最高级的。

林超然："肯定是这儿？"

罗一民点头。

两人出现在大堂。林超然向服务员询问什么。

两人站在房间一扇门前。

罗一民:"超然……"

林超然看他。

罗一民:"我心跳有点儿加快,嗓子也发干……"

他艰难地咽了一口唾沫。

林超然严肃地:"一民,我可是趁午休的时间陪你来的。这都站在门口了,你打退堂鼓那就不对了。"

罗一民:"不打退堂鼓。打退堂鼓太对不起你了……不过,万一人家老先生根本就不愿见我呢?"

林超然被问得一愣。

罗一民:"咱们什么情况都应该有所估计对吧?你千万别误会我的话啊,你看这样行不……你先进去,说明来意。如果人家同意见我,你出来叫我,我再进去。如果人家不同意,我不在场,你不是也不至于陪着我受尴尬吗?"

林超然沉吟……

罗一民:"忏悔的话当然得由我亲口说。但你先进去征求一下人家的意见,不也表明对人家的尊重,而不是强加于人吗?"

林超然:"也好。那你待哪儿?"

罗一民指着说:"我到楼梯那儿去吸支烟,镇定一下心情,想想我的话究竟该怎么说。只要你一叫我,我立刻会出现在你面前。"

林超然:"好吧,就按你说的那样。"

望着罗一民消失在安全门后,林超然的手指按了下门铃。

室内。杨雯雯的外公坐在办公桌后,手持放大镜在看哈尔滨市区图。

罗一民做的那把最小的喷壶摆在桌角。

他听到门铃声,离开桌后开了门,见门外站的是林超然,大觉意外。

杨雯雯的外公:"找我?"

林超然:"陈老先生,冒昧打扰您,请原谅。"

杨雯雯的外公:"我不姓陈。我姓程,工作程序的程。"

林超然一愣:"不但冒昧打扰,还把您的姓搞错了,真不好意思,请您多包涵。"

程老先生:"没什么。不少人都把我的姓搞错过。"

林超然:"我们见过一面,还握过手……"

程老先生:"我一眼就认出你来了,在罗一民的铁匠铺子里,你们是朋友。有事?"

林超然:"有一件事,罗一民特别重视。我想,您必定也同样重视。他希望我能代替他先行向您求见一下。他认为,只有在获得您同意的情况之下,才能来侵占您宝贵的时间。"

程老先生犹豫一下,点点头,从门口闪开,做了一个请的手势。

林超然走入房间,打量着,目光定在桌角那只小喷壶上。

程老先生关了门,淡淡地:"坐吧。"

林超然收回目光,在沙发上坐下。

程老先生:"说吧。"

林超然:"您是长者,我是晚辈。您还站着,我不能坐着和您说话。"

程老先生又一愣,坐下了,刮目相看地:"你这个年轻人,挺特别。"

林超然笑了笑:"除了'文革'前喜欢看书,其他方面也没什么特别的。"

程老先生:"嗯?这么说,你在'文革'中也是大大的造反派了?"

林超然:"那倒不是。我看过的一些书告诉我,有些事肯定是不对的。甚至是罪过的。还有的事,是罪恶……"

程老先生："说下去。"

林超然："书籍在那个年代拯救了我。我至今对好书心怀感激。"

程老先生站了起来,不动声色地："年轻人,你也请站起来一下。"

林超然站了起来。

程老先生走到书架前,向林超然一摆头。

林超然也走到了书架前。

程老先生："我以为在大陆再也见不到这样一些书了,没想到一批批的出版得这么快,而且,一到书店往往便被一抢而光……在这些书中,你看过哪几部?"

书架中……托尔斯泰的、普希金的、莱蒙托夫的、雨果的、海明威的、哈代的、狄更斯的书,一列挨着一列。

林超然："实不相瞒,当年都看过了。"

程老先生："这么说,你很幸运地生活在书香之家?当然,那后来肯定也是一种不幸。"

林超然："是啊。十之八九是一种不幸。不过,当年我只不过是一个工人父亲的儿子,我的家住在哈尔滨最不起眼的小街上。当年我根本不敢奢望买书,听说了一部好书,就想方设法四处相借……"

程老先生："原来是这样……"

他指着《九三年》问："这本也看过吗?"

林超然："'在革命的原则之上,人道主义是更高的世间原则。'书中这句话,当年对我影响很深,超过了铺天盖地的标语和口号……"

程老先生："我以为你刚才是在吹牛,现在相信你的话了。"

林超然："如果您允许的话,我现在可以开始说罗一民的事了吗?"

程老先生："扯远了扯远了。我每天坐着的时候多,站着的时候少,有时候更想站着。如果你不介意的话,陪我站会儿吧。"

林超然笑了笑："很高兴陪您站会儿。"一指桌角的喷壶:"我要谈的事和喷壶有关。"

程老先生一愣,转身看喷壶,复转身看着林超然,庄严地:"我认为,我和罗一民之间,关于喷壶的事已经没有什么可说的了。该付他的钱我早已付清,我对他做的喷壶也很满意。我只要了那把最小的,另外九把,他还可以卖给别人。怎么,他还觉得他很吃亏吗?"

林超然:"他和杨雯雯之间的事,他告诉了我。那件事多年以来一直折磨着他,使他内心里很痛苦……"

程老先生慢条斯理地:"比我的外孙女在少女时期就失去了一只手还痛苦?"

他转身从桌上拿起一支雪茄,擦着火柴,吸了起来。

林超然:"他的痛苦是一个人因罪过而感到的痛苦……"

程老先生目光犀利地看他一眼,但没接言。

林超然:"他恳求您给他一个机会,能允许他当面向您忏悔……"

程老先生激动地:"别说啦!"走到窗前,背对林超然。

林超然:"他的忏悔之心,确实是真诚的……"

程老先生仍不接言。

林超然:"我明白您的态度了。打扰了……那么,我告辞了……"

他转身向门口走去。

程老先生:"等等。"

林超然站住了。

程老先生仍背对着他问:"他在哪儿?"

林超然:"等在走廊里。"

程老先生:"你认为我真的很有必要见他吗?"

林超然:"我们这一代人,受到的忏悔教育太少了……"

程老先生:"我恰恰认为你们受到的太多了。你们不是善于进行革命忏悔吗?什么灵魂深处爆发革命之类的忏悔……"

林超然:"我指的是,人对良知所进行的忏悔。我们所受到的宽恕教育更少。这两种教育,对于我们这一代人,以前几乎等于零。我多么希望,您能为我们补上这一课……"

程老先生终于缓缓地转过了身,表情还是那么庄严。他问:"你叫什么名字来着?"

林超然:"双木'林','超然物外'前边那两个字。"

程老先生:"林超然,你确实如我所说,与大多数你的同代人有些两样。我姓程,年轻时也是学工程设计的。我做事在意程序。你们今天来见我的过程,符合我的程序观。我承认,我被你最后一番话说服了。那么,就有劳你将那个罗一民请进来吧!"

林超然激动又惊喜地:"多谢程老先生!"他兴冲冲地出了门,却不见罗一民的影子。

他走到楼梯通道那儿,也没找到罗一民。

他着急地下了楼梯,低声叫:"一民!……一民!……罗一民!"

他在大堂向服务员询问,被询问者摇头。

他又问一名服务员,对方同样摇头。

他问一名拖地女工,这次似乎问对了,女工指门外……

他急匆匆地走到楼外,站在台阶上四方寻视,仍不见罗一民的影子。

他踏下台阶,着急地跺脚……

罗一民蹲在一棵大树下吸烟,他首先看到了林超然那双鞋,一抬头,林超然双手叉腰站在跟前。

罗一民将烟按入树根周围的土里,站了起来。

林超然:"真想扇你一大嘴巴子!为什么不在指定的地方等着?"

罗一民反有理地:"你进去了半天不出来,我一想你肯定是替我挨骂呢。骂你你就别老老实实听着了,为什么不找个机会早点儿出来?"

林超然二话不说,拖着他就走。

389

在楼外台阶上,罗一民挣脱了手。

林超然:"我给你铺垫得挺好,人家老先生同意见你了。"

罗一民:"可我……刚才自己在外边等这会儿工夫,思前想后的,心跳又加快了……要不,我的意思是……忏悔我肯定是要忏悔的,但其实,我一点儿没做好挨骂的精神准备……"

他伸出右手又说:"不信你摸摸我脉,刚才还一百二十多下……"

林超然白了他一眼,但却真摸起他手腕来。

也许由于罗一民脉搏确实快吧,林超然体谅地说:"坐下。"

罗一民在台阶上坐下了,林超然坐在他身旁,看着自己手表说:"陪你坐五分钟。只五分钟,一分钟都不多给。"

罗一民刚想说话,林超然立刻又说:"不许说话。你深呼吸,听我说……你一会儿获得了宽恕的话,就好比刑满释放,可以重新做人了……"

罗一民抢机会说了一句:"但杨雯雯失去的一只手却还是长不出来……"

林超然:"但是她也许会这么想……许多被伤害过的人听不到当事人的半句忏悔,而伤害过我的人真诚地向我忏悔了,并且我居然宽恕了他,我能够宽恕多么好……"

罗一民:"但愿如此吧。"

林超然:"你不说话只听我说行不行啊?我认为……正如你期待着她的亲人给你一次忏悔的机会一样,杨雯雯也正期待着予以宽容的机会。你不错过你的机会,那么也等于给了她一次机会……"

走廊里。林超然拖着罗一民向程老先生住的房间走。

两人站在那一房间门外,但见房门大开,有一名女服务员在吸地毯。

林超然:"请问,住在这里的程老先生在吗?"

女服务员:"几分钟之前还在等人,现在出去办事去了。他是个时间观念很强的人,一过了时间,往往就不等了。"

林超然："到哪儿办事去了？"

女服务员："不知道。"

林超然："估计什么时候回来？"

女服务员："那可没准了。往往只要出去了，很晚才回来。"

林超然沮丧极了，狠瞪罗一民一眼，罗一民却在闭着眼睛深呼吸……

罗一民的铺子里。林超然正将脱下的干净衣服卷几卷，放入工具袋，开始穿那身干活时穿的脏衣服。他的表情证明他一肚子不高兴。

罗一民看着他："那，咱们什么时候再去一次呢？"

林超然："再去一次？再去一次你自己去吧！归根到底那是你自己的事，不是什么咱们的事！"他终于一发而不可收，指指点点，爆发式地宣泄开了："你说你，啊，我是为了你才住你这儿的，回来得晚了一点儿，你就抱怨我折腾你！今天你不是折腾我吗？而且是白折腾了一通！下那么大雨的晚上，背着你往医院跑，你不是折腾我吗？而且那一天我爸妈小妹刚知道我弟弟死在北大荒的真相！说是通过李玖她爸给我介绍工作，可却搞成那么大一场误会！那也等于是白折腾我！再说今天的事，你连人家老先生究竟姓什么都没打听清楚！人家根本不姓陈，人家姓程！工程的程！程序的程！不是耳东陈！"

他话一说完，抄起刷子，推开门往外便走……

罗一民愣了片刻，发现车钥匙还挂在墙上，摘下追出门去，林超然已走十几步了。

罗一民："不骑车了？"

林超然如没听到。

罗一民："今晚回不回来了？"

林超然反而走得更快了。

罗一民自言自语："折腾你几次怎么了？来的什么劲啊！有志气连我借的刷子也别用！"

第十四章

林超然家住的那条街的街口,他碰上了母亲,母亲手捧半瓶酒,他伴母亲往家走。

林母:"怎么今天得空回家了?"

林超然:"中午抽空陪罗一民办点儿事,下午还得干活。惦着家里,拐个弯回来看看。"

林母:"小罗不要死要活的了?"

林超然:"一早一晚总是劝他,不理智那股子劲儿过去了。"

林母:"那就好。难熬的年头都熬过去了,别返城之后反而钻牛角尖啊,那多没出息! 你传个话儿,说我说的。"

林超然:"一定传。家里来客了?"

林母叹道:"哪儿来的客啊! 你妹非要证明自己能,是中专也报了,大学也报了。先考的中专,觉得考得还行。接着考大学,一考考了个乱七八糟。再和别人一对中专的题,这才明白考得也不怎么样,都及不了格。她哪能受得了,在家里哭了一大场。"

林超然:"她就是不听劝! 如果集中时间和精力,一门心思考中专,兴许还不至于这么一种结果!"

　　林母："她从小拧得很,你又不是不知道。脾气随你爸的根。妈摊上了她这么一个女儿,你摊了她这么一个妹妹,有啥办法?只得凡事将就她呗。她一哭,哭得你爸那个心烦。她去何家了,你爸心里还在烦。忽然就哭了,说想你弟了。我先劝你妹好一阵,没心情再接着劝你爸了。也不知道怎么劝了,心想干脆为他打几两酒,侍候他喝了,醉了,睡了,我也图个清静。"

　　林母说到伤心处,声音哽咽了。

　　林超然从母亲手中接过酒瓶,挽着母亲说："妈你也要想开点儿。老百姓人家,家家都像一出苦情戏,都差不了多少。以后日子好了,咱们老百姓的生活会相对好的……"

　　林母："你换工作的事,你爸知道了。主动跟他说一句,要不,他觉得你不尊重他,什么事儿都不告诉他了……"

　　林超然："到了家我告诉他。"

　　林母站住了,看着儿子,悲伤地说："妈看着你穿这么一身干活的衣服,心里不是滋味。你爸肯定更是……想当年,你们学校决定保送你出国留学以后,全家都跟着光彩,街坊邻居看咱家人,眼光里的羡慕那都藏不住。那时候,你爸可乐意你挽着他走了。妈当然也乐意,可都轮不上妈……"

　　林超然笑了："妈,听您这话的意思,是嫌我穿这么一身衣服挽着您走,丢您的人了呗!"

　　林母打了他一下,也笑了："胡说八道!妈是那么个意思吗?再落魄的儿子,在妈眼里,那也是个金不换的儿子!"

　　林超然："这话我爱听。而且,现在也挺需要听妈对我说这种话。但您不能认为您儿子现在就是落魄了。全中国干力气活儿的人多了去了,现在我也是他们中的一分子了,说我们体力劳动者落魄是不对的,我爸不就一辈子都是体力劳动者吗?"

　　他的话玩笑的成分极大。

林母嗔道："不许跟妈来无限上纲那套！"

母子两人都笑了。

母亲在前，林超然在后，回到了家里。

林父直挺挺地躺在炕上。

林母将酒瓶放下，陪着小心地说："他爸，给你打回酒来了。"

林父不领情地："我什么时候叫你打酒了？瞎溜须！"

林母看一眼儿子，苦笑，又说："超然回来了。"

林父抹一下脸，缓缓坐了起来。

林超然："爸，别为我妹的事上火。上火也没用。已经这么个结果了，对她也是一种教育。"

林父："没工作了，也没学上，那她以后咋办。"

林超然："既然她有心求上进，也不能打击她。等我有了稳定的工作，也有精力和时间了，一定亲自辅导她。再考几次，怎么也能考上个中专。"

林父："那么一等，还不把她等成老姑娘了！"

林超然被噎得一时不知再说什么好。

林父："你坐下。"

林超然坐下了。

林母："超然下午还得干活儿。你别训跑了女儿，这会儿又想铆上劲儿再训儿子。"

林父："你住嘴。想听坐一边听，不想听干脆躲外屋去。"

林超然："我和工友们打招呼了，下午晚去一两个小时他们不计较。"

林母默默坐下了。

林父："我不问你江北的事。江北的事继红已经跟我说了，我支持。你现在成了蹲马路牙子的，对吧？"

林超然："对。"

林父："有人雇你？"

林超然:"幸而有个兵团战友也蹲马路牙子,他们有活儿的时候都愿意带上我。"

林父:"我并不认为蹲马路牙子那就丢人。不偷,不抢,靠干力气活挣钱,到什么时候也不算丢人!可你为什么一直瞒着我?"

林超然:"想给您和我妈一份惊喜。"

父亲一时不解他的话,愣愣地看着他。

林母:"傻儿子,你都蹲马路牙子了,还能带给爸妈什么惊喜啊!"

林超然:"我们几个比较幸运,包到了一次大活,估计得干一个多月。交活时,每一人都分三百来元……"

父亲一侧头,以手捂耳:"多少?"

林超然:"三、百、来、元……"

林母:"撒谎!尽骗你爸妈开心!"

林超然:"爸、妈,不骗你们。原想等钱分到手,拿回家摆在你们面前了,再跟你们一五一十地说。我是这么想的,省点儿花,够我和凝之花大半年了。半年内找不到活心里也不慌了。还能每月给小妹点儿零花钱。赶在天冷之前,捡些砖,备些料,等明年一开春,让兵团战友们帮帮忙,在咱家旁边接出一间小偏厦子,那我和凝之也算有了自己的小家,而且就住在你们二老近前,随时可以孝敬你们。这一个冬天呢,有活儿了我就干,没活儿干我也认了,那就一门心思学学怎么当爸,再辅导辅导我小妹。我相信,随着中国以后的发展,不是人找活儿的问题,而是活找人的问题……"

林父兴奋地:"起来,跟我外边说话!"

林超然起身跟父亲走到了外边,林母也跟到了外边。

林父抓着儿子手腕,将儿子带到了房角,林母也跟到了房角。房角码着些旧砖旧木方子。

林父:"咱爷俩想到一块儿了。看,我已经备下了这些。开春我再给你们贴钱买点儿,不信盖不起一个小偏厦子!"

林超然:"我争取不用您贴钱。"

林父:"你跟你那些新工友说说,能不能也让我去跟你们站马路牙子?如果咱爷俩都三百三百地挣,那咱家的日子,还不几年就进入共产主义了?这整天一点儿活都不干,我身子骨难受!"

林母:"你看你那样!一时又眉飞色舞的,见钱眼开!你还莫如老老实实地说,每天挣不着钱你心里叽歪,也不怕儿子笑话!"

林父:"那怎么啦?整天想着通过劳动挣钱是劳动者的光荣本色!"

林超然:"妈,我哪儿能笑话我爸呢!我心里想的,他都替我开始做了。我这么大一个儿子了,在我爸面前只有不好意思的份儿。"他搂着父亲的肩,哄小弟弟似的:"爸,挣钱这种事呢,不能太急。您都为咱家挣一辈子钱了,该歇了,那就得金盆洗手。您放心,凡是属于咱老林家的人该挣到家的钱,以后我一个人就全把它挣回来!一分也不会让它从手指缝漏掉了!我向您保证,行吧?"

林父林母都笑了。

林父想到了什么,对林母说:"他妈,那什么,你那个,回避一下……"

林母:"怎么一下?"

林父大声地:"回避!'回避'什么意思你都不懂啊?没文化!"

林母:"你当我真不懂啊?不就是——你要跟儿子说悄悄话,不愿让我听吗?"

林父:"那你还不快走!"

林超然听着父母拌嘴,默默在一旁笑。

林母嘟囔:"老倔头子!"走了。却没走远,站墙角拐弯处偷听。

林父蹲在砖垛上,低声地:"我忽然就又想你弟了,给我讲讲你弟的什么事儿,最好是讲可笑的事儿。"

林超然一愣。

林父:"怎么,你弟就没一两件可笑的事儿!"

林超然:"有。当然有。既然爸想听,那我就讲。"

他也蹲在父亲身边。

父亲掏出烟递给他一支。

林超然:"爸,我也快当爸了,下决心戒烟了。"

林父也一愣。

林超然从父亲手中要过火柴,替林父点着烟后说:"等我们分了钱,我一定给爸买个好点儿的打火机。"

林父:"别说别的,讲啊!"

林超然:"我弟也处过对象,是个上海姑娘,另外一个连的,人挺好。他们两个连相隔十几里……"

北大荒冬季的夜晚,两个棉袄外穿大衣的身影,踏着深雪相向跑着,跑到一起彼此搂腰,像两头直立的河马,谁也搂不紧谁。

两个年轻人都向对方伸着脖子才亲着了一下嘴儿。

林超越:"你们连没开新年联欢会?"

姑娘:"当然开啦!"

林超越:"那你跑我们这来?"

姑娘:"怎么? 还来得没道理了?"一扭身,假装生气。

林超越哄她:"别生气别生气,千万别生气。我不是头一次谈恋爱嘛,没经验……"

姑娘又猛地向他转过身:"少找借口! 我就不是第一次了? 我问你,想我没有?"

林超越:"没……想……"

姑娘又生气地一转身。

林超越:"没想那不就奇怪了嘛!"

姑娘打他:"气我!"

林超越搂住了她:"我爱你生气的样子!"

姑娘从衣兜里掏出了一个用手绢包着的、小盘子那么大的东西给了他。

林超越："什么？"

姑娘："你最喜欢的东西，一路上我手揣在兜里，都把它焐热了。"

林超越拨开手绢一角，眼望着姑娘，下口就咬……

姑娘："别咬！"

林超越："哎哟，咯松我后槽牙了！" 低头完全展开手绢一看，见是小盘子那么大的一枚毛主席像章，赶紧又说："罪过罪过！ 我最喜欢的东西是好吃的东西，我以为……"

姑娘不安地："快看看咬出牙印没有？"

两人头碰头地细看。

林超越："正面肯定没有。"

姑娘："背面有也不行啊！"

林超越翻过像章，两人又细看。

林超越："我敢保证，背面也没有。"

姑娘："谢天谢地，要是留下了牙印，那可是不得了的事！ 咱们快请罪吧！"

林超越："又没人看见……"

姑娘："那事情也是发生过了！" 她跪下了，扯林超越，超越便也跪下了。

马场独立营大食堂。知青们、老职工及家属孩子在看节目，舞台上正演《智取威虎山》片段：林超越饰演的座山雕捧着联络图在唱："联络图，我为你，朝思暮想……"

他一展斗篷，小盘子大的主席像章掉在地上。

八大金刚之一："三爷，掉东西了！"

台下哄笑。

另一金刚捡起,双手递给"三爷"。

"三爷":"那不是我的!"一指杨子荣:"是他的! 我看他还是个共军!"

台下人笑得前俯后仰。

林超然、罗一民、杨一凡也笑了……

突然有一名知青站起,指着台上大叫:"都不许笑! 这是一起严重的反动事件!"

一片寂静,人人严肃。

林超越喃喃地:"我……我不是故意的,我别在里边绒衣上来着……"

啪! 团长的手狠狠地拍在桌上。

马场独立营营部。林超然立正站着,团长在训他:"林超然啊林超然,现在那事件闹得全团都知道了,那个罗一民,还有那个精神不好的杨一凡又把人家向团里举报的知青给揍了一顿,你说该怎么平息过去吧?"

林超然:"我决定关林超越三天禁闭!"

团长又一拍桌子:"罗一民和杨一凡也得禁闭三天! 一分钟都不许提前放出来!"

林超然显出有异议的样子。

团长:"你那么看着我干什么? 还想反对啊?"

林超然:"团长,您刚才说了,杨一凡精神不太好,对他就免了吧?"

团长指点着他:"你说你,啊,越是那让人不省心的,你越爱往你的营里划拉!"

林超然:"他们终究也是知青啊。"

团长:"罗一民必须一块儿禁闭!"

林超然:"是!"

团长想了想:"惩前毖后,治病救人,三天长了点儿。"

林超然立刻地:"那一天!"

团长:"一天太短了!两天!你要向全营宣布,这也是团里的决定!"

林超然:"是!"

林母在墙拐角那儿,已听得紧咬下唇,泪流满面。

林父:"你讲的事儿,一点也不好笑。"

林超然:"当年是不好笑……"

林父:"现在也不好笑。"

林超然:"那,等我以后想起了真正好笑的,再给爸讲。"

林父站了起来。

林超然也站了起来。

林超然:"爸,从今天起我不在罗一民那儿住了。虽然是好朋友,但给人家添太多的麻烦那也不应该。从今天起,我得住家里。我会经常半夜三更才回家,因为我们在抢时间。打扰爸妈的睡眠,我又不太忍心……"

林父:"别不忍心!抢时间干活那就好比打仗冲锋,该忍心不忍心还行?前几天我捡砖头的时候,正巧捡到了一个铃铛。今天我就把它装在门上。我比你妈觉轻,铃一响我就起身给你开门……"

一阵自行车铃声。

林超然笑了:"说到铃铛,就有铃声响,看来是个顺遂的好兆头。"

两人来到家门前,见张继红站在那儿,身旁停辆自行车,林父曾推去修的那辆破车,已修好,也擦得很干净。

林超然:"继红,真是好久不见了,这几天都想你了。"

张继红不无挖苦意味地:"也没那么久吧?"随即将脸转向林父说:"大爷,我是给您送车来的。该换的换了,该修的修了,保证您再骑三年没问题。"

林父:"继红,超然想不想你我不知道,我可是真想过你。我和你相处的时间比他长,咱爷俩对撇子。快屋里坐,聊会儿。"

张继红:"不了大爷,改天吧。我那儿还求人看着摊儿呢!"

林母:"总得进屋喝口水。"

张继红:"还真有点儿渴。那也不喝水了,让超然送送我,在街角那儿让他请我喝汽水儿!"

林超然:"没问题。"拍拍自行车座又说:"正好我骑它上班。"

林超然推着自行车和张继红走在路上。

张继红:"老实说,你骑这辆车,我不高兴!"

林超然:"你什么意思啊?"

张继红:"说出来那就没意思了,自己想。"

林超然一脸困惑。

卖汽水卖冰棍的摊前,张继红表情冷冰冰地说:"两瓶汽水儿,他付钱。"

林超然:"对,我付我付。"掏遍了所有的兜,尴尬地:"真不好意思,这身衣服中午刚换上,兜里没钱。"

张继红:"有你的。一会儿工夫,变成不好意思了。"又对卖汽水的说:"那开一瓶,我自己付钱。"

卖汽水的开了一瓶递给他,他一边喝,一边望街景,不理林超然。

林超然:"你究竟……"

张继红:"别再说什么意思,想。"喝光汽水,将汽水瓶放下,也看着林超然问:"还没想明白?"

林超然抓住他一只手腕:"不说清楚别走。"

张继红:"不够意思的人才不明白什么意思。那天咱们过了江桥,分手时我怎么说的?……谁找到了活儿,跟哥儿几个打声招呼。有推荐资格的,帮着推荐推荐。我是这么说的吧?连那几个小兄弟,后来都一一找到了我,告诉又在什么地方干什么活儿。虽然都没有推荐的能力,但他们那份儿心到了,起码不用我这个当过队长的再惦记着了,也证明我没白和他们相处过。可你呢,找到了工作,蔫不愣登地就只顾自己挣钱了,完全把我给忘了!"

林超然笑了,松开他腕子,将一只手拍在他肩上,不以为然地:"你心眼儿小得可笑。我那是蹲马路牙子的活儿!"

张继红:"但你们五个人可是在给黑大刷一幢教学楼!"

林超然:"你怎么知道的?"

张继红:"我想知道的事儿,那就会知道点儿。干完了,每人能分三百多,对不对? 怕一告诉我,我想加入,结果影响你们少分钱了,对不对?"

林超然张张嘴,没说出话来。

张继红也拍拍他的肩:"超然,你不够意思。我就这个意思!"

他一说完,拔腿就走。

林超然呆在那儿。

何父当校长那所中学的街道,骑着自行车的林超然遇见了蹬着三轮平板的静之。车上坐着凝之和林岚,林岚搂着嫂子胳膊。

林超然和静之都下了车,静之一脸汗。

林超然:"你们这是干什么去了? 逛街啦?"

静之:"我二姐走了个后门,我和林岚带我大姐去医院检查了一下,平安无事。"

凝之:"既然慧之给联系好了,检查检查不是我安心,你也放心吗?"

林超然:"林岚,你下来。静之你坐车上。"

林岚下了三轮平板车,扶住了自行车,怯怯地:"那我去买点儿菜。"

林超然:"去吧。"骑上三轮平板车。

林超然一边蹬车一边说:"静之,谢谢啊。我的义务,让你操心了,过意不去。"

静之:"也是我的义务啊,你老婆是我姐!"

林超然："但对于你姐，我毕竟是她丈夫。有的事，首先是丈夫的义务，其次才是其他亲人的义务。"

凝之："知道你脱不开身，要不早回家看我了。"

林超然："静之，你从你大姐的话里，是听出的批评意味多啊，还是听出的理解意味多啊？"

静之咯咯笑道："你耳朵又没毛病，自己听不出来呀？"

车到何家门前，林超然和静之扶凝之下车，进屋。

凝之幸福地："快当母亲的感觉真好，要不哪有这种左搀右扶的资格？"

两人扶她坐下，林超然问："医生说什么日子没有？"

凝之："医生也说不准，只给了个大概的，说二十天后可以申请住院了，那时得准备一笔钱。"

静之一边洗脸一边接言道："姐夫，钱的事你不必操心，我爸妈说了，钱他们出。"

林超然："我想出现在也没有啊。不过我爸妈也有言在先，钱他们准备好了。"

凝之："别让你爸妈出。我爸妈都有工作，还是由我爸妈出吧。"

林超然："那你记清总共多少钱。等一个月后我分了钱，要还你爸妈。向你俩提前交个底儿，估计我能一个人分三百多元。"

静之："姐夫行啊，快成有钱人了！"

她说着，将毛巾递向林超然。

凝之高兴地："静之，我嫁你姐夫有眼光吧？他应该受到奖赏，我起来坐下不方便，你替我亲他一下。"

静之："得令！"说着，已双手搂住林超然脖子，欲亲他脸颊。

林超然躲着脸说："别胡闹！"

静之:"我在执行命令。"总算在林超然脸颊上亲着了一下。

林超然:"意思到了就行了!"

静之:"不正规,不算! 我代人做事,那可从来都认真的。"

林超然无奈,只得由着她在脸颊上又亲了一下。

凝之:"静之考得可好了。她高兴,我们全家都高兴。自从返城以后,这是我最高兴的一件事了!"

林超然:"可我爸妈,都因为林岚没考好心烦意乱的,幸亏我刚才回去安慰了他们一番。我虽然有思想准备,但一看见她也没法高兴得起来。她准又在你们面前哭了一鼻子吧?"

静之忧虑地点头。

凝之说:"你不许数落她啊! 我俩好不容易才把她劝开了点儿,你别一训她,她又想不开了。她年轻、任性,受点儿挫折有好处,就当成是生活替我们教导了她吧!"

静之:"其实呢,她另外还有伤心的事。"

林超然:"什么事?"

凝之向静之摇头。

静之:"一会儿你还得去干活,以后再告诉你。"

林超然:"各学校都放假了,慧之怎么不回家?"

静之:"她联系到江北精神病疗养院实习去了,整个假期都要住在那儿。"

林超然:"为什么非得到那种医院去实习?"

静之看一眼大姐,沉默不语。

凝之:"你快走吧。你们在赶活,去晚了少干了,看人家有意见。"

林超然:"静之,替我照顾好你大姐,拜托了!"何静之立正、敬礼:"遵命!"

他在门口站住了,转身看着凝之说:"差点儿忘了一件事。"

静之:"如果我能办的,我办。"

林超然:"还真不愿让你替我办。"走到凝之跟前,捧住她脸,在她额上亲了一下,之后一转身大步而去。

静之笑道:"我姐夫有时像个小孩儿。"

凝之:"他更像小孩儿的时候,你是没看到。"

静之走到她背后,双手抱着她,弯下腰说:"很幸福,是吧?"

凝之:"在所有幸福中,这一种幸福是最难得的了。"

林超然肩扛长柄刷子,一手扶自行车把,意气风发地蹬着自行车。

黑大校园里。那一幢教学楼前,三名工友身下垫着报纸、纸板、灰袋子,皆仰躺着。

林超然骑自行车驶来,下了车,支稳,按车铃。

三名工友坐起,瞪着他。

一人说:"骑上自行车你也来晚了!"

另一人说:"看见那一堆石灰了吗?罚你,都扛楼里去。"

台阶旁,堆放着十几袋石灰。

林超然看着说:"甘愿受罚。"

第三人一边往起站一边说:"我帮你上肩。"

林超然:"免,我自己行。"

他自己扛起一袋,还夹了一袋,大步入楼。三名工友互相看着议论:

"这家伙,在哪儿充电了?"

"凭良心说,他干活还行。"

"他们下过乡的,别的方面不论,干起活儿来都行。"

夜深了,校园里寂静悄悄。左右的楼窗都黑了,只有这幢楼的几个窗口还亮着灯,敞着窗。

从一个窗口看见,林超然的身影在刷墙,并且,还在吹口哨,吹的是

《莫斯科郊外的晚上》。

　　罗一民的铺子里。罗一民在一张一张往下扯日历纸,李玖站在一旁看着。罗一民还穿着上次去忏悔时穿的那身半新的衣服,李玖也穿了一身半新的衣服。

　　李玖:"别撕了,再撕,撕过了。"

　　罗一民这才住手。

　　李玖走过去,也撕下了一张,撕到了九月三日。

　　罗一民又欲撕手中的日历纸,被李玖一把夺过去。

　　李玖:"别白瞎了,留着擤鼻涕。"她理顺了,一折揣入兜里。

　　罗一民:"我要过一个心情轻松的国庆。"

　　李玖:"我也是。"

　　罗一民:"想好了?"

　　李玖点头。

　　罗一民:"别像林超然陪我似的,关键时候又打退堂鼓了。"

　　李玖:"不会。"

　　两人出了门。

　　罗一民锁上门,朝小三轮车翘翘下巴:"上车。"

　　李玖:"我蹬车。"

　　罗一民:"别争。我。"

　　李玖:"我。你别累得够呛,到了地方心跳加快,又没勇气了。"

　　罗一民:"那累你了。"坐上了车。

　　李玖将车停在程老先生住的那家宾馆前。

　　两人站在电梯口。

李玖："要不,你先打头阵? 如果人家也愿意见我,你出来叫我?"

罗一民瞪她："这就是关键时刻,你和我上次的表现没什么两样。"

李玖："那,再给我点儿时间……"

罗一民："中国给咱们的时间还短呀?"

李玖张张嘴,看样还想说什么。

罗一民却已按了门开关,电梯门在李玖面前缓缓闭合,罗一民的脸在她面前缓缓消失。罗一民脸上那种极其失望又单刀赴会似的悲壮表情,给李玖留下很深的印象。

罗一民走出电梯,他脸上刚才那种表情依旧。

他走向程老先生所住的房间。房间敞着门。女服务员在外间也就是作为客厅的房间又吸地毯,一抬头见罗一民站在门外。

女服务员："什么事儿?"

罗一民："我找程老先生……"

程老先生的男秘书从里间走了出来,用带有香港语调的话问："预先约好了?"

罗一民在门外摇头。

秘书："那么,您贵姓?"

罗一民："罗。'十八罗汉'的'罗'。罗一民。"

秘书："知道您是谁了,请进吧。"

罗一民进入。

秘书："您来得不凑巧,董事长前天回香港了。不过您别失望。我是他秘书。他估计到了您可能会突然来访,临行前交代过我,说如果您来了,让我把这个袋子交给您。"

秘书从书桌旁拎起一个纸袋递给罗一民,罗一民犹豫一下,接过。

罗一民："这里是什么?"

秘书："我也不太清楚,应该是他送给您的礼物吧。啊对了,肯定是礼物。因为他让我转告您,如果您自己不愿保留,随便送给什么人都可以,说有的人肯定用得着。"

罗一民："还说什么?"

秘书："再没向我交代过什么。"

罗一民："您刚才说,您知道我是谁。那么老先生……关于我都说了些什么呢?"

秘书回想地："他近来接触的人太多了,除了临行前交代的话,再没听他提起过您……"

罗一民望着书桌问："老先生就在这张桌子上办公?"

秘书点头。

罗一民放下袋子,面向桌子,双膝跪下了,但却没低下头,而是微微扬着头,闭上了眼睛……

秘书和服务员看着他愣住了。

中学冰场上,还滑不好的罗一民,谨慎而笨拙地移动脚步,羡慕地望着滑得好的男女同学。那些同学有的穿赛刀,有的穿花样刀,其中尤数穿花样刀的杨雯雯滑得最好,像一只冰上蝴蝶。她的浅粉色围巾、滑冰帽和毛线手套格外醒目。

罗一民滑倒了。

一双花样刀以漂亮的姿势刹住在他跟前,一只浅粉色的毛线手套同时伸向他,他一抬头,看到的是杨雯雯笑盈盈的脸。

他握住杨雯雯的手,杨雯雯将他拉起。

杨雯雯和罗一民双手握着双手,她倒着滑,带着对面的罗一民滑。

秘书："罗先生……"

罗一民睁开了双眼。

秘书看着门口说："有人找您。"

罗一民朝门口一扭头，见门外站着李玖，正呆呆地望着他。他要往起站，因为腿有毛病，再加上跪久了，竟没能立刻站得起来。

秘书上前将他扶了起来。

秘书："罗先生，需要我转告什么话吗？"

罗一民摇头："只说我来过就行了。"说完转身向门外走。

秘书："袋子……"

罗一民站住，从秘书手中接过袋子，又说："再替我转告老先生一句话，就说我明白了，喷壶是用来浇花的。"

罗一民和李玖从门口消失了，秘书和女服务员收回目光，困惑地互相看着。

秘书："告诉我这个香港人，他最后那句话什么意思？"

女服务员："我哪儿知道，像联络暗号。我还生怕他是个精神有毛病的人呢！"

罗一民在蹬那辆三轮车，车上坐着李玖，抱着置于膝上的纸袋。

罗一民眼前，不时闪过杨雯雯在冰场上伸向他那只戴着浅粉色毛线手套的手，不时闪过伸向他的一只假手，还不时闪过杨雯雯用指甲油染红了指甲的手……

"停！"李玖的大叫声。

罗一民刹住了车，转身一看，见李玖脸上已淌着泪了。

李玖："你倒是说句话呀！"

罗一民："好，我说，我说……那，咱们找个地方，取出来看看是什么东西……"

一条两旁有民宅小院的街上，罗一民刹住了车。

两人将一个包装盒从纸袋里取出，李玖捧着盒底儿，罗一民打开了盒盖。紫绸垫着的盒内，竟是罗一民做的那只最小的喷壶。

李玖:"他这是什么意思?"

罗一民:"不知道。"

李玖:"他秘书跟你说什么了?"

罗一民:"如果我们不愿保留,可以随便送给用得着的人……"

李玖:"我不愿保留……但这么好的盒子和袋子我要,可以装东西……"

罗一民:"那归你了……"

李玖:"看着你跪那儿,我心里不是滋味,你也是替我……"

罗一民:"再别说谁替谁的话了,啊? 总得有人带这个头,是不? ……林超然说得对,带这个头不可耻。"

他替李玖抹去脸上的泪。

罗一民蹬车行驶在那条街上。

有一户人家的花园里种了不少好看的花,罗一民将车刹住,李玖在车上探身,将小喷壶挂在了木栅栏上。

那户人家里走出一对老年夫妇,奇怪地望着罗一民背影,接着凑近看喷壶。

男的伸出了一只手。

女的:"别碰,万一是坏人使坏呢? 不认不识的,为什么把这么好的一个小喷壶挂咱家栅栏上? 我觉得应该报警……"

男的:"别把人都琢磨得那么坏。"取下喷壶,细看,称赞:"活做得挺细。我早想买一个专门浇屋里那两盆君子兰,到处买不到,就当是圣诞老人送的吧。"

女的:"尽瞎说,圣诞老人夏天才不现身呢,再说咱们又不是孩子。"

夜晚。罗一民蹬着的三轮车行驶在一个寂静无人的居民社区,李玖坐在车上,双手护着几把喷壶不使它们掉下去。

李玖将喷壶一把把挂在人家的栅栏上,放在人家外窗台上或放在门口。

天亮了。一户户人家的大人或孩子发现了喷壶,皆奇怪地拿起看。

在不同人家的院子里、阳台上、屋里,不同的人们手拿大小不一的喷壶在浇不同的花。

天黑了。某小饭店一间狭窄的光线昏暗的单间里,坐着林超然、王志及另外三位工友。都穿着满是灰浆点子的衣服,也都蓬头垢面的样子,但看去个个都很兴奋。

一名女服务员进入,问:"五位大哥请看菜谱。"

王志:"小妹,菜谱我们就不看了,荤的素的搭配着,把你们这儿最拿手的菜上那么五六道,再来五瓶啤酒。"

女服务员:"放心,十分钟之后就开始上菜。"

林超然:"不必那么急,半个小时之后再上吧。下去后告诉别的服务员,半个小时内别来打扰我们。"

一名工友:"啤酒可以先上。"

王志像发扑克似的发钱。除了他自己,林超然等四人都手握啤酒瓶,一边看着王志发钱,一边喝。

一名工友突然喷出一口酒,喷在对面的林超然脸上、身上。

王志:"你得喉炎啦?"

那名工友:"对不起,激动的,激动的……"

林超然用袖子擦桌上的酒点子,一边说:"没关系,理解……"

另一名工友:"服务员,拿……"

坐他旁边的那位赶紧捂他嘴。

但女服务员已闻声推开了门,问:"几位大哥有吩咐?……"

她见人人面前一摞钱,怔住,别人急忙用手捂钱。

林超然起身往外推她："没事儿没事儿,过二十分钟再来……"

林超然坐下后,王志又开始分钱,连一堆角票、分币也人人有份。

王志:"剩下点儿零头别分了,归我吧?"

一名工友:"你早就该这么说!"

于是大家都笑得合不拢嘴,各自要抓起钱往兜里揣。

王志:"都别急。第一轮是分完了,还得分第二轮呢!"

他拿起自己的钱,往手指上啐了一口,又开始将自己的钱一一分给大家,分到自己剩不了多少了,这才往兜里揣。

林超然:"你什么意思?"

王志:"活基本上是你们干完的,我只不过一早一晚和星期日才去干点儿,怎么能和你们分一样多的钱?按劳分配才公平嘛!"

林超然:"没你我们一下子挣不到这么多钱。"说完将二次分配的钱,往王志面前一推。

其他人也都照他那么做。

柜台那儿,店主猫着腰小声打电话:"对,行迹确实都挺可疑。是的是的,服务员亲眼看到了,他们是在分钱,你们快来吧……"

单间里。王志严肃地:"都收回去。该怎么就怎么。你们不收回去,我连这顿饭都不吃了,走人。"

一名工友对林超然说:"你这兵团战友就这脾气,我们太了解他了。他认准的死理,那就非那样不可。"

王志:"饭钱我一分不出了,你们哥四个好好请我这顿。"

林超然等四人笑了,只得无奈地又把钱收回去了。

五只啤酒瓶子碰在一起,五人吹喇叭似的一饮而尽。

五人互不相让,狼吞虎咽。酒足饭饱,有的揉肚子,有的打饱嗝,互相看着傻笑。

敲门声。

王志起身开了门,进来一位派出所警员,年龄在二十七八岁,一九八〇年,当年的小知青都到了那个年龄。该警员是小王。

林超然们见他进入,很诧异。

小王:"还吃着呢?"

一名工友:"吃完了,该散了。"

另一名工友:"进错门了吧?"

小王:"没错。就这个单间。几位别见怪,我是例行公事。现在,你们必须回答我的问题,饭前你们干什么来着?"

王志:"饭前嘛,我们分钱来着。怎么,找个地方分钱也犯法吗?"

小王:"分钱犯不犯法,那要看钱是怎么来的。谁回答我第二个问题:这又不是哪个单位发工资的地方,你们在这儿分一笔什么钱?"

一名工友火了:"审问啊?你管得着吗?"

小王:"我说过了,我这是例行公事。"看着王志又说:"刚才是你回答了我的问题,那么还是由你来回答吧。"

王志:"分我们劳动挣的钱。"

小王:"在哪儿劳动?什么性质的劳动?哪个单位,或者什么人发给你们的钱?"

王志也火了,往起一站:"不是偷的不是抢的不是坑蒙拐骗得来的,是用汗珠子换来的!"

小王:"谢谢你的回答,不过回答得还不够具体。能不能具体点儿?"

王志:"如果我不愿再回答了呢?"

小王:"那对我倒没什么,不过对你们可就不好了。实不相瞒,外边还有几位我的同事呢。如果你们在这儿都能说清楚,我们不必为难你们,咱们双方不都省了事了吗?"

另外三名工友也一齐站了起来,对小王怒目而视。

小王说话时,林超然一直在默默观察他。林超然也缓缓站了起来,先将王志按坐下去,接着对另外三名工友说:"人家例行公事,你们瞪什么眼睛啊?坐下,都坐下。"

三名工友悻悻地坐下了。

林超然站到小王跟前,端详着他,出其不意地从他头上摘下警帽——小王留的是平头。

小王:"你想干什么?"他的手握住了腰间的警棍。

林超然:"你个小王,不认识我啦?"

小王也端详起他来。

林超然:"连你们何副指导员也忘了?"

小王:"你是……林营长?……我们副指导员的丈夫?"

林超然捋了他后脑勺一下,笑道:"小子,想不到穿上警服了,你们副指导员知道了一定特高兴。"说罢,将警帽端端正正戴他头上,看着王志等三人又说:"他一进门我就觉得他面熟!是我爱人当副指导员那个连队的通讯员,还兼司号员。当年下乡时才十六岁,整天军号不离手,到处显摆。还尿炕,还偷听连部会议,东散布一句西散布一句的。到兵团是走后门去的,从兵团参军也是走后门去的。要不是我爱人在知青中替他进行了说服工作,他当年想去参军那也去不成!"

小王:"你就先别揭我老底儿了,快向我坦白交代你们是怎么回事吧!人家这儿向我们派出所举报了,有五个形迹可疑的男人在这儿鬼鬼祟祟地分钱……"

林超然笑了,搂着他肩,一一指着王志们说:"他也是咱们兵团的,他们仨都有过插队经历。除了他,我们四个都是蹲马路牙子的,刚为黑大刷完一座教学楼。人家守信,当时就给钱了,所以我们就到这儿来分。"

门外有人大声问:"小王,没事儿吧?"

小王:"没事儿,一场误会,还有我认识的人!"

门外的人:"问清楚了就快出来,撤!别聊起来没完!"

小王:"你们先走,我等会儿!"

他将林超然按坐下去,自己半坐在桌沿,掏出烟,一一分给大家,边对林超然说:"说说我们副指导员的情况,也说说你自己的情况。"

王志等四人与林超然和小王在饭店门口告别。

小王和林超然推着自行车边走边聊……

两人也在某一街口握手告别。

林家。林超然进了家门,见母亲和一个女人在缠毛线,那女人是街道上的主任。

林母:"超然,这是街道上的赵主任。"

林超然:"赵婶好,我爸呢?"

林母:"到你岳父家去了。今天是你岳父生日,请他去喝两盅。你赵婶等你半天了,有事儿跟你商量。"

林超然:"婶请这边坐。"

赵主任坐到了桌旁去。

林超然脱下上衣,翻过一下,垫在椅面上,坐下后说:"婶,有什么指示?"

赵主任:"婶一个小小的街道主任,哪儿敢对你当过营长的人下什么指示啊!"

林母:"主任,别提他以前那点光彩了,那都过去了,一笔勾销了,现在成蹲马路牙子的了。你要和他说的事,他准乐意!"

林超然:"婶有什么好事想到我了?"

赵主任:"超然,是这么回事……咱们街道上,从前办了一个皮革厂,一来二去总没办兴旺,后来就黄了。一排三大间砖房,还有不小的院子,空着几年了,那不怪可惜的嘛……"

林超然:"婶想让我把那个厂再给办起来?"

赵主任:"是那么个想法。但办皮革厂是不行了,有味儿,也脏、乱,居民意见大。如果办个别的什么厂,街道给开绿灯。我请示过了,区里也支持。现在还有不老少返城知青工作没着落呢,办好了,不等于为政府排忧解难了?……"

林超然高兴地:"婶,一言为定,您千万别再找别人了,这个机会属于我了!"马上起身穿衣服。

林母:"看把他高兴的!你又穿衣服干吗呀?"

林超然:"跟我婶去看那地方!"

赵主任笑了:"别这么性急呀。天都黑了,去了也看不清,明天吧!"

白天。张继红修自行车那地方,张继红在安装车胎,林超然推着自行车来了。他支稳车,坐在道沿上看。

张继红不理他。

一卖冰棍的大娘推着冰棍车走过。

林超然:"大娘!"

大娘站住。

林超然起身去买了支冰棍,仍坐回原地,吮着,看街景。

张继红:"大娘,我也来一支!"

大娘将车推了过去。

张继红:"有奶油的吗?"

大娘:"有。一般奶油的五分,高级奶油的一角。"

张继红:"那来支高级的。"

卖冰棍的大娘推车走远了,两人各自吮着各自的冰棍,谁也不理谁。

张继红自言自语似的:"高级的那就是高级的,口感就是不一样,口口甜蜜蜜!"

林超然:"一个修自行车的,一天挣不到一元钱,吃根冰棍还要吃高级的,这叫典型的死要面子!"

张继红:"典型死要面子的人,也比那典型的背信弃义的人强!"

一个取车人走来。

张继红:"好了。你看,都上上了。等我吃完这支冰棍,该紧的地方再紧紧……"

取车人:"我还有事儿呢。"

张继红:"那,替我拿会儿……"

取车人看着他手中吮过的冰棍皱眉:"拿过了,弄得我手黏叽叽的,哪儿洗去?"

林超然:"我替你拿着?"

张继红瞪他一眼,不情愿地将冰棍递给他。

张继红三下五除二将车紧好,伸手向取车人要钱:"六角钱,你给五角吧。"

取车人:"哎,不是说好的两角吗?"

张继红:"补胎是两角。但这后轮有两根条不起作用了,你看,我给你换上了两根新的。每根条哪儿买都得一角钱……"

取车人:"你说不起作用就不起作用了?我也没叫你换车条啊!"

张继红:"你是没叫我换,可后轮吃重,两根条不起作用了,骑着不安全……"

取车人:"你这种人我见得多了,不就是想多挣点儿成心的吗?"

张继红:"你他妈怎么这么不识好歹?"

取车人:"你他妈的,就给两毛,爱要不要!"

掏出钱包,取出两角钱,丢工具箱里,推着车就要走。

张继红一手按在车的两把之间,瞪眼道:"你看我样像好欺负的吗?"

林超然坐在那儿,看着他俩起哄道:"嗯,我证明,他绝对不是好欺负的。"

取车人扭头看他。

林超然:"一个不好欺负的人再碰上了不顺心的事儿,正生气,那就更不好欺负了。再说,他是好心好意,对你负责。你不谢他还不给钱,明摆着你不通情达理。"

林超然说完,看着取车人,咬一口左手的冰棍,咬一口右手的冰棍。

张继红:"别看他,看我。我不听你谢,我只要钱。"

林超然:"不好欺负的人都他那德性,见钱眼开。我和他是一样德性的人,还是哥们儿。"

取车人又掏出了钱包,找出三毛钱扔在工具箱里,骑上车走了。

张继红蹲下捡钱,站起时见林超然站在对面。

张继红:"我冰棍呢?"

林超然:"我吃了呗。那么高级的冰棍,总不该看着化光了吧?"

张继红:"你!别以为帮我说两句话,我会对你印象好点儿。"

林超然:"要是我想请你帮我办个厂呢?"

张继红眼睛亮了,将小凳往林超然跟前一摆,用袖子擦一下,蹲那,仰脸说:"给我坐下,简单说,好事别啰嗦!"

两人一蹲一坐,起先一个说,一个听,后来张继红站了起来,也比比划划兴奋地说开了。

林超然骑自己车,车后座上坐着罗一民,行驶在市郊公路……

林超然:"我早就想去看看你父亲了……"

罗一民:"我认为你也应该。我每次探家,我父亲都嘱咐我向你学习。写给我的信中也少不了那种嘱咐。在他心目中,你不但是我营长,还是我哥。或者还是,按西方说法,是教父……"

林超然:"还不是你给他灌输的那么一种印象!"

罗一民:"你不能这么认为。你不是每次探家都到我家去,和我父亲一聊就一上午或一下午嘛!你给他留下的印象太深了——他说过他把我这个儿子交给你了吧?"

林超然:"说过。不止一次……"

两人来到殡仪馆,进入了骨灰安放区,听到哭声——李玖的哭声,连哭带说的话语:"伯父,一民那么恨我,可我仍然那么爱他。他当着聚会同学的面打了我,我也没法不爱他……伯父,我李玖可该怎么办啊?"

林超然小声而严厉地:"难怪你俩……为什么打她?"

罗一民将头一扭:"我……那天醉了……"

林超然:"打那么爱你的女人,可耻!醉了也可耻!"

罗一民:"我俩之间的事儿,你不会知道……"

林超然:"我也没必要知道那么多!总之你是打了她!"

李玖的哭诉声:"伯父,求您给一民托几次梦,让他原谅我以前做过的错事,让他好好爱我吧!我发誓,我和他结婚以后,一定做一个贤妻良母,一定经常来看您,让您在九泉之下,永远省心,为我们感到欣慰……伯父,求求您,千万给他托梦吧!一次不行,不能使他回心转意,您得多给他托几次梦……"

李玖的哭诉听来令人心疼。

林超然指着说:"现在,该怎么办你自己决定!"转身走了。

李玖还在罗父的骨灰盒前悲恸。

罗一民出现在她背后:"玖子。"

他将一只手放在她肩上,李玖一扭肩。

罗一民反而从后抱住了她,也哭了。

两人就那么一个抱着另一个,低声哭作一团。

第十五章

街道赵主任说的那处厂院所在的那一条街基本上是平房,砖的或土坯平房。街路也是土路。放眼四望,周围几乎见不到楼影。在当年的哈尔滨市,那类居民区很多。但如今几乎不见了。厂院的门是对开的,木板的,由于风雨的侵蚀,看去已有些朽了。门上的铁链和大锁锈迹斑斑。那种大锁叫虎头锁,如今也不多见。

林超然和张继红站在院门前。

张继红:"怎么连个街号牌都没有?"

林超然:"以前有没有咱们不管。如果咱们是它的主人了,那就会有的。"说罢,从板缝往里看。

张继红:"肯定是这儿?"

林超然:"没错儿,就是这儿。"掏出一把拴了绳的钥匙开锁,打不开。

"躲开,看我的。"张继红从地上捡起一块石头砸锁,没砸开,石头倒碎了。他一时兴起,猛踹一脚,结果将一扇门从折页那边踹开了。

林超然:"你看你,急什么!"

张继红:"关系到挣钱的事,没法不急。"推开门,做作地:"大人请。"

两人进了院子,但见满目杂乱,这里那里,堆着旧砖旧瓦,旧木板、木方子、破窗框,还有几卷油毡纸。一排砖房倒还像样。

张继红:"这种地方,夜里容易闹鬼。"

林超然:"说点儿吉利的行不行?"对旧瓦、木板、木方子、油毡纸产生了兴趣,翻看着说:"好东西,都是好东西。"指着油毡纸说:"咱俩先把这个扛屋里。"

张继红:"我刚换上的衣服,有劲儿没地方使啊?"

林超然:"我也刚换上的衣服,叫你扛你就扛!"扛起两捆油毡纸进屋去了。

张继红脱下衣服挂杖子上,也扛起了两捆油毡纸。

张继红扛着油毡纸进了屋,与林超然从这屋走到那屋,再从那屋走到这屋,上下左右一通看。三大间房子,中间和里边一间都有火炕,炕上还有旧炕席。

张继红指着两处漏雨的痕迹说:"这漏雨,那也漏。"

林超然:"修修就不漏了。"

张继红:"不说是个厂吗?怎么还有火炕,也不像是厂的样啊。"

林超然:"起先是厂。黄了以后,改旅店了,专供赶马车进城的车老板住。"

张继红:"那你就别说是旅店。咱哥俩知道,那叫大车店。"

林超然:"有人在院里吊死了,大车店也开不下去了,一直空到现在。"

张继红吃惊地:"这凶宅?"

林超然:"别一惊一乍的。不是在屋里,是在院里,吊在板障子上……"

张继红:"那也一样!"冲了出去,林超然愣了愣,跟出,见张继红在连连抖他的上衣。

林超然:"街道主任没实说,我妈告诉我的。"

张继红:"老狐狸!难怪我一进院子,立刻有股鬼气拂拂的感觉。"

林超然:"实地看了,现在你有什么想法。"

张继红掏出烟,递给林超然一支。

林超然:"我快当爸了,戒了。"

张继红:"我已经当爸了,不戒。"叼上了那支烟。

林超然:"为了孩子老婆的健康,你也得戒。"

他欲夺下张继红嘴上的烟,张继红躲开,吸着了那支烟。

张继红:"这是在讨论大事,不吸烟还行? 你什么想法?"

林超然诚实地:"我还什么想法也没有。自从返城后,只想个人的事儿了,从没想过还要替别人办什么厂。"

张继红:"我也是。"

林超然:"你如果说免,我今天就把钥匙还了。"

张继红:"你容我想想嘛! 老实说,这地方比我想象的好。房子状况不错,院子也够大,还是铺砖的。错过这村,没这店了。修自行车那事儿,退休的人挣点儿零花钱还可以,养家糊口哪儿行? 我做梦都想有个地方,召集几个处得来的哥们儿,干出一番咱们自己的事业。工作这么不好找,政策又允许了,咱们为什么不?"

林超然:"不在乎院子里吊死过人了?"

张继红:"过好日子的想法,鬼也休想挡住!"

林超然笑了:"哥们儿,那咱俩想一块儿了。"

他伸出一只手,张继红握了他手一下。

林超然:"可是在这儿能干什么,我确实还没想出来。"

张继红:"我刚一看院子这么大立刻就想到了……你现在骑那辆自行车好骑不?"

林超然:"状况很好啊。"

张继红:"你爸推到我那儿时,简直就没法修。当破烂卖,估计最多也就能卖十元钱。可我将它大卸八块,这辆旧车上用一部分,那辆旧车上用一部分,一组装,你不是骑着也挺不错吗? 现在有几处旧车市场,那辆车如果推去卖,怎么也值五十元。想想,一个人每月组装那么两辆车卖出去了,少说七八十元挣到手了。七八十元什么概念?一名六级技工的工资!比科长的工资少不了多少!"

林超然:"可……哪儿来那么多旧自行车呢?"

张继红:"哥儿几个先凑笔钱收啊!全哈尔滨哪年不得淘汰几百辆自行车啊!这事儿要是做上三五年,那咱们还不都腰缠万贯了?"

林超然:"人呢?有人愿意跟咱们干吗?"

张继红:"这话问的!咱这叫白手起家办厂!总比蹲马路牙子强吧?还不能声张。一声张,咱们那些没工作的兵团战友呼啦一下都来了,咱俩反而为难了。先悄没声地召集那么六七个人,干出点眉目,看情况再说……"

林超然:"就照你说的办!你当头儿,我协助你。"

张继红:"那不行!这回是你提供的机会,得你当头。"

两人在院里指指点点,比比划划,都很兴奋地说着。

街道办事处。赵主任在给一位老妪剪头发,听到敲门声。

赵主任:"进来!"

林超然左手右手都拎着东西进入,左手拎的是四包点心,右手拎的是四瓶罐头,肩上还背着军挎包。

赵主任明知故问:"超然啊,你这是……"

林超然:"婶,我和我战友看中那地方了,也作出决定了。我们都非常感激您,大家嘱咐我向您表达表达心意。"说着,将东西和军挎包放桌上。

赵主任:"哎呀我大侄子!你看你实在劲儿的,就这么明面儿拎办事处来了,叫人看见多不好!"

林超然不好意思地:"我没想那么多。"

赵主任:"这是韩三奶,咱们街道上的孤寡老人。多少年了,一直是我给她剪头发,快叫过。"

林超然:"三奶好。"

韩三奶:"孩子,记住啊,以后送主任礼,要往家里送。不兴大白天送,要天黑的时候送。"

赵主任:"得,您这么一说,我跳进黄河也洗不清了。那包里是什么?"

林超然:"一点儿木耳,一点儿蘑菇,我带回来的,也是我妈的心意。"

赵主任:"那替我谢谢你妈。你把那点心和罐头分两份儿,一会儿让三奶带走一份儿。木耳、蘑菇就别分了,她快没牙了,吃不动。"

韩三奶:"还剩几颗牙,慢慢嚼,也能吃得动。"

赵主任:"您倒不客气。那也给她分出一份儿来,用报夹子上的报纸包就行。"

林超然从报夹上取下报纸,边分木耳,边说:"婶,我们六七个兵团战友,打算先在那地方组装自行车,就是收破旧的自行车,经过重新改造,再推到旧自行车市场去卖,您同意不?"

赵主任:"同意。给你们空子钻,你们都不会做违法的事,这一点婶太相信你们了。"

林超然又分点心和罐头,接着说:"那我们还应该办些什么手续呢?"

赵主任:"这点儿主婶做得了,你们甭费心了。等婶儿有时间了,替你们跟有关部门打声招呼就行。"

林超然:"我们占用了那处地方,是不是也该使街道办事处有笔收益啊,不知道那得是多少钱?"

赵主任:"这婶儿更做得了主了!你们先按想法干起来再说,起初肯定挣不了多少,意思意思就可以。往后干好了,挣多了,那时再签份合同什么的也不晚。"

林超然:"婶儿,您对我们真好,太感激了。还有件事儿,我都不知该不该开口说了……"

赵主任爽快地:"只管说。凡是婶儿做得了主的,婶儿的话就是红头文件!"

林超然吞吐地:"我和我爱人,我们还没自己的住处,我爱人又要生小孩儿了,我爸想帮我在我家旁边接出间小偏厦子……那院里有些旧砖瓦,还有点儿木料,几捆油毡纸……"

赵主任:"别说了,明白你的意思了。那些东西,堆那儿有年头了,再不派上用场,全废了。街道办事处一分钱不收你的,你可以全拉你家去!"

林超然喜出望外地掏兜:"婶儿,我不是想白要。怎么的,我也得放下几十元钱……"

赵主任:"这孩子! 不许! 那你把这些东西也拎走好了……"

林超然:"那……那……那我给您鞠一躬!"

他深鞠一躬,高兴地:"婶儿我走了!"

看着林超然出了门,赵主任问韩三奶:"韩老太,我答对的有政策水平吧?"

韩三奶:"太有了,看把那孩子高兴的,要不怎么说送礼好办事儿,王母娘娘也喜欢收礼呢!"

赵主任嗔道:"哎你这老太婆今儿咋啦? 我这儿给你认认真真地剪着头发,你怎么一句一句尽说我不爱听的?"

韩三奶:"谁叫你说我没牙,吃不动木耳、蘑菇了……"

天黑了。林父在林家山墙那儿整理旧砖瓦和木料,林超然蹬着平板三轮车来到,车上放着旧窗框,坐着静之。

林超然:"爸,都拉回来了。"

林父:"咱们林家第一次摊上天上掉馅饼的好事! 那几捆油毡纸,有钱都没处买去!"

静之一边帮着归整一边问:"大爷,你看还差多少?"

林父:"够盖起半截了。"

静之:"我姐和我姐夫,开始吉星高照了,是吧大爷?"

林父喜悦地:"是啊是啊。有时我想想,超越到那边儿去了也对。要不连他也返城了,哪儿有他结婚成家的地方?"

静之看着林超然,一时不知再说什么好。

林超然打岔说:"爸,我把车还了以后,要到静之她们学校去洗澡,会回来晚点儿。"

林父:"去吧。啊静之,我差点儿忘了……"掏出钱来给静之:"这二十元钱接着。你考上大学了,我们林家得表示表示。"

静之:"大爷,心意我领了。我爸给我三十元钱……"

林父:"嫌少啊?他给是他的,我给是我的。他才给你三十,我给你二十,我觉得不算少。你不收,就是卷我面子……"

林超然:"静之,还不接着?"

静之:"谢谢大爷。"

林超然蹬着的三轮平板车行驶在街道上,车上依然坐着静之。

林超然:"林岚最近情绪怎么样?"

静之:"当然不高兴了,整天闷闷不乐的。"

林超然:"慧之和杨一凡的关系,你掌握些什么情况?"

静之:"我什么情况也不掌握。她是我二姐,我一问她,还不引起她疑心啊?了解了什么情况,不及时向我爸妈和你汇报明摆着是包庇,汇报了又明摆着是出卖我二姐,所以还不如什么都不问,你好我好大家都好。"

林超然笑了:"明哲保身这一套你学得倒挺快。你和小韩的关系进展如何了?"

静之:"还行。"

林超然:"还行是什么意思?"

静之:"他爸妈越来越喜欢我了。"

林超然刹住车,扭转身看着她说:"他爸妈对你什么态度挺重要,但不是你们之间关系的第一要素。第一要素是……"

静之拖长音调地:"明白……的! 第一要素是,他爱我到什么程度,我爱他到什么程度。姐夫我明年都二十七了,你累不累心啊?"

林超然愣了愣,苦笑:"有时候真觉得挺累心的……"

静之庄重地:"你知道自己这叫怎么回事儿吗? 叫操心强迫症。按佛教的说法,又叫:'我持。'就是自己认为自己对一些人、一些事儿负有重大责任,不依不饶地强迫自己把责任进行到底,永不自行解脱。"

林超然又蹬着车子,问:"都是与我有亲情、友情关系的人,想解脱能解脱得了吗?"

静之:"有时人要这么想,没我又如何? 某些事,当事人不愿按你的愿望去处理,即使你的愿望是良好的,那也要给当事人自主选择的空间。顺其自然。大多数现实生活中的事,顺其自然并不一定就肯定会酿成恶果,倒是太主观干预反而会事与愿违……"

林超然:"你这完全是导师的口吻!"

静之:"怎么,只许你经常在我面前充导师啊? 提醒你啊,谦虚使人进步,骄傲使人落后!"

三轮平板车渐驶渐远……

何家。凝之靠墙坐在床上,在听着半导体收音机学英语。

林超然进入,上身横躺于床,问:"为什么学起英语来了?"

凝之:"不为什么,就是想学。免得以后许多人都会英语了,自己当了妈,没时间没精力学了,有落后于时代的感觉。"

林超然:"凭我们,当年的老高三老高二,到什么时候也不至于落后于时代吧?"

凝之:"那可难说。静之还没正式成为大学生呢,我已经感到她看问题的角度,分析问题的能力,都很值得我参考了。"

林超然关了半导体,又说:"刚才在路上她还感觉良好地教导了我一通。跟你汇报三件事儿,都是好事。第一,我把工钱拿到手了,三百二十多元……"

凝之:"真的? 咱们这不一下富有了吗?"

林超然:"是啊。富得也太快了点儿,都有点儿不真实的感觉。第二,街道赵主任让我和张继红去看了一处荒废的小厂院,希望能把它利用起来。我和继红决定了,召集几名咱们兵团的战友,开始办厂。第三件好事那就是,那厂院里有一些旧砖旧瓦和旧木料什么的,都还能用。静之已经帮我运回我家那边了……明年这时候,咱们一家三口,肯定已经有自己的小家住了!"

凝之:"超然,起来。"

林超然坐了起来。

凝之:"亲亲我。"

林超然却将一只手伸入兜里:"先给你钱。"

凝之:"不。先亲我。"

林超然只得先捧住她脸亲她。

凝之深情地:"爱你。"

林超然:"不爱我,那是不对的。"说着,掏出钱来点数,将一叠钱给凝之:"这二百元你收着,这一百元我们办厂先垫上用,剩下的二十元我零花,够我花两个月的。"

凝之:"太少了,你每月买两条烟就得五六元,再给你三十。"

林超然:"我决定戒烟了,都坚持十几天了。"

凝之愕然。

林超然:"不只是钱的问题,也是为你和宝宝的健康着想。王志都戒了,我也应该有戒的毅力。"

凝之:"可听他说,他是返城之后才吸的,而你下乡不久就吸了。"

林超然:"我自信我有比他更大的戒烟毅力。"

凝之:"有时烟瘾犯了很难忍?"

林超然点头。

凝之情不自禁,双臂搂住林超然脖子,深吻他。

响亮的干咳声。

两人扭头一看,见静之不知何时进屋了,手里拿个纸包,纸包已经抠出了洞。

林超然发窘地:"车还了?"

静之调皮地:"回姐夫的话,车还了。"

凝之:"静之,你再悄没声地出现,可别怪我以大姐的身份动家法了啊!"

静之:"我也没养成回自己的家还得敲门的习惯啊。再说你现在这样儿,打得着我吗?"

林超然:"你大姐她是鼓励我戒烟。"

静之:"我又不是外人,我看见了你们有什么不好意思的呀,要不你们列出个亲吻时间表贴墙上,以后我自觉回避。"

凝之看着林超然说:"听到没有?好像在撺咱们,真希望咱们那小屋早点儿盖起来。"

林超然:"对。冲她那话,我抓紧盖。"

静之:"得啦得啦,别一唱一和的了!姐,我碰到蔡老师了,他从糖厂走后门给你买了二斤红糖,说让你产后经常喝。好长时间没吃红糖了,你尝块儿,甜极了。"

她从纸包的小洞抠出一小块红糖往凝之嘴边送。

凝之:"嗯,是甜。"

静之:"姐夫,你也来点儿?"

林超然:"馋猫,我就免了。"

凝之:"爸妈怎么还不回来?"

静之:"蔡叔叔说,上海来了几位他们大学时期的同学,他们陪着去了,叫我做饭给你们吃,姐,姐夫大人,想吃什么?煮大碴子粥肯定是太晚了……"

凝之:"那就煮苞米面粥吧,不是有西葫芦和土豆吗?切片儿炒一块儿,再蒸几个窝头、几块倭瓜。你姐夫饭量大,没干的不行。"

林超然:"那么麻烦你了,我等不及你做好,得去洗澡,把澡票给我。"

静之这才放下红糖纸包,掏出澡票给林超然,林超然接过刚欲走,林岚回来了,一副失落而又迷惘的样子。

林超然:"小妹,哪儿去了?"

林岚冷淡地:"找同学去了。"

林超然:"小学同学还是中学同学?男的还是女的?"

林岚逆反地:"小学同学怎么了?中学同学怎么了?男的怎么了?女的怎么了?"

林超然有点儿生气地:"哎,我问你几句话,你就不能好好回答吗?"

林岚:"怎么回答算好?怎么回答又算不好?"

林超然:"你!……告诉你,必须做好思想准备,过几天和我们一起干活!这么大的姑娘了,不许整天无所事事,在家闲晃!"

林岚:"你怎么知道我无所事事?吃你的了?喝你的了?你们又是谁?你们干的活我要是不愿干呢?非逼着我干吗?"

林超然气得举起了手。

静之挡在了林超然面前:"借你的话说,林岚这么大的姑娘了,不是你当哥的想打就可以随便打的。"

凝之:"静之说得对,超然,还不洗澡去!"

静之往门外推林超然:"洗澡去洗澡去!"

林岚:"我知道你嫌我没出息,早晚出息个人样给你看!"

她哭了……

大浴室。服务人员拉住了腰间围着浴巾的林超然:"别进那边。那边池子里刚放的水,烫。"

林超然:"我就是要烫一烫。"

浴室里只有林超然一人泡在水池一角,已是满脸的汗。看得出,他在忍着烫。

他突然大唱:"穿林海跨雪原气冲霄汉……"

林超然、张继红们在清洁厂院厂房。

有的在拔院子里的草。

有的在补地面砖。

有的在擦窗。

有的在屋里换炕席、扫墙、扫地。

里里外外干净了。

一辆辆破旧的自行车被推入或扛进院里了。

那些自行车被拆卸了,部件分门别类地摆放整齐。

两人一组两人一组在组装了。

有人在清洗部件,有人在往组装好的自行车上刷漆。

组装好的自行车由一辆而三五辆十几辆了。

天光也随之由白天而晚上,晚上而白天地交替着。

又到了一个白天。院子里,林超然们将手叠在了一起。

他们推上自行车先后离开了院子。

他们的车队行驶在街道上,有的还骑一辆带一辆。

公共汽车站,张继红守着一辆自行车吸烟。车把上挂块纸牌,上写"卖"字。

一名候车男子主动搭讪:"多少钱?"

张继红伸出四根手指。

男子:"你自己组装的?"

张继红:"永久的架子,凤凰的车把,飞鸽的车圈,都是名牌零部件,不骗你,识货快掏钱。"

男子:"三十!"

张继红:"少一分钱也不卖!"

另一男子也凑过来了,看这看那,还按铃。

张继红:"新铃。实话实说,就铃不是名牌车的。"

那名男子:"我买了。"

张继红:"痛快。便宜你两元,给三十八吧。"

一名交警走来,张继红赶快将纸牌一翻。

交警:"干什么呢?"

张继红:"等人。"

交警:"别在这儿等,妨碍他人上下车。"

张继红向买车人使眼色,买车人跟他走开了,

两人站在人行道那边,张继红从买车人手中接过钱。

第一个男人看了来气,指着大叫:"他倒卖自行车!"

交警朝张继红走过去。

张继红:"快走!"

买车人骑上自行车,飞快地蹬走了……

交警:"不许跑!"

张继红倒退着,嬉皮笑脸地:"你还没跑,我跑什么? 你跑我才跑。改革了,开放了,天不许地不许的时代过去了,你要跟上形势,一名交警维持好交通秩序就行了,管这么宽干吗?"

交警被他说得站住了,若有所思。

张继红一抱拳:"不必相送,兄弟就此一别。"

交警眼睁睁看着他扬长而去。

一处自由市场。林超然守着自行车站在修鞋的摊子旁,车把上也挂着写有"卖"字的纸牌。

一个女人穿上修好的鞋起身走了。

修鞋的:"坐下吧。"

林超然:"谢谢你。"在小凳上坐了下去。

修鞋的:"鞋怎么了?"

林超然:"没怎么,我不修鞋。"

修鞋的:"不修鞋你站我这儿干吗?"

林超然指指车把上的纸牌。

修鞋的:"劝你还是别在这儿卖,更别占着我凳子。占着我凳子影响我生意。"

林超然:"对不起,我以为……"

他不好意思地站了起来。

两个小青年凑了过来,看车。

林超然:"感兴趣?"

其中一个点头。

另一个低声地:"大哥,这边说话。"

林超然随他走到了一旁。

小青年:"先帮我想想,今天几号?"

林超然:"九月十二。"

小青年:"那么,是个双日子喽?"

林超然:"对,双日子。"

小青年挠腮帮:"那可不好办了,逢双日子我什么都不买。"

林超然:"哦?"

修鞋的:"哎那人,车……"

林超然扭头一看,车被另一小青年骑走了。

对面的小青年也跑了,林超然追去。

两人在自由市场一逃一追,林超然终于揪住那小青年衣领、一拎,那青年倒在地上。

小青年刚一爬起,林超然揪住了他前衣领,恼火地:"今天几号?"

小青年:"九月十二……九月十二……"

林超然:"我逢双日子脾气一向不好。"

小青年:"大哥破个例,脾气好点儿,好点儿,还你车不就是了嘛!"

傍晚。林超然推着那辆车进了小厂院子。

林超然进了屋。见张继红坐在桌旁点钱,其他人围桌而坐。

张继红:"怎么没出手?"

林超然嘴对着水龙头喝水,之后抹抹嘴说:"不顺。你们呢?"

一名知青战友:"我们当然没什么不顺的啦,只往车把上挂个牌儿,支那儿干守着,那不行!得豁出脸面,嘴勤点儿,不停地问。"

张继红:"听到了?"

林超然:"我要求传帮带。"

张继红:"明天你跟着我,要好好学。"扬扬手中钱,又说:"今天卖了十辆,这是四百五十元。除去收购旧车的二百元本钱,再扣掉买小零件的三十元,咱们干挣二百二十元。平均下来,每人差不多四十元。"

一名兵团战友:"分!"

林超然:"哎哎哎,要按章程来!"

另一名兵团战友:"半个月分一次,那只不过口头说说的。没写在纸上,那就不能算章程。"

林超然:"当然要写在纸上,过几天我亲自写。但在我们之间,都口头同意的也得遵守。谁急着用钱,打欠条,算借!"

张继红:"我支持超然的话。"

林母忽然进来了,表情焦急。

林超然:"妈,你怎么来了?家里出什么不好的事了?"

林母:"超然啊!出了太不好的事儿了!你妹她……留下一封信就离家出走了!压在托盘底下,还是静之来家里发现的,我俩谁都没敢告诉你爸。"

林母将手中的信给了林超然,林超然看信,眉头渐渐扭成了疙瘩。

林岚在信中这样写道:"爸爸妈妈,我走了,和一名要好的初中女同学到深圳去了。我俩面临的人生处境相似,都有一种愿望,到一个遥远而陌生的地方去开始新的人生。希望你们千万不必惊慌,更不必担心。我一到了深圳,就会给家里写信。"

林超然:"谁知道深圳在哪儿?"

众人摇头。

张继红从林超然手中要过去信,看着说:"大娘,小妹这信上写得挺明白,让你们千万不必惊慌,更不要担心,她一到了深圳就会给家里写信。"

林母:"继红啊,我能不惊慌,能不担心吗?连你们都不知道深圳在哪!两个从没出过远门的女孩子家,万一遇到坏人,把她们给拐卖了,哪儿找她们去呀……"

林超然急得在屋里来回走。

一名知青战友:"我想起来了,听中央电台广播过,好像是广东省,一个什么什么区。"

另一名兵团战友:"我也想起来了,经济开发区,中央的一个改革试点儿。"

林母:"东北……广东……这这这得有十万八千里,怎么非去那么老远啊!超然,你倒是快拿主意啊!"

林超然:"妈你别哭,我在想……"

显然,他也乱了方寸。

张继红:"还想什么呀!她俩得坐火车,而且只能先到北京!到火车站去呀,也许能在车站拦下她俩。"

林超然:"妈,那我去了!"冲出去。

张继红:"你们几个也别愣着呀!都骑上自行车,也到火车站,还有通往火车站的各路汽车站……"

一名兵团战友:"没车可骑了,不都卖了嘛……"

张继红:"那就走着去,跑着去,总之都给我行动起来!"

其他人一下子全站起。

火车站。林超然冲入火车站。站台上几乎无人,他看到了静之,静之也看到了他,两人走到一起。

静之:"开往北京的车半小时前离站了,我也来晚了。"

林超然吼:"你不是说我是操心强迫症吗?你不是说顺其自然吗?我一教训她你还总护着,这就自然了?我持、我持,你当我愿意持吗?我不持你能持吗?"

静之克制地,平静地:"依你怎么办?把她整天捆家里?想当年,咱们这一代中,不少人不是也像小妹一样,留半页纸,写几句话,东北、新疆、贵州、云南、内蒙古……有人不也觉得离家越远越自由吗?"

林超然:"我们是我们,他们是他们!"

静之:"我们是迫不得已,或者是盲从,是青春期冲动,我看小妹她倒是经过考虑的。"

林超然:"别教导我!"

静之掏出了钱,朝林超然一递:"晚上还有一趟开往北京的车,钱够买张到北京的票,那你追她去。北京咱们的兵团战友多的是,不愁借不到钱再往前追……"

林超然瞪着静之再说不出话来。

张继红和另一名兵团战友也出现了。

张继红劝林超然："你跟静之吵有什么用啊！这事儿也不能怪静之啊！"

静之一转身走了。

夜晚，林家。林父在吸烟，林母在掉泪，林超然和静之坐在林母、林父身旁，进行安慰。

林超然："爸妈，事情已经这样了，那咱们也就只有顺其自然了。我打听过了，了解情况的人告诉我，深圳那地方将来会有发展……"

静之说："大爷、大娘，我已经和我北京的知青战友联系上了，他们会在北京站帮忙拦住的。一拦住了，就会打电话通知我父亲……"

林父："随她去……有志气，她就当没这个家，永远别回来！"

林母："静之，你还有事儿，都陪我们着急上火的大半天了，回家吧，大娘能经得起。"

静之："大爷，那我走了啊。一有什么消息，我立刻会来告诉你们二老。"

林父："静之啊，让你也跟着操心了，对不起啊。"

静之："大爷，一家人不说两家话。"

林父："超然，送送静之。"

林超然不愿地："送什么啊，她又不是小孩子了。"

林父生气地："叫你送你就送！怎么，我支使不动你了？"

静之向林超然使眼色，林超然默默往外送她。

林超然和静之走在街上。

静之："其实，我心里特别同情小妹。"

林超然站住，瞪着她说："你居然这么说，使我怀疑她受到过你的支持。"

静之平静地："这你太冤枉我了。她经历的一些事，你根本不知道，她也不能跟大爷和大娘说,只有像吞了苦胆似的,一个人默默忍着满腹苦水。"

林超然:"你怎么知道?"

静之:"她只告诉了我和我大姐。"

林超然:"那你也告诉我!"

静之:"你既然对我那么怀疑,我不想跟你说什么了。"欲往前走。

林超然抓住了她手腕:"告诉我!"

静之:"你弄疼我了!"使劲甩开林超然的手。

林超然:"我是她亲哥!我也有权知道!"

静之:"她打过两次胎了!我认为,她也是想到一个很远的地方去疗养创伤!"

林超然呆住。

静之:"你知道对一个二十来岁的姑娘,未婚先孕那是多可怕的事吗?不仅怕手术痛苦,更是怕被人知道!怕到天天夜里做噩梦的程度!"

林超然:"你胡说,简直是胡说!不可能,我妹妹……这怎么可能……"

静之:"小妹和一个小伙子恋爱三年多了,三年多以前,她才刚刚十八岁啊,对方比她大两岁,是商业局一位副局长的儿子,因为父亲长期没被解放,似乎是铁定的'走资派'了,所以也分到小妹上班那个小杂货铺了。小妹是多善良的女孩儿呀,日子一长,他俩就开始恋爱了。'四人帮'都粉碎了,小伙子的父亲还没被解放,小伙子苦恼极了。而这时,她俩爱得难舍难分了。前年小伙子的父亲终于也获得了平反,去年小伙子考上了大学,在大学里另有所爱了……小妹一定也要考大学,为的就是争一口气,可没争成……"

林超然:"你为什么早不跟我说?"

静之:"又埋怨我,我和我大姐都向小妹保证过的,绝不对任何人说!"

林超然:"我不是任何人!我是她亲哥!"

静之："跟你说了,你又能怎么样? 你能把对方劝得回心转意吗?"

林超然哑口无言了。

静之："或者,去将对方打一顿?"

林超然恨恨地："我发誓,非那样不可!"

静之："所以我才不想告诉你! 但是明天,我要以我的方式,去为小妹讨个公道! 我也发誓,非那样不可!"

她一说完,转身便走。

林超然呆呆地望着她的背影。

第二天。这是明媚的一天,时间在下午,夕阳将一些房舍镶上温馨的橘色。

静之匆匆走在路上。

在她后边,林超然跟踪着。

静之拐过一个街角。

林超然也拐过那个街角,静之表情冷冷地站在他跟前。

林超然尴尬地："我……巧劲儿的……"

静之："早就发现你在跟踪我了。"

林超然："那……一块儿去吧?"

静之："那我不去了。"

林超然："为什么啊!"

静之："因为我是去谴责,而你是去打架。"

林超然："打也是一种谴责方式,拳头有时候比舌头管用。"

静之："是知青的时候,我也这么认为。在连队,男知青能打架,只要他次次打得有理,我一点儿也不讨厌他,反而很服他……保尔·柯察金也挺能打架。"

林超然："那我一会儿准让你佩服得五体投地。"

静之："可现在我返城了,当年的想法改变了。"

林超然:"我可没你变得那么快,给我一次替小妹出气的机会行不行?"

静之摇头,坚决地:"不行,现在我开始讨厌男人动不动就打架了。"

林超然:"好好好,我服从你。你用你的方式谴责,我站你旁边,为你助阵行了吧?"

静之犹豫。

林超然搂着她肩,哄她:"别耍小姐脾气。就算我是跟踪,那也跟踪你半天了,我不可能就这么走了。你带路,我保证看你的眼色行事……"

两人站在人行道上一棵树下,望着对面一幢小楼的窗口。

林超然吸一口烟,问:"就住那楼里?"

静之点头。

林超然:"说说你的方式。"

静之:"我要等到接送他父亲的小车在楼前停住,他父亲下了车,回到家里,那时我要敲开他家的门,当着他父母的面,谴责那王八蛋丧失爱情道德,脚踩两只船的行径。"

林超然:"完全同意。我只跟在你身边,保证一言不发。"说完,将烟头往地上一扔,踩一脚。

静之:"请捡起来,扔垃圾筒里。"

林超然一愣,照办了。

他回到静之跟前时,静之说:"返城了,又是城市人了,那就要改掉一些坏习惯,重新做回一个合格的城市人。"

林超然:"我是你姐夫,少来三娘教子那一套!"

这时,马路对面传过来一串女性的笑声。

两人同时望去,见一男一女两个青年手拉手跑到了楼前。男青年很胖。

静之看一眼手表,说:"他俩看电影去了,回来得还挺早……"

马路对面,一对青年上台阶时,也不知真假,女青年唉哟连声,说崴脚了。

男青年:"哪只? 快说哪只脚? 我给你揉揉!"

女青年将一只脚踏在台阶上:"这只!"

男青年蹲下,脱了她的高跟鞋,揉她的脚。

林超然皱眉,转身。静之却在冷冷地望着。

男青年:"好点儿没有?"

女青年嗲声嗲气地:"好多了!"

男青年替她穿上鞋,站起。

女青年:"还得吻吻我!"

男青年四顾地:"这是在街上。"

女青年:"我不管! 爱我就得听我的!"

男青年只得吻她。女青年不管三七二十一,搂抱住男青年的脖子就长吻不止。

静之也转过了身。

林超然:"还没进屋?"

静之摇头。

林超然:"在干什么?"

静之:"亲嘴儿!"

林超然:"妈的!"

静之:"我又改想法了!"

林超然询问地扭头看她。

静之:"看着来气,你还是过去揍他一顿吧。"

林超然一拍她肩:"这么想就对了,让你看着解解气。"

马路对面,女青年撒娇地:"我迷眼了! 这只眼睛。"

男青年:"我吹吹,我可会翻眼皮了!"

他翻起女青年眼皮:"也没什么啊!"

女青年:"就有!"

男青年:"好好好,有,有,我仔细看看……"

一只手拍在男青年肩上。他一回头,眼前是板着脸的林超然。

男青年:"你谁啊你?想问路也没你这样的!随随便便拍肩膀,找骂啊?"

林超然:"我是林岚的哥哥。"

男青年表情一惊,竟立刻闪到了女青年身后,恐慌地:"你想干什么?!"

林超然:"本想揍你一顿。可当着女性的面,又不想了。我妹妹让我转告你,她当初爱上你这副德性的男人,恨只恨自己瞎了眼。因为你使她怀过两次孕的事却没那么简单就过去,十年后的今天,将有两个孩子出现在你面前,齐声叫你爸爸。所以你俩得慎重考虑要不要孩子,别要了到那时养不起!"

他一说完转身就走。

女青年转身呆呆地看着男青年,一只眼始终翻起着眼皮。

男青年:"打打打……打掉了……"

林超然猛一转身,男青年吓得蹿上台阶,逃入了楼里……

静之望着林超然走回到她跟前。

静之:"为什么不揍他?"

林超然:"他不是我的个儿,对他不太公平。再说,当着那姑娘的面,我忽然下不了手。"

静之:"就这么算了?"

林超然叹口气:"就这么算了吧。他根本配不上林岚,真不知道林岚当初是怎么了,让她接受一次人生教训吧。"

静之大叫:"我没解气!"从树根下拔起了半块砖头,愤恨地:"我知道哪几扇窗是他家的,我砸他家窗!"

林超然拽住了她一只胳膊:"算了算了,你看我都咽下了这一口恶气,跟我学……"

静之大叫:"我不学!"

林超然搂抱住了她,劝道:"该学就得学。好静之,咱们都消消气。你看,让别人瞧着咱俩这样多不好……"

果然,三五行人驻足,奇怪地看着他俩。

林超然从静之手中夺下砖头,扔在地上,将静之拖走。静之回头望马路对面,女青年还孤单地站在原地,也正望着她和林超然。

晴转多云的天空。雷声,下雨了。不是很大,已下了几日了,天空还看不出放晴的迹象。小厂的木板、障子完全湿透了,几辆旧自行车并排淋在雨中。

屋里。林超然、张继红和兵团的战友们,有的躺在炕上睡觉,有的在下棋,有的在望着窗外发呆,而张继红在烦闷地吸烟。

望着窗外发呆的人自言自语:"一场秋雨一声寒,十场秋雨换上棉,这肯定是今年的最后一场秋雨了。"

林超然心里分明也很烦,他在摆弄一支烟,企图将烟立在大拇指甲上。

张继红按着打火机朝他伸过去,他将火苗吹灭了。

林超然:"继红,咱们可因为下雨闲了两天了。这么闲下去,损失大了。咱们不像工人,有月工资保障着。咱们像农民,少干一天,就少一天的工分!"

张继红:"那咋办? 老天爷跟咱们闹别扭,我心里也急啊!"

林超然:"把院子里那几辆车推屋里来,在屋里拆卸组装!"

张继红:"怕散满屋汽油味儿,也怕失火。"

林超然:"开窗嘛! 为了安全谁也不许吸烟嘛!"他抚乱了棋子,推醒睡觉的人,大喊:"干活! 干活!"

张继红按灭了烟,也大声地:"听超然的,把那几辆车推屋里来,谁也不许在屋里吸烟!"

林超然:"你首先要严格要求自己!"

一个穿雨衣雨靴的人进了屋,是静之。

静之:"姐夫,北京方面和我爸通上电话了,他们在北京站找到了林岚和她同学,只不过她俩决心都已下定,咱们那几名北京兵团战友,只得把她俩送上了开往广州的列车。"

张继红:"对超然来说是好消息,起码你爸妈放心多了!"

林超然:"她爱怎么样怎么样,我这个哥以后不操心她的事了! 你们还愣着干什么? 快照我的话做呀!"

于是有两个人从墙上摘下雨衣,披着出去了。

林超然问静之:"你还有事没事? 我们要干活了!"

静之故意用冰冷的语气说:"我大姐已经在医院里了,恭喜你今天就是爸爸了。"

林超然一愣,随即心花怒放地笑了。

静之却一转身走了。

冒雨匆匆走着的静之,当然是受委屈的表情。

她背后传来林超然的声音:"静之! 静之!"

她反而加快了脚步。

林超然赶到了她前边。静之左走,他左拦。静之右走,他右拦,并说:"别生我气,我这几天不是心烦嘛!"

静之终于站住,冲他嚷:"你心烦就可以拿我撒气啊!"静之面前的林超然没戴帽子也没披雨衣,衣服快淋透了。

林超然:"是我不对,向你认错。你不是一直想有一本《英语900句》吗? 我逛了好几家书店,给你买到了!"伸手腋下,抽出书,递向静之。

静之也忍不住笑了,夺去书,一边往书包里装,一边说:"我们学校下午开新老学生联谊会,我代表我们法律系出节目,不能和你去医院了。你见到我姐,替我祝贺她当妈妈了!"

林超然点一下头,转身跑了。

静之:"姐夫!"

林超然站住,回头。

静之:"别忘了!"

林超然:"忘不了!"

医院接生室外。何父何母、林父林母一排坐在长椅上。蔡老师单独一人坐在他们对面的长椅上。

林超然落汤鸡似的出现了。

何父何母和蔡老师站了起来。

何母心疼地:"怎么不披件雨衣啊?"

林超然笑道:"没事儿,来之前衣服已经湿了。"

何父:"我还没骑过平板车,多亏你蔡叔叔。"

林超然:"蔡叔叔,谢谢。"

蔡老师:"谢什么啊!要谢,得谢学校那辆平板车。自从你岳父一再主张买了那辆车,学生、老师和老师家属,一有急病全指望那辆车了……你看你爸妈!"

林超然转过身,见父母高兴得合不拢嘴。

林母:"超然,你爸想知道,你和凝之,给孩子起下名字没?"

林超然:"商议过了,如果是男孩,就叫林楠,楠树的楠。如果是女孩,想随凝之的姓,叫何露,露珠的露,行不爸?"

林父:"行,行!咱们两家,那有啥说的。啊对了,你岳父告诉我,有你妹消息了,你别担心了。"

林超然:"静之也告诉我了。"问岳父:"凝之情况还好吧?"

何母:"挺好,被推进去的时候望着我笑微微的。"

何父："她就是太能忍了。上次慧之陪她来那次,医生说最多提前三天才能住院,她就非要等到明天再来……"

林超然坐下,自言自语："真想吸支烟啊!"

林母："你爸兜里有!"

林父掏兜,林超然摇头,将头往后一靠,一脸幸福地陷入回忆。

冬季的山林。

两台拖拉机拖着爬犁行驶在山路上。前边路上几名男知青横站路上,拦住了爬犁的去路。

第一台拖拉机上跳下两名知青,与拦路的知青交涉。话不投机,双方发生了肢体冲撞。

林超然从第二台拖拉机驾驶室跳下,匆匆走过去。马场营的知青全都下了爬犁,紧随其后。

林超然："怎么回事?"

首先跳下的两名知青中的一人："他们不许咱们马场营的爬犁上山!"

林超然："为什么?"

对方中的一人："林营长?"

林超然："对。"

对方："我们副指导员希望和你们马场独立营的人谈谈。"

林超然："谈什么?"

对方："一谈就知道了嘛!"

林超然："这种表达希望的方式太霸道了吧?"

何凝之的声音："与你们的方式相比,我们够克制的啦。"

林超然转身看时,见何凝之大步而至。

对方："副指导员,他就是林营长。"

何凝之："何凝之。"

林超然："你们什么意思？"

何凝之："团里下达过文件,为了减少伐林取柴的面积,凡离小煤场近的连队,应以煤代木。你们马场独立营离小煤场最近,可你们舍近求远,进山伐木的次数最多。"

林超然部下一人："那煤一点儿也不好烧！"

何凝之："当然不如木材好烧。但我们连队离山林最近,离煤场最远,我们都已经开始烧煤了。告诉你们我们的经验,夏天发动大家做成煤球就好烧了。"

林超然部下又一人："但我们不是连队,我们是独立营！"

何凝之看那人一眼,之后说："好大的口气！林营长,你不会也是这么想的吧？"

林超然部下又一人大声地："营长,不跟他们啰嗦了,闯过去！"

林超然："何指导员,听到了？"

何凝之："司号员！"

"到！"一名腰悬军号的小知青走到了何凝之跟前,就是后来那派出所警员小王。

何凝之："如果他们敢硬闯,就给我吹紧急集合号！"

司号员："是！"

何凝之："这会儿是你们人多。可号一响,就是我们人多了。那我们可就会把你们连人带拖拉机扣留了,包括你这位营长。逼我们那么做的话,可就只有通知团里来解决问题了！"

林超然："我听来听去,觉得你似乎把这几座山林当成你们连的私有财产了。"

何凝之："当然不是。甚至也不仅仅是团里的、师里的、兵团的;不但属于国家,还属于后人。而你们马场独立营的营长同志,似乎也一点儿没有这种意识！你不但放纵你们的人进山乱砍滥伐,今天还亲自率队！我们已经多次劝阻过你们了,可你们根本不予理睬。如果所有的连队都像你们一样,几年后这几座大好山林就伐光了! 那时如果我们还在这里,望着一座座秃山头,内心惭愧不? 以后如果我们离开这儿了,当地人的子孙望着一座座秃山头,内心里会怎么想?"

马场的知青们一个个躲避着何凝之的目光。

林超然小声地:"请到一旁单独说几句行不?"

何凝之随他走开了十来步。

林超然:"听你口音是哈尔滨的。"

何凝之:"一中高二的。"

林超然:"我三中高三的。你批评得对。但是今天……请给我这营长个面子。"

何凝之:"没问题。往山里边多走一个来小时,有片不知为什么枯死了的树林。如果你们伐那一片树,我们就放行。"

林超然:"保证。"摘下手套,伸出了那只手。

何凝之:"先不跟你握手。等事实证明了你的保证再握吧。"

她一转身走了。

林超然望着她背影苦笑。

天黑了,两台拖拉机驶回同一处地方,被站在路中央的何凝之招手拦住。

林超然跳下拖拉机,出乎意料地:"想不到你还真等在这儿检查我们!"

何凝之:"那是! 出于对你林营长的信任,我可是一个人来的。"

林超然:"请吧!"

何凝之察看爬犁上的树木。

何凝之:"看来你是个说话算话的人。"

林超然:"现在我们可以握手了吧?"

何凝之终于笑了,从棉手闷子里抽出了手。两只手握在了一起。

林超然："别向团里打我们的小报告。"

何凝之："别对我和我们连记仇。"

林超然："怎么会呢！"

何凝之："记仇我也不在乎！"

两人都笑了。

何凝之站在路旁,目送爬犁远去。

爬犁上,林超然对部下命令："喊'何指导员再见'！"

部下们闷不作声。

林超然："都聋啦？"

一部下没好气地："要是不理她那套,咱们早回去了,肚子都饿扁了！"

林超然："少废话,那也得喊！"

人人将头一扭。

林超然："都不是好兵！"

他只得自己站起来喊："何指导员再见！"刚喊完,从爬犁上跌了下去。

何凝之望见,笑了。

一幢小泥草房门上贴着对联和喜字。对联上联是:还有小园桃李在;下联是:留花不发待郎归。

横批:美的相思。

屋内。一支红烛静静燃烧。

林超然揽着凝之的腰站在床前,两人都穿棉袄。

林超然："新房应该是温暖的。"

何凝之："生火晚了,后半夜就暖和了。"

林超然："门上对联谁写的？"

何凝之:"我们连一名知青秀才,写的古人诗。"

林超然:"太小资情调了,不怕议论?"

何凝之:"谁爱议论谁议论去。生活要是完全没了情调的话,热爱生活那就成口号了。"

她用双臂揽住林超然脖子,主动吻他。

红烛。

木箱当成的桌子上,一盆白菜花显得生机盎然。

一阵雷声。医院里。雷声似乎使何、林两家人不安起来。

林父看着林母说:"怎么这么久? 我记得你生超然他们三个的时候,还是在家里,那我也没在门外等半天。"

何父看一眼手表,心中虽也不安,却安慰道:"不算太久,还不到一个小时。按凝之的年龄,算是晚育,时间长点儿是必然的。"

何母:"别说那些让人不安的话……"

林超然站了起来,走到接生室门前,侧耳聆听。

蔡老师的手拍在他肩上。

蔡老师:"别急。想当儿子和想当爸爸,都是一件需要耐心的事。我陪你出去等会儿?"

黑龙江大学某礼堂,迪斯科音乐声中,男女学生们尽情舞蹈。

音乐戛然而止。

学生们奇怪,都向摆放录音机的地方望去。有人问:"怎么回事?"

有人手持麦克风大声说:"现在宣布一条联欢纪律……快四步、慢四步、华尔兹、探戈舞曲以及一般交谊舞曲都可以放。但是禁止播放迪斯科舞曲,更不许跳。"

有人大声说:"我们刚才跳的不是迪斯科,是迪士高!"

宣布纪律的人:"别跟我来这套! 我是英语系选出来的学生会干部。

我在传达的是有关方面对大学生的要求。"

有人表示不满:"既然是学生会的干部,那你就要代表学生们的想法,而不是有关方面!"

宣布纪律的人:"有意见跟我说没用,向有关方面提去。请大家继续!"

音乐又响起来了,但已不是迪斯科曲了,而是《好一朵茉莉花》了。

有人快快不快地:"岂有此理!"许多人不跳了,欲散去。

主持联欢会的人:"大家不要散!我们大学生应当有海量,不能因为一点点不快说散就散是不是? 下面穿插一个节目,由法律系新生何静之同学为大家朗诵诗歌!"

静之出现,从主持人手中接过话筒,自信地:"我为大家朗诵舒婷的《祖国啊,我亲爱的祖国》……"

静之深情地:

祖国啊,我亲爱的祖国。

我是你河边上破旧的老水车,

数百年来纺着疲惫的歌;

我是你额上熏黑的矿灯,

照你在历史的隧洞里蜗行摸索;

我是干瘪的稻穗,是失修的路基;

是淤滩上的驳船,

把纤绳深深

勒进你的肩膊

——祖国呵!

欲走的同学都不走了,一个个认真倾听。

静之:

我是贫穷，

我是悲哀。

我是你的祖祖辈辈

痛苦的希望呵，

是"飞天"袖间

千百年来未落到地面的花朵

——祖国呵！

我是你簇新的理想，

刚从神话的蛛网里挣脱；

我是你雪被下古莲的胚芽；

我是你挂着眼泪的笑涡；

我是新刷出的雪白的起跑线……

蔡老师出现，挤开人墙，望着静之，犹豫不前。

静之：

是绯红的黎明

正在喷薄；

——祖国呵！

蔡老师终于下决心向静之接近……

静之：

我是你十亿分之一，

是你九百六十万平方的总和；

你以伤痕累累的乳房

喂养了

迷惘的我、深思的我、沸腾的我……

蔡老师走到了静之跟前,对她低声说什么。静之如雷击般呆了。

蔡老师退到了一旁。

一张张困惑地望着静之的脸。

静之脸上泪如泉涌。

静之望着大家,哭泣地:

那就从我的血肉之躯上

去取得……

在雨中奔跑的静之。

她如泣如诉的声音:

你的富饶,你的荣光,你的自由……

静之跑到了家门口,恰遇从屋里跑出的,穿白大褂的慧之。

姐妹两人在雨中悲痛对视。

慧之:"咱们永远失去了大姐……屋里躺倒了咱们何、林两家五口人……"

姐妹两人抱头痛哭。

雨帘变成漫天大雪。

张继红等人站在一家小饭馆外,呆望饭馆的门。

门一开,静之将喝醉的林超然架了出来。她架不动姐夫,脚下一滑,两人一齐摔倒。张继红上前扯起了她,而两名兵团战友一左一右架起了林超然。

静之扇了他一耳光。

林超然:"谁……借我点儿钱?"

静之:"林超然!你还是个男人吗?你使我大姐在地下不安!你丢我大姐的脸!你也辜负了他们对你的信任!"

她一转身走了。

张继红:"超然,两个多月来,大家都不知道再干什么好了,所以……决定散伙了。今天,是一块儿来告诉你的……"

他一说完也走了。

站在他面前的四人也走了。

架着他的那两个人,将他架到一棵树前,使他双手搂抱大树。之后,连他们也走了。

林超然:"不能散……不能散……回来……都回来……"

他大喊:"不能散!都给我回来!"

图书在版编目（CIP）数据

返城年代 / 梁晓声著 . — 青岛 : 青岛出版社 ,2014.12
（梁晓声文集 . 长篇小说 ;16）
ISBN 978-7-5552-1319-2

Ⅰ . ①返… Ⅱ . ①梁… Ⅲ . ①长篇小说—中国—当代
Ⅳ . ① I247.5

中国版本图书馆 CIP 数据核字（2014）第 283751 号

责任编辑　　常　红